当代陕西文学评论文丛 | 编委会

主　编　贾平凹　齐雅丽
副主编　韩霁虹　李国平　李　震
编　委　（按姓氏笔画排序）
　　　　仵　埂　齐雅丽　李　震
　　　　李国平　杨　辉　段建军
　　　　贾平凹　韩霁虹

当代陕西文学评论文丛

接续中坚

灵与肉的交响

段建军 著

陕西师范大学出版总社 西安

图书代号　WX24N2331

图书在版编目（CIP）数据

灵与肉的交响 / 段建军著. -- 西安：陕西师范大学出版总社有限公司，2025.6. --（当代陕西文学评论文丛 / 贾平凹，齐雅丽主编）. -- ISBN 978-7-5695-4826-6

Ⅰ. I206.7-53

中国国家版本馆CIP数据核字第2024D4F913号

灵与肉的交响

LING YU ROU DE JIAOXIANG

段建军　著

出版统筹	刘东风　刘　定
策划编辑	马凤霞
责任编辑	宋媛媛
责任校对	张　姣
封面设计	周伟伟
出版发行	陕西师范大学出版总社
	（西安市长安南路199号　邮编 710062）
网　　址	http://www.snupg.com
印　　刷	中煤地西安地图制印有限公司
开　　本	720 mm × 1020 mm　1/16
印　　张	18.75
插　　页	2
字　　数	270千
版　　次	2025年6月第1版
印　　次	2025年6月第1次印刷
书　　号	ISBN 978-7-5695-4826-6
定　　价	69.00元

读者购书、书店添货或发现印装质量问题，请与本公司营销部联系、调换。
电话：（029）85307864　85303629　　传真：（029）85303879

文脉陕西,评论华章(序)

贾平凹

从延安文艺的烽火岁月,到新时代的文学繁荣,陕西文学以其独特的风格和深邃的内涵,赢得了国内外的广泛赞誉。在中国当代文学史上,陕西不仅拥有一支强大的文学创作队伍,同时也拥有一批占领各个历史阶段文学批评潮头的评论骨干。他们以敏锐的洞察力剖析文学现象,参与文学现场,解读作品内涵,为陕西文学的发展注入了源源不断的活力。在新时代文化浪潮中,文学评论作为党领导文学事业的重要途径和方式,作为文学繁荣发展的重要推动力和引导力,正凸显着越来越重要的作用。

为了贯彻落实习近平总书记关于文艺工作和文艺批评的重要论述,以及中宣部等五部门联合印发的《关于加强新时代文艺评论工作的指导意见》,进一步加强和改进陕西文学批评工作,打磨好批评这把利剑,把好文艺的方向盘,同时也为深入总结和发扬陕派文学批评的历史经验,全面呈现陕西当代评论家队伍及其丰硕成果,推动陕西文学批评再创佳绩,助力陕西乃至全国文学发展,陕西省作家协会精心策划并编辑出版了"当代陕西文学评论文丛"。

在选编过程中,丛书编委会始终遵循着精编细选的原则,力求每篇文章都能代表作者个人的最高水平,同时也能反映出陕西文学评论的独特风格和时代特征。所选文章以研究和评论承续延安文艺传统的陕西作家、作品为主，也不乏对中国文坛或域外文学研究的独到见解。丛书汇聚了三代文学批评家中三十位代表批评家的学术成果。他们或生于陕西，或长期在陕工作。他们以笔为剑，以墨为锋，用睿智深刻的见解，共同书写了陕西文学批评的辉煌华章。他们的评论文章，或激情洋溢，或理性严谨，或高屋建瓴，或细腻入微，共同构筑了这部丛书的独特魅力与丰富内涵。

丛书将陕西老中青三代评论家分为"笔耕拓土""接续中坚""后起新锐"三个系列。三代评论家有学术师承，亦有历史代际。每个系列都蕴含着不同的时代气息和文学精神："笔耕拓土"系列收录了陕西文学评论界先驱和奠基者的成果，他们如同手握犁铧的开垦者，为陕西文学评论的沃土播下了希望的种子；"接续中坚"系列展现了新一代批评家中坚力量的风采，他们的评论既有深厚的理论功底，又有敏锐的时代洞察力，为陕西文学评论的繁荣发展注入了新的活力；"后起新锐"系列则汇集了新一代批评家的文章，他们敢于创新，勇于探索，为陕西文学评论的未来开辟了广阔的空间。

"当代陕西文学评论文丛"的出版，不仅是对陕西文学批评历史的一次全面总结和回顾，更是对未来陕西文学发展的有力推动和期待。相信这部丛书的问世，将激发更多文学评论家的创作热情，使陕西文学创作与批评携手并进，比翼齐飞，为推动陕西文学批评事业的繁荣发展，为陕西乃至全国文学的发展贡献新的智慧和力量。

2024年11月8日

目 录

- 001 肉身生存的历史展示
  ——柳青、路遥、陈忠实对现实主义文学的贡献
- 013 柳青开创的现实主义传统
- 029 柳青的社会参与意识和生存探索精神
- 040 论柳青的底层写作
  ——以《创业史》为例
- 053 柳青的文学道路及其当代价值
- 067 革命叙事与生活叙事
  ——《创业史》与《白鹿原》历史观比较
- 083 路遥在交叉地带耕耘
- 099 路遥：在交叉地带探索人生的意义
- 112 路遥的新启蒙现实主义
- 126 路遥与普通读者同感共谋的艺术探索
- 138 陈忠实对现实主义传统的再创造
- 153 陈忠实与寻根文学
- 162 为历史而烦
  ——《白鹿原》的乡土生命哲学及其叙事价值
- 174 一部神奇现实主义大作
  ——再谈《白鹿原》的审美魅力

185 创造奇美的话语世界

    ——《白鹿原》的叙事艺术

203 陈忠实建构文学读写共同体的探索

218 贾平凹在商州、西京传承发扬柳青传统

235 贾平凹的现实主义探索及其贡献

258 贾平凹与寻根文学

268 灵与肉的交响

    ——《怀念狼》简论

277 一个新人类的典型

    ——评《怀念狼》中的烂头形象

286 后记

肉身生存的历史展示

——柳青、路遥、陈忠实对现实主义文学的贡献

从柳青到路遥、陈忠实，陕西当代作家一直关注农村状况和农民命运，他们在描写不同历史阶段农民的肉身生存体验方面一脉相承。挖掘这种描写的文化蕴含，剖析这种描写所塑造的不同时期的政治和文化典型，阐释他们作品中所描绘的当代农民的生存风貌，我们能够清晰地把握中国当代乡土人生的发展轨迹，看到现实主义文学在陕西作家群中的历史演变，并了解陕西作家群对当代现实主义文学特有的贡献。

柳青、路遥和陈忠实都是"农裔城籍作家"，有长期的农村生活体验，对农村、农业和农民有着特殊的感情，他们都把笔触伸向乡村、伸向底层生存者。柳青从20世纪40年代的《种谷记》到60年代的《创业史》，一直把中国农民的命运作为自己关注和描写的对象，为了写好农民，他在皇甫村一住就是十多年，与村民同吃、同住、同劳动，共同推进当代社会的发展，体验农村新生活的苦与乐。路遥自觉以柳青为师，公开倡言："作为一个农民的儿子，我对中国农村的状况和农民命运的关注尤为深切。不用说，这是一种带着强烈感情色彩的关注"，因为在大地上生存的亿万农民，既创造了我们的历史，也在很大程度上决定着我们的现实生活

及未来走向。①陈忠实也是在学习柳青的过程中成长起来，他在中篇小说集《四妹子》后记中说，"农民在当代中国依然构成一个庞大的世界。我是从这个世界里滚过来的"。"这样的生活阅历铸就了我的创作必然归属于农村题材。我自觉至今仍然从属于这个世界。我能把自己在这个世界里的感受诉诸文字，再回传给这个世界，自以为是十分荣幸的。"②他们三人为中国当代文坛奉献了一部又一部现实主义文学杰作，这些作品不但以其特有的形式感染了几代文学大众，也为中国的现实主义文学创作带来了一些有益的启示。尤为重要的，是他们对当代中国农民肉身生存的历史展示。

作为农民的儿子，三位陕西作家深知在中国广大农村这一乡土社会，自古至今，农民一直是肉身化生存者。在乡土社会中生存，就意味着人的肉身能在乡土社会中活动，并占据着乡土社会的一方空间。在乡土社会中能够继续生存，其标志就是自己生了儿子，育了孙子。乡土社会用"肉身"作为"自我"的代名词，这里用"自身"称谓自我，用"身世"称谓个人的经历与遭遇，用"立身"称谓在社会中获得的做人资格，用"终身"概括整个人生历程，用"身前身后"表述生前死后。因此，乡土社会是一个肉身化的社会。

我们的祖先为乡土社会这种独特的生存景观中的精英，创立了一套修身哲学，其中孔子的《论语·宪问》最引人注目："子路问君子。子曰：'修己以敬。'曰：'如斯而已乎？'曰：'修己以安人。'曰：'如斯而已乎？'曰：'修己以安百姓。修己以安百姓，尧舜其犹病诸！'"在孔子心目中，"修身"不但是任何一个君子立身做人的根基，而且是让广大百姓安心的重要条件，其最高境界连尧、舜这样的圣王也未能完全达到。为使人的自然肉身转化为人化的肉身，他提出用射、御、书、术来锻炼人，用习礼习乐的方式来培养人，使人的视容、听容、手容、足容充分

---

① 路遥：《路遥全集·散文随笔书信》，广州出版社，2000年，第100页。
② 陈忠实：《四妹子》，中原农民出版社，1988年，第314页。

人化。孟子更把"修身"与治天下联系在一起,提出"君子之守,修其身而天下平"。之后,儒家经典《大学》更进一步提出修、齐、治、平的做人程序与方向。在儒圣看来,天地自然和社会人生的中心是人的肉身,天地与我并生,万物与我为一,因此,肉身正则天地正,肉身斜则社会歪。

与儒学的精英们相对,下层百姓的人生志向则在"养身",其实质在于使出全副看家本领"养活"双亲之身,"养活"老婆、娃娃之身,"养活"一己之身。在农耕文明时代,由于物质生活水平低下,商品经济的落后,一个男子汉要"养活"一家老小的身体是很不容易的,因此,能够"养活"父母之身的,就被称为"孝子",能够"养活"儿女之身的,就被誉为"慈父",若能在此基础上把老婆养得白白胖胖,把自己养得精精壮壮,就是受人羡慕且能活到人前头的角色了。反之,如果男人把自身饿得面黄肌瘦,全家人吃了上顿没下顿,则是被人小瞧的缺乏养家糊口本领的"笨熊"。挣扎在"养家糊口"生存线下的肉身生存者,都有一副空虚匮乏、亟须填充的身架,时时处处想用"吃"来填充自身,并由此为自己创造了一套最具乡土特色的"吃"文化。肉身生存者表示健康生存的话语是"我还能吃能喝";与人套近乎的方式是"问吃问喝""请吃请喝";敬神祭祖的方式是"献吃献喝";他们最感恩戴德的统治者,是"使天下皆有所养的万岁爷";最尊敬的地方官,是"让一方百姓人人都有饭吃的父母官"。所以,荀子说:"以财货为宝,以养身为己至道,是民德也。"这话所指的特定的意涵,并非专指下层百姓,或者小看劳动人民;用它来描述中国乡土社会中的肉身生存者,则是再恰当不过的至理名言。

在古代,社会精英们考虑到"民以食为天",因此设计政治蓝图时非常重视养民之身。孔子首倡"先富后教"的思想,孟子则把先使"黎民不饥不寒"而后实行礼仪教化作为明君实行"仁政"的标志。荀子顺着这一思路提出了"藏富于民"的政治观点,认为财富不应该集中在国家的仓库里,"府库实而百姓贫"是亡国的征兆。汉儒董仲舒也提出了居上者只有对下层肉身生存者进行先富后教的治身之术，才能使下层人民感激其宽厚仁慈，服从其统治。

在乡土社会，不论上智们所"修"的"身"，还是下愚们所"养"的"身"，都不是拖累人的臭皮囊，更不是僵硬无趣的外部躯壳，而是活生生的、能感觉痛痒、体验冷暖的"生灵"，他总是带着特定的情绪，以特定的姿态，穿着特定的文化服饰，向世界传达特定的生命信息，与其他"生灵"进行对话交流。乡土社会称呼肉身生存者为"生灵"，将各种肉身生存活动总称为"生活"。对此，柳青、路遥和陈忠实都有切身感受和深入认识，他们都把乡土社会的肉身生存体验，作为自己文学创作和诗意思维的主要维度，着力表现当代中国不同时期广大农民肉身生存的悲喜命运。他们的作品都关注肉身生存的核心——饥饿、情爱和性欲问题，都把最切身的肉身体验——痛苦、挫折和悲伤作为描写对象，为读者塑造出了各具时代特性的肉身生存典型，让读者充分感受那个时代的生存气息。

柳青写作《创业史》的年代是一个政治热情高涨的时期，全国人民一心想着超英赶美，直奔共产主义。那个时代的关键词是"政治挂帅"，解决几亿肉身生存者的吃饭问题是经济问题，更是政治问题。每一个肉身都以是否处于"饥饿"状态来进行政治划界。饥饿者如梁生宝、高增福是贫下中农，是社会主义革命和建设的动力；温饱者如姚士杰、郭世富是地主富农阶级，是革命的对象。梁生宝们勒紧裤腰带进行革命和建设的目的，是要解决处于饥饿状态的肉身生存者的温饱问题，他们置自身的"饥饿"于不顾，最大的快乐在于"吃苦"而不是享受。至于情爱和性欲，那是次要的，甚至有腐化堕落之嫌，与革命者的远大志向相互抵触。以当时的社会风尚，如果是一个自觉的革命者，就应该把自身的人生历程当作接受共产主义思想，把共产主义思想从里到外融化为自然本性，并不断过滤自身欲望的过程。作为那个时代的一员，柳青自觉地用文学作品捍卫新生的政权，旗帜鲜明地为无产阶级政治服务。他笔下的人物是打上了那个时代烙印的肉身化的"政治人"，他歌颂以梁生宝、高增福为代表的饥饿的肉身生存者，歌颂他们身上迸发出的社会主义创业热情，歌颂他们不顾自身安乐的共产主义精神；同时，鞭答以姚士杰、郭世富为代表的追求个人发家致富的肉身生存者，鞭答他们身上的个人主义享乐思想。

　　路遥创作《人生》等作品的时候，正值中国社会又一次转型期，政府提出"贫穷不是社会主义"，实行农业生产承包责任制，鼓励一部分人先富起来，努力缩小城乡差别。"城乡差别"是当时社会的一个关键词。这在听了几十年"以粮为纲"的宣传，饿着肚子，却为"七十二行庄稼为王"而自豪的乡里人看来，如同头上突然浇了一盆冷水。乡民们打个激灵之后猛然醒悟，自己一向瞧不起的小市民，原来活得要比自己滋润，于是闷起头狠劲侍候自己那几亩庄稼地，让自己发起来也过几天滋润的日子。然而，靠种庄稼发家又谈何容易，于是老一代的庄稼人叹一口气，安慰自己说："土地是个宝，谁也离不了。"他们不想折腾，再说也没有折腾的本钱，只好安心守护自家的几亩地。青年人则不一样，他们思谋着，城乡差别不就是人的肉身位置的差别吗？城市在中心，乡下是边缘，置身城市就意味着置身于社会中心，不但能够白馍果腹，制服遮体，还能够迎来周围艳羡的目光，享受做人的光荣与尊严。置身乡村就意味着置身边缘，只能黑馍果腹，粗布遮体，它让人活得没声没息、没人搭理。既然中心和边缘，光荣与黯淡，只是身体位置的问题，年轻人为何不让自己的身体挪动一下呢？树挪死，人挪活，使出浑身解数向城市挪动吧。由于中国经济落后，城市自身对外来人口的吸纳能力有限，想进入城市必须得到一张城市户口。虽然乡村户口和城市户口都是户口，但是这两种户口之间却有着不可逾越的疆界。从城市到农村是从高往低，很容易，但是很少有人做这种傻事。从乡下到城市是从低往高，非常之难，那时即使拼命考上大学的人，到了分配时也要从哪儿来到哪儿去，所以，一个想变成城里人的乡下人，进城的难度就可想而知了。那些渴望从乡土抽身，向城市进取的边缘生存者，默念着"世上无难事，只怕有心人"，想方设法要跳出农门，跨越城乡的疆界，思谋着：城市里也没写着就该谁来安身，我进城安身有什么不对！事实上，乡下人想进城和城市用力把乡下人推回乡下，是当时令人无奈的一种现实，从主观愿望来说，没有什么谁对谁错的问题。当时的城乡之间有一道无形的墙，阻止人们随意越界。《人生》中的高加林是越界者，他没有穿墙术，只有越界的豪情壮志，然而"墙"是无情的，它不认豪情壮志，越界者却一定要以头撞"墙"，显示自己的自由精神和进身决心。路遥所塑造的就是这样一些越界者的形象。

陈忠实创作《白鹿原》的念头起于20世纪80年代中后期，那时改革开放已近十年，城乡差别并没有如人们预期的那样迅速缩小，社会的民主进程也没有如人们期望的那样快速推进，旧的社会问题没完全解决，新的社会问题又出现了。于是，一些人想从民族的文化传统中寻找阻碍现代化进程的痼疾，另一些人则想从民族文化中寻找整治当下问题的良药，中国大地卷起了一股文化寻根的热潮。"民族文化""历史文化""文化心理"是那个年代的关键词。思想界把目光转向新儒学及其对传统文化的继承与创新；经济界则关注中国台湾、新加坡、韩国这一儒学文化圈的现代化特征；文学界则出现了《古船》这样具有广泛影响的寻根作品。受这种文化思潮的影响，陈忠实决心在中国乡土社会的肉身生存者身上挖掘我们民族生生不息的文化根源。"文化是人之精神活动之表现或创造"[1]，每一个民族都有自己特定的精神活动，都有特殊的创造和表现本民族精神活动的途径和方式。中华民族从文化创始者尧、舜、禹、汤、文、武、周公开始，就用心关注、调节、运转、安顿我们的生命。"中国人首先重德性，德性这个观念首先出现，首出庶物"[2]。德性是通过具体生存者的行动来践行的。在乡土社会的肉身生存者那里，被具体化为生命的生生不息，绵延无穷。《白鹿原》描写的就是乡土社会中那些肉身生存者为了追求自身及家族生命的生生不息，有意识地把自身装扮成狼或鹿，在原上演出的一幕幕鹿狼争霸的悲剧，以及灾难深重的人们对白鹿精灵的深情呼唤。小说

---

[1] 唐君毅：《文化意识与道德理性》，中国社会科学出版社，2005年，第1页。
[2] 牟宗三：《中国哲学十九讲》，上海古籍出版社，1997年，第14页。

开头描写白嘉轩为避免"不孝有三，无后为大"的悲剧，娶了七房女人，并对此过程极尽铺排；一向光明磊落的白嘉轩，竟为了得子得福而实行换地阴谋，进行大肆渲染，反映了乡土社会肉身生存者的一种生命文化观。陈忠实极力挖掘每一个乡土社会肉身生存者身上的这种文化蕴意，他笔下的每一个人物作为肉身生存者都是活生生的，具有我们民族文化的精髓或者毒素，都对解密我们民族文化的内蕴具有一定的作用。

文学自古以来在乡土社会的肉身生存者眼中就是一种神圣的事业，它为脚踩大地眼望蓝天的肉身生存者探索生活的尺度，树立生存的楷模，衡量肉身生存者的生存意义与价值。肉身生存者是向死而生的"生灵"，从来都把自己的生存当成追寻生存意义、创造生命价值的艰难历程。当我们走遍三秦大地，仔细观察所有为肉身生存而奋斗的边缘生存者时就会发现，每个人都想让自己活得响当当、鲜亮亮，没有一个愿意自身活得没声没息。因此，每个肉身生灵降生到这个世界一个月的时候，家人都会尽己所能为他举行一次满月宴会，让他的肉身在街坊邻里、远近亲戚面前鲜亮一下；每个肉身告别这块大地的时候，后代都会叫来一帮响家子（乐人），弹唱一番，用乐声告诉世人一个鲜亮的人响当当地走了。有意义、有价值的人生在肉身生存者眼中就是鲜亮亮、响当当的人生，那么，人怎样才能凭自己的本领把自身活得响亮呢？这既是一个切身的生存问题，又是一个费人思量的哲学问题。作为农民的儿子，柳青、路遥和陈忠实对此非常清楚，他们知道面对广大的乡土社会写作，就是要为肉身生存者探寻和塑造活生生的做人榜样，让他们感到只有这样做人才有顶天立地的模样。作为陕西作家，他们在陕北看过乡民们头上用白羊肚手巾打的"英雄结"，在关中听过乡民们挣破喉咙吼出的"秦腔"，亲身体会什么叫作三秦大地的血性男儿，也更理解这些肉身生存者的愿望。

柳青是从乡土中挣扎出来的革命文学家，他带着双重使命探索肉身生存的尺度、塑造肉身生存的榜样。一方面，他的探索处于特定的历史环境，要符合时代对文学的要求；另一方面，这种探索还要满足几万万处于饥饿状态的农民挺直腰杆做人的愿望。为此,他提出作家必须进三个学校——生活的学校,政治的学校,艺术的学校——去学习,把他们经过社会实践获得的认识和理想传达给人民,帮助人民达到更高的境界。① 进前两个学校是要求作家以一个切合社会政治的身份介入生活,不仅了解生活,还要明辨生活中的是非。进"艺术的学校"要求作家在生活中保留读书和写作的空间,把握以艺术的眼光观察生活、勾画生活的权利。一个只知道追随政治潮流,或只是被政治潮流推动着走的人,虽然能感受到生活底层蕴藏的巨大力量,却无法采取艺术的眼光和手段,去发掘和表现其中存在着的生动的形象;而一个只站在人民生活边上把玩艺术,不愿意关注时代和社会的人,则只能看到纷纭变幻的生活表象,无法真正感受和传达生活中动人心魄的力量。柳青认为,真正的文学家应该具有以"六十年为一个单元"的精神,把文学创作当作自己的终身事业,在三个学校里勤勤恳恳学习一辈子,既不偏废也不见异思迁。柳青把自己的学习成果结晶为梁生宝这样的创业英雄形象。这个英雄作为乡土社会众多肉身生存者的一员,他懂得群众迫切要求发家致富、过上滋润日子的愿望,所以只身赴郭县买稻种,以提高粮食产量;他相信只要农民群众团结起来走集体化道路,就能创社会主义大业,所以积极组织精壮劳力进终南山割竹子,壮大了互助组的基业,增强了互助组的凝聚力。柳青笔下,创业英雄也是一个有血有肉的生存者,他也要吃、喝、拉、撒,也有爱的欲求。只是"他心中燃烧着熊熊的热火——不是恋爱的热火而是理想的热火",这热火使他"把人民大众的事包揽在自己身上,为集体的事业操心,伤脑筋,以至于完全没有时间和心情思念家庭和私事"②。梁生宝是那个重视理想和"大我"的时代,甘愿为理想和"大我"献身的新中国农民典型。《创业史》并不回避写人物的肉身感觉,只是以另一种形式加以表现,把时代背景、肉身欲望和作家对人性的理想融合为一体。当朋友知道生宝喜欢改霞,劝

---

① 柳青:《柳青文集》下,陕西人民出版社,1991年,第819页。
② 柳青:《柳青文集》上,陕西人民出版社,1991年,第356页。

他主动拥抱、亲吻改霞时,他骂人家说的是"烂脏话",这样的细节描写并不表示梁生宝不是一个肉身存在,而表现他面对个人的欲望,却羞于为自身着想,为那个时代的乡土大众树立了做人的榜样,并因此产生了广泛的社会影响。

每一种生存探索都是在特定境遇中的探索,每一个人生楷模都是特定人群的楷模。作家是在特定境遇中写作的人,同时又是为特定境遇的读者写作的人。创作与阅读是一种共谋的关系,作者和读者在一个共同的世界里彼此寻找,相互影响,作者选择世界的某一种面貌,探索人生的某一方向,也就选中了某一特定类型的读者。当生存境遇发生了根本性的改变,读者的人生追求发生了根本性的逆转时,作者对生存的探索,以及塑造的人生楷模也就需要调整,或者暂时退出历史舞台,新的探索及其人生楷模就将鲜亮地登上历史舞台。20世纪70年代末,中国的社会生活由过去的以政治为中心转变为以经济为中心,人们由关心"大我"转变为关心"小我",目光由遥望未来转变为紧盯当下。柳青的探索和梁生宝的榜样作用黯淡了。路遥及时站出来,为社会转型期迷茫的肉身生存者塑造了高加林这样的一个榜样。

高加林是出生于黄土地却幻想着出人头地的农村青年。他想把自己从黄土中拔出来,跳出农村,选择一种与父辈们不同的活法。"他想离开土地,不是厌恶劳动和艰苦,而是不能忍受闭塞、愚昧和屈辱,不能忍受明知贫困而又安于贫困的一潭死水似的人生观念。他向往城市,也不是向往舒适和奢华,而是向往文明、开放和尊严,向往那种时刻给人提供机遇的动态人生环境和允许选择、竞争、让青春和生命得以释放的积极人生观念。"[①]既然人是自由的,没有所谓先天决定论;既然整个社会在走什么路的问题上也是摸着石头过河、不断探索;那么,一个出身于黄土地的农家子弟探索一条离开土地的活法,不是正好符合时代的精神吗?没有人反

[①] 马一夫、厚夫主编:《路遥研究资料汇编》,中国文史出版社,2006年,第148页。

对一个有志青年的探索，但是探索是要付出代价的，最终要求探索者为自己的探索"买单"。在当时，城市对于农村人来说，就像卡夫卡笔下约瑟夫·K眼中的城堡一样可望而不可即。中间没有通道只有界墙，等待越界者的似乎只有一种命运，那就是碰壁。高加林明知前面等待自己的是一堵不可穿越的墙，却义无反顾地以头撞墙，即使碰得满脸是伤，也要证明自己争取自由生存的勇气。作家为人生探寻行动的尺度，为肉身生存者塑造人生的榜样。如果他是真诚的，这尺度就必然出于他对人生的认识，也适合测量自己；这榜样就必须来自他的人生体验，适合模铸他自身。路遥在谈论自己的创作经验时写道："我既然要拼命完成此生的一桩夙愿，起先就应该投身于艰苦之中。实现如此繁难的使命，不能对自己有丝毫的怜悯心。要排斥舒适，要斩断温柔。只有在暴风雨中才可能有豪迈的飞翔；只有用滴血的手指才有可能弹拨出绝响。"①路遥笔下的那些受难的越界英雄，在很大程度上也是他自己生命的追求与写照。

20世纪80年代中后期，是中国文学界、思想界文化寻根和反思思潮兴起的年代。大家搞不明白：为什么我们满怀激情和希望所进行的改革开放，带来的不是满足而是更多的不满？为什么人们在蛋白质摄入量明显增加，做人自由度显著提高的时候，还要满腹牢骚？为什么中华民族如此多灾多难？为什么中华民族历经灾难仍然能够生生不息？寻根有两个目的：一是继承"五四"传统，寻出民族的劣根性，进行新一轮的疗救；一是返回历史，倾听民族集体无意识的呼声。陈忠实所做的就是第二种反思活动。他认为文学是神圣的，"文学艺术沟通古人和当代人，沟通各种肤色和语系的人，沟通心灵，这才是从事文学艺术工作的人痴情矢志九死不悔以致不惜生命而进行创造活动的全部理由"②。文学的魅力主要来自对生命的呵护。文学是人学，是专门调节、运转、安顿人的生命，为生命寻找测量的尺度，让人生充满诗意的栖居地。一个具有生存尺度的人，才会成

---

① 路遥：《早晨从中午开始》，西北大学出版社，1992年，第67页。
② 陈忠实：《凭什么活着》，时代文艺出版社，2007年，第48页。

为自我的真正的主体，聆听生命的呼唤，控制、改变和净化生命中不纯不粹、影响人生响亮度的东西。中国文化中最能增加人生响亮度的就是德行，中国文化强调德行优先原则。"人所最关心的是他的德行，自己的人品，因为行动更有笼罩性与总纲性。行动包摄知识于其中而为其自身一附属品。他首先意识到他的行动之实用上的得当不得当，马上跟着亦意识到道德上的得当不得当。处事成务，若举措得不得当，则达不到目的，因此他难过。待人接物，若周旋得不得当，他觉得羞耻。羞耻是德行上的事。这是最尖锐，最突出，而最易为人所意识者。知识不及，技艺不及，是能力问题。德行不及是道德问题。前者固亦可耻，但不必是罪恶；而德行不及之愧耻于心则是罪恶之感。"①德行优先原则，要求每一个肉身生存者的一言一行一举一动，都要合乎道德，否则就是没有走上做人之道。陈忠实于是走进早已被当代人遗忘的白鹿原，寻找当年曾经拯救了人的白鹿精灵的踪迹，塑造当年为乡土社会树立榜样的朱先生的形象。朱先生是德行文化的化身，他的言行都以仁义为根本、以民生为核心。当白、鹿两个家族为争地混战一团时，他用诗化解矛盾，使他们把自己的居所变成"仁义白鹿村"。他只身徒步到乾州义退清兵，使西安民众免遭大难。主持放粮救济灾民，高风亮节净化白鹿原。白发从戎赴国难，暮年壮志冲霄汉。历尽艰辛修县志，秉笔直书正气凛然。他一生不做官，不图利，践仁践义，是一个贫贱不移、威武不屈的文化英雄。他用德行关怀百姓，也用德行呵护自己。

陕西当代三位现实主义作家，严格履行了自己作为当代社会"书记官"的职责，他们用自己的笔记录了当代中国人不同阶段的生存肖像，描绘了当代楷模不同时期的演变轨迹。通过他们的作品我们可以清楚地看到新中国走过的每一步路，可以感受到不同时期肉身生存者的希望和梦想、挫折和感伤，为中国社会的发展立下了一座座里程碑。然而，随着我国经

---

① 郑家栋编：《道德理想主义的重建》，中国广播电视出版社，1992年，第397页。

济改革的日益深入，随着城市化进程的日渐加快，经济效益观念日益深入人心，"幸福"成为当代人生活中最大的甚至唯一的追求，"崇高"在当代人心中越来越淡漠。于是在编写或者重写文学史的时候，我们总觉得陕西这三位作家的史诗情结太浓，作品中的主要人物太高大、太理想。我们批评那些高尚的人是一种忘记个人幸福的单向度生存者，觉得他们为高尚而牺牲幸福很不值得。我们是否应该反省一下，自己也许走向另一个极端，变成一个为幸福而忘了高尚的存在，我们拿出卖高尚换取幸福是否就很值得。文学是人学，人永远都走在学习做人的路上，文学永远都行进在探索人类尺度的路上，因此，回视以往的人、以往的文学，我们应带着一种温情和理解，决不能吹毛求疵，正因为它是片面的、有缺陷的，所以它也和我们一样有人气、有生命，因而有着存在的权利。

原载《文学评论》2008年第1期

柳青开创的现实主义传统

柳青是一位杰出的现实主义作家,是陕西当代作家的宗师。他以自己的艺术创作和人生实践,开拓了一条独特的现实主义创作道路。影响和启迪了路遥、陈忠实和贾平凹的人生观和创作道路,把陕西的现实主义文学创作推向了中国当代文学创作的高峰。他坚持毛泽东《在延安文艺座谈会上的讲话》精神,在生活上坚持扎根人民群众生活,做人民群众的眼睛、耳朵,与人民群众同情感共命运,建构生活共同体、在思想上用马克思主义教育和提升人民群众,进而以艺术的方式与人民群众同谋共想,和人民群众构建审美共同体。柳青从写《种谷记》开始,坚持在写作之前先要找一块"根据地"在那里扎根,了解"根据地"中人民群众的感觉、情感和愿望,目的是要和那里的人民群众建立情感共同体,思谋共同体。并以"根据地"的人民群众为窗口,了解认识普天下的人民群众。以"根据地"的人民群众为中介,和天下所有有着相近相似境遇的人民群众进行同感共谋。他深知,作品不是用来自言自语孤芳自赏的,而是为人民群众创作,让人民群众阅读,与人民群众分享,在人民群众的欣赏活动中实现艺术价值的。离开了人民群众的阅读欣赏,文本就变成了作者的自言自语,实现不了任何的价值与意义。作品要被人民群众阅读欣赏,作家必须懂得人民群众的欣赏趣味和审美需要;必须深入人民群众的生活实践,体验人民群众的实际人生;必须与人民群众形成感觉相通,理想相近的情感共同体、命运共同体。进而,站在艺术的立场,以人民群众为中心进行审美加工和创造，为人民建构一个既能满足他们审美需要，又能激发他们审美理想的艺术世界，让读写双方在此形成一个审美共同体。

一、扎根群众之中，为审美共同体奠基

柳青终生奉行"要想写作，就先生活"的现实主义创作原则。他认为，写作既是作家自己的一种生活方式，又是与读者进行情感分享、思谋对话的一种活动。任何生活都是在人群中与他人一起生活，而最广大的人群就是劳动人民。作家想和劳动人民进行情感分享、思谋对话，对人民产生影响，就要深入人民的生活之中，了解人民群众的感受、要求和愿望，否则自己的创作就会成为无的放矢。创作既是一种个体化活动，又是一项社会化活动。因此，作家只做一个个体的人是不够的，他还必须扎根社会做一个社会化的人，只有这样，他才能够了解社会，他的作品才能对社会发生作用。这就要求作家深入人民生活，了解群众需要，作家只有深入统计学和逻辑学难以深入的群众生活里去，用感觉和思维在人民群众生活中肯定自己，把自己变成人民群众的眼睛、耳朵，才能真正用自己的作品为人民群众发声。作家只有把自己真正变成人民群众生活共同体中的一员，写出人民群众想看的作品，说出人民群众想听的故事，才能真正成为人民群众欣赏和认可的对象。如果作家靠投机取巧搜集一些二手材料编写教育群众的故事，人物命运不是群众想看的，交流分享的话语不是群众想听的，故事情节经不起群众推敲，以假乱真，就不会获得群众的欣赏。

作家创作的作品要想获得人民群众的欣赏和喜欢，他就要在群众生活中对象化自己的眼睛、耳朵和声音，让人民群众在作品中感受到作品主人公的苦和乐、爱和怕，就是自己亲身经历的苦与乐、爱和怕；作品主人公发出的追求认可和尊严的心声，就是自己发自内心的呼声。这就要求作家置身人民群众生活，与人民群众同甘苦，共患难，结成感同身受的生活共同体，患难与共的命运共同体。他说："深入生活，改造思想，向社会学

习。这是文学工作者的基础,如果拿经济事业和文学事业比的话,那么,这个就是基本建设。"[1]为了搞好文学创作的基本建设,作家必须在自己选定的读者群体中给自己建立一个"根据地",在"根据地"里扎根,与"根据地"的人民群众(作品的读者)建立一种情同兄弟姊妹的关系,从中摄取和消化自身缺少的人生经历及艺术营养,丰富和壮大自己的生命感以及艺术感。有了这种感受,作家就真正懂得了自己所要描写和对话的对象,懂得了他们的趣味、需要和理想,就真正进入了主人公的精神世界,就能用结实的生活语言让自己笔下的人物自己行动起来,而不会只用光滑的语言介绍人物的行动。这并不是说,作家要把自己的作品变成一种生活纪实。而是说,作家在进行虚构和想象性的写作之前,一定要有一个坚实的生活基础,只有在这个基础之上,才能建构起经得起读者审美评判的艺术大厦。

柳青认为,人民生活能够培养作家,改造作家,提升作家。作家要表现人民生活,就要在生活中向人民学习,培养自己形成人民在生活中的那种感觉。作家只有把自己对生活的直接感觉,培养得像工人对工厂的生活,农民对农村的生活,战士对部队的生活,学生对学校生活那样敏锐、精细和真切,他笔下的生活世界就会给读者造成一种真实的生活世界的幻觉,作家塑造的人物形象就会给读者造成面对现实中真实人物的艺术幻觉。现实主义作家的文学创作,一定要有实际生活经验作基础。柳青所写的形象都有坚实的生活基础,有生活原型,写的都是自己的真实感受,他作品中的虚构和想象,也有其现实的生活根据,绝对没有面壁虚构和想象。柳青认为,对生活的熟悉、了解,赋予作家把生活真实再现出来的本领,赋予作家把思想感情形象化表现出来的能力。作家创作过程中的想象力固然重要,但是,再丰富的想象也要以现实生活为基础,不可能天马行空、毫无依据地任意幻想。因此,只在口头上强调生活的重要性,而不用

---

[1] 柳青:《柳青文集》第4卷,人民文学出版社,2005年,第330页。

实际行动深入生活，了解生活，剖析生活的作家，迟早总会因为缺乏生活经验而吃亏的。生活教会作家用具有生香活意的语言表达人物的思想感情，用个性化的方式与他人对话交流。好的文学语言，一定是文学语言和生活语言自然的结合，因为有生活语言作基础，所以它接地气，有人气，能表现主人公个性化的感觉和思维，给读者造成一种强烈的现场感，造成直接面对面地对话交流的真切感，这种感觉效果是无论多么精美的文学语言也无法达到的。作家要掌握生活语言，熟悉理解生活语言所包含的、揭示的社会生活内容，一定要向社会生活学习，向生活在一线的人民群众学习。不仅想真实反映生活的作家需要熟悉人民生活，学习人民群众的语言，就是想要干预生活的作家也需要熟悉人民生活，学习人民群众的语言。还有那些想要站在立法者的立场，要剖析生活，引导人们思考生活的作家，更需要熟悉人民生活，学习人民群众的语言，严肃地直面人民生活。总之，作家想对人民生活发生同情、批判和引导作用，就要懂得人民生活的规律；作家要想获得人民群众的阅读、欣赏和认可，实现自己的创作价值，就要懂得人民群众的语言。语言是人与人之间进行思想感情交流的工具，使用和人民群众同样的语言，会让人民群众产生同类人的亲近感。语言又是存在的家园，使人民群众住在同样的家园里，会让人民群众产生一家人的感觉。

柳青指出，现实主义作家想要深刻地描写现实，剖析现实，进而通过改造广大读者的心灵来改造现实，必须在生活中下一番对象化的功夫。他认为，作家的对象化功夫包括五官感觉的对象化和精神感觉的对象化的功夫，这两种对象化的功夫，决定着作家艺术形象化的程度，决定着他的作品被人民群众接受和认可的程度。作家只有做到了五官感觉和精神感觉的对象化，他才能真正把自己化为艺术描写的对象，使自己真正熟悉和懂得所描写的对象，并且在对象世界中肯定自己。作家通过这种对象化的功夫，丰富和发展了自己的生活感觉和现实思维，也丰富了自己的艺术感觉和艺术思维。纠正了自己头脑中不符合描写对象的独特本质、独特存在的一些主观观念，使自己的感觉和思维尽可能符合客观事物的现实存在。让自己的艺术感觉和艺术思维始终保持鲜活的生命力。人的生活感觉和思维，是在改造自然和改造社会的实践中逐步发展和完善起来的。作家的艺术感觉和艺术思维的丰富性、独特性，也是在社会实践中完成的。只有在和工农大众的结合中使自己对象化，才能使自己的艺术感觉和艺术思维完善化。作家在生活实践中的对象化，是他在艺术实践中对象化的基础。作家没有在社会实践中对象化，就不可能熟悉和懂得他所描写的对象的现状与潜能，就不可能在艺术创造中合理地对其进行对象化。艺术实践中的对象化，是作家按照自己的审美理想，想象、虚构出一些人物，他们性格各不相同，思想感情互有差异，发生多种矛盾，在一起工作和生活，要共同完成一种审美的任务。这就要求作家的审美理想，要与人民群众同谋，他想象、虚构出来的人物，要与人民群众情感相通。人物之间的矛盾冲突，能够引起人民群众的爱与怕。作品的形象、意象、情节和结构，让人民群众产生认同感。总之，作品在大的方面，要符合客观事物发展的规律，在小的地方，要合乎实际生活的细节。就好像作品中的这些人本来就在一块儿，现实地做过这些事一样，让人看不出任何破绽，相信他们的真实性并且喜欢他们，才算成功的创作。

艺术实践中对象化的过程，是作家用自己的审美理想改造和化育对象的过程。对象化的过程不仅是作家在对象世界中汲取营养，丰富和完善自我的过程，也是作家用自己的本质力量改造世界、肯定自我的过程。正如马克思所说，"动物只是按照它所属的物种的尺度和需要来造成东西，可是人善于依照任何物种的尺度来生产，并且到处善于对对象使用适当的尺度；因此，人也按照美的规律来造成东西"[①]。柳青的《创业史》中蛤蟆滩上那一群人的生活史，不仅反映了那个时代中国农村农民现实的困惑、追求和向往，更表现了作者自己的体验、感受和理想。梁生宝的性格以及

---

① 《马克思恩格斯论艺术》第1卷，中国社会科学出版社，1982年，第225—226页。

他对党、对周围事物，对各色人物的态度，都有柳青对当代农民理想样貌的写照。

柳青认为，作家的理论和实践，做人与作文是一体两面，不可分割的。他自己把扎根群众生活，关怀呵护群众的当下人生，当作自己人生最重要的生活实践和艺术实践。他认为："作家的气质更具有社会实践的性质。离开了社会实践就很难评定作家的气质了。"[1]重视生活体验，关怀当下人民群众的现实人生，是他创作的最大特点。《种谷记》《狠透铁》《创业史》都是他置身"根据地"群众生活，关怀当下现实的结晶。他置身"根据地"的农村和农民中间，把目光聚焦到周遭的农村和农民，探寻乡村的壮美，发掘农民的生存智慧。他的作品具有鲜明的时代特点和浓郁的生活气息。

柳青把自己的"根据地"建立在农民群众生活栖息的地方，深入地感受农民大众的生活现实，体验农民大众生活的痛苦和快乐，感悟农民大众的生存需求和人生理想。真正做到了不仅通过作家自己的思维，而且通过全身心的感觉，捕捉到农民生活的丰富内涵、纯真本质和独特形式。他塑造出的梁生宝、梁三老汉、郭振山、郭世富等鲜活的农民形象，传达出那个时代各阶级农民呼声的多声部，为后人了解那个特殊时代，认识那时的社会人生，留下了一份宝贵的文献。柳青不但把作品写进了文本中，更把作品写在了大地上。他总是以一个实际工作者的身份，活跃在生活中。为了解决农民生产中遇到的问题，他可以放下手头的文学创作，总结生产生活的经验，解决当下人民群众社会实践中遇到的生产生活问题。20世纪40年代初，他在米脂农村工作期间写下《米脂县民丰区三乡领导变工队的经验》；50年代在陕西长安县写下了总结王家斌所在的胜利农业社发展巩固经验的《根深叶茂》和《长安县王曲人民公社的田间生产点》；60年代初期，他写下了《耕畜饲养管理三字经》；70年代初期写下了《建议改变陕

---

[1] 柳青：《柳青文集》第4卷，人民文学出版社，2005年，第294页。

北的土地经营方针》。这些作品是他在社会实践中为人民谋幸福最直接的表现。他是真正把做人和作文紧密地结合在一起,把艺术和人生结合在一起的作家。

二、研读中外名著,提升自身审美素养

"任何一种文学形式都有其承继,可以将它们的发展追溯到最早的时期。作家写作的欲望只会源于在他之前的文学经验,会从模仿自己所读的作品开始,其实往往是他周围的人所写的东西。这为他提供了所谓的程式,即一种典型的、为社会所接受的写作方式。"[1]就在这种程式中写作了一段时间后,他对形式的多个感知都会从原有的关于文学技巧的知识中脱胎而出。任何作家都不可能无中生有地进行创作,他想表达的任何事物,都只能通过一种可被识别的文学方法进行表达。"在任何时代或文化中讲故事,给其引人入胜、制造悬念、找到开始和结束的逻辑点,这些打造故事的技术问题都没有大的变化。"[2]不论是通俗文学还是高雅文学,虽然其故事的关注点、聚焦点不同,但是,都要通过程式化的方式讲故事,而非随心所欲地讲故事。

现实主义作家不仅要从现实的社会人生中汲取创作营养,还要在前代作家的创作中汲取营养。作家的初心都是以艺术的方式关怀当下的社会人生,因此,必须在继承前代艺术成就的基础上,创造表达自己意思的艺术作品,即使要让自己的意思与别人的意思相区别,但表达意思的方式也是从前人那里继承演化而来的。就像今天的人们,走在现代化的城市大街上,看到街面上商店的橱窗,十字路口指示灯红绿的变化,都表示着城市生活的个性,它与自然生活的不同。假如你多走几个城市,立刻就会发现,每件事物都是程式化的:男人刮过的脸,女人的红嘴唇和蓝眼影,包

---

[1] 诺思罗普·弗莱:《培养想象》,李雪菲译,中国华侨出版社,2019年,第27页。
[2] 同上,第28页。

括服装，都是程式化的，朝着相似性发展，置身程式之外看这些，就会觉得怪异。当我们转向文学，看到文学同样是程式化的。文学的程式就是为了尽可能地使文学与生活区别开来，成就文学本身。"许多人认为，具有原创性的作家总是直接从生活中得到灵感，只有平庸地模仿他人的作家才会从书中得到灵感。这完全是胡扯：唯一有价值的灵感，就是能澄清写作情志的灵感，而它更可能从已经拥有某种文学形式的东西中得到。"[①]弗莱认为，文学中任何新的东西都是对旧东西的再塑造。荒诞派戏剧《秃头歌女》看似稀奇古怪，毫无理性规则，实则是对西方文学中极其牢固的两个程式（"反讽式场景"——两个拥有亲密关系的人却毫不了解对方；"识别场景"——长期失踪的儿子和继承人最后一幕从远方归来）的一种走样的模仿。我们只能在文学作品中看到的东西，通常就是我们在文学作品中要追寻的东西。"文学中任何完全同生活一致的东西都有点像实验室的样本。为了使文学中的东西变得鲜活，我们不能同生活一致：我们必须同文学一致。"[②]一个作家最好的作品，往往是对文学程式运用得最好的作品。

万丈高楼都建立在坚实的地基之上，虚土之上承载不起高大的建筑。杰出的现实主义作家都以有温度有价值的艺术来介入并丰富广大读者的生活。作品的温度来自作家对现实的关怀，作品的艺术性来自作家对前辈作家艺术的创造性传承。传承前代艺术家的艺术方式与方法，创造新的艺术作品，是任何一个当代作家进入艺术史，以艺术的方式尚友古人、尚友今人，与前辈对话、与后辈分享交流的唯一方式和不二途径。人们往往设想，一个全新的社会，会在全新的风貌和全新的经验上诞生一种全新的文学。但是这些新的事物只给文学提供新的内容，并不提供新的文学形式。新的文学形式，只能从已知的文学当中产生。我们在文学中所看到的所有主题、人物和故事，都属于一个相互关联的大家庭。悲剧、喜剧、讽刺、传奇等词语所传达的，都是某种讲故事的典型方式。后来的作家只有在这

---

① 诺思罗普·弗莱：《培养想象》，李雪菲译，中国华侨出版社，2019年，第55页。
② 同上，第74页。

种讲故事方式的基础之上，才能讲出自己生动完美的故事。

任何一种创造性的活动，都是接着前人创造成果继续创造。创造者与前代的创造者是一个共同体的成员。大家在共同体内交流分享，在共同体内相互竞争，文艺创作也不例外。当代作家从前辈作家那里汲取艺术营养，借鉴他们与读者产生艺术共鸣的方式方法，是他取得艺术成功的一种重要途径，也是他进入文学史的一种必由之路。所以，当代作家向前辈艺术家学习，进入艺术大师们构建的艺术共同体，在这个共同体中培养自己的艺术感觉，敏锐自己的艺术眼光，开阔自己的艺术心胸，是其获得艺术成功的必由之路。艾略特认为，好作家必然与前代的优秀作家有承传关系，又给他的后辈作家贡献遗产。好作家总是处于文学创作历史的中途，既和前人又与后辈进行对话。米兰·昆德拉则把这道理说得更加透彻和绝对："依我看来，伟大的作品只能诞生于他所属艺术的历史之中，同时参与这个历史。只有在历史中，人们才能抓住什么是新的，什么是重复的，什么是发明，什么是模仿。换言之，只有在历史中，一部作品才能作为人们得以甄别并珍重的价值而存在。对于艺术来说，我认为没有什么比坠落在它的历史之外更可怕的了。因为它毕竟是坠落在再也发现不了美学价值的混沌之中。"[①]作者想要在文学共同体中，在特定文学的题材史中找到自己的位置，就需要每天腾出一定时间，把自己从生活实践中抽身出来，从对生活世界的依赖关系中剥离出来，让自己变成一个自由的艺术主体。这样，既为自己从容地观照、剖析、玩味生活世界创造空间，又为自己自由地建构诗意的对象世界夯实基础。

柳青认为，人一方面受环境影响，另一方面也要改造环境，创造环境。古今中外的大师的创作道路都证明，作家一方面坚持自己社会活动家的生活，另一方面保持一部分艺术生活——读书和写作，是获得创作成功的关键。读者欣赏作家的作品，称赞它的独特性，一般都是称赞他作品中

[①] 米兰·昆德拉：《被背叛的遗嘱》，余中先译，上海译文出版社，1993年，第18页。

既具有前辈作家作品中有的艺术特色，还具有前辈作家作品中没有的艺术品质。评论家称赞某位作家超越了前人，是称赞他在前人的基础上进行了创新，而不是没有继承的全新创作。任何小说创造都是在小说史中进行创作，同时又在创造中刷新了小说史。抛开小说史，不存在小说创造，只有小说的虚无。作家每天从生活世界中抽身出来，置身小说世界，接受中外名著的熏陶和滋养，让自己牢记审美地把握和改造世界的初心和使命，同时让自己不要脱离艺术共同体。只有带着艺术创造的初心深入人民群众生活的作家，才会一方面扎根于人民群众之中，和人民建构情感共同体、命运共同体，另一方面又和前辈艺术家建构艺术共同体、审美共同体。扎根群众生活，让作家获得了生动丰富的现实感，作家就有了在书籍面前保持独立思考的自由；学习前辈作家的优秀作品，使作家获得了丰富的文学感，作家就能在现实中保持审美创造的自由。在此基础上，作家所创作的作品本身就是一种文学形式，它由其他文学形式产生，并与其他的文学作品形式相关联，它以文学的方式建构并审视社会人生，因此，才会感召读者与他同感共谋艺术人生，共建共享审美世界。

作家尚友古人，学习先前作家的创作经验，是为了给作家自己寻找一个进行艺术对话和竞争的对象，也是给自己寻找一个进行审美评估的价值坐标，这是任何一个优秀作家必须做的工作。每一个作家都有必要向前辈作家学习剪裁生活、突出主题、谨严结构、发展情节和提炼语言等方面的技巧。为人民群众创作的作家，只有通过学习前辈作家与读者进行对话分享的艺术技巧和艺术境界，与前辈艺术家建构一个审美共同体，在共同体中与前辈作家争胜，才能更好地与人民群众进行审美对话与艺术分享，满足人民群众的审美需求，提高人民群众的艺术鉴赏能力，在人民群众中创造出新的更高的审美需求。柳青为此反复研究曹雪芹、施耐庵以及托尔斯泰、肖洛霍夫、海明威等中外优秀作家的作品，从中汲取艺术营养，从中悟出了自己的对象化写作手法。陈忠实称之为人物角度叙事的手法，并在《白鹿原》的创作中继承了下来。通过在艺术共同体中与前辈艺术家对话、交流和分享，一个现实的人会变成一个有审美眼光的人，一个普通的文艺工作者会变成一个有艺术品位的审美创造者。通过与前辈作家在艺术共同体中对话和竞争，作家才能创作更优秀的作品，才能在前辈作家创立的艺术纪念碑旁竖立起新的艺术纪念碑，满足广大人民群众的审美需要，提升人民群众的审美鉴赏能力。

三、探索创新方式，建构人民满意的审美共同体

柳青是一位重视社会实践关怀现实人生的作家，同时他也推崇艺术创新，倡导艺术创造。他认为，新的创作方法对开阔读者的审美眼光，激发读者的阅读兴趣，满足读者的欣赏乐趣，进而建构读写审美共同体，非常重要。他说："一个写作者，当他完全摆脱模仿的时候，他才开始成为真正的作家。"[1]只有从形式到内容都做到独创才能称得上是一个作家。柳青从40年代开始文学创作，不断向生活学习，向前辈作家学习，到写作《创业史》的时候，逐渐摸索出了一种属于自己的艺术创作方法，他称之为"演小说"的方法。即让主人公站在艺术舞台的中心，演绎自己观察到的天地自然和体验过的社会人生，演绎自己的爱与怕，阐释自己的苦与乐。作者不把自己插在主人公与读者之间，不干扰主人公与读者直接进行人生交流与分享，这种做法就是"演小说"的方法。他让主人公直接变成读者的熟人、亲人甚至兄弟姐妹，面对面分享自己的人生体会，读写双方更容易建构一种亲密无间的审美共同体。

柳青作为一个杰出的现实主义小说家，他认为，不论哪一种小说，都是作家艺术加工过的作品。他说："从生活到艺术，必须经过作家思想感情这个孔道。这个孔道是必经之路。感觉是这个孔道的第一座门。事物必须经过作家的五官感觉和精神感觉，进入作家的思想感情的孔道。思维是

---

[1] 陕西师范大学文学院编：《长安学术》第11辑，高等教育出版社，2017年，第3页。

这个孔道的第二座门。事物必须经过作家的思维（分析，批判），出于作家思想感情的孔道，而变成了艺术品。"[1]从生活到艺术，就是把粮食加工成酒水过程。在这个过程中，经过了作家的感觉和情思的过滤和升华。作家要把自己对生活的感觉，化为主人公对生活的感觉，把自己生活中的审美情思化为主人公对生活的审美情思。同时，那种感觉和审美情思，又不是作家个人的独白，而是主人公的感觉和情思。杰出的小说家，都善于把自己对象化为作品中的主人公，以主人公的眼光来看世界，以主人公的心灵来感受和分析世界。他不会站在外围对人物所经历的事件经过进行所谓的客观报道，而是把自己对象化成主人公的眼睛、耳朵和声音，以主人公心理的、思想的和行为的活动，表现主人公情感起伏和命运变化。在表现人物的情感经历和命运遭际时，让主人公自己站出来进行自我表现，还是让作者来叙述主人公的人生历程，柳青认为，这样一个简单的主宾之分，却反映了谁该被突出，谁在做陪衬，一旦主宾倒置，就会喧宾夺主。作者一旦喧宾夺主，把小说变成了他的自我表演，那就不是演小说。演小说一定要让人物站在主位，直接向读者诉说自己的人生际遇，用自己鲜活的思想、感情直接与读者进行同感共谋。柳青的《创业史》就是他演小说这一理论的艺术实验，整部作品尤其是第二部，作者一直藏在幕后，让人物站在前台，直接面对读者表演自己在蛤蟆滩的人生遭际和命运变化，通过主人公的直接表演，与对面的欣赏者——读者进行艺术人生的分享交流，与欣赏者一起同感共谋自己的艺术人生，润物无声地与读者形成一种共建共享的审美共同体。

四、与人物进行情感共鸣命运共振

文学艺术走的是一种情感路线。它所讲的宇宙人生都必须经过作家的

---

[1] 陕西师范大学文学院编：《长安学术》第11辑，高等教育出版社，2017年，第10页。

情感过滤，变成人们喜欢或讨厌的宇宙人生。呼唤读者在情感上认同对象和自己互为对方的一部分。让读者感到主人公的生活，就是自己想要过的或者讨厌过的生活。文学是人学，它以现实中人的情感起伏、命运变化，激发读者的情感共鸣命运共振。历来优秀的文艺作品，都表现主人公的追求、渴望、奋斗和理想，以主人公所体验到的爱与怕，所遭际的起与伏与读者进行交流分享。只有把主人公爱与怕的感情写活了，把主人公的命运起与伏表演真实了，才能引起读者广泛的共鸣。好的文学作品，虽然描写的是一隅的人生，却能产生普遍的社会共鸣，讲关中人的生活故事，不但陕南的人爱看，陕北的人爱看，全国各地乃至异国他乡的人都爱看，都会产生感同身受的震撼。原因就在于文学作品着重描写的是人们普遍关心的问题：人应该怎样生活？怎样才能获得人生的尊严？它让读者在欣赏作品的过程中明白了阅读过程，就是一个认识自我、关怀自我的过程。而认识自我、关怀自我，是从古到今、从西方到东方所有人都普遍关心的一个核心问题。这一核心问题在现实生活中却被一些切身的事情遮蔽了，文学写作目的就是要对这一被遮蔽的问题进行暴露，使其敞亮，让读者获得审视人的新维度，在阅读过程中感受到人生的温暖，进而把读者邀请到审美共同体之中，与主人公一起进行情感共鸣、命运共振。

在写作《回答〈文艺学习〉编辑部的问题》的时候，柳青说，他特别注意且印象最深的是文学创作描写的主要方面，即这个人能引起他情感波动的思想、性格和行为。自己在与人交往的过程中，特别注意观察人的活动。一个和他相处了一段时间的人，后来回忆起来，总是先想起这个人所做的事情，接着就想起他的姿态、相貌和声音。至于这个人穿着什么衣服、戴着什么帽子，他较少关注。他说，作家观察生活中的人时要抱一种热情的态度问题，如果说文学是对生活的反映，那么，热情就是反映生活的镜子，或者对生活的热情越高，反映生活的镜子就越明亮，反映出来的生活就越真切。只有热情的态度才能使作家真切地关怀人的生存发展，关怀人生存的尊严。"一个对人冷淡无情和对社会事业漠不关心的人，无论他怎么善于观察人,也不可能成为真正的作家。这就是说在生活中或工作中要有热情——热情地喜欢人,帮助人,批评人或反对人。"①作家只有对生活抱着极大的热情,带着喜欢、厌恶、拥护、反对的热情观察生活,才能发觉他所需要的人性的独特性,才能与生活世界中的人建构情感共同体。

柳青作品的主要人物都有生活原型或模特儿,这些生活原型或模特儿,都是他在现实中爱过、恨过的人物。小说的创作过程就是他对自己曾经有过爱恨体验的模特儿或生活原型进行加工创造、想象、虚构的过程。他说:"我在《种谷记》里王克俭的模特儿家里食宿过两月,但他并非和农会主任王加扶的模特儿同村,他的驴也不下骡驹。我和六老汉的模特儿做隔壁邻居两年,但他对变工队并不积极,积极的是另一个村子的老头,这老汉却不喘息,也没儿子参军。他们两个都没有挨过地主的脚踢,挨过的老汉是我在区上听汇报听到的。存恩老汉的模特儿在我出生的村里,我写小说时他早已不在人世了,他和小说里其他人物的模特儿一点关系也没有,但我小时他和我父亲的关系如同存恩老汉和王克俭的关系差不多。"②《创业史》中的梁生宝、郭振山、郭世富、姚士杰等人物,也都有带着柳青爱恨情感的生活原型或模特儿。因此,柳青的作品才写得如此接地气,作品中的主人公才如此有人气。

柳青曾说,机器转动靠轴承,文学作品的轴承就是人物。"一个作家学会了以人物为中心来构思,是很费劲的,这也是一个本事……一般的都是先想好故事,再找人物来说明故事,人物出来为故事服务。这也是难免的。我们要逐步做到让故事为人物服务。以人物为转移。作品不是故事发展的过程……是人物思想感情的变化过程,是作品中要胜利的人物和要失败人物他们的关系的变化过程。"③人的思想感情是在社会实践中产生的,随着社会实践的发展变化而发展变化。要鲜活地写出一个或几个人

---

① 蒙万夫、王晓鹏、段夏安等编:《柳青写作生涯》,百花文艺出版社,1985年,第33页。
② 同上,第36—37页。
③ 同上,第106—107页。

物思想感情的发展变化过程，就要从观察人在社会实践中思想感情的过程开始。为此，作家在创作的开始阶段，就要摆脱故事，从人物出发，从人物的思想感情发展变化出发。因为人的喜、怒、哀、乐、爱、恶、欲这七种感情，都表现在具体的社会实践行为上，是具体而非抽象的，所以，是任何人坐在房子里凭空无法想象出来的。作品要写人物思想感情的变化过程，就是要写在现实的矛盾、对立、冲突中，要胜利的人物和要失败的人物的关系的变化过程。写失败的人物由有影响到逐渐失去了影响，退出了重要的位置。胜利的人物，由没有影响到逐渐产生了影响，占据了主要位置。《创业史》写的就是郭振山、姚士杰、郭世富从党和社会群体的历史舞台逐渐退出，梁生宝、冯有万、高增福等逐渐登上新的历史舞台的过程。由于作品始终以人物为中心，写人的发展、人与人的关系，写人在矛盾斗争过程中的情感起伏，命运变化的整个过程，因此，就能和读者产生强烈的情感共鸣，吸引读者关注作品中人物情感起伏和命运的变化。

《创业史》表现得最成功、最令人信服的思想感情转化过程，就数中间人物梁三老汉思想感情的起伏变化。梁山老汉解放前两度创家立业的失败经历，挫伤了他生活的自信。解放后经过土地改革，他有了土地、牲口和劳力，重新燃起了发家致富的希望。以往的贫穷让他受尽了轻贱，生活告诉他，只有日子红火了才会受人尊重。他想趁着现在这个机会发家，可是他一向亲爱的"宝娃""宝宝"，却要搞互助合作，走共同富裕的道路。梁三老汉是一个实在人，他只相信自己见过的，比如郭世富发家之后盖房如何招人尊敬。而互助合作共同致富是一条他从来没有见过的道路，前头不知有多少危险，他对此无法预料。起初，他对义子所走共同富裕的道路不屑，讽刺义子是"梁伟人"。但是，互助合作组经过梁生宝买稻种、科学种田、进山割扫帚等事实，赢得了蛤蟆滩人的信任，梁三老汉也信服了儿子所热心的事业。于是，他改变了向义子发火和吵架的态度，默默地关心义子所领导的事业的命运，称呼义子为"梁代表"。当义子领导的互助合作取得了初步的胜利，获得了上级的肯定、群众的拥护，他充满自豪地称义子为"梁主任"。在黄堡上集时，穿着一身新棉衣的梁三老汉，被群众硬推到队前买东西的时候，这位一辈子受人轻贱的老汉，终于享受到了站在人前受人尊敬的尊严。作品通过一系列的生活事件，鲜活地表现了梁三老汉情感变化的过程，让读者对他由奴隶到主人的人生历程产生共鸣。梁三老汉是读者和评论界普遍公认的，能让读者产生强烈情感共鸣的典型人物。

2015年11月

本文系教育部人文社科基金项目"柳青、路遥、陈忠实、贾平凹与中国当代现实主义文学"（10YJA751017）阶段性成果

柳青的社会参与意识和生存探索精神

一、柳青的社会参与意识与生存探索精神

柳青是一个有着强烈的社会参与意识和人生探索精神的作家。他的文学创作活动,与他亲身参加的民主革命、社会主义建设紧密联系在一起。他一直倡导生活先于文学,文学来源于生活并参与生活发展的写作观念。他所说的生活,主要指底层人民群众尤其是底层无产者的生活。他以文学的方式体验、探索和参与不同时期底层无产者的社会实践,用底层无产者涌现出来的英雄榜样模铸底层群众,让他们像英雄那样摆脱只会谋食的旧我,创造敢于当家做主的新我。这种写作方式在中国当代现实主义文学中,形成了一道独特的景观。

柳青长期深入底层社会。他对底层无产者要求改变无尊严的旧生活、创造被人认可的新生活的愿望,有刻骨铭心的认知与体验,同时,他也对变革社会的残酷性和复杂性有着深刻的认识。早期对《共产党宣言》的阅读,后来对苏联文学的学习,造就了柳青积极有为的文学价值观,尤其是毛泽东《在延安文艺座谈会上的讲话》精神,促使他用文学介入现实生活,参与当下的社会人生实践。

1943年,柳青响应毛泽东发出的"到群众中去"的号召,背着背包来到了米脂县山峁中的吕家硷乡。扎根社会底层,从底层生活中汲取创作营养。底层无产者身上"改天换地"的革命力量,坚定了他要把民主革命进

行到底的信心。底层无产者支援前线斗争的热情和牺牲精神，增强了他对革命必胜的信念。通过深入生活实践，他对旧中国农村各阶级的生存现状进行了较为系统的探查，较为细致的剖析。农村的中上层有产阶级，一般倾向于走老路，过旧生活，享受一直以来的幸福时光。农村中的底层无产者，有着强烈的改变现状的愿望。然而，一些底层无产者虽然对自己长期受压迫、被奴役的生存现状很不满，但是缺乏站出来反抗斗争的勇气。还有一些底层无产者既有改变奴役命运的意识，又具反抗压迫的勇气，但是缺乏正确的理论指导。柳青认为，要唤醒底层无产者身上的主人意识，鼓舞他们为自己做主的勇气和力量，引导他们进行正确的反抗斗争，不能等他们自我觉醒，只能用底层无产者中涌现出来的、接受过马列主义理论熏陶的英雄榜样来感召他们。因此，柳青决定用革命现实主义创作方法，在作品中塑造底层人的楷模，让广大的底层生存者看到学习的榜样，做人的方向，做主的希望。

解放后，在社会主义建设阶段，柳青依然延续他深入基层与底层人民同呼吸共患难的作风。为了创作出无愧于时代的作品，他毅然放弃了北京优越的生活条件，重新回到了阔别多年的西安，从1953年3月开始，他长期定居皇甫村，从底层人的生活汲取他创作长篇小说的源头活水。柳青是一个有诗性智慧的哲人，他既敬畏底层生活，又关注社会发展的潮流，更热爱文学事业。为了将这三者完美地融为一体，让文学发挥改变底层生活、推动社会发展的作用，他提出，作家一生必须进三个学校：生活的学校，政治的学校，艺术的学校。到生活的学校学习，是为了认识底层生活的本色，把握底层生活的真实，抓住具有生命力的细节，表现底层生活本身的生香活意。底层生存者为了生存，拥护或反对他人，喜欢或讨厌他人，亲爱或仇视他人，他们的情感和行为都是具体的，艺术描写也必须具体。"艺术描写如果缺乏这种具体性，或不符合这种具体性，就不能造成生活的气氛，就是缺乏生活的真实。"[1]柳青是一个革命现实主义作家，他特

---

[1] 柳青：《柳青文集》第4卷，人民文学出版社，2005年，第277页。

别关心底层无产者在生存奋斗过程中保守与激进、怀旧与创新的矛盾与冲突；关心底层不同群体对新生活、新事物的态度。他想倾听底层无产者对新事物新生活的呼声，想从底层群众的生活中获取新的人生体验。到政治的学校学习，使他坚信"作家是阶级的眼睛、耳朵和声音"①。培养了他作为作家的透视意识，让他总是自觉地站在特定阶级的立场观察生活，体验生活，从特定阶级立场出发挖掘生活素材，提炼艺术主题，塑造形象，讲述生活故事。革命作家，在现实中是一个革命活动家，在创作中必须运用马克思主义美学原理，塑造无产阶级革命者的形象，讲述无产阶级推翻旧世界、建设新生活的故事。进艺术的学校学习，主要是给作家自己创造一种艺术的环境，让他从生活中独立出来，一方面认真学习优秀的古典文学，一方面用艺术的眼光观察和认识生活。作家的生活既是现实的又是艺术的，任何一方都不可偏废。柳青认为，作家一方面必须和现实生活保持密切的联系，形成生动丰富的现实感，在各种书籍面前保持独立；一方面又必须和文学艺术保持密切的关系，形成生动丰富的文学感，在生活中保持自由。

  柳青强调，在三个学校中，生活学校尤其是底层生活这个大学堂，具有首要性和优先性。在他看来，总得先了解底层无产者的生活，然后才能懂得无产阶级革命政治，如果脱离了无产者的生活，无产阶级政治就是空的。总得先懂得无产阶级的生活，才能找到适合革命现实主义文学的创作素材，找到与革命现实主义文学对位的欣赏对象。脱离底层无产者的生活，作品就会干瘪。脱离底层无产者的欣赏，革命现实主义文学作品的价值没法实现。革命现实主义作家，要描写底层无产者的生活，塑造底层无产者的形象，必须进入底层了解无产者的生活，从他们的生活中获取创作灵感。要让文学对底层无产者发挥团结和教育作用，就必须沉入底层无产者之中，了解他们的审美趣味和理想。对底层生活的尊重，让他长期沉潜到社会底层，体察底层人对改变自身现状的努力，对自己当家做主的向

---

① 柳青：《柳青文集》第4卷，人民文学出版社，2005年，第275页。

往。他几十年如一日，深入社会底层，体验底层人的生活，研究底层人的生存现状，创造底层人学习的榜样。柳青之所以特别重视底层无产者的生活，是因为在几千年的封建社会里，底层无产者一直被压在地下见不到真正的阳光，感受不到人生的温暖，他们的生活一直被遮蔽，他们的作用一直被忽视，他们的价值一直被低估。柳青要用自己的笔，为底层生活揭蔽，对底层无产者的价值进行重估。正是这种革命现实主义文学观，引领他走向小说创作的高峰，写出了一部影响深远的现实主义力作《创业史》。

二、柳青文学的社会参与意识与生存探索精神

柳青一直把自己沉到生活的底层，与底层无产者一起直面当下的社会人生问题，与底层无产者一起寻求和探索新的社会人生之路。他一生都努力为底层无产者进行创作，无论是讲述战斗故事的《地雷》《铜墙铁壁》，还是讲述生产故事的《种谷记》《创业史》，都站在底层无产者的立场，塑造底层革命者的光彩形象。他作品中塑造的底层主人公，都有着坚定的人生信念，昂扬的战斗精神，成熟稳重的处世态度，成为底层无产者改变旧我、创造新我的榜样。尤其是《创业史》中的农民英雄梁生宝，表达着作家强烈的参与精神和用文学探索新生活的创作倾向。

柳青的《创业史》，讲述的是底层人新的做人方式的探索史。新中国成立初期，底层农民应该怎样创业，怎样做人，是延续旧的个体创业和做人方式，还是探索新的创业和做人方式，社会各界有着激烈的分歧和争论，柳青怀抱革命理想主义信念，赞同底层无产者解放思想，探索新的创业方式。他了解底层农民，由于长期与土地打交道，大多数习惯于念旧守旧，对所有新东西都保持距离，采取观望态度，他们一般不会积极参与更不可能主动推动社会转型。他知道，在农村也有敢想敢干敢于创新的人物，他们并不满足走旧路，不满足仅仅吃饱穿暖，而是要走新路，活出尊

严。他扎根皇甫村的目的，就是要仔细地观察底层社会中创新力量与守旧群体的矛盾交锋，探索解决底层无产者之间新旧矛盾的路径。

《创业史》中的主人公梁生宝，是底层无产者队伍中涌现出来的英雄。他在旧的人生道路中几经挫折，受尽坎坷与屈辱，一直盼望着走新的创业做人之路，改变受人轻贱的旧我，创建被人认可的新我。带领大伙互助合作，让他看到了改变旧我的希望；尝试科学种田，让他实现了被人认可的愿望。因此，他积极参与和推动社会转型，在集体主义与个人主义激烈交锋的时候，他坚持在集体中做人，反对形形色色游离于集体之外的个体主义创业观念和行为。但是，姚士杰、郭世富和郭振山却以不同的方式进行阻挠。姚士杰不甘心，"解放前，全蛤蟆滩的公事，都从他姚士杰的口里出，他从稻地中间的路上走过去，两旁稻地里干活的穷庄稼人，都停住活儿向他打招呼"[1]。互助合作剥夺了他曾经的荣光，他坚决反对。郭振山是土改时期的轰炸机，他在斗争会上大喝一声，吓得地主尿到裤子里，在群众中树立了威信。他想借此发家致富，政府却号召互助合作，走社会主义道路，做社会主义新人。"'社会主义'，这是人们刚开始在嘴上谈论的名词。到处有人关切地问：咱中国什么时候实行社会主义，没有一个地方有人明确地回答过。可见庄稼人面前，摆着的是一条渺茫的漫长道路。也许这一代人走不到，需要下一代人接着走哩！"[2]郭振山着急过富裕日子，让蛤蟆滩人不仅佩服他斗地主的气魄，更羡慕他过小日子的能耐。互助合作就是断他发小家的路，他想方设法抵制。梁三老汉反对互助合作，是他相信眼见为实，个人发家受人尊敬的事他见过，集体致富他没见过，他不愿意冒险。这些人的思想行为，显然与社会主义建设初期，革命事业要求人民做新人走新路的精神相违背。

柳青坚信，共产党领导的民主革命是通过发动底层无产者集体合作搞成的，封建制度是靠发动底层无产者集体合作推翻的，因此，社会主义

---

[1] 柳青：《柳青文集》第2卷，人民文学出版社，2005年，第134—135页。
[2] 同上，第154—155页。

建设只有靠发动底层无产者集体合作才能成功,社会主义新人只有在底层无产者进行的集体合作事业中才能造就。而个体主义不但阻碍社会主义集体事业,更有可能危及民主革命成果的巩固。他认为,底层无产者如果仅仅守住自己分得的那几亩地,也许可以保证当一时自己的家,然而,如果头脑不清楚,眼中只有这几亩地,他非但不可能做自己的主,还有可能重新沦为姚士杰、郭世富等人的长工。因此,他要用自己的作品唤醒底层无产者的主人意识,激发底层无产者的人生尊严。他试图用长篇小说《创业史》,探索蛤蟆滩乃至整个乡土社会底层无产者通过互助合作由弱变强的可行性途径。柳青清楚地意识到,旧社会不仅给中国底层无产者留下了贫穷,更造就了底层无产者的愚昧和守旧。新中国要依靠底层无产者进行社会主义建设,首先要把底层无产者教育和培养成为符合社会主义要求的建设者。他意识到越是在转型的节骨眼,就越需要在底层培养带头人,培养干新事创新业的主心骨,引领广大底层无产者,在集体中做大写的人。于是,他将梁生宝塑造成为倾注他全部理想和感情的典型人物。

梁生宝在入党之前,和下堡乡的多数庄稼人一样,是下苦过日子的好手。入党之后,个别党员从举行入党仪式的会议室出来,觉得自己在群众中比以前更有派头了。然而,梁生宝认为,上一代共产党人之所以赢得底层人的信任,主要是因为他们"把人民的事包揽在自己身上,为集体的事业操心,以至于完全没有时间和心情思念家庭和私事"[①]。解放后,老党员们一如既往地工作和生活着,他要像他们那样,为集体事业艰苦奋斗,不掺杂一丝一毫个人目的,既不想从集体中捞取高于别人的利益,也不希望别人把他当特殊人物来恭敬。"入党以后,生宝隐约觉得,生命似乎获得了新的意义。简直变了性质——即从直接为自己间接为社会的人,变成了直接为社会间接为自己的人。"[②]他知道,党的一切号召,都是为了底层人的利益,他要用行动给底层人办事,把底层群众的赞成当作自己努力

[①] 柳青:《柳青文集》第2卷,人民文学出版社,2005年,第307页。
[②] 柳青:《柳青文集》第4卷,人民文学出版社,2005年,第199页。

工作的最高报偿。为了改变蛤蟆滩底层农民在自己小家庭做人的方式,探索引领底层无产者在大集体中做人的新路,他以身作则,兢兢业业地为大集体做着每一件事,甚至为了集体事业,不惜牺牲自家的个人利益,以小我成就大我。为此,他忍受着养父的埋怨,落后群众的冷眼旁观,郭振山的暗中作梗,姚士杰的暗中破坏,不气馁,不放弃,一心一意为集体做事,无怨无悔地为集体做人,他做人的方式虽然没有战争年代革命英雄那样轰轰烈烈,却更接近底层无产者的平凡人生,更适合和平年代在基层做大写的人的榜样。

三、柳青的社会主义思想观、文学观

柳青坚信,底层无产者,只有在社会主义集体中做人,才能做出大写的人;只有在社会主义大集体中生活,才能活成有尊严的人。柳青一生对社会主义都有坚定的制度自信。他直到晚年还说:"我看了一些历史书,看了《世界通史》《中国通史》……看了这些书籍以后,对自己精神有很大的影响,使我更爱我们这个社会,更爱我们的社会主义制度。我们这个制度,是人类历史上最先进的社会制度。"[①]柳青的这种制度自信,激励他塑造底层无产者涌现出来的新人形象,赋予新人与传统农民不一样的品质:消除个人的私心杂念,关心群众疾苦,了解群众愿望,相信群众力量,懂得群众理想。"靠枪炮的革命已经成功了,靠优越性,靠打粮食的革命才开头。生宝已经下定决心学习前代共产党人的榜样,把他的一切热情、聪明、精力和时间,都投入党所号召的这个事业。他觉得只有这样做,才活得带劲儿,才活得有味儿。"[②]他知道,底层无产者最关心生活问题和实际利益,因此,他徒步远行为群众买优良稻种,进行科学种田,改变了庄稼人几千年来一半靠苦力,一半靠天吃饭的历史,用底层无产者

---

① 柳青:《柳青文集》第4卷,人民文学出版社,2005年,第318页。
② 柳青:《柳青文集》第2卷,人民文学出版社,2005年,第134—135页。

看得见的事实，证明互助合作的优越性。

柳青强调，文艺工作者要热爱社会主义，要描写、歌颂社会主义制度下的新生活。"《创业史》就是写这个制度的诞生的……虽然我只写到集体化这个阶段，但是很重要的阶段，写社会主义思想如何战胜资本主义自发思想，集体所有制如何战胜个体所有制，农民的小私有制。"[1]他非常清楚，他是用小说这一艺术形式歌颂社会主义，因此，必须充分发挥小说艺术本身的特点，写出主人公的性格发展和他与对立面人物性格冲突的趋向。他强调，机器转动靠轴承，作品转动靠人物。"作品不是故事发展的过程，不是事件的发展过程……是人物思想感情的变化过程，是作品中要胜利的人物和要失败的人物他们的关系的变化过程。写失败人物由有影响变成没有影响的人，退出这个位置，让成功的人物占据这个位置。《创业史》简单地说，就是写新旧事物的矛盾。蛤蟆滩过去没有影响的人有影响了，过去有影响的人没有影响了。旧的让位了，新的占领了历史舞台。"[2]在他看来，社会发展史，就是新旧事物、新旧人物的斗争史，新事物必将取代旧事物的地位，新人物必将取代旧人物在历史中的作用。

《创业史》就是新事物的代表梁生宝，与旧事物的代表姚士杰、郭世富以及蜕化变质的郭振山的斗争史，也是乡村社会过去的底层人物取代上层人物，逐步站立社会主义舞台的历史。梁生宝是1929年来到蛤蟆滩的小叫花子，曾先后给富人看过桃园，靠割牛草卖钱过日子，也给人当过长工、佃户，后来怕抓兵，钻进终南山，变成一个不敢在平原露面的"黑人"。解放后，通过努力奋斗，为集体事业贡献自己的力量，战胜了蛤蟆滩曾经的风云人物姚士杰、郭世富及郭振山，由被人可怜、受人同情的地下农民，变成蛤蟆滩受人尊敬和爱戴的人物。梁生宝之所以能够登上新的历史舞台，引领蛤蟆滩新的发展方向，是因为他继承了前辈共产党人特有的精神：对实现自己的奋斗目标信心百倍的乐观主义精神；直面现实毫不

---

[1] 柳青：《柳青文集》第4卷，人民文学出版社，2005年，第319页。
[2] 同上，第321页。

回避的实事求是精神；不屈不挠克服困难，英勇顽强战胜困难的英雄主义精神。

柳青本人就是从延安过来的老党员，他身上就带着老党员那种特殊的精神，他就是凭借这种精神，进行社会主义现实主义探索，参与社会主义精神文化建设。改革开放后，我国实行包产到户的生产责任制，许多评论者，对柳青描写新兴的集体事业必将战胜个体所有制，在集体中做大写的人必将战胜在自己家里做个体的人大加诟病。认为柳青描写的事情二十年之后就被推翻了，说明他的眼光短浅了，路线走错了。柳青自己非常清楚，世界经济的方向是朝着工业化的方向发展。他以英国为例，说明要改变经济结构，首先必须消灭小土地所有制。"英国国会以立法的形式通过三次法令，消灭了小土地所有制，为工业发展提供了劳力和市场。"①然后不断革新机器，发展交通运输业，从而使18世纪初的一个小岛国，发展成为20世纪初的大英帝国。因此，中国要想发展，也必须消灭小土地所有制，而梁生宝所进行的互助合作，就是中国在这方面进行的一次新探索。徐改霞要进的工厂，准备参加的工业建设，才是中国社会主义的方向。"对于一个向往社会主义的青年团员，没有比参加工业化更理想的了。"②因此，他满怀信心地塑造消灭小土地所有制的先锋，为集体事业奉献力量的社会主义新人，歌颂他们创集体大业的探索精神。

柳青勇于进行艺术探索，大胆歌颂新生事物和人物，却并不是一个盲目的乐观主义者。他知道任何探索都有失败的可能，同时，他也坚信，即使失败，也能为后来人提供经验和教训。他说："我们要以马列主义党性原则和美学原理，把自己自始至终巩固在毛泽东文艺思想的轨道上。要有这股坚持的劲头，除了革命自信心，还得有一股决心，准备着自己一辈子终究不能得到成功，而仅仅给其他的同志和后来的同志提供失败的经验和教训。要知道，对从事革命文学创作的其他同志的成功，这也是一种不

---

① 柳青：《柳青文集》第4卷，人民文学出版社，2005年，第314页。
② 柳青：《柳青文集》第2卷，人民文学出版社，2005年，第183页。

可缺少的贡献,不承认这是一种贡献,认为只能自己成功,不能自己做出牺牲,恐怕很难有革命坚定性,恐怕每个时期都要注意观风色,准备随机应变。"①柳青几十年如一日,始终扎根社会底层,倾听几千年来一直被忽视的底层无产者的声音,挖掘几千年来被低估的底层无产者的价值与力量,塑造几千年来在艺术舞台上缺席的底层无产者的英雄形象。他把底层无产者涌现出来的带头人,放到人生舞台的中央、社会斗争的风口浪尖,让他们经风雨见世面,成长为有担当的时代新人,为千千万万的沉默的底层无产者树立榜样,期望带动他们做新中国的主人,从而抒写了社会主义文学的新篇章。

柳青称自己是个愚人,他做人一根筋,不会见异思迁,做事狠透铁,只要认准了,就会紧紧抓住,没有做完绝不放手。他用一生向世人证明了自己的愚人品格:在现实人生中,他始终忠于共产党及其领导的革命事业;始终相信底层无产者及其涌现出来的英雄人物。在艺术创作中,他一直挖掘底层无产者所涌现出来的新人新事,挖掘他们身上改天换地的决心和力量。柳青坚信,艺术作品的功能就是为当代塑造做人的模板,学习的榜样。读者阅读作品的过程,就是寻找自我位置、进行身份认同的过程,也是在当代社会寻找和创造人生意义的过程。中国封建社会的文学,曾经创造了忠君爱国的岳飞,义薄云天的关云长。社会主义文学,也应该创造自己的英雄榜样,为大众指引新时代做人的标准。

生活不断向人们提出各种问题,有些人积极面对这些问题寻找答案,有些人对这些问题冷眼旁观或者消极回避。柳青从来都是生活的积极参与者和探索者。他以狠透铁的精神,在作品中歌颂社会主义制度的诞生,塑造社会主义新人的形象,揭示底层无产者登上历史舞台的必然性。"一九三三年,陕北的老庄稼人还说游击小组是胡闹哩,白送命哩;到一九三五年,游击小组变成了游击支队,建立起了赤色政权,压住山头同

---

① 柳青:《柳青文集》第4卷,人民文学出版社,2005年,第274页。

国民党军队挺硬打，当初说胡闹的老年人，也卷入这个斗争了。经过了多少次失败和胜利，多少换上军衣的年轻庄稼人的鲜血，洒在北方的黄土山头上，终于在梁生宝虚岁二十三的那年，全中国解放了，可怜的地下农民梁生宝站出来了。"[1]他相信梁生宝就像当年的游击小组一样，对广大底层无产者参与社会主义建设具有示范作用，能够引导广大群众掀起一场建设社会主义的高潮。他直面时代社会，介入现实人生，对当代社会出现的问题不回避，不遮蔽，以文学的方式进行探索，并寻求解决的途径与方式，表现出可敬的艺术探索勇气。他以革命现实主义精神，称颂真善美，鞭挞假恶丑；同时又用理想主义的写作情怀，为社会寻找正能量，表现对社会人生可贵的担当，为后来的现实主义写作，留下了一笔可资借鉴的丰厚财富。

原载《小说评论》2016年第3期

---

[1] 柳青：《柳青文集》第2卷，人民文学出版社，2005年，第79页。

论柳青的底层写作

——以《创业史》为例

柳青的《创业史》是"十七年"时期中国当代现实主义文学的重要收获,在读书界曾经产生过广泛的影响。作品表现了柳青强烈的责任感与使命感,凸显了底层群众的生存风貌和奋斗精神;尤其是塑造了一位从底层社会奋斗出来的具有公德意识的主人公,他愿意在生存斗争中抛弃旧我,创造新我,为底层群众的生活负责,成为探索新的生活方式的勇士。这对今天的底层写作具有积极的启示意义。

一

柳青把底层写作当作"人民作家"应该坚持的基本创作姿态与精神立场,他用自己的笔捕捉底层百姓的生存奋斗过程,描画底层百姓的智慧风貌。以强烈的使命感和责任感,把艺术和生活关联起来,认为艺术苍白,是因为作家切断生活源泉所致;生活平庸,是因为缺乏艺术参与所致。为了让艺术对生活承担责任,给粗糙的生活灌注诗意,让疲软的人生充满张力,他提倡"作家和革命群众相结合,和革命斗争相结合"①。呼吁作

---

① 柳青:《柳青文集》第4卷,人民文学出版社,2005年,第269页。

家把自己的全部直觉沉入底层农民群众的生活之中，在生活的大学校里培养、锻炼和改造自己。把自己由一个生活的学徒，变成生活的大师，既了解生活的真实，又懂得生活的理想。只有了解底层生活的真实，才能描画出底层人的本色与个性；只有懂得底层人的生活理想，才会与生活拉开距离，用更高更美的尺度模铸生活，塑造美的典型。好的艺术，不是跟在生活的后面，用既得利益者的眼光记录生活，而是站在生活的前面，用更高的理想来塑造生活；不是被动地模仿平庸的人生，而是积极地用崇高人生为人们树立榜样。因此，他笔下的底层百姓，不是一般底层写作中被侮辱被损害的弱者，而是积极参与变革生活，努力推动社会发展，力争改变自身命运的强者。

柳青出身于陕北农村，身上流着底层农民的血。经历过旧中国底层农民受压迫受剥削，既不能当家，又不能做主的生活。他十几岁参加革命，就是为了解放受压迫的底层农民。解放之后，他放弃了大城市的舒适生活，来到长安县农村扎根，感受底层农民的生存现状，了解他们的愿望和理想，用自己的笔塑造底层农民生存斗争的形象。他塑造的农民形象，既有按照惯性生活的被动生存者，也有追求新的生活方式的积极探寻者，还有在新旧生活方式之间游移不定的彷徨者。在柳青看来，翻身的农民只不过解除了身上的枷锁，不再受他人奴役，还不能说他们已经成为主人，由翻身的奴隶到真正的主人，中间还有一段很长的路要走。主人意识是一种面向世界主宰沉浮的意识。要做主人，首先必须走出家门，走向社会，在人群中闯荡，获取社会和他人的认可。不能关起自家门，主起一家事，过起自家小日子。几千年来，底层农民只想把自己固定在自己已有的土地和家庭中，是其所是地生存下去，不想否定千百年流传下来的生存习惯，不想超越旧我，更害怕成就新我。这种旧的习惯性的我，实际上是把我当作从祖先到后辈过渡的一个环节，不在乎我的个性与独特性，实际上等于无我。因为，"我"的真正含义是："我以唯一而不可重复的方式参与存在，我在唯一的存在中占据着唯一的、不可重复的、不可替代的、他人无法进入的位置。现在我身处的这一唯一之点,是任何他人在唯一存在中的唯一时间和唯一空间里所没有置身过的。围绕这个唯一之点,以唯一时间和唯一而不可重复的方式展开着整个唯一的存在。"①唯一性将"我"支撑起来,使"我"对世界和人生有了负责的基点,使"我"在人群中挺立起来,对族群有所担当。进而成为国家的主人,民族的脊梁。再进一步,才可能开创民族和国家的未来。

柳青要创造一个既有农民的本色,又有理想主义特征的农民英雄。这种英雄身上抛弃了旧农民封闭自私、缺乏公共精神的弊病,有着强烈的走向大社会、在广大的人群中进行战斗获得胜利的愿望。为了实现这一愿望,他否定自私自利的旧我,创造为群体奉献能量的新我,打破旧的个人发家的生存习惯,探索新的集体富裕的生存方式,反对因循守旧,不断探索创新。他一直生活在社会最底层,从小就希望改变自己非人的境遇,超越自己被侮辱被损害的命运。他的理想不单是过上富裕的生活,更要获得做人的尊严。他一心要在大世界中去闯荡,到人群中去做有出息的人。为了做有出息的人,他把底层群众的公共利益放在首位,把公德作为自己为人处世的准则,在开创共同富裕大业的过程中历经亲人的指责、敌对势力的打压,付出遭埋怨,奉献遭怀疑,他从不气馁,从不停步,始终对自己的人生追求充满信心,对前途充满希望,以英雄主义和乐观主义态度面对人生。

柳青坚信,作家不是生活的记录者,艺术的功能也不只是简单模仿粗糙的生活。作家应该是生活的创造者,艺术应该叙写理想的人生,让作品中的典型对现实中的人们发挥模铸功能。作品中为理想而奋斗的英雄人物,不仅能感召他身边的底层群众,让他们逐渐从重演千百年来底层农民生存方式的惯性中超拔出来,积极否定自己的习惯性生存本能,更能感召千百万热爱文学的读者,挺立自己的个性,开拓自己的生存空间,开发自

---

① 钱中文主编:《巴赫金全集》第1卷,晓河、贾泽林、张杰等译,河北教育出版社,1998年,第41页。

身的生存潜能。"人能否定自然和他自己的本性:他能行动(否定不行动)。否定性是自由(自由的或解放的活动),是人超越其本性的可能性;这就是在人那里属于人的东西。"①人是自由的,他能自由地否定自己与生俱来的自然本性,隔离自身的生存惯性,开发自身的潜能,朝着新的可能性发展,而为理想奋斗的英雄人物,更是否定自身所是,奔向自身能是的典范,他们不仅能做一家之主,更能顶天立地,做国家的主人。

二

柳青的底层写作不同于种种书写社会弱势群体生活的苦难、生存的艰辛,关注和思考边缘人群悲剧命运的"底层写作"。他主要通过抒写底层民众生存奋斗的历史,表达底层民众生存的伟大与生命的尊严,揭示他们在推动社会变革、促进时代前进中的重大作用。主要表现在对底层民众的底层生活进行深度挖掘方面。这包含两个层面的内容:一是对底层民众底层生活的真实写照;二是抒写底层民众自我奋斗、自我成长、自我完善的精神历程。

柳青认为:"作品不是故事发展的过程,不是事件的发展过程。不是工作和生产过程,而是人物发展的过程,是人物思想情感的变化过程,是作品中要胜利的人物和要失败的人物他们关系的变化过程。"②他把小说当社会来对待,这个社会的中心是各色各样的人,他们怀抱不同的世界观和人生观,为实现自己的理想自我奋斗着,与他人斗争着,经受着挫折和失败的痛苦考验,也享受着战斗获胜后的喜悦和欢乐。斗争给社会注满活力,推动社会的发展变化,也推动参与斗争的人由旧我变为新我。最让柳青动心的,是农民生活的底层社会,是这个底层社会给他提供了观察世界的各种观点,理解人生的不同形式,认识事物的差异视野,以及这些不

---

① 科耶夫:《黑格尔导读》,姜志辉译,译林出版社,2005年,第69页。
② 柳青:《柳青文集》第4卷,人民文学出版社,2005年,第321页。

同观点之间的相互比较和对立冲突。更为重要的是，底层涌现出来的主人公，以多元中的一元身份生活、斗争和成长的历程。

柳青把社会看成一个竞技场，把人生看成一个竞技过程。在人生的竞技场，每个具有当家做主意识的人，都使出浑身解数，力争在与竞争对手的斗争中取得胜利，赢得尊严。《创业史》中那些有争胜心的农民，都生活在温饱问题还需要努力奋斗才可能解决的社会底层，他们刚刚分到土地，还缺少牲畜和肥料，盖不起瓦房，依旧住着草棚过日子。这些人因为饥饿而产生了巨大的改天换地改变自我的愿望，这种愿望有两个层次的内容：首先是改变自我的生存现状，让生活富足，有房有粮心中不慌。其次是用行动表现自我的智能和技能，在人生的竞技场力挫群雄，获得认可。要实现第一点，必须用辛勤劳动和汗水改造自然，发掘自然的最大潜力，让自然为人服务。要实现第二个愿望，必须发挥自我的智慧和胆识，与旧的生活方式告别，探索新的生存方式，与各种敌对的守旧势力斗智斗勇，战胜对手，并赢得对手的认可。这两个问题又是紧密相连的。只有解决好生存问题，人才有底气走出家门面对他人，才能信心满满地在人群中露脸和做人。只有认识到获得他人认可重要性的人，才可能认识到与人竞争及斗争的重要性，才可能享受争上游的快乐，享受获得胜利的尊严，才能把刚获得解放的奴隶身份变成主人。一个只懂得"家中有粮，心里不慌"，只会关门做一家之主的人，是一个仅停留在生存层面，认可需要没有觉醒的人。这样的人还只生活在自在阶段，没有获得生存自由，不能成为社会认可的主人。

梁三老汉最初的人生愿景，就是做"三合头瓦房院的长者"，"穿着很厚实的棉衣裳"，"猪、鸡、鸭、马、牛"满院，"孩子们的吵闹声"震耳。这个愿景驱动着他在旧社会不吃盐，不点灯，拼命干了三十年，累成罗锅腰，得了气喘病。然而，两度创家立业都以失败告终，贫困成为他人生难以承受之重，也是他人生中必须解决的首要问题。所以，当他把领到的土地证钉到墙上之后，立即跪下给毛主席像磕头。因为这个土地证所带给他的地，不仅让他彻底摆脱了担惊受怕的生活，更唤醒了他再度创家立业的雄心。在他心中，创家立业，丰衣足食，不仅能满足他基本的生存需求，更能让他出得了门，见得了人，让他站在人群中感到自己活得跟"人"一样，再也不会被他人下眼观。当他秋后穿上生宝他妈缝制的全套新棉衣，圆了自己的梦之后，竟然激动地落下了幸福的泪水。

梁生宝的愿望是为底层大众的富足和尊严奋斗，做底下所有大众认可的人。他虽然早年也很苦命，孤儿跟着寡母流落异乡，幼年就为生活操劳，童年就出卖劳动力，一直期盼着创家立业，过上富足且有尊严的生活，但是旧社会一直挫伤他的愿望。成年之后，社会发生了翻天覆地的变化，为他提供了多种创业道路：一种是以郭世富为榜样，父子两个精壮劳力，种自家的地，打自家的粮，盖自家的房，过自家的滋润日子。另一种是学郭振山，先混进党内，然后利用在党的有利条件，玩两面派手法，人前讲共同富裕，背后搞个人发家致富。第三种是按照卢明昌、王佐民等上级领导的指引，带领蛤蟆滩的贫苦庄稼人互助合作，为底层群众的共同富裕及有尊严的生活劳心劳力。走第一条路，做三合头瓦房院的主人，是梁三老汉的梦想，在梁生宝的眼里太小气没出息。走第二条路，玩两面派手法，表面上给政府工作、为群众服务，私底下发自个小家、致一己之富。这种事只有郭振山那样的生意人才做得出，在正派的庄稼人梁生宝看来太不地道，羞于与之为伍。梁生宝不愿意像姚士杰、郭世富一样，自家过滋润日子，让高增福、任栓娃们受恓惶。自个挺起腰杆活人，让蛤蟆滩其他的下层群众弯腰屈膝受轻贱。他要探索一条新的人生道路，领导受苦人互助合作，建设一个新的蛤蟆滩，实现广大下层人民过富足日子，挺直腰杆做人的愿望。他把人生看成不断摆脱旧我，创造新我的过程。他去郭县为大家买稻种，带领穷困的庄稼人进行新法育秧等行动，解除了旧社会带给人的各种束缚，打破了陈规陋习造成的枷锁，放开手脚自由自主地探索新的生活，创造新的自我。把按照祖传的方式做人，循着旧的规程办事，当成昏庸和堕落。因为人既不是动物，也不是天使，所以不能永远与自身及其历史保持同一。

人必须用行动否定旧我，探寻并创造新我。为了成为自由自主的人，他用行动把异己的天地自然改造成为属人的天地自然，把自己没有得到承认的人类社会改造成为自己获得承认的社会，这种改造自然改造社会的行动，具体表现在劳动和斗争两个方面。"劳动的否定活动创造人的技术世界，这个世界和自然世界一样客观，一样实在。斗争的否定活动创造社会的、政治的、历史的人类世界，这个世界和自然世界一样实在一样客观。技术的和历史的世界是人的成果。如果没有人，这个世界就不存在。人意识到这个世界的同时，也意识到人的实在性。"①总之，自由自在的人为认可而斗争。一方面从自然中超拔出来，成为自然的主人；另一方面从自身的本性中超拔出来，成为自由自主的新人。梁生宝带领互助组科学种田获得高产丰收，给蛤蟆滩贫苦百姓造福这一实际成果，一下子提升了互助合作者的人气，加强了互助组的凝聚力，扩大了互助合作的影响力，实现了从旧我到新我的转变。

《创业史》最成功之处，是写出了像梁三老汉这样的过去只想走自己的发家致富道路、过自家的小日子、做一家之长的人，随着梁生宝所领导的互助合作事业的发展，尊严意识逐渐觉醒了。作品把梁三老汉觉醒的历程表现为艰难地抛弃旧我构建新我的曲折过程。梁三老汉最初视自己的义子为宝，一直叫他"宝娃"。后来发现义子梁生宝入了党，要带领一帮人互助合作，走一条他老汉从来没有见过的路，并且要求他与个人发家致富的习惯决裂。他心生怨气，讽刺义子是"梁伟人"。然而，经过一段观察，看到梁生宝为穷人买稻种，领困难户进山割竹子，互助合作事业越来越兴旺，在群众中的威信越来越高，他信服了义子所干的事业是有人气的，于是改称义子为"梁代表"。最后，当互助组新法育秧取得成功，粮食获得高产，他完全信服了义子所走的道路，对义子的事业充满自豪，尊

---

① 科耶夫：《黑格尔导读》，姜志辉译，译林出版社，2005年，第265页。

敬地称生宝为"主任"。当他在黄堡集上被大家硬推到一长列队前买东西的时候,这个几十年的奴隶,终于告别了过去低贱的、任人嘲弄的命运,带着当家做主的自豪感,庄严地走过人群,打心底里把自己由旧我转变为新我。

三

柳青底层写作的目的是以艺术的方式为新中国寻找真正的民族脊梁。柳青认为,小说要以主人公为中心进行架构,写主人公的生存奋斗、命运变化。"吸引读者的终究是主人公的命运,及主人公的性格发展和他与对立面人物性格冲突的趋向。这样,我想以主人公为纲,纲举目张地来结构长篇小说,是符合马克思主义观点的。"①《创业史》的主人公是从底层涌现出来的推动历史发展的新人,他既是历史发展的动力,又探索着历史发展的新方向。作品围绕主人公进行二元对立结构布局,主人公思考的问题成为小说世界中对立双方共同关心的问题,主人公的所作所为牵动着小说世界对立双方所有人的神经,主人公的发展成长推动着小说世界的运动变化。柳青小说的主人公是各种社会力量的支撑点。

《创业史》中的所有人物,都积极关注当代生活的重大命题,并努力对这些命题做出符合自己生存位置、人生体验的思考,做出符合自身人生理想和生命追求的回答。柳青塑造各色底层人物形象,不单是为满足自己和读者的欣赏欲望,更是为了强调某些人生重大命题也是社会发展的重大命题。他强调在这些命题上所形成的思想斗争,以及这些斗争所表现出的各种离心力和向心力,决定着社会历史发展进程的曲折或平坦。小说的主人公梁生宝,作为各种离心力和向心力的支撑点,承载着各种集中与分散,结合与分离的力,各种力也考验着主人公生命活力的强度和韧性。主

---

① 柳青:《柳青文集》第4卷,人民文学出版社,2005年,第289页。

人公有一种强烈的争胜心，一种通过斗争为自己及其底层群众争得荣誉与尊严的愿望和要求，为此，他甘愿牺牲自己的眼前利益去尝试新的生存方式，以初生牛犊不怕虎的精神，与蛤蟆滩的各种损害底层人民利益的势力进行斗争，并在斗争中取得胜利，赢得人们的认可。梁生宝与各种力量的相互作用，使抽象统一的蛤蟆滩，呈现为具体多样的鲜活世界；让混整一体的人生景观，变幻出不同的个性化的思想视野。在这些相互区隔的视野中，抽象统一的天地自然和社会人生，具有了差异化、个别化的意义。然而，柳青不是相对主义多元论者，他旗帜鲜明地强调自己的倾向性，他瞧不起没有认可欲望，没有成就感，不想超越自我，对杰出人物进行各种形式阻拦的人，认为这种人是稻中的稗子。他把《创业史》的主人公塑造成为反叛旧世界、创造新世界的农民英雄。他们是带动集体创业机器运转的轴承，支撑社会主义大厦的顶梁柱，探索和创造新生活的勇士。

　　《创业史》中的梁生宝首先是一个敢于进行自我探索和创造的英雄。从人生哲学的角度来说，做人既是用行动创造自我和世界，又是用行动选择自我和世界。人的一生不断面临三岔路口，需要不断选择自己的前程，不断将自己置于初生状态，不断获得新生。这种选择既有对当下的计较，又有对未来的考量。在选择过程中，人用未来照亮现在，又通过这一光照过程把未来现时化。现时化了的未来是一个被现在凝固了的未来。因而，当人重新行动时，又需要选择新的未来，选择是一个不断进行的行动，决不能一劳永逸。人之所以要不断选择，是为了避免自我受到常规的腐蚀、惯性的毒化，避免自我的逐渐僵化、固定化；是为了让生命保持一种适当应对时刻变幻的形势、巧妙地解决当前面临的各种问题的灵活性；为了使人生成为不可重复不可替代的事件，使生命乐章成为空前绝后的妙响，做人就要做得有出息，所思所想、所作所为都应是前人所未曾思想和实践过的。人不应重复历史，也不应被历史所重复。人不应在自己所曾是的东西上为生存寻找救助物或支撑点，而应该在未来将是和能是的启示下，创造新的世界和人生。人生选择的目的，就是为个人选择一个适当的有意义的角色。蛤蟆滩的主角梁生宝，选择的是用探索性行动做乡土社会创新的英雄。他呼唤崇高，渴望挑战，但愿在战斗的人生中化作一把火炬，燃烧自己，温暖自己的阶级兄弟。他有一种强烈的使命感，认为所有个体的使命只有在群体使命的范围内才能找到应有的位置。所有个体的价值只有在群体中，通过为群体的理想和愿望的达成而奋斗才能实现。个体只有与本阶级共同生存、行动，才会更加强大。他相信生活在底层的人民群众具有改天换地的伟大力量，并且愿意与底层群众一起努力实现他们要求的经济利益、政治愿望和情感诉求。他唯一的需要就是被底层群众所需要。因而，这位蛤蟆滩的英雄，一方面不断向底层群众学习，并在底层群众那里吸收一切有益的思想品质和情感营养；另一方面，又善于把自己在做人实践中获得的认识和理想传达给底层的人民群众，帮助群众达到更高的人生境界。蛤蟆滩的英雄梁生宝，首先是新的人生道路的探索者，他的人生过程就是探索用当代最先进的世界观、最美好的理想、最高尚的道德观念做人的过程。他把这一做人过程与实现底层群众的理想结合起来：关心群众疾苦，相信群众力量，了解群众的思想愿望；相信群众力量，使他具有乐观主义精神风貌；懂得群众愿望，使他具有理想主义的思想情怀。

梁生宝把为底层农民排忧解难，让底层农民活出尊严当作自己的人生目标。他不同于形形色色为了个人目的，追求自我实现的个人英雄，他是无产阶级事业的奋斗者，革命理想的实现者。无产阶级理想是他生活的营养又是他前进的动力。《创业史》中梁生宝买稻种时，作者有一段议论："他心中燃烧着熊熊的热火——不是恋爱的热火，而是理想的热火。年青的庄稼人啊，一旦燃起了这种内心的热火，他们就会成为不顾一切的入迷人物。除了他们的理想，他们觉得人类的其他生活简直没有趣味。为了理想，他们忘记吃饭，没有瞌睡，对女性的温存淡漠。忘掉吃苦的感觉，和娘老子闹翻，甚至生命本身，也不是那么值得吝惜的了。"一个把自己融入群体之中，为了群体利益燃烧自己生命的人，往往缺乏普通人眼中的人情世故，常常忘了关怀自我。他内心的热火是为底层群众生活负责，他追求的理想是实现底层群众的愿望,这种为底层人民负责,一心要实现底层群众愿望的人,活得既单纯又崇高。

梁生宝是一个经得起斗争考验的顶梁柱。他懂得坚强的人格是在激烈的斗争中锻炼出来的。要想有出息,就必须在蛤蟆滩纷繁复杂的社会关系中敢于为底层生存者出头,善于和各方"能人"斗争。梁生宝的生存成长史,就是他与蛤蟆滩三大"能人"的斗争史。他想带领底层贫雇农走集体富裕的道路,三大"能人"从不同方面设置障碍,对他进行阻挠和限制。梁生宝与三大"能人"的矛盾斗争,牵动着蛤蟆滩整个社的神经,推动着蛤蟆滩社会生活的进程,推动着《创业史》情节的发展。斗争的每一次挫折都磨炼着梁生宝探索新生活的意义,斗争的每一次胜利都鼓舞着梁生宝创造新生活的勇气。《创业史》第一部主要叙写梁生宝与郭世富的矛盾斗争。冲突的核心是谁应该为蛤蟆滩底层人做生活的榜样。"能人"郭世富,是个"土心理学家""土经济学家",奸诈狡猾,精于算计,算计别人却不留把柄。他家有劳力有牲畜有车辆,与人合作他嫌吃亏,与政府对抗又怕招惹麻烦,于是,他外表装出一副温顺样,骨子里打的是老主意,钻政策的空,打擦边球。"他决定:在任何集会和私人谈叙中,他只强调这一点。他会拖长声说:'好嘛!互助也好,单干也好,能多打粮食,都好喀。'有时候,他将不这样直说,他只含蓄地说:'红牛黑牛,能曳犁的,都是好牛。'庄稼人一听,都能明白他的意思喀。党团员能把他怎样,看上他两眼!"土改时怕人斗他,整天念叨"天下农民是一家",甚至借粮给贫雇农度春荒。土地证一发,他就在最困难的时候向困难户要账。梁生宝带领贫雇农搞互助合作,郭世富则给富裕户做单干的榜样。梁生宝想着为蛤蟆滩一大群等待脱贫的底层群众奉献自己的劳动创造性,他只关心自己一家的经济利益。他俩的矛盾是做人应该以"公德"还是"私利"为准则的对立。是把人看成一种精神存在,为了荣誉和尊严可以放弃自己的眼前利益,还是把人看成一种纯粹的经济动物,为了生活富裕可以不择手段。随着灯塔社的成立,缺乏公德意识的郭世富受到沉重打击,梁生宝的斗争取得了胜利，郭振山与梁生宝的矛盾被推向前台。

梁生宝与郭振山的矛盾冲突核心是谁应该主宰蛤蟆滩社会生活的沉浮，掌握蛤蟆滩人生活的方向盘。他俩的矛盾斗争在《创业史》的第一部已经展开，只是居于次要地位，到第二部就上升为主要矛盾。"能人"郭振山在旧社会走街串巷卖瓦罐，有着商人的精明，土改时立了功，外号"轰炸机"。梁生宝与贫雇农互助合作初期，蛤蟆滩很多人私下里"几乎一致的看法是，要是代表主任郭振山出头领导那样一个互助组，也许还有点门路"。在蛤蟆滩人的眼里，"论办事能力，郭振山不在乡支书卢明昌之下"，然而，郭振山这位蛤蟆滩最早的党员，挂着代表主任的牌子，只想享受代表主任的荣誉，却不想承担代表主任为贫雇农生存发展操心的重任。他把富裕户郭世富当成自己的榜样，给自己制定了五年计划，按人口平均，土地面积赶上郭世富。高增福互助组缺少畜力，想吸收两户中农，托他去做工作，他劝高增福，应该打自个过光景的主意。梁生宝垫钱为互助组买新稻种，他却暗中贯彻执行自己的五年计划，私下里投资韩万祥的砖瓦窑，事后还埋怨梁生宝没有给他留新稻种，忘了他这个入党介绍人。梁生宝冒着危险带领群众进山割竹子，帮助困难户度春荒，他却埋头改旱地为水田，拼命追赶富裕户郭世富。此后，梁生宝克服各种困难，在互助组的基础上成立灯塔社，他就搞假的互助联组，与梁生宝对抗。梁生宝搞牲畜合槽，进行互助合作示范，他就杀猪卖肉，显示互助联组的优越性，吸引人们的注意力，然而，郭振山虽然聪明过人，却目光短浅，始终只看眼前，不知放眼未来。他既爱面子，又捞实惠的精明，不可能长久蒙蔽蛤蟆滩的群众。梁生宝与郭振山的冲突，表面看来是新旧两位代表主任的矛盾，实质是对代表主任职责的理解的冲突，是把代表主任看成公共利益的看守者，底层群众权益的保护者，还是看成捞取个人荣誉的招牌，获取一己私利的通行证。梁生宝把自己当成底层群众的公仆，办任何事情都以公字当先，为底层群众的利益着想。郭振山是一个缺乏公共意识，只关心自己利益的人，不想为底层群众奉献，单想获取公仆的荣誉，到后来，连许家大院最信任他的改霞妈，也对他产生怀疑，才使他认识到，一个普通的庄稼人，只有真心实意为集体谋福利，才能得到底层群众的信任，如果在群众面前玩小聪明，利用共产党员的招牌，一边为自己捞取权势和荣誉，一边又痴迷于发家致富，最终必然失去底层群众的信任，只剩下一个高大的肉身外形。

经过与郭世富和郭振山两位"能人"斗争的洗礼，梁生宝逐渐从蛤蟆滩的社会生活边缘走向中心，逐步占领了蛤蟆滩人改造旧世界、开创新历史的舞台。虽然旧的生存方式及其代表人物绝不愿轻易退出历史舞台，尽管他们机关算尽，采用各种手段阻止新生力量的成长，然而，这一切反作用力，只能催生新生势力的代表梁生宝在开拓新生活的道路上愈挫愈勇、不断壮大。进一步来说，新生力量的代表，也只有经历各种艰难打磨，挣脱各种困苦羁绊，才有能力挑得起新事业的大梁。柳青不单用他的作品为民族在底层寻找推动新事业发展的动力，塑造支撑新建筑的顶梁柱，而且热情地讴歌这些推动力和顶梁柱，认为他们的思想和当代杰出的思想家同样出色。他借书中人物杨国华的口说："一个工厂里的工人，一个连队里的战士，一个村子里的干部，他们一心一意为我们的事业奋斗，他们在精神上和思想上，就和马克思、列宁相通了。他们心里想的，正是毛主席要说的和要写的。"他通过这种描写，赋予在社会底层积极思考、不断探索的群众及其代表人物以最高的尊严，肯定了他们辞旧迎新、面向未来的人生态度。柳青的底层写作，对今天的底层写作无疑具有重要的借鉴意义。

原载《西北大学学报》（哲学社会科学版）2013年第3期

柳青的文学道路及其当代价值

一、在人民生活中生根

柳青毕生深信并努力践行"生活是文艺创作取之不尽、用之不竭的唯一源泉"这一马克思主义美学原则，提出"要想写作，就先生活"。他说："作家的工作是非常具体的，从生活到创作都是面对着人，或者更准确地说是人的个性。人的个性通过人的思维方式、言谈语调和动作情态表现出来。"①他认为，现实主义作家无论写什么题材的作品，就要具备那个领域人物对天地自然和社会人生的感觉，要形成这种感觉，就要到那个领域的人民生活中生根。只有在人民生活中生了根，才可能在现实生活中与人民同感；才能在作品中以人物自己的本色面貌和行动设置冲突，塑造形象；才能把作品中人物的言行写得入情入理；才能给读者造成进入生活、体验生活的艺术幻觉。他认为，机器靠轴承转动，小说靠人物推动，人物是小说的中心。"写人的什么东西？我想主要写思想感情的变化过程。主要写人的思想变化表现在行动中间。"②要写出一个或几个人物思想感情发展变化的过程，就要在生活中去观察，坐在房子里是想象不出来的。因为人物思想感情的变化是通过具体的言语、行动和思想的细节表现

---

① 刘可风整理：《柳青随笔录》，见陕西师范大学文学院编《长安学术》第11辑，高等教育出版社，2017年，第12页。
② 蒙万夫、王晓鹏、段夏安等编：《柳青写作生涯》，百花文艺出版社，1985年，第107页。

出来的。没有这些细节，作品就会缺少真实性，就会变得抽象，变得枯燥，缺少生活气息。而作品需要的具体、灵动和鲜活的细节，就存在于特定境遇中的人民生活之中，等待作家深入其中去发现。作家只有扎根人民生活才能观察到沉默寡言的人和喋喋不休的人面对悲哀或高兴事情时候的言行的细微差别；才能感受到刚强坚毅的人和优柔寡断的人遇到情况变化时举止方面的不同；才能把这些人的具体言行和举止写得逼真。

作家不仅要观察特定人物思想感情变化时的外在表现，还要研究他们在现实中是如何观察生活、感受生活、认识生活的。现实中同样的生活现象在资本家和工人的眼中、心中，产生的形象和感受不同；在富农和贫农的眼中和心中所产生的形象和感受也有差别。如果作家要在作品中以特定人物的眼光看某一方天地自然，或者认识某一种社会人生，作者必须具有特定人物的感受能力。有了这样的感受能力，作品写起来才会得心应手。要产生特定人物的感知或认识能力，作家就要到特定人群的生活中生根，靠走马观花形不成这种能力。作家没有培养出这样的感觉能力，就只能进行瞎编乱造。尽管他作品中的人物穿着不同职业人物的衣服，但是他看世界的眼光却没有特定职业人物的特色，他言语和行动的特点全都是作者自己言行方式的外化。这样的人物没有职业特色，也没有个性特色，不接地气，没有人气。有人也许会提出疑问，说现在不是有阅读型写作或图书馆写作吗？柳青认为，那些从这个作品吸收20%，从那个作品吸收40%，脱离生活本身，拼凑成的所谓新作品，是违背现实主义创作精神的。拼凑不是创作，因为它缺乏生活基础，缺乏对生活中人的发现，因此很难与读者形成同频共振。

柳青认为，作家深入生活是有衡量尺度和标准的。他说："作家深入生活以生活深入作家为尺度，是毛泽东文艺思想的根本理论。所谓思想改造也好，所谓熟悉生活也好，都需要生活深入作家。"[①]生活深入作家就

---

① 刘可风整理：《柳青随笔录》，见陕西师范大学文学院编《长安学术》第11辑，高等教育出版社，2017年，第11页。

是作家在人民生活中生了根，人民生活的冷暖苦乐全部深入作家的身体和精神之中。具体表现在两个方面：一是生活的意义深入作家的思想感情之中；二是生活的细节深入作家的记忆之中。有了第一个深入，作家就懂得了生活的逻辑，他作品的情节和人物的命运就会写得无懈可击。有了第二个深入，作品的细节就会写得生动、丰富。作家就是用作品中丰富生动的细节，用他对生活逻辑的理解和判断，和读者进行对话交流的。读者阅读作品的乐趣，也在于带着自己对生活的感觉和判断与作家进行情感交流、思想印证。两者只有相近相似甚至相同，才能产生共鸣。

柳青坚信人民生活是文学艺术的唯一源泉。虽然作家团体、文学报刊编辑部和艺术学校，对培养作家的艺术观察能力更为有利，却不利于培养作家的生活观察能力。所以，他下决心在人民群众的生活中"生根"。有人怀疑，深入工农兵生活，就是作者与工农群众相混同；与工农群众相结合，就是作者与工农兵同质化。这绝对是对作家深入生活与人民相结合的误解。柳青认为，作家深入工农兵生活，以工农兵的生活深入作家为标尺，不是指作者在现实中把自己变成工人、农民或士兵，不要求作者过着和工人、农民或士兵一样的同质化生活。柳青指出，作家是带着使命去深入人民生活的，为了完成自己的使命，他一方面接受环境的影响，逐渐形成并保持人民群众的感觉、思维和认识；另一方面又按照自己使命的需要改造环境，为自己创造适合于完成艺术使命的环境。他认为，只要作家有明辨是非、坚韧不拔、实事求是、发奋忘我的精神，一方面坚持自己作为社会活动家的生活，另一方面保持住一部分艺术的生活（读书和写作），是一定能区分开现实的人民生活与作家自己审美创造的艺术生活，绝对不会将两者同质化的。一个带着创作使命的作家通过深入现实的人民生活，既能保证他面对书本时不会变成书虫，能进行独立性思考；又能保证作家面对生活时不被同化，能进行独立判断。任何作家既需要感受现实中的人民生活，又需要认识现实中的人民生活；既需要与人民生活打成一片，化成生活中人民的一员，又需要与人民生活拉开距离，置身人民生活之外剖析人民生活。要做到这一点，作家必须牢记自己的创作使命。

生活深入作家，是为了丰富作家的思想感情，让作家的思想感情发生裂变。经过这一裂变，作家本身一分为二，一方面他是一个对人民生活进行剖析的思想家，对人民生活进行审美创造的艺术家；另一方面他又是众多置身人民生活之中的现实生存者，这样更有利于他进行审美创造。因为"审美创造不可能局限于一个统一的意识中内在地加以阐释和理解，审美事件不可能只有一个参与者，他既体验生活又把自己的体验表现在重要的艺术形式里"①。如果审美创造只有一个参与者，必然会产生以下两种不良后果：一种是"取消作者"。就是作者钻进主人公的生活中出不来，把生活等同于创作，让主人公的生存成长直接呈现，作者完全听任主人公的经历淹没自己的审美创造功能。这样的作品只有主人公及其生活，没有作者外在的艺术剪裁和建构，不能称作审美创造。一种是"取消主人公"。作者脱离他所要描写的主人公及其生活，全凭自己的想象写作。作者占据了主人公的位置，主人公只是作者用想象剪裁出来的木偶，没有独立自主的生活，没有主宰自我的自由。这里的主人公只是个概念，他只是承载着作者自我客观化的内容，不具有任何属于自己的东西，无法与作者形成审美对话，也不能构成真正的审美创造。

柳青把审美过程称作艺术工作者的对象化。认为这种对象化分为生活实践中的对象化和艺术创作中的对象化两部分。在生活实践中进行对象化就是作者不怕吃苦，和群众打成一片，把自己化成将要描写的主人公，让自己始终保持人民群众的感觉。艺术创作中的对象化就是从生活里钻出来，用自己的审美人格去为主人公及其生活画像。在对象化的过程中，作家要把自己一分为二，既是懂得人民生活的主人公，又是懂得艺术创造的创作者。作家写作时，既能深入特定情境的特定人物之内，用特定情境下特定人物的眼睛观察天地自然的变化，用他的情感体验世界人生的荣辱；

---

① 钱中文主编：《巴赫金全集》第1卷，晓河、贾泽林、张杰等译，河北教育出版社，1998年，第185—186页。

又能站在特定情境特定人物之外，用作家自己的审美眼光解构天地自然，重构社会人生。这就要求作家不仅进行对象化，还要进行化对象的工作。作家做好了这两方面的工作，他在作品中呈现给读者的生活，必然既具有现实生活的生香活意，又不是现实生活的复制或拷贝，而是经过他的吸收和消化，经过他审美加工和改造的审美结晶。他说："从社会生活到艺术品，必须经过作家的思想感情这个孔道。"①通过这个孔道，作家把他赞成的情感融会到一些人物身上，把他反对的情感融会到另一些人物身上。现实生活经过这个孔道的分析批判和审美加工，变成了艺术生活。任何艺术创造，不但存在一个从什么角度进行创造的问题，而且存在一个把对象放在怎样的形象—背景关系中创造的问题。作家创作时通过设定观察视角，设定形象—背景关系，使诸多形象的主次更明确，位置更清晰。"作品如果没有角度，形象就不可能在读者或头脑中形成明确的、清晰的、逼真的图景，作品的角度不清楚，读者和观众头脑中形成的图景也不清楚，作品的角度不严格，读者或观众头脑中形成的图像也不深刻。"②因此，不懂从特定角度观察描写对象的人，就还没有进入艺术之门。

二、为人民打造精品

柳青是一位较早立下文学创作志向，在《在延安文艺座谈会上的讲话》精神指导下逐步自觉走上扎根人民生活，用文艺为人民服务的道路的作家。他在《转弯路上》对此作了清楚的表述："一九四三年二月，组织上决定党的文艺工作者必须到工农兵的实际工作中去，从此结束那种打算长期住在文艺团体，出去跑一趟，搜集一些做客所得的印象，回来加以'想象'，就

---

① 刘可风整理：《柳青随笔录》，见陕西师范大学文学院编《长安学术》第11辑，高等教育出版社，2017年，第10页。
② 同上，第13页。

准备写成作品的计划。"①1952年,纪念毛泽东《在延安文艺座谈会上的讲话》十周年,柳青总结自己的创作经验,认为一个缺乏生活经验,缺乏社会发展知识,缺乏思想分析能力,对古今中外的文学作品阅读不系统,不能透彻了解其中的思想内容和表现形式的人,"拿一些生活的印象东一点西一点地模仿地加工,要写出有生气、有创造性的作品来,是办不到的"②。

文艺为人民服务,必须按照人民的需要服务,作品必须经受人民的阅读检验。作品如果违背人民意愿,就得不到人民的赏识,作家的劳动就等于瞎子点灯白费油。柳青曾说:"对于一本书的评论,读者才是真正的权威。"③批评家的言论,可以让一本书在短期内销售加快或滞销,由于批评家不可能每年对同一本书写一篇评论,所以,批评家的作用是有限的。"读者则不然,一个问一个这本书好不好,一个说:'好的太!'这下,后面队就排了几里长。而读的人摇摇头。这部书就完了。"④文学作品想获得人民的赞赏,必须通过语言塑造的形象、构造的情节引发读者的艺术共鸣,如果读者在阅读时产生了如见其人、如闻其声的感觉,如果读者产生了身临其境、与人物同兴衰共荣辱的感觉,作品就成功了;如果读者产生雾里看花有些隔膜的感觉,作品就失败了。"作品的好坏,在拿思想原则性和艺术形式美(主题、结构、情节和语言)来衡量的时候,有决定意义的是:读者能否通过精神感觉与艺术形象同在。这就是所谓艺术的魅力。"⑤

要想让作品获得人民的认同甚至赞美,作家必须发扬精益求精的精神,用精品为人民服务。柳青认为"文学是愚人的事业",必须长期坚持,不能急功近利。只有本着对人民负责,对艺术负责的精神,以"六十年为一个单元",一方面尚友今人,深入了解人民的审美需要,审美理

---

① 蒙万夫、王晓鹏、段夏安等编:《柳青写作生涯》,百花文艺出版社,1985年,第18页。
② 同上,第27页。
③ 同上,第48页。
④ 同上,第48页。
⑤ 同上,第73页。

想；另一方面尚友古人，刻苦钻研古今中外大师们的艺术，对创作精益求精，才可能创作出人民满意的精品。柳青甚至警示自己和同行，如果有一天，写不出东西了，就收起写作的笔，做一个与世无害的好人，而不要用粗制滥造的所谓作品害人害己。

要打造精品，就要尊重艺术规律，在艺术上下苦功，按人民的审美需要下苦功。杜鹏程的《保卫延安》发表后，引起了巨大的社会反响。柳青分析其取得成功的原因认为："一个是自始至终生活在战斗中，小说是自己长期感受的总结和提炼，所以有激情；另一个是写作的时间长，改写次数很多，并且读了许多许多书，使写作的过程变成提高的过程。当时我想，既然要搞创作，就要认真地搞；不苦搞的话，何不做其他工作去呢？"①他反复强调"下苦功，这是艺术的规律"②。他把这种认识贯穿在《创业史》创作的过程中，本着对艺术负责，对人民（读者）负责的精神，他下苦功反复改写，对作品精益求精。他自己在《艺术论》中介绍："《创业史》第一部用了六年时间，从头至尾写作四遍，主要是以主人公为中心，调整上述三方面（典型化、整体结构和情节描写）的关系。我的困难就在于从几部《创业史》的整体观念出发，来写作每一部每一章。"③作品发表后，读者来信指出了其中的一些细节问题，他复信表示感谢。1963年，《柳青给东京日本人民文学研究会的一封信》中说："《创业史》第一部是1954年春天动笔的，共有四稿。第四次稿曾在西安出版的《延河》文学月刊连载，从1959年4月号至11月号连载完毕。当年的长篇小说刊物《收获》双月刊第六期重载时，第一次修改。次年夏天出书前，又修改过一次。1962年北京一版第七次印刷时，第三次修改。这次修改的地方大多数是读者来信指出的一些技术性差错。"④《在西安作

---

① 蒙万夫、王晓鹏、段夏安等编：《柳青写作生涯》，百花文艺出版社，1985年，第41页。
② 同上，第49页。
③ 同上，第71页。
④ 陕西师范大学文学院编：《长安学术》第10辑，高等教育出版社，2017年，第1页。

协一次会议上的发言》中，他谈到读者群众对自己作品的批评监督，认为这对作者以后的写作有好处，可以避免再犯同样的错误。他说，当年上海的老作家批评《种谷记》，他还心里难受。《创业史》发表后，北京大学教师写了一篇批评梁生宝的文章，给了《文艺报》被退稿，又投给《文学评论》，唐弢要以读者来信的形式刊登，他建议全文刊发。"优点讲的太多了，要警惕，缺点越早发现越好，来得及克服的现在就克服，来不及克服的以后补救。"[①]对方的观点自己有疑问，可以通过对话的方式交流意见，真理只会越辩越明。

三、与人民一同前进

柳青认为，作家为人民服务，就是通过文学团结人民、教育人民，与人民共同进步。他说"作家是思想工作者"[②]，从事人们新的思想、意识、心理、感情意志、性格的建设工作，用新品质和新道德教育人民群众的工作。这并不是说，他把文学创作与一般的现实工作相混淆，相反，他特别重视两者的区别。他在《艺术论》中强调，一部文学作品要描写一个农民模范或战斗英雄的典型，和选举劳动模范和战斗英雄有很大的不同。选举"只看他的立场、观点和事业成就是否能孚众望，就不管他的习惯用语和走路步态等等了。而创造艺术的典型形象，就还得注意他的个性"[③]。

柳青认为，世界上有各种类型的作家，抱着复杂多样的目的写作。一切进步作家都会与国家同谋，与人民同谋。用比实际生活更高、更强烈、更理想、更典型的方式，为读者群众传达正能量，引导人民进步，推动国家发展。"真正的进步作家，在每个时代里，都是为推动社会前进而拿起笔来的。……他们光荣的任务是努力通过尽可能生动、尽可能美好、

---

① 蒙万夫、王晓鹏、段夏安等编：《柳青写作生涯》，百花文艺出版社，1985年，第86页。
② 同上，第34页。
③ 同上，第58页。

尽可能感人的形象,把他经过社会实践获得的知识和理想传达给人民,帮助人民和祖国达到更高的境界。"①这就要求作家始终站在当代最先进的思想文化的立场上,用作品团结人民,教育人民,帮助人民同心同德,向前奋斗。要求作家把真实和理想结合起来,塑造人民群众中涌现的英雄,对人民进行示范,激发人民的英雄梦,带领人民一起前进。他在1965年写的《关于理想人物及其他》中说,各个时代积极进步的作家,不论标榜什么主义,不论采用什么方法,都是把他在社会实践获得的认识,灌注到自己所塑造的人物形象里,唤起人民的爱憎之情,奋斗向上之愿。"作家把他所反对的事物概括到一部分人的形象里,又把他所赞美的事物概括到另一部分人的形象里,其中有一个人物,作家把自认为最先进的世界观,最美好的愿望和理想,以及最高尚的道德伦理观念,都灌注进去了。这就是他的理想人物。"②理想人物是真实和理想的结合,其中灌注着作者的真爱,是作者心中带领人民一起进步的榜样。

写作是作家在特定时空借助文本与读者(包括批评家)进行的对话活动,这种对话活动大致可分为两种类型:一类是同谋共感者之间的对话,另一种是与怀疑、反对者之间的对话。前一类是要通过对话巩固同谋关系,强化共同感应,让彼此的同谋共感关系更加牢固。后一种是摆明差异,寻求共识。有人认为,前者属于苏格拉底式对话,目的只是对已有的真理、真情再确认,他不增加新内容,只对已有的东西进行清晰和固化。后者需要自我敞开胸怀,包容一个无法消化的他者,拓展自己。柳青大致属于前一类,因此,我们把它称为"尚友今人"。《创业史》发表后收到了许多正面评价,也有学者提出了质疑,柳青看到质疑后,马上写文章予以辩护。③

---

① 蒙万夫、王晓鹏、段夏安等编:《柳青写作生涯》,百花文艺出版社,1985年,第98页。
② 同上,第98页。
③ 严家炎:《关于梁生宝形象》,载《文学评论》1963年第3期;柳青:《提出几个问题来讨论》,载《延河》1963年第8期。

针对批评家说梁生宝的气质"不完全属于农民的东西",他从典型是真实与理想结合的观点出发,质问批评者:"难道(梁生宝)不应该有些是属于无产阶级先锋队战士的东西吗?我的描写是有些气质不属于农民的东西,而属于无产阶级先锋战士的东西。这是因为在我看来,梁生宝这类人物在农民生活中长大并继续生活在他们中间,但思想意识却有别于一般农民群众了。"①

针对梁生宝作为英雄人物"不在跟资本主义势力面对面搏斗中露锋芒",其性格没有通过"尖锐的矛盾冲突来展现",他指出,"艺术的冲突主要依靠对比描写表现出来。对比描写得越强烈,艺术的冲突越尖锐"②。他从哲学和美学两方面对自己用对比描写冲突作了说明,并与对方进行对话。首先从历史唯物主义哲学出发进行对话,认为任何杰出人物(英雄)都是顺应着社会发展的趋势而出现的。英雄人物置身于特定历史之中,针对特定时期社会矛盾的性质和特点,选择自己应该采取的行动,而不可能翱翔于历史之上,随意作为。《创业史》描写的合作化运动初期,社会矛盾主要是社会主义思想和农民的资本主义自发思想的冲突。这是人民内部的矛盾冲突,不同于民主革命时期敌对阶级争夺统治地位的斗争。"在这个斗争中,应该强调坚持社会主义思想在农村的阵地、千方百计显示集体劳动生产的优越性,采取思想教育和典型示范的方法,吸引广大人民走上社会主义道路,孤立坚持资本主义道路的富裕中农和站在他们背后的富农"③。所以,互助合作的带头人,应该为了集体的利益发扬自我牺牲的精神,奋不顾身地组织群众进行集体生产,以身作则坚持集体创业,用集体创业的优越性作示范,引导更多的农民群众自觉加入互助合作的队伍中,扩大互助合作的阵地,不应放下集体生产把与对立面斗争置于首位。其次,在美学上,马克思主义强调内容决定形式,内容和形式的统

---

① 蒙万夫、王晓鹏、段夏安等编:《柳青写作生涯》,百花文艺出版社,1985年,第91页。
② 同上,第101页。
③ 同上,第94页。

一。《创业史》要通过一个村庄的各阶级人物在合作化运动中的行动、思想和心理的变化过程,向读者回答:中国农村为什么会发生社会主义革命和这次革命是怎样进行的。"我在组织主要矛盾冲突和我对主人公性格特征进行描写时,就必须有意识地排除某些同志所特别欣赏的农民在革命斗争中的盲目性,而把这些东西放在次要人物身上和次要情节里头。"①柳青认为,在新的社会环境中,主要矛盾发生变化的情况下,动辄搞斗争是盲目性的表现,社会主义新人不应该这样。作品第一部没有正面冲突,不是为后面的描写留有余地,而是为了突出主人公及其所代表的社会的主要特征。在柳青看来,互助合作的优越性不是"斗"出来的,而是通过互助合作者集体干出来的。更重要的是,从艺术方面说,一部多卷本的长篇小说,主人公一出场就和对立面斗争,也不合乎艺术本身的逻辑。"第二部和第三部也都没有'面对面搏斗',这部小说矛盾冲突的顶点安排在第四部里。有些矛盾在前三部里逐渐解决,但是梁生宝与郭振山、与姚士杰中间的两个矛盾,还要逐渐加深,并且把作者的意图暂时隐蔽起来,而不能只图一时痛快,使全书的结构支离破碎!"②因此,不论从哲学层面还是从美学层面来讲,社会主义文学中人民的英雄形象,都应该在努力奋斗甚至不断付出中显示他为之奋斗的事业的先进性和优越性,感召人民以他为榜样。而不是凭借集体的力量斗倒对立面,显示自己的强大。

柳青认为,文学是一种作家与读者进行同谋共感的活动。读写双方在认识方面有同谋,在感觉方面才会形成共振。在认识方面有偏差甚至相对立,就不可能产生共振。具有理想主义和英雄主义色彩的作品,在躲避崇高的人眼里,显得假大空;呈现生活本色的作品,在具有英雄情怀的人眼里,显得太平庸。任何有特点的作品都在进行诗意的"尚友"活动,都是与具有相同相近特点的读者审美地同谋共振,他不可能与全人类进行审美的同谋共振。他相信:"崇高的理想一旦与逼真的描写相结合,就会产

---

① 蒙万夫、王晓鹏、段夏安等编:《柳青写作生涯》,百花文艺出版社,1985年,第95页。
② 同上,第92页。

生强大的艺术威力，可以震撼千百万读者的心灵。但是他只能感动那些读者，他们与作者一样有理想。他丝毫不能打动那些与作者认识相反的铁石心肠，他们没有理想，现实对他们只是一潭混浊的死水。"[1]在柳青看来，作家都为读者创作，作品都为读者服务。然而，作家有各种类型，读者也是多样化的。每一类作家都为与自己有相同相近追求的读者写作，每一类读者也与和他同谋的作品共鸣。用一类作品感动所有读者是不可能的。同样，一类读者也不可能与所有类型的作品产生共鸣。他的《创业史》是写给那些愿意了解合作化运动的状况，愿意在集体创业活动中发挥热能，在集体活动中实现人生尊严的读者。至于其他类型的读者，因为审美和艺术需要有别，就不能期望产生同样的效果。

四、柳青道路的当代意义

柳青是一个善于哲思的作家。他认为，小说是剖析社会、剖析生活的艺术。他不但用《创业史》剖析了合作化时期农村各阶级以及共产党内新旧势力的代表，也对自己的文学人生进行过剖析。1965年在《关于我的思想和生活方式》中说："我的生活方式不是唯一正确的方式。作家生活方式应当是多种多样的。但是我的生活方式也不是错误的方式。它是唯一适合我这个具体人的一种生活方式。"[2]他既清楚地说明，作家的写作人生应当是多种多样的，又表示自己对自己坚持的写作方式、生活方式有信心，不动摇。他表示，坚决不宣传自己的这种生活方式，以免经验不足的青年作家机械模仿。确实，当年就有青年作家机械模仿他深入生活，结果却写不出东西。然而，在他之后，陕西在全国乃至世界产生影响的几位作家，却都是在他创作道路的影响下成长起来的。因此，我们有必要对他的创作道路的当代意义进行总结和反思。

---

[1] 蒙万夫、王晓鹏、段夏安等编：《柳青写作生涯》，百花文艺出版社，1985年，第99页。
[2] 同上，第104页。

柳青的创作道路，说简单就是作家在特定群体的人民生活中生根的道路，说具体就是作家如何处理特定群体人民生活与艺术的关系的道路。柳青自己曾经对此作过阐述，他说："首先，我要说明，每个作家面对着两个具体事物——即现实生活的具体事物和艺术创造的具体事物。如何从生活和艺术的实际出发，而不是从名词和定义出发，使两个具体事物结合得恰当，其实这是一个马克思主义作家的毕生事业。即使经过了毕生的努力，是否一定结合得很好，也还待历史鉴定。历史上不乏这样的先例——或者对艺术方面钻研很深，而对现实生活缺少真知灼见；或者对现实生活有深刻理解，而对艺术创造下的功夫较差。"[①]前一种情况造成作品有生活没有艺术，后一种情况造成作品不接地气没有人气。

柳青认为，处理生活与艺术的关系，关键就是每天在现实生活之余，给自己留出读书学习的时间，"尚友古人"，研究艺术史上的里程碑，钻研艺术。这样就使自己一方面能够剖析生活、剖析人生，另一方面又能保持自己作家的本色。他说："作家一方面生活在现实社会中，另一方面又和书籍保持联系，这不仅是可能的，而且如果能做到的话，是最理想的。作家具有丰富的、生动的、正确的现实感读文学作品的时候，他在书籍面前就可能是独立的、主动的、自由的，不至于把伪装的魔鬼当作上帝跟着跑。能不能在社会生活中保持住自己的独特性，这就要看作家的决心、毅力和自我克制的功夫了。"[②]柳青这段话的核心，只有一个关键词——独立。这种独立从两个维度表现出来：一是面对各种大师的艺术作品的独立；二是面对现实生活的独立。他认为，作家只要处理好了人民生活与艺术创作的关系，他就能面对各种文学作品、文学思潮进行独立思考，不至于变成一个小迷弟；同时又能够面对各种人生现象、社会思潮进行独立解剖，不至于变成一个跟风派。总之，有了独立意识，作家才不会迷失自己。而作家对艺术的独立判断，来自作家在人民生活中生了根，有了自己

[①] 蒙万夫、王晓鹏、段夏安等编：《柳青写作生涯》，百花文艺出版社，1985年，第66页。
[②] 同上，第75页。

的生活判断、人生判断。

　　为了更好地处理艺术与生活的关系，柳青认真钻研了马克思主义的"典型理论"，并对此作出了自己的独特解释。他说："我认为有理由把典型环境解释为典型冲突。"[①]典型冲突的第一个特点是具有历史特点的个别冲突。如果一个冲突只有个别特点，他就陷入恩格斯所说的细节的真实性之中。如果只有历史的概括性，缺乏个性特征，就会变得抽象。第二个特点就是个别冲突从纵横两个方面与大环境相联系，让冲突具有广阔的规模和深厚的内容。让矛盾冲突推动事物发生新旧的转化，推动人物命运发生大的变化。柳青认为，为了处理好上述关系，一个优秀的现实主义作家，必须手持两面镜子：一面是望远镜，能够通过一个小点，看到广阔的社会生活背景；一面是显微镜，能把不被人发现的生活细节放大。这样作品所表现的生活就会既有点的清晰度，又有面的宽广度。任何冲突最终都会表现为人物的冲突，现实主义小说总是把人物作为矛盾冲突的一个方面来描写和塑造，把性格冲突作为艺术冲突的核心来呈现。他认为，只有尖锐对立的性格冲突才是有深度的冲突。"在典型冲突中表现出来"[②]的性格就是典型性格。好小说中的性格冲突又有典型性，冲突的展开曲折有致，并且能够贯彻始终。不好的小说，一般是没有性格冲突，或者性格冲突不尖锐，或者性格冲突没有贯彻始终。当今一些作者，以写哲理小说为名，拿着望远镜看生活，作品写得有宽广度，甚至有一定深度，却没有生活的具体性，给人一种模糊感、混沌感。有些作者打着新写实的旗帜，手持显微镜，只关注一时一地的局部真实，缺乏大局观，缺乏历史的宽广度和厚重度。柳青的文学道路对他们的创作，都有一定的救治作用。

原载《小说评论》2021年第2期

[①] 柳青：《柳青文集》第4卷，人民文学出版社，2005年，第282页。
[②] 同上，第283页。

革命叙事与生活叙事

——《创业史》与《白鹿原》历史观比较

中国当代现实主义文学的两位作家柳青和陈忠实,都有史诗情结,善于在宏阔的社会历史大背景下书写人的生存成长史,善于把个人的命运与家族、民族命运联系在一起。在他们看来,个人的生存成长与民族、家族的兴衰相互关联,个人对生活的理解与觉悟,关联着其对民族、家族的理解与觉悟,个人既生活在家族与民族的历史中,又用自己的生活实践创造着家族、民族新的历史。同时,他们都认为,艰难是人的生活实践即历史过程的本色,摩擦冲撞是这一过程的主要内容。然而,两位作家的不同点在于,柳青认为历史首先是新与旧的斗争史,是新生事物在斗争中不断成长壮大,最终成为世界历史主角的过程;而陈忠实则认为,历史首先是一部鹿狼争霸史,是人们在争斗中重演前生前身的榜样,开创新的社会人生的过程。柳青把自己的目光聚焦在民族的今天和未来,陈忠实把目光聚焦在昨天和过去。柳青歌颂斗争中涌现出来的英雄,陈忠实则呼唤和谐与安宁。柳青用乐观主义态度,对历史作了理性化、理想化、线性进展的处理;陈忠实则用丰富的感受、冷峻的态度、忧思的神情,对其进行还原,展现历史曲折运动的态势。

一

柳青曾在一次座谈会上谈到《创业史》说:"简单一句话,就是新旧力量的斗争,就是毛主席在《矛盾论》里所讲的,新的胜利了,旧的让位了。"①旧力量就是面向过去重演历史的力量;新力量就是面向未来创造新生活的力量。《创业史》描写的就是以梁生宝、高增福为代表的新力量,在开创共同致富历史时与姚士杰、郭世富为代表的旧力量的斗争。通过描写梁生宝们在斗争中日益成长壮大,姚士杰们日益衰败没落的过程,揭示中间势力经过摇摆最终靠近新生力量的历史必然性。

在《创业史》中,姚士杰、郭世富是面向过去的旧力量的代表。他们之所以要面向过去,是因为他们本人及其家族,在过去拥有过比普通的蛤蟆滩人更多的土地。而在乡土社会里,土地就是财富、尊严和荣耀的象征。"过去"曾给予他们更多的土地,也就是给予他们更多的财富、尊严和荣耀。而"现在"他们曾拥有的这一切正逐渐被剥夺,逐渐在消逝。要重新拥有过去曾拥有的一切,就必须面向过去,走回头路。他们走回头路的结果,就是把人变成自己所曾经拥有的,而剥夺人正在创造的,对历史进行定格,对未来加以悬置。这是对历史发展的反动,是对面向未来的人性的歪曲。

梁生宝、高增福则是面向未来的新力量的代表。他们之所以要面向未来,不仅是因为过去对他们来说,意味着贫困与屈辱,而且因为他们受到社会主义这一指向未来的科学理论的熏陶与指导,还因为他们能从人的精神本性出发,要求成长发展,不断奋斗和创造。姚士杰们自动剥夺了自身的可能性向度,也想剥夺别人的可能性。他们拿过去来解释现在,想让历史倒回过去,这是与他们置身其间的时代格格不入的。那时,几乎每个

---

① 柳青:《柳青文集》第4卷,人民文学出版社,2005年,第322页。

人都认为若要把握或探测自己的精神意识，除未来之外就是一片虚空，即使姚士杰和郭世富也不例外。只不过他们以为未来只能在过去中，而不肯把未来独立出来罢了。梁生宝们面向未来的历史观，要求人不把自己看作过去所拥有的东西的总和，而是看作虽还没有，却正在奋斗创造的、将来会有的一切的总和，要人行进在面向未来之路上，为未来奋斗。这种人并不回避过去，不是历史虚无主义者。只不过，他们在面对过去、解释过去时，总是先找寻这一过去在未来所引起或将要引起的后果，找寻过去对未来所产生或将要产生的意义。因此，面向未来的历史观与过去具有一定的联系：它从过去中引申出来，是在正确认识过去之后得出的。由于它是从过去之中得出，与过去有特定的联系，也就必然受到过去的扯拽与掣肘，与过去产生一定的摩擦与冲撞。

以郭振山、梁三老汉为代表的蛤蟆滩人，是持务实生活观的中坚力量。前者曾积极参与过破坏、瓦解旧世界的斗争，人们误以为他要积极建设新世界创造新人生。然而，他要获得的只是自己的新生。他不愿为未来的崇高与伟大而牺牲当下的实惠，不愿为群体的兴旺与发达而损伤一己的利益，因而，最后倒向了面向过去者一方。后者既没有辉煌的过去可以玩味与炫耀，也不肯用一己的生命去奔赴未知的前方。他不肯追求任何悬空的东西，只相信眼见身处的一切。他开初选择走旧的创业之路，是因为通过那条路取得实利的人他见过。然而，梁三老汉虽曾有过走往日之路的倾向，却并不执着于旧的道路，不如姚士杰和郭世富那般坚定。一旦面向未来、创造未来的新力量取得现实成果，显示出自己巨大的优越性和灿烂的前景时，务实的生活观又导引他转向取得物质和精神双丰收的一方。持务实观的中坚力量由于太重视现实利益，轻视远大理想，看重眼前实惠，缺乏长远观念，使其与面向未来的生活观与历史观也有一定的摩擦与冲撞。

这样，蛤蟆滩上不同力量的代表之间，在生活实践与社会实践中就形成了巨大的生存张力，他们分别代表自己的阶级积聚力量，为争夺蛤蟆滩的主宰权而斗争。梁生宝为首的新历史的创造者，体察贫苦农民在物质方面丰衣足食的要求,在精神方面享有尊严、不遭轻贱的意愿。他们开创的互助合作新业,是为了达成梁三老汉在旧蛤蟆滩曾为之奋斗、解放后仍然为之奋斗的致富心愿;是对高增福他父亲一直重视、高增福本人继续追求的做人尊严的真正合理实现。由于这是一种前所未有的历史新景观,旧蛤蟆滩中的上层人物因为自己既有的政治地位与经济利益被损伤,而极尽破坏捣乱之能事。务实的庄稼汉与新蛤蟆滩上层中的务实派又消极对抗,使得创新者必然受各种矛盾冲突的考验,使得新事业必然经历各种曲折、坎坷的艰难。

柳青以昂扬激奋的心情,描述几种不同创业史观及创业方式之间的矛盾冲突,歌颂面向未来的新生力量,歌颂为推动社会发展所进行的努力和奋斗,他认为大事业、大前程在奋斗中成就。因为,"对立面的斗争是自然界、社会和人的思想发展的最一般的辩证规律之一。对立面的斗争是一切事物向前发展的根源。只要我们一开始从事物现象的相互关系,从事物现象的运动、发展和变化中去观察事物,我们立刻就进入矛盾领域了"[①]。所以,他坚信作家必须"和革命斗争相结合"[②]。柳青那一代作家相信斗争哲学,是因为新中国在斗争中成立,新生活在斗争中形成。基于此,柳青满怀豪情地歌颂具有开拓精神、面向未来的新事业和新人物,描绘通过斗争逐渐由小变大、由弱变强的好势头。他更为旧势力在斗争中由强变弱以至逐渐退出历史舞台而拍手称快。

陈忠实的《白鹿原》,写的是白鹿村人在动荡的年代,在白、鹿争霸的人生中,呼唤能给自己带来和平与安宁的白鹿精灵的历史。同柳青一样,陈忠实也认为,人类生活和小说艺术既无法避免也不能缺少矛盾冲撞和斗争,矛盾冲撞和斗争给艺术和人生带来张力和冲击,带来生命的光彩和诱人的魅力。具体到《白鹿原》上,当白鹿村起名之初,老族长决定让长子姓白,世代当族长,次子姓鹿无缘族长之位时,不论大家怎样同出一

---

① 柳青:《柳青文集》第4卷,人民文学出版社,2005年,第282页。
② 同上,第269页。

个祖宗，同拜一个祠堂，白、鹿的分裂既已形成，斗争就无法避免。

不过，陈忠实没有把白鹿村的历史过程，简化为新旧两种历史观的冲突，也没有简单地断定，凡是新生的、面向未来的，就一定崇高、完美，值得称颂；凡是旧有的、面向过去的，就一定腐朽没落，只配被诅咒和批判。因为，在他看来，白鹿书院一变而为黑猪圈，再变而为红卫兵搞内讧打内战的指挥部，确实不是什么历史前进，而是可悲的倒退。基于此，他没有把一切矛盾斗争都当作人类理想和希望的催生婆，没有极力对其大唱赞歌。

生存分裂造成的历史冲突，在他的小说中显得更为复杂、更多色调。因为，面对过去的人们里也可能有抱着崇高理想与终极关怀的，面向未来的人群之中也可能有醉生梦死的。前者如朱先生，后者如白孝文。更进一步说，追求崇高的白嘉轩，人性中也可能有某些阴暗的方面，而追求眼前的鹿子霖，也可能有其关怀此在的合理性。从这一点来看，《白鹿原》中包含的人生与艺术意蕴更繁复，也更耐人寻味。

尼采曾提出过一种永恒轮回观念，即人生是一个不断重演昨天和今天的生活，毫无新意的过程，人生的路无限延伸，一条向前通向永恒，一条向后通向永恒，它们在"此刻"交接，从此刻向前后延伸。回望过去，一切都曾出现过；展望未来，一切都是重演。《白鹿原》正好印证了尼采的这一说法。白鹿原上的生存者，几乎全都有一种强烈的怀旧情绪，都有一段无法摆脱的过去，都让自身的现在重演过去。入迷的读者都觉得这里的历史，似乎是在朝后看中运动的。原上人都把自己的过去——祖先的人生神化。而神化自己的祖先，就是神化自己的前身，神化自己的创生者，其目的就是要表明自己的前身曾是光彩非凡的创生者。自身作为这光彩非凡的前身的遗体或再生者，本身就带有值得为之自豪的光彩非凡的遗传基因。此生此世必然光彩非凡，再生再世乃至永生永世，都将会重演这种光彩非凡。这种惯于沉浸在过去美好臆想中的生存书写，也从另一方面说明了白鹿原现实生活的平凡暗淡，白鹿原人现实人生的空乏无力、平庸无能。按说，这差强人意的现状应该促使白鹿原人走上一条共同的追求光彩非凡的人生道路。然而，由于各人心中有着不同的光彩非凡的榜样，所以，重演光彩非凡的人生道路也就各不相同。

正是由于白鹿原所代表的乡土社会的这种独特生存史观，决定了原上人每日的生活都在重演历史的过程，而重演历史的过程，也就是白鹿原人不同人生观相互冲突的过程。各人为了自家的烟囱先冒烟，都盼别人家的烟囱别冒烟；或者在暗中做手脚，捣鼓得别人家的烟囱有烟冒不出；或暗用强权抽掉别人家的薪火。于是，人人自危，人人自卫，人人都有刺头都有牙口。为了伸张自己，进行针尖对麦芒般的战斗，大家都反对方之道而行。乐其所痛，怒其所幸；扬其所短，抑其所长；你揭我的皮，我尿你的脸；你看我的笑话，我捣你的蛋。于是，祭祖的祠堂，庆贺节日的戏楼等，均成了你烙我、我烤你的鏊子。鹿子霖怀念和追求的，是一种由勺勺爷创立的、实利的、无人格操守的过去，他将这种过去神化为"卧薪尝胆"的英雄业绩。他用勺勺爷的精神，在白鹿村乃至白鹿原与人争高低、比脸面、争田产、比地位，用自己的整个人生来重演它，使这种英雄业绩在自己的人生中再生。白嘉轩怀念和追求的，是"克勤""修身"爷创立的乡土君子的德行化的人生观，并用自己的毕生精力重演这一光荣的过去，让德行化的人生在自己身上复活。他用祖传的德行，与鹿家争好地、比声望、争功德、比子孙。而白鹿原上那些无名无姓的普通百姓们，则怀念和追求自己祖先创立的自欺欺人的人生，随大流、去个性。既诵各种圣人之言，又实际参与各种迷信活动。既不想在崇拜圣贤方面落于人后，也不想在迷信鬼神方面与别人持不同意见。既不想害人，也不想助人。他们的生命体验和人生过程，是一个由祖先设计的不贤不愚、不善不恶的"不"化了的过去。他们就在这种"不"字中重演自己的前身，浑噩此生此身。

正因为原上人都抱着自己认定的那种完美的历史和过去不放，他们都把这种过去当作已经失去的黄金世界来追求。为了这一黄金世界的复活，他们宁愿付出自己今生今世的全部生命活力，甚至不惜以后辈儿孙的未来作抵押。他们相信历史运动是循环往复的，人生道路都是圆圈，开端与结尾是紧密相连的，前进的道路也就是回归的道路。因为日夜的交替、四季的循环最明显地证明着这条道路。

在这样一个生命轮回的历史观中，白鹿原上的生存者虽也都各有自己面向未来的新生情结，但他们的新生不是柳青笔下蛤蟆滩的政治化的新生，而是肉身化的新生。在他们看来，历史的未来不是以新制度的建立，而是以新肉身的诞生体现出来的。他们最珍惜的是自己尘世的肉身形象与活力，能够在子孙身上永远保持下来。他们都愿通过自己后代的肉身，在这个世界继续生存下去。鹿子霖心灰，是因为自己的儿子一个死了，一个不见踪影不知死活。他重振精神，是因为那不掺一点假的鹿家种系的孙孙回到家中。他为自己在原上有许多俊眉俊眼的"干儿"而高兴，又为不能取掉那一个"干"字而心中不悦。白嘉轩做事的标准就是光明正大，以德服人，一生最忌做事没有廉耻。但为了他的三儿孝义不至于绝后，竟然安排了没廉没耻的"借子"活动；普通的原上人因忌怕断子绝孙而兴起了一个方便简捷向人"借子"的"棒槌会"；圣人朱先生声言自己死后要借孙子的眼睛看世事。生存在白鹿原上的人们，共同表现着同一种肉身化的新生情结。

虽然在这里，所有生存者都有一种肉身化的面向未来的新生观，但各个肉身生存者在自己的新生或新身中，却寄托了不同的精神愿望和理想。鹿子霖家从勺勺爷起就希望自家的新生之身，能够成为让别人侍候的上等生存者；白嘉轩则希望自家后生的新身能够克勤克俭，挺直腰杆做人；朱先生则希望自身的新生命能够怀仁怀义，良知之光常照。

至于一般百姓如鹿三之辈，则大抵只有安分守己的新生要求，没有多么宏大的实利或精神奢望。总之，在《白鹿原》所反映的乡土社会各阶层中，人们的新生愿望全都是由祖先那儿承传下来的历史的愿望，很少变异革新。陈忠实就这样把自己所看到听到的乡土社会各种各样相互有别、矛盾冲突的新生情结，用文学话语传达出来，写成一部宏伟壮丽的乡土史诗，奏出了一曲让人惊心动魄的乡土交响乐。它荡人心魄，发人深思，唤人从这循环不息的噩梦中惊醒。

二

柳青认为，作家不是生活的收购员，而是"热情的革命活动家"[①]。"无产阶级革命文学要求作家的生活道路是和革命群众相结合，和革命的实际斗争相结合，要求创作方法是革命的现实主义的思想深刻性和革命的浪漫主义的昂扬气概相结合，就是毛泽东同志所说的'生动的，鲜明的，尖锐的，毫不吞吞吐吐的无产阶级战斗风格'。"[②]柳青以自己的小说把解放初期中国当代人生的各种途程和复杂关系聚集于一体。在此有机整体中，诞生与衰亡、前进与徘徊、胜利与失败、光荣与耻辱，都获得了作为人类存在的命运形态。由于维系艺术世界的是各种不同生存观之间的冲撞与抗争，使对立各方在强烈的冲撞中显示出各自的本色，使各具特色的敌对者之间产生一种无法分拆的依存关系：面向未来的新力量，若缺少了面向过去的旧力量及徘徊于过去与未来之间的中间力量的对立与掣肘，将无法成就其英雄本色。它需要其余两方来磨炼自己的意志，试练自己的胆识，激发自己的战斗力。面向过去的旧力量，若没有奔向未来的新力量及彷徨不定的中间力量存在，则其怀旧复辟走回头路的生活实践也就失去了动力与意趣，失去了其存在的个性依据。而彷徨者也正因为前面有两条极端对立的生存之路，有两种强大的势力在争夺自己，在艰难而反复的利害考虑和得失权衡中，它成就了自己务实自私的特色。因而冲撞的三方在《创业史》中，是一种既互相冲突又相互依存的关系，任何一方都缺少不得。

在柳青眼中，社会历史中的矛盾冲突，归根结底不过是新旧力量之间

[①] 柳青：《柳青文集》第4卷，人民文学出版社，2005年，第274页。
[②] 同上，第274页。

的冲撞与斗争。新的方面一定具有旺盛生命，旧的方面一定衰朽没落。因此，新一定战胜旧，这既是历史规律，又是社会发展的必然趋势。他对历史新事业充满了信心，在其中倾注了自己全部的热情与向往；对历史新道路坚定不移，在其中寄托了自己全部的理想与希望；对历史新景观击节赞赏，认为它已经绘出了还将继续绘出光彩照人的篇章。因而，新事业的创建者，新道路的开拓者，新历史的撰写者，往往都是在历史冲撞中逐渐放射光彩，完善自我人格，完成光辉任务的优秀分子。所以，在《创业史》中，梁生宝十一岁时给富农家看桃园，把主家根本不可能知道的卖桃钱，如数交给主家。穷娃的这一崇高品质，惊得富农脸色蜡黄。高增福的父亲，人穷却有志气，从不到财东家门口去讨饭。他告诉儿子："人家瞧不起穷人，咱没志气，人家就更瞧不起了。"高增福继承了这种骨气："他不管光景过得怎样恓惶，精神上总是像汤河岸上的白杨树一般正直、白净，高出其他的榆树、柳树和刺槐，树梢扫着轻柔的白云。"这些人不仅自己保持清醒的头脑和人的尊严，还能以无私无畏的精神，主动引导普通群众走上正确的人生道路。

  柳青认为："对立面的斗争是自然界、社会和人的思想发展的最一般的辩证规律之一。对立面的斗争是一切事物向前发展的根源。只要我们一开始从事物、现象的相互联系，从事物、现象运动、发展和变化中去观察事物，我们立刻就进入矛盾的领域了。自然界和社会中，总有新生的东西和衰亡的东西。新与旧的斗争是客观事物发展的规律。"[①]所以，他以乐观的态度，对待不同生活观、历史观之间的矛盾摩擦和冲撞斗争，以及由此引起的历史运动中的艰难与曲折。但描写生活斗争，挖掘不同阶级之间的分裂，表现人生与艺术的张力，不是他的最终目的，他的最终目的是发现和塑造底层涌现出来的英雄——农民英雄。在《美学笔记》中，他专门谈到农民英雄的塑造问题："在革命的实际斗争过程中，从一个农民反

---

① 柳青：《柳青文集》第4卷，人民文学出版社，2005年，第267页。

抗者变为一个无产阶级的革命者的全部过程，就是英雄形象艺术典型化的过程。"①改造旧的蛤蟆滩，创造历史新局面，也必然要经过斗争的磨炼。也只有在斗争中，新生力量才能发展壮大起来。面向未来的人也必须具有战士的情怀，心中只能流淌崇高的血液。他向往战斗，更向往通过战斗从默默无闻的人生中脱颖而出，成为新的理想和新的人格的化身。他不畏艰难，不避危险，带着充分的思考，从事自己的战斗生活。而他的各种战斗与历险，又是为了历史的主体——人民群众的未来而进行的，是为蛤蟆滩人的物质富足和精神尊严进行的。这样的战士，其精神风貌是乐观向上的，他鄙视一切单纯的金钱大脑和低俗的自利主义，瞧不起任何软骨病患者和缩头乌龟的做派。这样的战士之所以乐观，是因为他相信未来是属于自己的。他勇于冒生存之险，于是，个体和群众的无限可能性都朝他敞开。因而他可以避免其他人生老路，也不会重演其他人生悲剧，从而为自身也为群体开拓全新的人生旅程，使广大群众的人生，在面向未来的战斗中，谱写出壮丽辉煌的诗篇。

柳青把自己所有的鄙视、仇恨之情，全都倾注到历史舞台上的旧势力一方。揭露和批判旧势力的没落性和旧事业的腐朽性，成为他创作的又一项重要使命。所有旧观念的持有者，旧事业的参与者，以及新事业的怀疑、反对者们，在柳青笔下其品行都低劣下作，令人鄙视。柳青在作品中，直接称呼高增荣和王二杠是谷苗里头的莠草、稻秧里头的稗子。因为，他俩信任落后势力的代表郭世富和姚士杰，而不相信新生力量的代表梁生宝。他指责世富老大家有一段不光彩的发家史，而姚士杰从他爹起就是恶人，姚家的发家史比世富老大的家史更见不得人。柳青极力刻画这些人物丑恶、阴暗的心理，呼唤人们的厌弃、鄙视之情。生活在今天的读者，可以说他的历史观中有简单化、理性化的缺陷。然而，他以笔代枪，把语词当作上了膛的子弹，把写小说当作战场上瞄准目标的射击，这一做

---

① 柳青：《柳青文集》第4卷，人民文学出版社，2005年，第279页。

法在那个特定的时代,起到了巨大的现实作用,他为自己所支持拥护和参与的事业,负起了一个作家所能担负的全部责任,他把人民群众及其中涌现出来的英雄,当作历史的主体和创造者的创作构思,启发了后继者们不竭的思考。

《白鹿原》不同于《创业史》,它不仅奏鸣着不同的过去,不同的未来,更奏鸣着过去与未来尖锐冲突的巨响。原上人的矛盾冲突也不像蛤蟆滩那样壁垒森严,没有表现为阵线分明的政治斗争与阶级冲突,而是表现为家族之中父子、母女及兄弟之间的亲情冲突。基于这种亲情特点,陈忠实并没有把过去与未来分隔开来,而是让新生者都有意无意地倾听其前身的声音指令,都自觉不自觉地接受其前身的行为规范,在前身前声的规约和指导下生存。他们都在重演着前身的作为,重奏前身的乐章。即使奏出各种对比与变奏,最终又都向过去的基音回归。白灵亡魂带泪示父,孝文、黑娃出村后又要求返回白鹿村,就是证明。

基于白鹿原上冲突双方的父子兄弟的亲情性质,陈忠实不赞成争凶斗狠,更不赞成以一方的血泪为另一方做勋章,而是提倡用一种博大的同情心,面对各种形态的冲撞与斗争。他不愿对父子兄弟间的争凶斗狠,表示欢乐与兴奋,更无意从中发掘什么英雄主义精神。他只为这种争斗表现出更多的遗憾和惋惜之情。他认为这种争凶斗狠,是持不同生存观念的人们囿于狭隘的个我意识,缺乏宽广的人类自由联合意识,太多仇怨,太少爱意的表现。举凡兆鹏斗父,嘉轩囚女赶儿,鹿三杀儿媳,都是出于一时意气,不能真正割断至近的亲情。原因有两个:一是别人不信,二是自己不忍。别人不信者如国民党滋水县令岳维山,并不因为兆鹏斗过鹿子霖,就认为两人已无父子亲情,照样押子霖于大牢之中,代其做共产党员的儿子遭受两年牢狱之灾;共产党并不因为白嘉轩曾阻拦女儿参加革命,而放弃给白家挂一个革命烈属的门牌;田小娥也不因鹿三把自己和黑娃赶出家门而否认他是她大。自己不忍者如白嘉轩听到女儿死讯时,自责是自己把女儿咒死的;鹿三杀了小娥之后,便陷入一种无法自拔的懊悔之中;鹿兆鹏始终也没有与反动的父亲割断过关系。这就是乡土社会的历史实情，是白鹿村乃至白鹿原秘史中的重要内容。

　　基于白鹿原上冲突各方亲情关系造成的割分不开的特点，陈忠实把冲突各方外在的姓氏名号放到次要位置上，而着重发掘其内在品性。由此，他发现冲突各方无论姓甚名谁、无论打什么旗号，也无论其行动方式、追求目标有什么不同的名目，内在品性只有两种——鹿性和狼性。他把白鹿村乃至整个白鹿原上的各种冲突，归结为白鹿与白狼的冲突，以及鹿性与狼性的冲突。白鹿生性柔顺善良，能赐人以福利，是人们渴求的对象；白狼凶残好斗，以吃人为乐，是人们惧怕和躲避的对象。白鹿村乃至整个白鹿原的人，大都希望外在的白鹿出现在自家的田地或院落之中，赐给自己健康、安宁和丰收。很少有人想做个自觉为他人的安乐而献身的白鹿。准确地说，白鹿原上有许多用情感画成的圈圈，各人都生存在适合自己情性的圈子里，即在特定的情感圈里做人，甚至做白鹿。一旦看到圈外人士就睁狼眼、张狼口。对那些在情感方面与自己亲近的人，可以做到你缺袜子我连鞋都送给你的慷慨程度；对那些与自己情感淡薄乃至伤了自己情的人，则是"你不仁我不义，白刀子进，红刀子出"。白嘉轩给鹿三送衣送粮，却把伤透心的孝文逼向绝境；鹿三对嘉轩忠心不贰，却亲手杀了不合自己做人准则的儿媳；王家杂货店的人害死了芒儿的情人，芒儿反手一刀捅死了自己的仇家，并抢了他的妻子来享受；黑娃在白鹿村戏台上批斗田福贤，田福贤反过来又把黑娃的兄弟当猴耍……人与人之间这种狼性的冲撞只能引起狼性的报复，不可能为人们带来和平、幸福与欢笑。狼性使人将爱心关闭悬置，并且以历史和未来的名义，用铡刀和墩刑欣赏把玩血泪与仇怨。

　　陈忠实之所以要写一段带血的秘史，就是因为它那斑斑的血迹，留在人们的记忆中，时时引起疼痛，让人难以忘怀。还因为历史曾庄严允诺过幸福的生活，而连续不断的斗争，把幸福的允诺一直遮蔽在阴影之中。人们能够体验和记忆的只有血泪。陈忠实并不反战，他知道新中国只能在战斗中建立,故而,对打击倭寇的侵犯持积极肯定的态度,让兆海在剃取鬼子毛发的活动中升华其人格,让朱先生在主动请求与入侵者拼命的行动中,完成他最后的人生壮举。但是,他坚决反对内耗,反对手足相残,故而让鹿三在杀死儿媳后失去了往日的精神,并在一种说不出的愧悔之中告别人世。陈忠实话语世界中的原上人,虽然大都具有双重性——鹿性和狼性。不过有些人鹿性占主导地位,有些人狼性占主导地位;有些人此时鹿性占主导地位,彼时狼性占主导地位。因而原上人的生活史,就成了既向外盼望白鹿反对白狼,又自觉不自觉地扮演白狼的历史,又是每个人自我内部鹿性与狼性相互冲撞的历史。陈忠实以感人的诗意画面,批判和谴责原上人盼自己屋里热闹兴旺,盼别人家冷清死寂的思想;批判和谴责各种形式的窝里斗。他不但借朱先生、白嘉轩、白灵等白鹿精灵之口表达了恶乱思治、恶斗思和的思想,更让鹿子霖这种好凑热闹,爱与人争高低比长短的角色,在经过一场大灾大难之后,猛然醒悟到整天把精力用在与人争斗方面是十分可笑的。他冷峻地谴责了鹿子霖不能听从内心呼唤,经受不起外界名利的诱惑,在经过短暂的清醒之后,又一次糊涂地陷入了与人争斗的错误之中,并让鹿子霖为此付出惨重的代价以警醒世人,呼唤世人追求和平与安宁,激发世人创建人人和睦相处的新历史的动力,劝导人们用白鹿精神主宰自己的灵魂。白鹿原的历史是一部争凶斗狠史、手足相残史。作品以历史的名义呼唤和平,呼唤爱。但是,作家明白,要改造人心中的狼性,使人成为纯粹的白鹿,这需要走一段非常遥远的路。

三

小说是一种具有很强认知特性的艺术,它站在特定时代和民族的制高点上,探索此前人类未知的生存方式,为民族和时代寻找独特的生存精神。柳青认为,中华民族的新生就在斗争之中,过去推翻三座大山靠的是斗争，今天创集体富裕的大业还需要斗争。他用《创业史》为敢于斗争、善于斗争的战士，在斗争中成长壮大的英雄人物画像。几十年的社会实践证明，他只看到了斗争的积极方面，而忽视了它的消极方面。首先，斗争的确可以表现人的勇敢、坚强、牺牲精神、英雄主义等优秀品质，但斗争不是目的。当一个社会为斗争而斗争，把斗争贯穿在整个历史进程之中，就等于把社会变成永无休止的战场，把人生变成永无休止的战斗，社会人生就将永远处于动荡不安之中，集体富裕和个人幸福就将成为一个永恒的神话。其次，斗争能推动社会的进步，促进历史的发展，但社会不是直线进步的，历史也不是直线发展的，不断革命未必能推动社会不断进步，有时可能还会干扰生活的正常进程。因为它不打粮，不产钢，干扰科技创造发明，它只适合于战时，而不适合于和平年代，和平年代应该抓紧生产建设。因此，在历史发展的一定阶段，在对前方的路感到迷茫的时候，停下前行的脚步，做个短暂的休整，对以往的历程作一番回顾反思，可能更有利于前行。在20世纪80年代后，随着中国社会转型，柳青当年倡导的斗争式革命英雄主义走向式微，时代生活要求一种可以反思历史、展望未来的全新的历史与生存史观的出现。正是在这样的大背景下，陈忠实开始了他探索中华民族心理结构的寻根之旅。通过查阅长安、咸宁、蓝田三县的县志，反思中国历史，他说："我颇为惊奇，几千年前白鹿原上的先民理想中的美好生活构图，与几千年后包括我在内的信仰不渝的共产主义的人们所憧憬的天堂中的生活图景基本相同，差别仅仅在于，先民把这种美好的生活理想寄托在一只被神化了的白鹿身上，而我信奉的共产主义，却一直坚信依靠全民的艰苦奋斗努力创造来实现。"①也就是说，先民对富裕和平的期待，与执政党擎为历史理想的宏大叙事，在逻辑上并无不同。陈忠实站在新的历史制高点上，敏锐地把握到这种雷同，并用《白鹿原》的生存与生活场景，形象化地为人们阐释了这种共同性，从而构成一种双声部

---

① 陈忠实：《寻找属于自己的句子》，上海文艺出版社，2009年，第105页。

的生活与历史叙事，成为人们反思历史斗争、镜鉴当下现实生存的艺术指南。这一点，无疑是对柳青《创业史》的超越。历史的进程中充满迷雾，每个人都在迷雾中摸索前行，都不可能超脱历史而前行，作家也是人，因此也不可能例外。20世纪中期的历史是：社会主义与资本主义两种制度处于竞争期，在这一过程中，它们各自的信仰者，抱着不是东风压倒西风，就是西风压倒东风的坚定信念，为自己的信仰努力奋斗，甚至流血牺牲。这种崇高精神本身就值得后人敬仰。我们不能脱离历史，对双方中的任何一方进行非难指责，否则我们就会犯历史虚无主义的错误。由此来看，柳青为之付出心血，将那些千千万万个梦想家、实干家用自己的全部激情和真诚投入其中的斗争精神和英雄主义，作为史诗来书写，实际上是对人类历史上曾经发生的社会主义革命进行形象化的记录，对正在进行的社会主义实践进行形象化的探索，它尽管存在诸多不足，却直接启发了后来的作家，如何在现实主义文学的框架下，处理好作品与历史的关系；启发作家思考如何在社会主义文学体制内，使文学更好地贴近人性自我。事实也是，柳青《创业史》的终点，构成了陈忠实《白鹿原》的起点。陈忠实生活在一个斗争哲学的负面效应充分显现，人民群众恶乱思治，整个社会躲避崇高，追求富足与幸福的时代，他站在时代的制高点上，反思斗争给人民稳定有序的生活所造成的动荡，给延续千年的民族文化所造成的断裂，反思近代以来的斗争在某种程度上所造成的人性的异化，它使某些人为斗争而斗争，忘记了斗争的目的是让人赢得做人的尊严，而不是剥夺他人做人的尊严。所以，近代以来的许多人无目的地将斗争进行到底，把斗争过程变成一种作孽的过程，它给人生造成了许多本不该有的仇与恨、血和泪。陈忠实的《白鹿原》反对一切把人民当烙饼，把斗争当鏊子，以烙人为乐的斗争活动。他呼唤与人为善的仁义精神，赞美传统文化中"学为好人"的做人方式。

柳青与陈忠实面对现实和历史中的斗争生活，站在不同的历史制高点上，做了两种不同的艺术探索，得出了两种不同的结论。前者进行革命叙事,张扬斗争哲学的长处,赞美它所造成的人性的崇高;后者进行生活叙事,昌明了斗争哲学的短处,批判它给人生造成的苦难。两相对照,让我们看到了斗争生活的一体两面,让我们能够更加清楚地认识自己民族的昨天和今天,也让我们能够更自觉地选择自己的今天和明天。

原载《当代作家评论》2013年第2期

路遥在交叉地带耕耘

新时期伊始,部分精英作家站在启蒙立场上创写中国当代的伤痕故事,把个体关怀与社会关怀融为一体,让文学承担"立人"与"立国"的双重使命,扮演拯救世人、悬壶济世的角色,让读者感到诗意的温暖。刘心武的《班主任》所发出的"救救孩子"的呼声,是这种精英立场的典型代表。这些作家继承了"五四"以来以鲁迅为代表的文学传统,用文学作品对当代沉默的大多数进行"五四"之后的又一次思想启蒙。他们一边用自己的作品抚摸底层百姓在"文革"中留下的伤痕,一边顺应时代的要求,呼唤改革社会中不适合人健康发展的规约,让人能够有尊严地生活,体面地工作。这些作品表达了当时社会广大读者的普遍要求和共同理想,所以在当时的读者中引起了广泛且强烈的反响,对改革开放和社会进步发挥了重要的推动作用。

新时期这批精英作家抱着美好的愿望,要对普通大众进行双重的启蒙。第一是思想启蒙,他们认为,大多数中国人的思想还处于蒙昧之中,需要知识精英对其关怀救赎,启发其从蒙昧状态中觉悟,让其变成一个自由自觉的个体。第二是艺术启蒙,他们认为,中国的多数读者包括部分作者只关心作品的内容,不关心作品的形式,不懂得艺术的本体。这就需要引进和借鉴西方现代文学技巧、手法,尤其是引进西方现代艺术观念,对其启蒙。让大家明白,艺术是一种有意味的形式,而不是承载意思的一个工具。因此,创作中国的现代派小说,进行示范和启蒙尤其重要。高行健的《现代小说技巧初探》，启发许多作家进行变革文学表现手法的实践，为开拓当代小说创作技巧带来了新的活力，影响一批作家运用意识流、象征、变形、黑色幽默等手段进行创作。

随着西方形式主义所提出的"艺术即形式""艺术即手法""有意味的形式"等观念的输入，国内很快形成了一种现代主义创作潮流。这一潮流要在创作中超越"老题材、老人物、老主题、老故事、老写法"这"五老峰"，取代现实主义创作在当代文学中的主流地位，把广大读者的阅读兴趣从写什么转移到怎么写上来。在他们眼中，现实主义作为创作方法是19世纪产物，在20世纪显得老旧。作为一种创作精神，它强调理性压抑非理性的人性维度，不能适应当代表达人性深度的要求，应该及时将它扔掉。现实主义作品的读者，阅读兴趣单一、陈腐，应该给予改变和革新。诚然，现代主义倡导者为中国当代文学注入新鲜血液的用意是好的，但是，他们无视广大读者想通过作品认识自我、认识社会的本真的阅读兴趣，自以为是地改造大众阅读习惯，为其灌输一些精英喜欢的东西，让大众消费精英们从西方贩卖的新东西，这种自以为是的现代主义艺术启蒙，以文学精英的艺术喜好代替大众的趣味，把文学变成了一种小圈子的理论狂欢，让文学创作和欣赏变成了一种无视大众审美需要的精英自娱活动。

一、坚决走柳青开创的现实主义道路

路遥多次表示现实主义作家柳青和秦兆阳是自己的文学教父。他说："柳青生前我接触过多次。《创业史》第二部在《延河》发表时，我还做过他的责任编辑。每次见他，他都海阔天空给我讲许多独到的见解。我细心地研究过他的著作、他的言论和他本人的一举一动。他帮助我提升了一个作家所必备的精神素质。"[①]路遥表示他的《人生》《平凡的世界》

---

① 路遥：《路遥精品典藏纪念版·散文随笔卷》，北京十月文艺出版社，2014年，第43页。

是交给这两位老师的作业。路遥传承了柳青给普通百姓讲地域故事，传达中国声音的优良传统。他不为各种现代主义创作时尚所动，坚定捍卫柳青所开创的现实主义创作传统，把陕北黄土高原作为自己的文学根据地，在此精耕细作，创造自己的文学人生。据陈忠实回忆，1985年3月，中国作协在河北涿州召开农村题材创作研讨会，讨论中国当代小说的未来走向，许多人认为，中国当代小说的未来，一定会走向现代派、先锋派。"我听到路遥以沉稳的声调阐述他的现实主义创作主张，结束语是以一个形象比喻表述的：'我不相信全世界都成了澳大利亚羊'。"[①]那时的中国文坛也像中国牧区正在推广引进澳大利亚优良羊种一样，大力推进先锋派和现代派创作方法。路遥却坚持要做一只土山羊，坚持走传统的现实主义创作道路。他认为，现实主义文学在中国的历史使命还远远没有完成，中国现实主义文学对底层百姓的审美关怀还没有到位，没有写出和平年代底层百姓在平凡中追求卓越的英雄精神。从现代文学史来看，"五四"时期的作家，大都采用俯视的角度，把底层百姓当作愚昧无知的启蒙对象来看待；新中国成立之后的当代作家，大都把底层百姓当作散漫无知，需要团结教育的对象来对待；很少有作家真正站在底层百姓的立场上，用平视的眼光看待普通百姓，关心他们以奋斗追求尊严的坚毅与艰难。路遥认为，以自我奋斗争取做人的尊严，是底层群众人生中最值得被挖掘、被敞亮、被认可的精神维度，同时，也是被"五四"现实主义文学，尤其是新时期的"伤痕文学""改革文学"等遗忘和遮蔽的审美维度。

  小说是一种与人进行审美对话和交流的艺术。它是人所创造的一种特殊的语言结构，作家用它讲述故事，塑造形象，引起接受者的兴趣，激发接受者的快感和美感，召唤读者与作者一起同感共谋。小说的主要功用在于对话交流，绝对不是作家的自言自语。因此，小说家首先应该懂得他要交流的对象有什么样的审美需要，他们的审美兴趣是什么；其次，要了解

[①] 冯希哲等编：《走近陈忠实》，太白文艺出版社，2017年，第268页。

这些审美接受者有怎样的审美准备,最容易被怎样的结构布局唤起审美兴趣,被怎样的人物命运打动;最后,再寻找能够说服或感动这些审美接受者的创作手法。那些不了解审美接受者既有的审美准备,无视接受者的审美趣味和需要,自以为是地推荐和传授所谓先进创作手法,对接受者进行艺术启蒙的精英,实际上就是在教作家无的放矢,自言自语。一个真正的作家,是一个真诚地用语言艺术与接受者进行交流的人。他殚精竭虑想象虚构精心布局的每一个情节,每一个人物命运,都是为了与接受者进行交流,引起接受者的呼应。为此,作家首先要研究接受者的阅读兴趣、审美需要,懂得接受者对什么样的作品感兴趣,被什么样的故事情节打动,以什么样的人物为榜样。作家不能把文学接受者当作任由作家忽悠的文盲,什么都不懂,任由作家、艺术家糊弄。人民群众是有鉴别力的,他们要用自己的眼光,在艺术世界里边寻找符合自己审美兴趣和审美需要的作品。他们有自己的审美尺度,以之衡量作品的优劣。其次,作家不能把艺术方法当成能引起人心灵变化的万能的灵丹妙药,不管用到什么人身上,要他发烧就发烧,要他发冷就发冷,要他呕吐就呕吐,要他腹泻就腹泻。不管作用于什么人的精神,想让他哭,他就能哭,想让他笑,他就能笑。不论是救治身体还是精神,一定要对症下药,才能起到预想的效果。最后,只要我们从具体的作品退后一步,用更加开阔的眼光来看,文学艺术,不管是东方还是西方,全部的文学史告诉我们,我们看到的文学是相当有限和简单的一组套式的复合,文学史上那些优秀的作品,都在不断地复现着那些原始的经典套式。在《哥德巴赫猜想》中,中国读者看到大禹治水的影子。在《哈克贝利·芬历险记》中,美国读者看到了《奥德赛漂流记》的影子。"文学起源于经验的可能模型,它所产生的是我们称作经典的文学模型。文学不会演进和发展。"①那些认为现实主义老旧,现代派创新的精英如果用更加宏阔的眼光来看待文学作品,他们就会发现,即使荒诞的

---

① 诺思罗普·弗莱:《培养想象》,李雪菲译,中国华侨出版社,2019年,第12页。

《秃头歌女》,也不过是对西方文学的两个场景——反讽式场景、识别场景——的反讽式模仿。

路遥清楚,医生治病,首先要搞清楚病人的身体状况;作家写作,必须要搞清楚读者的精神状况。不搞清楚对象的身体状况,就不能对症下药;不了解读者的精神需求,就不能满足读者的审美需要。他非常了解自己对话交流的对象,他们都是底层的普通百姓,尤其是底层百姓中那些有上进心、面向未来努力奋斗的人。千百年来,多数底层群众由于地位卑微,人生如草,不论上面刮什么风,他们都会顺风而倒,变成了顺从的"跟跟派",变成了"沉默的大多数"。但是,大多数的顺从并不意味着所有百姓的顺从,大多数的沉默并不意味着所有百姓的沉默。回顾历史,陕北曾经诞生过"李闯王";放眼现代,陕北是红色革命的圣地。在陕北每个男人头上都打着一个"英雄结";每个陕北男人胸中,都怀有一颗不向命运低头的"英雄心"。他们个个都想冲向人前,做一番让他人刮目相看的事情;都想用拦羊嗓子回牛声,唱一曲动人肺腑的歌儿。尤其是受到改革开放精神洗礼的年青一代,他们更想走出黄土地,通过改变自我生存发展平台的行动,在当代创造一段动人的故事,给后代留下一段美丽的传说。

路遥生长在陕北,他对陕北人民尤其是青年人的精神世界有着深切的认知,他从陕北青年的生存成长历程中,看到了当代广大青年奋进成长的群像。他认为当代青年人有理想,有梦想,有勇气,有胆量,能够通过改变世界来改变自己。他说:"我的作品中的主要人物都是青年,我主观上也是要着力塑造好青年形象。在我的最主要的作品中,我对青年问题的关怀、对青年的关心,我觉得是由衷的,因为我也是从青少年度过来的。"[①]路遥相信一代比一代强,每一代青年的主要使命,就是总结前人经验,创造新的人生,展示新的人生价值。因此,他笔下的陕北底层青年,不论生存得多么艰难,都非常关注自己的生存尊严,非常在意自我奋

---

① 路遥:《路遥精品典藏纪念版·散文随笔卷》,北京十月文艺出版社,2014年,第194页。

斗，争取自我实现的生存实践。他作品中的主人公马建强、高加林以及孙氏兄弟，都生活在社会的底层，受人歧视，被人排挤，缺乏展示自己人生价值的平台。他们都不甘心蛰伏在狭窄环境之中，而要通过自我奋斗，开拓自己的生存空间，争取更好的发展平台。路遥坚信，这些当代青年的身上，都流淌着祖先李闯王、刘志丹的血，这是一种敢想敢干，敢为天下先的英雄血。凭着这种血气与血性，他们的祖先为自己也为同类打开了一片展示人生活力的舞台，也为后人留下了一段获得世人认可的故事。因此，年青一代也能用自己的青春和生命，在社会转型时期，开拓一片属于自己展示生命活力的空间，演绎一段接续前人流传后人的人生故事。

农谚道"人往高处走，水往低处流"。因为人只有登高才能望远，才能开阔眼界和心胸，才能产生远大的志向，才会演绎被众人瞩目的人生故事。路遥笔下的当代青年，都像高加林、孙少平一样，生活在交叉地带。他们看到了新的更加广阔的生存空间，看到了新的更有前程的人生可能，产生了新的人生认同。因此，他们刚走进乡民不认可，市民嫌弃的交叉地带，想通过奋斗改变蛰伏于狭窄的山洼里的现在，实现在广阔平台展示自我的能力。他们是改革时代最具有改变自我与世界动力的一群人，只要能改变自我的现状，即便要翻山越岭，遭遇千难万险，他们也乐此不疲。他们的身体在黄土高原中挣扎，心灵却在热闹繁华的都市里穿梭；他们不甘于一辈子默默无闻地被黄土埋没，一心想在广阔的人生平台上扮演一个被追光灯照亮的角色，想用实际行动做些让人高看一眼的事情，想用自己创造生存平台和开拓生存空间的行动，给人间演绎一段动人心弦的故事，把自己的人生演绎成一段或美丽感人或壮怀激烈的传说，他们要做传说中的英雄，不甘心在平庸的现实中虚度自己的一生。

二、以黄土地为根据地，发掘城乡交叉地带

每位作家写作的欲望，都源于他之前接受的文学经验。这些经验为

他提供了一种典型的被社会接受的写作范式。他拿着这种写作方式,去讲述自己熟悉的人生故事。路遥喜欢柳青讲故事的方式,喜欢柳青关注现实的诗性情怀,它对柳青开创的现实主义道路进行了新的开拓。他以陕北黄土高原为"根据地",发掘出了"城乡交叉地带"这一特殊的人生和文学空间,并用自己的创作实绩,将其变成当代文学史上一个永远绕不开的文学话题。城乡交叉地带首先是一个特殊的生存空间,它是区别于城市、乡村的第三种生存空间。这一空间处于城市和乡村的折叠处、交叉处,因此被称为城乡交叉地带。城乡交叉地带是让主人公的身份认同发生裂变的地带,是主人公的情感和命运发生裂变的生存空间。这个地带,是城乡之间所打的一个褶皱,往好里说,它和城市、乡村都有交往;往坏里说,它是乡民不认、市民嫌弃的一个生存空间。这一空间生存的主人公,向前走一步,就会向自己认同的身份靠近一步,向自己的理想和梦想靠近一步;后退一步,就会陷入原初身份的泥淖之中,与自己认同的身份无缘,沦为芸芸众生,变得默默无闻。

生活在交叉地带的青年们,前面充满着幸福的允诺,也布满着无名的陷阱。执着的青年们,直奔着幸福的允诺而去,无视路上的陷阱和危险。因为,这种允诺呼应着主人公生命深处的呐喊,让交叉地带的青年人根本无法拒绝。它弥补了主人公的生存短板,丰富了主人公的认知视野,唤起了主人公英勇向前的巨大激情,碰撞出改变自我的思想火花,激发着主人公奋发有为的昂扬斗志。

陕北历史上一直是游牧民族与定居民族的交叉地带,20世纪六七十年代,随着北京知青的到来,它又变成了城乡交叉地带。游牧民族给陕北人的生命中注入了奔向远方追逐梦想的血液;京城知青激活了山坳里乡野人对大城市大平台的向往。但是,很少有人对这一生存空间的人生进行现实审视和审美断想。县城中学的上学经历,让路遥产生了跨越城乡鸿沟的念想。毕业后与下乡知青的交往,更加强化了他走进城市发展自我的梦想。在他的心中,城市有时很近,近得只有他与邻桌同学那点距离,或者就像整天与他一起劳动戏耍的知青的距离一样,近在咫尺;然而,咫尺却是天涯,那是一张城市户口和一张农业户口的距离,这张户口把你定在乡下,那张户口把他定在城市,在乡下生存的叫"乡民",在城里生存的叫"市民"。"市民"手里端的是"铁饭碗","乡民"手里端的是"泥饭碗"。"铁饭碗"不怕摔,"泥饭碗"不经摔。"铁饭碗"里四季有粮,心中不慌;"泥饭碗"靠天赐饭,单怕老天爷发脾气,一旱一涝夺口粮。因此,城市和乡村,"市民"和"乡民"之间哪怕只有一个身体的距离,却永远隔着一条护城河,一道护城墙,那是一条由制度规定的政策的河,由制度规定的政策的护城墙,谁都无法跨越,也不能跨越。

路遥笔下的主人公不认可自己的农民身份,不喜欢自己所端的泥饭碗。他们认同市民的公家人身份,喜欢他们所端的铁饭碗。他们感恩交叉地带给自己的交往体验,这种交往体验,给他们打开了一个新的人生之门,让他们看到了一条通向新发展平台的道路,激发了他们改变旧我、奔向新我的理想。这一系列的人生经验成为日后路遥创作取之不尽的题材。他说:"我的生活经历中最重要的一段就是从农村到城市的这样一个漫长而复杂的过程。这个过程的种种情态与感受,在我的身上和心上都留下了深刻的印记。因此也明显影响了我的创作活动。"[①]路遥作品中的青年男女主人公们,基本都生活在城乡交叉地带这一特殊的生存空间,交叉地带的生存经历让他们看到了新的人生方向,改变了他们的身份认同理想。他们把交叉地带作为自己的人生舞台,表演自己奋斗向前的悲喜人生。他们旺盛的求知欲,他们对广阔世界大平台的憧憬和向往,与城市限制他们的好奇,阻断他们人生风景的那堵高墙,形成了尖锐的矛盾和冲突。青年主人公们在城乡交叉地带这个特殊的生存空间,演绎的这种冲突性的人生故事,典型地表现了转折时期中国社会的核心问题,即城乡生活的不平衡,造成的城市生活对乡村生活的冲击,以及乡民对城市化生活的向往,表现

---

① 路遥:《路遥精品典藏纪念版·散文随笔卷》,北京十月文艺出版社,2014年,第150页。

了现代生活方式和古老生活方式的矛盾，现代观念和传统观念的冲突。

路遥对城乡交叉地带这一方空间的开掘，有一个逐渐深入的过程。起初，1980年发表的短篇小说《青松和小红花》，已经涉及城乡交叉地带这一特殊生存空间，但是，作品没有在此深挖，只是把它作为表现乡村青年冯国斌的美好品德的一个特定场域，他当时没有把城乡交叉地带作为当代青年产生新的身份认同的一方空间来深入挖掘。主人公冯国斌已经意识到了城市和乡村的差别，却又默默地接受了这种差别，城乡差别在这里没对主人公的精神产生巨大的冲击，因此也没有成为作品情节发展的动力，没有给主人公的命运造成决定性的影响。总之，城乡差别在这部作品中，没有成为主人公情感起伏和命运变化的决定性因素。1981年发表的《姐姐》《风雪蜡梅》，以城乡青年的恋爱经历，表现城乡之间的护城河对青年爱情的阻隔。这两部作品，对《青松和小红花》已经涉及的城乡交叉地带这一生存空间作了进一步的挖掘，把城乡之间的二元对立作为塑造人物性格的结构元素，作为表现主人公情感起伏的主因，命运变化的主导。《姐姐》中的小杏，与城市青年高立民恋爱时，高立民是一个狼不吃狗不闻的"反革命"后代，人见人躲，生怕"反革命"病菌传染到自己身上。社会变革了，高立民时来运转，考上了大学，成为时代的骄子。毕业前夕，他给小杏写了一封解除恋爱关系的信："从长远看，咱们若要结合，不光相隔两地，就是工作和职业、商品粮和农村粮之间存在的现实差别，也会给我们之间的生活带来巨大的困难。"[①]作品通过一对纯真青年从恋爱到分手，双方身份的变化过程，表现了城市与乡村的区隔，以及由这种区隔造成的主人公情感变化历程。《风雪蜡梅》的主人公——农村姑娘冯玉琴，被地区招待所所长相中，招到地区招待所做临时工，她对进城并不热心。他的恋人康庄对进城改变自己的农民身份非常热心，鼓动冯玉琴先进城，等转了正再想办法拉自己出去。招待所所长，以转正为诱饵，

---

① 路遥：《路遥精品典藏纪念版·散文随笔卷》，北京十月文艺出版社，2014年，第411页。

要求冯玉琴与自己那个不争气的儿子结婚。冯玉琴不愿意,写信给恋人康庄,希望康庄哥接她回村。康庄来到招待所,告诉冯玉琴,他已经在地区粮油公司当了两个月的炊事员。他劝说冯玉琴与所长的儿子结婚,便于自己晋升为正式工。他为了离开穷山沟,丢掉泥饭碗,端上公家的铁饭碗,听从当权者所长的指派,出卖了自己的恋人冯玉琴。冯玉琴忠于自己的爱情,拼命劝康庄一块儿回村。康庄的身份认同观已经发生了改变,他认同城市,认同城市户口,认同城里人的铁饭碗,极力想摆脱农村,摆脱农村户口,扔掉农民的泥饭碗。他说:"我思来想去,咱可再不能回咱那穷山沟啊!我再过一个月就要转正哩!说心里话,好不容易吃上公家这碗饭,我撂不下这工作!实说,我爱着你哩!但一想回去就要受一辈子苦,撑不下来啊!没来城里之前,还不知道咱穷山沟的苦味;现在来了,才知道那地方根本不是人住的地方……"①冯玉琴忠于爱情,忠于黄土地,她要从城乡交叉地带往回撤,保持自己的初心。她打了被城市的铁饭碗迷住了心窍,背叛爱情和黄土地的康庄一记耳光,毅然决定自己一个人返乡,保持着寒冬里盛开的蜡梅一样的做人风格。这一阶段,路遥表现交叉地带的生活时,已经把它作为人物情感起伏、性格变化的主要因素,用它塑造人物形象,组织小说结构,却并没有认识到这一空间在奋斗者的青年人的人生中,在整个社会生活中所具有的深刻且巨大的意义,只是把它当作自己最熟悉的生活来写,这无疑减弱了作品所表现的思想深度。

此后,随着在同一块土地上的反复耕耘,他逐渐对这块土壤即城乡交叉地带这一独特的生存空间有了一些较深层次的理解。1982年7月,路遥在《面对着新的生活——致中篇小说选刊》一文中说:"我是一个农民的儿子,在大山里长大;又从那里走出来,先到小县城,然后又到大城市参加了工作。农村,我是最熟悉的,城市,我正在努力熟悉着;而最熟悉的是农村和城市的交叉地带。我曾长时间生活在这一地带,现在也经常往返

---

① 路遥:《路遥精品典藏纪念版·散文随笔卷》,北京十月文艺出版社,2014年,第425页。

于其间。我自己感到,由于城市交往逐渐频繁,相互渗透日趋广泛,加之农村有文化的人越来越多,这中间所发生的生活现象和矛盾冲突,越来越具有重要的社会意义。城市和农村本身的变化发展,城市生活对农村生活的冲击,农村生活城市化的追求意识,现代生活方式和古老生活方式的冲突,文明和落后,资产阶级意识与传统美德的冲突,等等,构成了现代生活的重要内容。这座生活的立体交叉桥上,充满了无数戏剧性的矛盾。可歌的,可泣的,可爱的,可憎的,可喜的,可悲的,人和事物都有。我们不应该回避生活中的矛盾和冲突,因为只有反映出了生活中真实的(不是虚假的!)矛盾冲突,艺术作品的生命才会有不死的根。"[1]这一年,他写出了《在困难的日子里》《人生》,之后又写出了《平凡的世界》。塑造了马建强、高加林、孙少平、孙少安等在城乡交叉地带生活的当代奋斗向上的青年形象。这些有志青年都生存在城乡交叉地带这一独特的生存空间,他们的精神注定要承受乡村和城市双重的拽扯,他们的心灵必然要承受前进与后退双重的纠结。因为,他们想逃离的旧空间和旧身份,一直纠缠着他们,让他们难以脱身;他们想认同的新空间核心身份一直拒绝着他们,让他们难以变身。身份认同问题给他们的人生带来了巨大的希望,又给他们带来深重的绝望。为了追求自己认同的新的身份,他们必须迈开步子,一直向前,走向改变自我的远方。作为一个有情的存在,他们又时时恋栈着故乡的土地和亲人,他们的身心时时处于失落和欢欣共存的状态。

　　路遥上述作品中主人公的情感状态,是社会转型期所有奋斗向上的有志青年共同的情感状态,他们的命运是转型期所有奋斗向上的有志青年的共同命运。然而,他们却被时代和社会遗忘和遮蔽了。只有路遥站在底层奋斗者的立场上,对这种情感与命运进行了艺术的把握,把它建构成为一部部发人深省的小说文本,召唤着奋斗向上的青年读者与主人公一起,用努力奋斗追求人生尊严,用不断创造实现人生价值。于是,城乡交叉地

---

[1] 路遥:《路遥精品典藏纪念版·散文随笔卷》,北京十月文艺出版社,2014年,第103—104页。

带就变成一个具有人生况味的诗意地带，成为一个检验当代青年有无上进心的地带。《在困难的日子里》描写城乡贫富交叉地带人性的美好。《人生》中的主人公高加林，为了寻找适合自己发展的平台，竟然以青春的生命向僵死固化的城乡隔绝制度发起挑战，他翻过了阻隔自己成长发展的城墙，在城里展示了一番才华。虽然最后又被推出城门之外，却以个体悲剧的方式，凸显了时代和社会的悲剧所在，表现了巨大的社会意义，产生了广泛的影响。《平凡的世界》则把交叉地带的社会人生挖掘得更加繁复与深入，向读者展示了城乡之间、干群之间、男女婚恋、奋斗成长等多方面的问题，表现了更加宏阔的社会人生画卷。

交叉地带是路遥在现实主义道路上的艺术发现，他借此艺术发现，以自己深切的现实人生关怀，把中国当代文学带到了世界文学创作的富矿地带。如果我们放眼世界文学史的发展脉络，每个历史时期的伟大作家和杰出作品，不论是爱情故事还是成长故事，都从交叉地带人际交往的裂隙出发，在不同的思想情感的沟壑之间搭桥铺路，发掘交叉地带的人生故事，描写人际交往的智慧风貌。在此，我们发现杰出的作家，都把自己的眼睛聚焦在黑与白、贫与富、上与下、生与死、善与恶的交叉地带这一特殊的生存空间，讲述那里不同身份的主人公在差异交往中所迸发出的生命火花，挖掘主人公在差异交往和建桥修路过程中，经受的外部艰难与挫折，内心深处奔腾的向上向善的本真追求，引发读者对这些在特殊空间生存奋斗的主人公及其命运展开反思。苏联思想家巴赫金指出，人整个地生存于和他人交往的边界上："人的存在本身就是最深刻的交际。存在就意味着交际。绝对的死意味着再听不到声音，得不到承认，被完全遗忘。存在意味着为他人存在，再通过他人而为自己存在。人并没有自己的主权领土，他整个地永远处在边界上。"①路遥笔下主人公生存的边界，在城乡的褶皱处，是城乡之外的第三维空间，它既受另外两维空间的掣肘，又有自己

---

① 钱中文主编：《巴赫金全集》第5卷，白春仁、顾亚铃译，河北教育出版社，1998年，第378页。

独特的生活逻辑。在这方空间中，主人公能够感受另外两维空间的脉动与拽扯，又能感受到自身所迸发的强劲的生命律动。这里，交叉地带这个特殊的生存空间，既是两个差异空间的褶皱，又是褶皱处生存者的心灵成长地带。他让生存者感到了自身生存发展的限制，又让生存者看到了生存发展的希望。这里时时潜伏着主人公生存的危机，又时时给主人公带来新的希望，这是一个冲突空间、悬念空间，这里能给所有生存者带来心灵的冲击，又能让生存者产生改变自我的念想。

三、小说家面对的是活生生的人和人的感情世界

小说说到底是要给读者讲述人物情感起伏、命运变化的故事。作品中的主人公情感起伏和命运变化曾经深深地感动过作家。如今他要真诚地用曾经感动过自己的主人公的人生经历和读者进行交流、分享，和读者建构一个同感共谋的审美共同体。路遥说："我认为，结构小说最好还是先从人物出发，而更重要的是从人与人之间的相互关系出发。前边说过，小说创作的最终目的是写人，写人与人之间的关系。"[①]人是在与他人的交往中做人的，作家想写出人的本色，就应当从人物之间的交往关系入手，全力以赴描写人物的交往活动，凸显人物在交往过程中所表现的诚实、木讷或机灵、狡猾。作家只要把主人公在交往过程中的个性特色写活了，主人公的形象就立起来了。如果作品中的主人公在与人交往的过程中，言行没有个性和特色，不能和他人形成对比，就会形象模糊面目不清。形象模糊面目不清的人在与人交往中，难以给人留下印象，容易被人遗忘。形象模糊面目不清的人也难以给读者造成清晰深刻的印象。好小说的主人公总是在与人交往的过程中能够画出他清晰的情感轨迹、独特的命运遭际，给读者形成一种独特的智慧风貌。如果一部小说不能通过主人公的人际交往，

---

① 路遥：《路遥精品典藏纪念版·散文随笔卷》，北京十月文艺出版社，2014年，第136页。

给读者形成独特的"这一个"印象,即使结构、语言再好,也难以打动读者。

  杰出的小说家,都是具有竞争心、争胜心的小说家。他笔下的主人公不但具有当代性,更具有文学史的意义。主人公与他人交往的言语和行为,不但具有独特的智慧风貌,更具有时代的、社会的甚至文学史的意义和价值。简而言之,主人公与人的交往必须是典型交往。只有在典型交往中才能表现出主人公的典型性格。只有通过典型交往才能表现出主人公性格的时代和社会价值,才有可能获得文学史的价值。柳青曾说,典型环境就是典型冲突,典型性格通过典型冲突呈现。路遥根据新的时代要求,把典型环境改造为典型交往,认为典型人物通过典型交往显现。他笔下的城乡交叉地带就是中国改革开放的典型环境,他塑造交叉地带生存者的开放心态与开放行为,与固守传统位置者之间的差异交往,表现差异交往中底层青年生存的艰难与坎坷,揭示底层青年改革社会、改变人生的智慧和勇气。主人公在社会转型期,在人生褶皱处进行的这种交往就是典型交往。主人公进城难,寻找发展平台难,实现人生价值获得人生尊严难,就具有了更为广阔的社会意义。高加林、孙少平用充满智慧和勇气的行动去撞击城市之门,要求城市之门为乡下的有志青年打开,让所有的有志青年在城市的平台上散发热量,为社会的发展贡献自己才华的诉求,是与改革开放的时代同声相契的。高加林不择手段地进入城市,之后被推出城市门外的悲剧,孙少平通过钻入地下(矿井)甚至被破相的方式进城(获得公家人身份)的经历,真实地表现了中国社会发展过程的一段曲折,这段曲折对中国进一步的改革开放,对中国从制度层面打开城门,放宽乡下有志青年进城的尺度,缩小乃至消灭城乡差别,具有重要的社会现实意义。

  路遥坚信文学作品是读写双方交流分享思想感情的。要让作品中的主人公打动读者,主人公的人生经历必须首先打动过作者。作家写作的目的是要与人进行对话交流,要对话,就要说真诚的话,发自内心的话。虚情假意不行,文学虽然是一种虚构的艺术,但作者必须抱着真诚的情感去进行虚构。如果作者没有真诚之心,怎么可能打动读者的真情?因此,作品里边所写的那些人生故事,作者自己都应该有所体验,曾经受过感动。路遥说:"作者在写作时,只有抱着想和别人诚恳谈心的态度,作品才可能被人接受,有的作品尽管各方面都花花绿绿,但给人感觉作者不诚恳,耍小聪明哄人,这是不能打动读者的。的确,我们抱着十分诚恳的态度,谈的是自己真实的感情,就像跟老朋友谈心一样,抱着这种状态写作,才可能打动读者,你要相信,你在作品中任何地方流露出的虚假,读者一眼就能看穿,不管你是多么著名的作家。"[①]作家要和读者进行诚恳的交谈,他必须善于进行情感积累,善于把自己生活中经历过的,在感情和心灵上留下了刻痕的那些人和事及时记下来,尤其是把那些人和事儿在自己心灵中激起的情感浪花或者情感曲线及时记下来,这些东西对于创作是非常珍贵的素材。

  写作过程是一个情感变物质、物质再变为情感的过程,作家把自己积累起来的情感变成言说,再让这段言说感动读者、变回读者情感的过程。这样情感借助言说的翅膀,就从作者的心智分享到读者的心智。《人生》中的女主人公巧珍,就是路遥生活中长期感情的一种积淀。路遥上小学的时候,由于家庭贫寒,身上的衣服又脏又破,女同学总嫌弃他,不跟他玩。其他同学玩捉迷藏游戏,他裤子烂了,只能靠墙站着手捏住破绽不敢动,常常感到很孤独。一旦回到村子,没有上学的小孩都和他一样穷,甚至比他还穷,谁也不笑话谁,他感到像进入叫花子王国一样自由快乐。到了十一二岁,村里的女孩子用她们刚刚学会的笨拙的针线,替他缝补裤子上的破洞,他不用怕她们笑话,趴在那儿,撅起屁股让她们缝。因为手艺不精,有时候把他屁股扎疼了,他的心里却涌出一股暖流。后来他长大了,上了大学进城工作了,童年的这些小伙伴已经出嫁了。回娘家来,手里拉着一个孩子,怀里又抱着一个孩子,蓬头垢面。她们还用那一副好心

[①] 路遥:《路遥精品典藏纪念版·散文随笔卷》,北京十月文艺出版社,2014年,第142页。

肠，问他娶婆姨了没有，有孩子没有。本村的还要请他到她家坐坐，吃顿饭。离开村子的时候，他真想为这些留在乡下的好姊妹哭一鼻子。"我写的刘巧珍，就是这种长期的感情积累，她说不上是谁，也可能就是我所有故乡的姐妹们。我是不容易动感情的，但我写刘巧珍时，我很激动。写到她出嫁，我自己痛哭流涕，把笔都从窗户上撂出去了。没有长期的感情积累、体验，不可能写出刘巧珍来的。"① 巧珍虽有传统美德，却因为没有读书，缺少文化知识，丧失了改变命运的机会，路遥以她的悲剧命运，表达自己对过去恋栈的感情，也以此与处于相同境遇有相似感情的读者相互分享，形成共鸣。

2017年9月

本文系国家社科基金项目"路遥、陈忠实、贾平凹与新时期现实主义文学"（11BZW022）阶段性成果

---

① 路遥：《路遥精品典藏纪念版·散文随笔卷》，北京十月文艺出版社，2014年，第141页。

路遥：在交叉地带探索人生的意义

路遥是中国当代用小说挖掘交叉地带价值、探索交叉地带人生意义的先锋。他一系列产生重大影响的作品，都以城乡差别年代[①]的交叉地带为典型时空，以这一地带的奋斗者为主人公。路遥着力描写主人公在交叉地带产生认同危机，进行艰难探索，在奋斗中获得尊严与认可的历程，他的小说表现了在过去与未来、传统与现代两极之间的张力作用下青年人的困惑、焦虑和向往。路遥的这种现实主义探索，赋予他的小说创作以深刻的人生哲学意义，对之后中国当代的小说创作具有重要的启示作用。

路遥小说中呈现的典型时空都是城乡差别年代的交叉地带，典型人物都是交叉地带的生存奋斗者。《在困难的日子里》描写交叉地带的校园生活，《人生》把交叉地带扩展到乡村和市民社会，《平凡的世界》进一步把交叉地带从时间和空间两个维度展开，对改革开放之后各种层面交叉融合探索的视野不断扩展，力度不断加大。路遥曾表示，自己最初只是从城乡交叉来认识和挖掘交叉地带，但是，"随着体制的改革，生活中各种矛盾都表现着交叉状态。不仅城乡之间，就是城市内部的各条战线之间，农村生活中人与人之间，人的精神世界里面，矛盾冲突的交叉也是错综复杂的。各种思想的矛盾冲突，还有年轻一代与老一代，旧的思想和新的思想之间矛盾的交叉也比较复杂"[②]。伴随着他作品对交叉地带社会人生的挖

[①] 城乡差别年代即20世纪八九十年代，与今天城乡融合的状况相对应。
[②] 路遥：《路遥全集·散文随笔书信》，广州出版社，2000年，第126页。

掘日益深入，内容日益厚重，对读者思想感情的冲击力也日益增强。

一、交叉地带的认同危机

交叉地带是一方生存者混杂交往的生存空间，这里既有衣着端庄言辞讲究的文明人，也有衣衫不整满嘴脏话的混混，有怀揣铁饭碗满脸滋润的公家人，也有手端泥饭碗神情恓惶的泥腿子，有气宇轩昂的管人者，也有低声下气的被管者。因此，交叉地带是一个差异交往的生存空间。这里的个体来自不同的生活共同体，带着不同的生存资本，甚至不同的交往规则，进行差异交往。在同质交往地带，"你""我""他"属于一个共同体，每个人的生存资本、交往规则基本相同，区别不大，没有形成明显的对比，也就不会给具体生存者造成思想的强烈冲击，更不会给生存者带来情感的巨大震荡。然而，差异交往地带的生存者，从不同的生活共同体走到一起，"你""我""他"的生存资本不同，交往规则有别，增加了冲突的系数，增大了包容的难度，自然就给生存者带来了巨大的变化。"我们处在公共空间中，而这个空间潜在地是尊重或蔑视、骄傲或羞愧的对象。我们的活动风格表达着我们自己怎样享有或缺少尊重，是否赢得尊重。有些人匆匆掠过公共空间，就仿佛要躲避它似的；有的人穿越它就仿佛希望逃避他们如何出现在其中的问题，尽管他们是带着非常严肃的目的经过这个空间的；还有人自信地逍遥度过，沉浸在欣赏所在的时光之中；另有人妄自尊大，对自己在这个空间中的当前足迹心满意足：想想警察因超速命令你停车，他走出警车，慢慢地、大摇大摆地走过来要你出示证件时从容不迫的样子。"①泰勒给读者展示的是加拿大公路上路警在超速驾驶者面前所表现出的傲慢，而路遥则在小说中为我们描述了学校饭堂里穷学生吃饭时的羞怯与自卑：马建强吃饭时受到同学们的各种嘲笑与羞辱；

---

① 查尔斯·泰勒：《自我的根源：现代认同的形成》，韩震等译，译林出版社，2001年，第21页。

孙少平等到其他同学吃完后再去吃，周边没有一个熟人，他还是满心的忧伤。青春期的少年，每个人都有尊严，都想站在人前，躲避人群的生活像贼一样，让正常人感到没有脸面。最让人难堪的也许是高加林夜间去城里清理茅厕，受到陌生女人羞辱后，"他鼻根一酸，在心里想，乡里人就这么受气啊！一年辛辛苦苦，把日头从东山背到西山，打下粮食，晒干簸净，拣最好的送到城里，让这些人吃，他们吃了，屁股一撅就屙就尿，又是乡下人给他们拾掇，给他们打扫卫生，他们还这样欺负乡下人！"①交叉地带这个公共空间，把城乡差别时代城里人的优越与乡下人的卑微作了对比性的呈现。它是乡下人的伤心地，又是乡下人心灵的成长地。乡里青年在此空间经受了身心刺激，也增长了人生见识。乡村青年如果像他的父辈一样，终生留守在乡下，没见过这样的世面，没有亲身遭遇更加优越的城市生活场景，他们也许会在某个特别的时段，突然自大地慨叹："七十二行，庄稼为王。"见了这样的场面之后，他不禁要口诵宋诗："昨日入城市，归来泪满襟。"交叉地带的生存经历既伤他们的心，又长他们的见识，既让他们迷茫，又让他们迷恋。

  主人公在对城市文明的迷恋中产生了对乡土人生的认同危机。一个乡下青年在交叉地带遭遇了城市文明，他在这里见识了文明之后，逐渐向往城市文明，对自己原来不以为意的"土气"感到羞怯。他们在这里增长了知识，知道了比自己村庄更广大的世界，于是产生了离开家乡独自闯荡的梦想。他们在这里开阔了心胸，知道了人生除了养家糊口之外，还应该通过更大的平台实现自己展示自己。站在向往文明和寻求人生更大发展平台的立场之上，乡村中原来珍视的东西都显得"狭隘""土气""没出息"，乡村青年自然会产生对家乡的认同危机。"我们称之为'认同危机'的处境，一种严重的无方向感的形式。人们常用不知他们是谁来表达它，但也可被看作是对他们站在何处的极端的不确定性。他们缺乏这样的框架或视界，在其中事物可获

---

① 路遥：《路遥全集·中篇小说》，广州出版社，2000年，第99页。

得稳定意义,在其中某些生活的可能性可被看作是好的或有意义的,而另一些则是坏的或浅薄的。所有这些可能性的意义都是固定的、易变的或非决定性的。这是痛苦的和可怕的经验。"①高加林、孙少平们,中学阶段几年在交叉地带的生活,已经把身上的泥土洗刷干净,思想感情和生活习惯都城市化了,已经不适应乡村只有肢体劳动、缺乏精神滋养的生活方式,更不喜欢乡村从一天能看透一年甚至一辈子命运的人生模式,对乡土的感情逐渐淡漠了,对城市的向往则日渐强化了。他们站在城乡交叉地带,对城市宣告:"我要到城里搭建自己的人生舞台。"城里人说:"你是乡棒,应该到泥土里趟路,不要产生小资产阶级幻想。"他们人生的前方突然扎了一堵墙,这种想做城里人无门,退回乡村心有不甘,发自内心的"我要"与来自城市的"你应该"的冲突,让他们为"我是谁,哪里才是我人生的方向"感到痛苦和迷茫,产生严重的身份认同危机。

路遥小说中主人公的认同危机,既来自他们对未来方向的迷茫,更来自他们有了方向却难以迈步前行的沉重。在城乡差别年代,在交叉地带这一特殊的公共生存空间,乡村青年更多地感受到了自己生存资本的羞涩、人生地位的卑微,认识到伴随这种羞涩和卑微而来的羞辱与伤害。在他出生的环境里所有被视为正常的东西,现在都成为他身上的"耻"字,被人看不起,他们自己也觉得卑怯。他们已经站定了自己人生新的价值立场,认准了自己应该前行的方向,怀揣着自己新的是非标准,要脱离被羞辱被轻贱的境遇,走向受尊重被认可的人生。于是,他对乡亲们宣告:"我要脱离乡土,到城市去闹世事。"然而,乡亲们却说:"你的根在乡土中,你不该从泥土里拔了根到城市的水泥地里找营养。"乡土是有营养,然而,那个城乡差别年代的乡土,是被水浇雨淋之后的乡土,它已经变成了泥淖,比大地更沉重更黏人,它拖着有志青年前行的腿脚,干扰他们离开乡土到外面"闹世事",从而更加剧了他们对乡村的认同危机。

---

① 查尔斯·泰勒:《自我的根源:现代认同的形成》,韩震等译,译林出版社,2001年,第37页。

二、探索的冲动

　　交叉地带既是不同身份地位的生存者差异交往的地带，也是陌生人凭一己之力相互竞争、实现人生价值、获得认可与尊严的地带。在这块地带生长过的乡村青年，见过了比乡村更好的城市生存状况，洗净了自己身上的泥土，产生了奔向城市当公家人的梦想。于是，把在城里做公家人定为自己新的人生方向。他们知道，只有经过这块地带，自己才有可能进入城市，实现做公家人的梦想，便毅然决然地要告别故乡，奔走在追梦的路上。

　　"我是什么必须被理解为我要成为什么。"[①]人在努力中生存成长，通过奋斗发展变化。有理想肯奋斗的人，都是越界生存者，都不会被他的出身所限定，都被他的努力所嘉奖。他们认定，父母赐给自己两只眼，为的就是要他们在广阔的世界中去寻找，父母给予自己两只手，就是为了他们在陌生的领域去创造。人生过程既是在世界中探索与创造的过程，又是在世界中寻找自己塑造自己的过程。人的性格不是天生的，主要是在长期人生实践中形成的。一个人如果在日常生活中主动寻找困难，就会在不断克服困难的过程中锻炼出一种坚强的性格。有志的人总想到陌生的世界去探索，总想被世界认可，总想给后人留一些可以传颂的故事。"当我规划我今后的生活，同意现存的方向或换一种新方向时，我就在规划未来的故事，这不只是临时性的未来状态，而是取决于我整个生命的方向。我的生活有趋向我所还不是的方向……"[②]所谓生活就是在探索的概念中被把握的。因此，有志者把新的环境当作自己的新机遇，把新挑战当作自己生存勇气的新陪练。他打开自己对整个世界开放，也走进世界让世界对自己开放。

[①] 查尔斯·泰勒：《自我的根源：现代认同的形成》，韩震等译，译林出版社，2001年，第69页。
[②] 同上，第71页。

传统社会是一个长期封闭不愿开放的熟人社会，传统人生是一种不断循环缺乏探索的人生，它最显著的特点是帮熟欺生。农谚说："在家靠父母，在外靠朋友。"因此，老人们对陌生时空有一种天然的畏惧。当高加林不顾一切要进城当公家人的时候，德顺爷爷说，他离开了生他养他的土地，就变成一个没根的豆芽菜了。当孙少平要去交叉地带"闹世事"的时候，父亲孙玉厚忧郁地告诫他："外面的世界不是咱们的，你出去还不是要受苦？再说，有个什么事，也没人帮扶你……"①他们把社会看成一个由乡亲组成的情感共同体，把人生看成亲友相互帮扶的历程。他们不相信情感共同体之外的人，把这些"外人"当作危险存在来提防；不相信个体具有独立生存的能耐，害怕只身外出没有帮手会受到外人的伤害。在熟人社会，帮熟欺生，不仅是乡村生活的法则，城里生活也不例外。省委书记乔伯年想了解城市交通状况，解决市民坐车困难的问题，自己就经历了一场帮熟欺生的惊险。他上了公交车之后，被身旁陌生的乘客拥挤得难以站直身子，买票时被售票员呛得难受，下车时司机又来找他的麻烦，多亏身边的便衣帮忙，才最终解除了他即将遭遇的祸患，从这个角度来看，老一代的观点也有道理。

　　改革开放时代，青年们身上有的是力气，心中鼓荡着勇气，他们要寻找困难锻炼自己的力量，寻找危险验证自己的勇气。他们最怕在熟人社会里，比对各自的身份与地位，最想在陌生人群中比拼个人的力量和勇气。他们喜欢挤满了陌生人的交叉地带，认为在一个各色人等混杂的天地里，"每一个层次的人又有自己的天地，最大的好处是，大街上谁也不认识谁，谁也不关心谁，他衣衫行装虽然破烂不堪，但只要不露羞丑，照样可以在这个世界上自由行走，别人连笑话你的兴趣都没有。"②在这里，自己的人生自己做主，自我的价值由自己实现。

　　他们都是男子汉，都想在世界中顶天立地。他们知道，只身面对陌

---

① 路遥：《路遥全集·平凡的世界》第2部，广州出版社，2000年，第104页。
② 同上，第147页。

生世界将会多么困难，但是，到目前为止，他们人生所遇到的许多困难与坎坷，都和缺少父母强有力的支持有关。换句话说，因为父母没有经济资本，才让他们在学校受尽熬煎；因为父母没有政治资本，才使他们从和公家人距离最近的代理教师岗位被辞退。留在农村这个家，他们的父母是靠不住的。对高加林来说，他的家一穷二白，当不当家都一样穷酸，做不做主都改变不了平庸沉默的状况，看不到改变的希望，无法实现他去城里"闹世事"，实现他赢得世人认可的梦想。对孙少平来说，这个家是父母和大哥当的，自己只是个帮衬，"父母亲和大哥是主事人，他只是在他们设计的生活框架中干自己的一份活，作为一个已经意识到自己男性尊严的人，孙少平在心灵深处感到痛苦"①。而撇开父母，在靠一己之力与人竞争的读书生活中，他的成绩名列前茅；在文艺表演方面，他也凭自己的才华代表学校到地区表演，获得了认可。因此，他"渴望独立地寻找自己的生活啊！这并不是说他奢想改变自己的地位和处境——不，哪怕比当农民更苦，只要他像一个男子汉那样去生活一生，他就心满意足了"②。男子汉要做自己生活的主人，自己命运的主人。他和高加林一样，认为日常生活除了早出晚归，日出而作日落而息的劳作，还应该有读书看报等精神活动。合理的人生除了用劳动换取柴米油盐，满足口腹之欲，还应该用实践实现人生价值，创造人生意义。为了过一种真正意义上人的生活，他们决定把自己的视野打开，越过家乡投向更加广阔的世界。只有在那个更广阔的世界里，才赋予他按照自己意愿安排自己人生的权利，才给他提供展示自己才华实现自己潜能的平台。留在村里，他们人生的上限，除了做一个出色的庄稼人，再也不会有其他可能性。而做一个出色的庄稼人，也不过是重复祖辈庄稼人的角色。

自我的认同对个体的生存成长具有意义非凡的指导作用。一个读过书的现代青年，他的心里装着一个比文盲父母更为广大的世界。他的眼睛

---

① 路遥：《路遥全集·平凡的世界》第2部，广州出版社，2000年，第99页。
② 同上，第99页。

盯着故乡之外遥远的地方，他想去远方流浪，想去寻找家乡绝对没有的机遇，想突破祖辈不断重演的卑微人生。"他老是感觉远方有一种东西在向他召唤，他在不间断地做着远行的梦。"①这个梦在召唤他到外面去闯荡世界，实现自己主宰自己命运的理想。人是有理想和梦想的，什么地方、什么方式能让人实现理想和梦想，他就要把那里认同为自己的故乡。他们从家乡出走，来到了要实现人生价值的异乡，在这里睡敞口窑，向工头出卖自己的劳动力，在劳动中出血出汗，甚至比在家乡还要遭罪，却心甘情愿。因为他们知道，外面不是天堂，是男子汉磨炼意志和勇气，放开手脚"闹世事"的地方。那里虽然缺少家乡的温情，没有在家乡安逸，却能让人按照自己的意愿经风雨见世面，磨炼自己，活成自己。家乡的天地太小，限制年轻人观看世界的眼界和思考人生的心胸，更限制他们发挥创造世界实现自我的潜能。高加林和孙少平，认同在外面的世界里单独面对现实人生，由自己主宰自我的生活方式，这种认同引导着高加林和孙少平这些既没有创世经验，也没有谋生技能的青年，勇敢地把交叉地带当作实现自己人生理想的新大陆。他们忘掉了一切温暖、温柔和温情，直接面对受苦、受辱、受轻贱的挑战，引导他们在迎接挑战的活动中改变父辈在乡土中默默无闻的平庸人生。

　　人把自己定位在区别于故乡的另类的空间中，意味着他已经选择了自己想要的生存站位，选定了自己认同的奋斗方向，选定了自己喜欢的行动方式。人用自己的选择向世界宣示什么是充实而有意义的生活，什么是空虚而无价值的生活。人渴望通过充实的生活给人生注入意义，渴望用有价值的行动把人生与某种更高的实在联系在一起，更渴望通过努力奋斗把世界塑造成为自己人生的纪念碑。他人生的所有追求，都是为了实践自己的心愿——"我要改变"，为了走出祖辈"你应传承"的悲剧循环。人一旦明确了自己前行的方向，自然就会明白自己现在所处的位置，明白自己现

---

① 路遥：《路遥全集·平凡的世界》第2部，广州出版社，2000年，第102页。

在是什么,将来要成为什么。"我对我的自我的意识是关于我成长和生成的意识。这种事情的真正本性不可能是瞬间的。不仅我需要时间和许多事变,以把我性格、气质和欲望中相对固定不变的东西,与那些尽管是真的但却变化不定的东西区别开来。而且,只有作为成长和生成的人,通过我的成熟和退化、成功与失败的历史,我才能认识我自己。我的自我理解必然有时间的深度和体现出叙述性。"①正因为明确了成长和发展的方向,高加林才不顾一切翻墙撬门要当公家人,陶醉于在通讯干事的岗位上,既发挥了才能,又留下了名望,进而抛弃了家乡金子般的女友,准备和城市姑娘黄亚萍一起去大城市实现自己的梦想。孙少平走出了家乡,通过交叉地带,端上了一个在煤矿当工人的铁饭碗,进入了一个能创造巨大财富的地方,占领了一个可以展示自己人生潜能的大舞台。于是,他把在农村箍几孔新窑洞,改变自己家里居住的恓惶,当作自己的梦想。因为窑洞的好坏是村民贫富的标志,直接关系到一家人的尊严。他想实现这一梦想,在家族中创造一段历史,在家乡建立一座纪念碑。孙少安在新旧时代转折的交叉地带,大胆改变了祖辈靠种庄稼养家糊口的生存方式,在家乡折腾了一个砖厂,一方面发展自己的事业,一方面帮助村里的困难户,最终改变了家族的历史,自己成了本乡最有声望的农民企业家,他爸成了本地集市上的明星,所到之处都受人抬举。兄弟俩在交叉地带用勇气和力量闹成了世事,改变了自己,也改变了家族,赢得了荣誉和尊严。

三、探索的意义

任何有价值的创作,都是作家生活体验的结晶。路遥自己就是一个在城乡差别年代从城乡交叉地带过来的人,他又经历了从故步自封到改革开放这样一个新旧时代交叉的过程,经历了从旧我到新我成长的历程,这

---

① 查尔斯·泰勒:《自我的根源:现代认同的形成》,韩震等译,译林出版社,2001年,第74页。

一历程对他的人生产生了深刻影响，促动他进行自我反思，驱动他与人对话。"我的生活经历中最重要的一段就是从农村到城市的这样一个漫长而复杂的过程。这个过程的种种情态与感受，在我的身上和心上都留下了深深的印记，因此也明显地影响了我的创作活动。"①他在交叉地带这一空间生存成长，在交叉地带产生过痛苦与迷茫，在交叉地带寻找自己的人生方向，在交叉地带探索人生的价值和意义。"我国当代社会如同北京新建的立体交叉桥，层层叠叠，复杂万端。而在农村和城市'交叉地带'，可以说是立体交叉桥上的立体交叉桥。"②20世纪60年代中期开始，我国社会发生了持续时间很长的、触及每一个角落和每一个人的社会大动荡，促使城市和农村之间发生了触及灵魂的频繁交往，尤其是广大农村教育的普及，大量城市的初、高中生毕业到农村插队，农村的初、高中生返乡当农民，市民和乡民相互渗透，城乡生存状况对比非常鲜明。城市作为中心和文明的标志，对周边乡村的冲击力日渐增大，周边乡村对城市文明的追求倾向日益增强。现代生活方式和古老生活方式的矛盾，现代思想和传统观念的冲突，构成了当代生活极其重要的方面，深刻地影响着人们尤其是正在成长的青少年的思想意识、道德精神，影响着他们的社会认同与人生选择。路遥带着自己的忧思把这些写出来，与正在交叉地带生存成长的当代青年，与城市化进程日益加深的我们的时代进行对话交流，一起探索其中蕴含的社会人生意义。

一切探索和创造都始于某种危机，文学创作往往始于个体与时代的生存危机和精神危机，它的价值往往表现在是否刺到了时代的痛点。路遥认为，人们总是把城市化的过程简单化，认为那不过是一些人改变了一下环境，增加了一些个人履历，装了一些农村人不需要的组织关系。然而，事情并不这么简单，"从精神方面来说，这是一个无比沉重而艰难的历程。这意味着要丢弃一些祖辈珍传的好的或坏的遗产，同时得接受一些令人欣

---

① 路遥：《路遥全集·散文随笔书信》，广州出版社，2000年，第183页。
② 同上，第296页。

喜或令人不安的馈赠。由此必然造成了精神思想交叉多重的复杂性。要挣脱的挣脱不了，要接受的东西又接受得不自然。实际生活中巨大的矛盾引发了痛苦，引发了危机，于是艺术的冲动便出现了"①。

路遥是农民的儿子，对农村和农民熟悉，路遥又在城市学习和工作过，对城市和市民也较为熟悉。然而，比较而言，城乡交叉地带的生活给他的人生造成了重大的影响，这里曾让他的人生闪光，也让他的人生受伤。这里曾催生他的浪漫与狂想，也让他跌跤，让他迷茫。因此，他对这里感受最深，对这里的人理解最透。他曾这样说："相比而言，我最熟悉的却是城市和乡村的'交叉地带'，因为我曾长时间生活在这个天地里，现在也经常'往返'于其间。我曾经说过，我较熟悉身上带着'农村味'又带着'城市味'的人。"②这种人往往不是城市化了的乡民，就是乡村化了的市民。他们都是在旧我中融入了新我的人，他们中有些人的新我是被动融入的，有些人的新我是主动改变的。路遥选择后一种人作为主人公，想通过他们在城乡交叉地带改变旧我铸就新我、艰苦奋斗的心路历程，反映几十年漫长的历史过程中社会的进步及其所付出的代价。

人在特定的时空中生存成长，他的世界观、人生观也在特定时空中养成，世界观、人生观是他时空观的具体体现。时空观为人建立了一个感知和观照世界的模式，也对人的人格形成起到重要的模铸作用。文学作品中描写的具体时空，也是主人公形象立体化的基础。巴赫金说："最终整体的模式、世界的模式，这是每个艺术形象的基础。"③路遥小说中的交叉地带，聚集了一群时空观差异对立的人，他们相互展开深度对话和交流，进行有意思的冲突和斗争，形成一个既具有张力又十分和谐的审美世界，让作品变得有趣有力。巴赫金在《巴赫金在〈拉伯雷〉的补充和修改》中

---

① 路遥：《路遥全集·散文随笔书信》，广州出版社，2000年，第198页。
② 同上，第297页。
③ 钱中文主编：《巴赫金全集》第4卷，白春仁、晓河、周启超等译，河北教育出版社，1998年，第93页。

谈道:"研究文学中世界的时间和空间地形问题(时空体)。这是地形中基本的表意的地方。只有当一个人处于其中的一个地位上时,人及其行为、话语、动作才会获得艺术的含义。现实生活里的任何一个地方,它的背后都还应该透视出一个地形学意义上的位置,唯有这样,地方才能成为展示重大艺术事件的舞台;这个地方应该纳入到地形学的空间中去,应该与世界的坐标发生联系。"①路遥的城乡交叉地带,正是在地形学的意义上既为青年奋斗者提供了展示其生存智慧与力量的舞台,也为中国几十年改革开放的大事件提供了演出其壮美画卷的舞台。

交叉地带把人置于生存成长的边界,向世界开放,与他人始终处于对话交流状态。一方面向世界输出自我的体力与智力,一方面从世界中吸纳非我的精神与智慧,让人永远处于更新之中,不会自我封闭。交叉地带的生存者永远都在建构中、形成中,总是在建构和形成着新的自我。因为交叉地带的生存者,基本都生存成长在危机和转折中,他们基本上过的都是巴赫金说的"门槛上"的生活,他们都是站在"门槛上"的主人公,其内心心理与外在行动都有待变化和完成,永远站在门槛上不动的,不是木雕就是石雕,活人不可能一动不动地站在门槛上,下一刻他不退到门内,肯定会走出门外。路遥让主人公站在"门槛上",同时面对后退的诱惑与前行的召唤,考验主人公面对困境的力量与勇气。交叉地带的生活是一种充满变数、充满危机的生活,主人公置身边界线上,他如果不向城市拓展疆土,就会被别人挤回到他已经费劲抽身而出的乡村之中。路遥笔下这些边界线上(门槛上)的生存者,生活赋予他们特殊的时空条件,自由地表达自己对世界的新看法,自由进行人生的新选择。他们面对潜伏着倏忽变化、难以预料的新挑战,以"我要前行"的超强勇气和力量应对,让读者为主人公的生存智慧和勇气感奋不已。

交叉地带的人物,都是要求改变旧我成就新我的人。这样的人物是

---

① 钱中文主编:《巴赫金全集》第6卷,李兆林、夏忠宪等译,河北教育出版社,1998年,第586页。

一个未完成的活人,一个随时都在创造自己和世界未来的人,同时又是一个充满矛盾、充满内在紧张的人。"人类常常是一边恋栈着过去,一边坚定地走向未来,永远处在过去与未来的界线上。失落与欢欣共存。尤其是人类和土地的关系,如同儿女和父母的关系,儿女终有一天可能要离开父母自己去做父母,但相互之间在感情联系上却永远不可能完全割舍,由此而论,就别想用简单的理论和观念来武断地判定这种感情是'进步'的还是'落后'的。"①传统作家总是要在过去与现在、传统与现代之间,比出个优劣好坏,路遥更关注过去与未来、传统与现代两极之间的张力,关注在两极张力作用下,个体生命本身的轻飘与无奈。他的这种观念赋予作品以现代哲学意义,"在所有的人类活动中我们发现一种基本的两极性,这种两极性可以用不同的方式来描述。我们可以说它是稳定化和进化之间的一种张力,它是坚持固定不变的生活方式和打破这种僵化格式的倾向之间的一种张力。人被分裂成这两种倾向,一种力图保存旧形式而另一种则努力产生新形式。在传统与改革,复制力和创造力之间存在着无休止的斗争"②。在这个过程中,不同阶层尤其是奋斗中的青年人到底有着怎样的困惑、焦虑和向往?路遥把这种困惑、焦虑与向往,放到全中国乃至世界范围的典型时空——交叉地带(门槛上)来思考,探究其中的价值与意义,使作品在探索人生价值方面具有了世界意义,也对同时代以及后来的小说创作起到了示范作用。

原载《中国文学批评》2020年第1期

---

① 路遥:《路遥全集·散文随笔书信》,广州出版社,2000年,第65—66页。
② 恩斯特·卡西尔:《人论:人类文化哲学导引》,甘阳译,上海译文出版社,2013年,第382—383页。

路遥的新启蒙现实主义

路遥是一个典型的新启蒙现实主义作家,一个站在底层立场写作底层人奋斗向上的榜样,呼唤在人生中膜拜,进而通过奋斗改变自己命运的作家。他的视觉中充满了对当下底层生存者的温情,充满了对底层人未来发展的期望。他描写底层青年改变旧我、创造新我的奋斗历程,赞美他们追求改变的行为和决心。他把这些充满改变动力的底层青年,放到一个另类空间即城乡交叉地带,让他们在差异交往中形成另类思维,激发他们越界生存的冲动和行动,让他们在越界行动中做自己的英雄。路遥的作品启发所有的有志青年,在变革时代做自己的主,从而使自己的人生之路,从幼稚走向成熟。

引　子

时代在变化、社会在发展,路遥写作时农村人口占绝大多数的中国乡土社会,已经随着城市化进程的日益深入,商品经济的迅猛发展,变为商业化程度较高的消费社会。随着整个社会财富的快速增长,人们的整体生存状况得到了很大的改善,农民进城非但不受限制,反而受到政府的倡导和鼓励。然而,不同阶层的贫富差距在拉大,有些人在追求刷卡的快感和刺激,有些人的生活还捉襟见肘囊中羞涩,更不知道银联卡为何物。不同阶层人们生存发展的平台差异加大,有些阶层成长发展的平台高大宽广,有些阶层成长发展的空间低矮窄小。正是这种差距，把社会分成上层和底层，在人生中形成两种不同甚至对立的生存体验和生命体验，与路遥小说所表达的精神向度十分吻合。因此，阅读和欣赏路遥作品的读者越来越多，分析和研究路遥作品的论文和论著日益丰硕。

路遥创作的鼎盛期，正是中国文坛猛刮现代风的时期，许多作家和评论家，开口现代派，闭口现代主义。路遥去世后，中国文坛大刮后现代之风，许多作家和理论家，张口后现代，闭口后殖民。在他们心中，现实主义早已过时，不值得实践和言说。路遥是一个有着现实情怀的作家，他关怀底层人的生存发展，关怀底层人的努力奋斗，关怀底层人人生价值的实现。他坚定地认为，好作家首先是一个敢于直面现实，敞亮当下人生的作家。因此，现实主义无论作为一种精神关怀向度，还是作为一种创作方法，在中国还可以大有作为。他要用自己的创作证明，当代作家的首要任务是聚焦当下的现实人生，塑造改变现实改变自我的时代典型，向世界传达中国改革开放的强大声音，对普通国民尤其是生活在社会底层的百姓，进行主宰自我改变人生的新启蒙。

路遥把自己的眼光盯在交叉地带这一另类生存空间，在这里市民和乡民，公家人和泥腿子进行着差异交往，这种交往最容易碰出体验之痛，最容易撞出思想的火花，最容易引发作家的诗情，最容易启迪思想家的哲思。路遥把自己关注的底层奋斗者安置到这一空间之中，激发他们成长的激情，考验他们克服困难的勇气，锤炼他们越界生存的胆量，塑造他们的当代英雄形象，启发当代以及后来的有志青年学习模仿。

许多读者都知道，路遥是城乡交叉地带的书写者，但不清楚路遥为什么把他的主人公安置在这样的另类空间中，让他们在这里生存奋斗，拼搏成长。由于读者对城乡交叉地带缺乏清楚全面的认识，因此对路遥小说蕴含的现实社会意义、宇宙人生价值，往往会产生狭隘化的理解。站在今天的立场来看，随着中国经济的飞速发展，横在城乡之间的那堵墙已经模糊不清了，有志的农村青年想进城的已经进城了，有的甚至在城里买了房，成了家。城乡交叉地带的许多农民通过卖地，甚至过上了小康生活。殊不知，随着农民工进城数量的日益增多，城乡交叉地带也越来越广泛。不仅如此，据作家莫伸调研，路遥当年写《平凡的世界》曾住过的鸭口煤矿，他作品的主人公孙少平为之奋斗并且最终工作的地方，青年人都投奔了大城市。①这些典型案例说明，不只是农村青年，那些远离大中城市的工矿企业的青年，也在追梦城市五光十色的生活，追寻城市展示个体才能的平台，追求城市挖掘个人潜力的机会。越来越多的底层奋斗者为改变自我生存状况，出现在我们的视野，路遥笔下的人物正在向我们走来。在这样的时代语境下，我们重读路遥的《人生》和《平凡的世界》，剖析高加林、孙少平的启蒙价值和意义，显得十分必要。

一、路遥的底层视觉

现实主义作家路遥，始终把自己的创作与底层乡民的生存发展联系在一起。他说："作为一个农民的儿子，我对中国农村的状况和农民命运的关注尤为深切。不用说，这是一种带着强烈感情色彩的关注。"②他的两眼一直紧盯着转折时期的中国现实，紧盯着改革开放的先锋——乡村和乡民，他的笔触一直描画着转折期的底层乡民尤其是乡村青年的人生。他关注底层乡民的生存困境，表现底层乡村青年的奋斗成长，挖掘底层乡村青年身上要求改变现状的生存勇气。路遥创作的突出特点有两个：一是路遥作品的题材大都取自他亲身经历的"文革"到改革开放的社会现实。社会生活的关键词是"改革"，他作品中主人公的奋斗目标是"改变"。二是他作品的主人公都处于乡村社会的下层，都面临缺乏生存和发展平台的人生危机。主人公都把这种危机当作对自己生存发展能力的挑战，当作展示

---

① 莫伸：《一号文件》，太白文艺出版社，2012年，第417—418页。
② 路遥：《路遥全集·散文随笔书信》，广州出版社，2000年，第100页。

自身改变自我实现自我的大好机遇。他们都有迎接挑战摆脱困境的智慧和勇气。他们身上表现出来的对"改革"和"改变"的强烈要求，也是当时乃至今日中国社会的主流要求。

改革开放之前的中国，底层乡民的生存非常艰难，改革开放之初，部分底层乡民的物质生活改善了，衣食住行的困难解决了，生存没有问题了。但是，他们要成长和发展依然非常艰难。路遥面对现实中底层人改变现状的种种困境和阻挠，承担起作家引导广大底层人改变命运的启蒙责任，他以赞美底层生存者要求改变的精神，表现当代作家可贵的开拓勇气。

路遥始终坚持底层写作原则，以乡村底层那些为改变自我位置和身份的奋斗者为主人公，描写他们寻找自我发展的出路，发挥自我潜能的平台的艰难历程。他笔下的主人公，基本都生存于乡村社会的最底层，活得不如人，对自我在他人组成的社会中的卑微身份有着清醒的认识。因此，他们大胆反叛"己安安人"的传统做人标准，反抗命运安排给自己的低下位置和卑微身份，四肢摸爬滚打于黄土堆，两眼紧盯的却是大城市，身为"乡棒""泥腿子"，一心想做"公家人"。以高加林和孙少平为代表的这些底层乡村青年，个个都不安分，都有改变旧我的野心，都有创造新我的胆识，都有点堂吉诃德的执着精神。他们不认可强大的现实，不认同自己悲苦的命运，不放弃自己远大的理想。他们都走出了祖辈固守的黄土地，拒绝看老天爷的脸，并且已经走在摆脱自己悲苦命运的路上。他们不愿向大自然讨生活，开始寻找能改变底层人命运的路径，寻找实现底层人人生价值，让底层人活得有尊严的方法。路遥在自己的作品中，称赞他们是民间的能人、未来的顶梁柱。

路遥的底层视觉中充满了对底层人当下生存的温情，充满了对底层人未来发展的期望。他用饱蘸温情的笔墨描写主人公面临的饥寒，把主人公生存发展的瓶颈当作他们新的机遇来表现，他在作品中总是捕捉底层生存者努力奋斗的行动和勇气，挖掘底层生存者追求改变的细节和情节，把这些闪光点编织成反映底层人与命运抗争的故事，激发读者以奋斗求尊严的勇气和力量，启迪读者以反抗求自由的思想。评论家李星曾敏锐地指出："路遥几乎所有的作品，都从人民，特别是从普通劳动者的视角和立场出发，表现他们的疾苦和快乐，反映他们的愿望和心声，把自己作为他们忠实的代言人。"①

路遥把人生挫折当成底层奋斗者最好的激发器和磨砺石。它唤醒底层人物自我意识的觉醒，激发底层人物以奋斗求改变的顽强意志。他笔下的主要人物如马建强、高加林、孙少平，都在青春期进入城乡交叉地带这一特殊的生存空间，亲眼看到了城市的文明和乡村的落后，亲身感受了城里人生活的富足和乡下人生存的贫贱。他们通过中学食堂的伙食级别，感受到自己与城市学生有着黑色非洲和白色欧洲的差别。凡人都有自尊，何况青春期正是人最爱面子的时候，他们不愿意用自己的黑去衬托别人的白，总是有意躲避正常的饭时，却无法躲避这种差别造成的自尊心的伤害。难以躲避的挫折和创伤，生活中的撞击，强烈震撼着这些底层奋斗者的心灵，他们猛然觉醒，自己过去生存的旧环境，是一片不能养人的贫瘠之地，自己父辈经历的旧人生，是一种没有尊严的屈辱人生，必须尽快逃离贫瘠的土地，尽快改变屈辱的人生，绝不能重复卑贱的生活。用自己全部的心智和体力，朝着城市的方向一往无前地奋斗，成为他们的共识。

人不分城乡，都要生存成长，都向往和探索着新的人生，都想通过创造性的劳动，改变旧我，塑造新我。底层乡民由于生存艰难，发展缺少平台，生活逼迫他们改变现状，本能要求他们改变人生，因此，他们改变生存现状的要求极其迫切和强烈。常言道，穷则思变。当人的生活一穷二白没有出路的时候，他就会存一颗要求改变的心。一穷二白的人之所以要求改变，是因为改变不会让他失去任何东西，他也没有任何可失去的东西。

---

① 马一夫、厚夫主编：《路遥研究资料汇编》，中国文史出版社，2006年，第99页。

改变却可能给他带来新的东西，可能给他生命的白纸上增添一点色彩，可能给他实现自我价值搭建一个平台。生活在城里的人也不满足自己仅能吃饱穿暖的生存现状，也想让自己的生活质量更上一层楼，也想让自己的前程更加远大。况且城里人见多识广，更有理想，更多抱负，更想实现自己的人生价值，因此，追求改变的心更加主动。当改革开放进入深水区，大中城市的门向所有人打开之后，作家莫伸在调研中写道："在此之前，我为农村中大批青壮年出外打工的现象感到惊讶……但是，当我来到那些远离大城市或者远离中心城市的工矿企业，当我把眼光继续往生活的更大范围扩展时，我发现何止农民，事实上工人们，干部们，甚至领导干部们，都和农民完全一样，以同样的速度和同样的力度在向大都市狂奔。"①因此，"改革"和"改变"是中国各阶层人民共同的愿望，乡村的底层生存者因为生活压力更大，所以身上储存着的变革动力相应也更加强大，他们的探索精神和进取意志也更加坚定。

路遥从底层的立场出发看世界，然而这种立场对所有上进的人们具有普适性，他的作品启蒙包括底层人在内的所有人有尊严地活着。他笔下的底层人，物质生活十分匮乏，精神世界却像黄土地般宽广深厚。他们的外在生活几乎是一张白纸，内心却有一种永不服输的坚强意志，始终涌动着要通过不断的努力奋斗改变自己生存现状的激情。受到权贵的打压，从不轻言放弃；面对人为设置的不合理边界，他们敢于跨越。路遥的内心，只认可奋斗，只赞美改变。在路遥眼里，一个人不论身处怎样的位置，身着怎样的衣衫，也不论这个人生活的贫困与富足，只要他努力奋斗了，就有尊严；只要他用行动进行改变了，就受人尊敬。倘若没有奋斗，坐享其成，就受到轻贱。路遥的眼睛关注底层，主要是关注底层的奋斗精神；认可底层，主要是认可底层以奋斗求改变的顽强意志。他把奋斗当作一个普通人最本质的尊严来描画。

---

① 莫伸：《一号文件》，太白文艺出版社，2012年，第418页。

二、边界书写

从某种意义上来讲,中西古今的大作家,都把目光盯在社会人生的各种边界地带,他们所写的激动人心的作品,表现的都是情与理、私与公、个人与集体等边界地带的生活。"实际上,世界各国都存在这么个交叉地带,而且并不是从现代开始。从古典作品开始,许多伟大作家已经看出了这一地带矛盾冲突所具有的突出的社会意义。许多人生的悲剧正是在这一地带演出的。许多经典作品和现代的优秀作品已经反映过这一地带的生活,它对作家的吸引力经久不衰,足以证明这一生活领域多么丰富多彩,它们包含的社会意义又是多么重大。当然,在当代中国社会中,这一生活领域的矛盾冲突所表现的内容和性质完全带有新的特征。"①交叉地带的差异交往,让生活变得丰富多彩,其中也蕴含着深刻重大的社会意义,吸引有魄力有思想的作家,用自己的笔书写守界者的平庸,越界者的勇敢,思索边界的局限,吸引他们考量破界的途径和价值。路遥自己的创作,也自觉向历代经典作家看齐,他在新的历史转折期,首先把自己的书写聚焦在城乡交叉地带这一边界区域中的边缘生存者。他说:"我的作品的题材范围,大都是我称之为'城乡交叉地带'的生活。这是一个充满矛盾的、五光十色的世界。"②

交叉地带里生活着一批城市和乡村的边缘生存者,它是颠覆正常交往秩序的另类空间,它把正常状态下不可能生活在一起的不同阶层的人们聚集在一起,形成一种越界交往状态,激发了交往者越界生存的激情,形成对正常秩序的冲击。中国自古以来就是一个很讲究秩序的国家,上下高低尊卑贵贱界限分明。这一点不仅中国人记在心里,表现在行动上,外国人也看在眼里,书写在字里行间。福柯说:"中国文化是最谨小慎微的,最

---

① 路遥:《路遥全集·散文随笔书信》,广州出版社,2000年,第296页。
② 同上,第183页。

为秩序井然的,最最无视时间的事件,但又最喜爱空间的纯粹展开; 我们把它视为一种苍天下面的堤坝文明;我们看到它在四周有围墙的陆地的整个表面上散播和凝固。即使它的文字也不是以水平的方式复制声音的飞逝;它以垂直的方式树立了物的静止的但仍可辨认的意象。"[①]中国人做人做事最讲究长幼有序,内外有别。这种秩序被几千年的历史凝固,这种界别被千百代人的实践瓷化。事实上,一切失去弹性、拒绝任何改变的秩序,必将压制和窒息鲜活的生机,因此,必然会引发要求改变者的反弹和反抗。

旧中国最大的秩序和界别,就是君臣有别,长幼有序。这是一种政治加伦理的双重规约,绝对不允许违规。新中国成立以后,政府用户籍把城市和乡村进行区隔,城市里的人是"市民",领工资,吃商品粮,旱涝保收,手里端的是"铁饭碗"。乡村里的人是"乡民",自力更生,靠天吃饭,旱涝难保,手里端的是"泥饭碗"。为了防止农民进城,1952年政务院制定了《关于解决农村剩余劳动力问题的方针和办法(草案)》,提出农村剩余劳动力应就地吸收转化,防止盲目流入城市。直到改革开放前,农民非但不能成为"市民",凡是进入城市打工或者讨饭,都被斥为"盲流"。为防止"盲流"影响城市的安全和稳定,各城镇都设立了收容所或收容站,目的就是要把"乡民"束缚在"乡村",不允许他们改变自己的生存方式,更不允许"乡民"在城市寻找自己的舞台,规划自己的人生。然而,由于我们的土地太少,劳动工具陈旧,科技水平低下,"乡民"在风调雨顺的情况下,勉强可以吃饱,在遭受旱涝影响时,往往需要出门讨饭,以填饱自己的臭皮囊。有些"乡民"发现,在城镇的饭馆虽然吃的是"市民"丢下的剩饭剩菜,却比在乡下更容易吃饱,就想长期滞留在城里,即使冒着被当作"盲流"收容关押的危险,他们也不愿意回乡下。这种情况一直延续到改革开放之初。

[①] 福柯:《词与物——人文科学考古学》,莫伟民译,上海三联书店,2002年,第6页。

"乡民"喜欢到城市去生活，哪怕是生活在城市的最底层，做"市民"觉得危险、丢脸、嫌弃、低贱的事情，住"市民"瞧不起的陋室及窝棚，不仅仅是乡下出来的乞讨者、流浪汉的追求，更是大量在城乡交叉地带生活过、生活着的乡下青年的愿望。上述"乡民"，是一群极力摆脱自我、追寻另类生存的人。

　　城乡交叉地带是"市民"与"乡民"大面积长时段深度交往的地方，这一独特的生存空间大致分为这么三种类型：一是城市里的农贸交易市场；二是城里吸收乡村学生入学的学校；三是有大量知识青年下乡的乡村。这三种空间相对于纯粹的乡村或者纯粹的城市，是真正的另类生存空间，路遥的小说主要描写第二和第三类交叉地带里的人物和故事。这种空间把姐姐和高立民、黄亚萍和高加林、孙少平和田晓霞撮合在一起，让两种身份差异明显的青年男女有比较长久和深入的交往，让他们在交往中暂时忘掉双方的身份差异，相识相知相爱。又让他们在回归各自正常的生存空间之后，相离相异相隔绝。它彰显出"市民"的优越，强化了"乡民"的自卑，它也激发"市民"固守城市，"乡民"越界进城的念想。城乡交叉地带，既是城市把触角伸向乡村的边界，也是乡村把触角伸向城市的边界。在这个既不是纯粹的城市，也不是纯粹的乡村的边界地带，产生了高加林、孙少平那样的越界生存的英雄，另类思考的理想主义者，也产生了不少无法无天的越轨者，异想天开的幻想家。这是一块最具想象力、行动力和改革精神的地方。

　　80年代初期，伤痕作家着力描写"文革"中各阶层的人被规驯被惩罚的伤痛，描写各阶层人的人性被挤压被扭曲的悲惨。改革文学着力描写改革开放以来各级领导如何大刀阔斧除旧革新的畅快，生产力大解放的欢乐。路遥把自己的双眼紧盯着城乡交叉地带的边界生存者，用他有力的笔触描写那里极力摆脱自我另类生存的越界者，挖掘他们身上的改革活力，表现他们身上的创造精神。他的作品，从《在困难的日子里》《人生》到《平凡的世界》，既不徒然伤感过去的悲惨，也不空洞歌颂今天的欢乐。

他写过去底层"乡民"陷入困境的艰难，但绝对不是为了表现主人公的伤感，而是为了突出主人公直面困难的勇气；他写今天社会的进步，却绝不遮蔽前进中的问题，而是为了突出主人公解决自己人生问题的决心和毅力。路遥最善于塑造乡村底层人物的形象，他把底层"乡民"放到城乡交叉地带，让他们感受看到新的生活方式的激动，体验受到旧生活拖曳的压抑，书写他们越界生存的欢乐与痛苦。

底层生活的"乡民"，倘若长期生活在远离城市，远离公家人的环境之中，在五谷丰收、心情愉悦的时候，会不由自主地发出豪迈的慨叹，千里当官为的也是吃穿，七十二行庄稼为王！他为养育自己的土地，为自己在这土地上所吃的苦所流的汗而自豪。一旦进入城乡交叉地带，与公家人的生活有了对比或者冲突，受到了挫折或伤害，他那些冲天的豪气，那些一直支撑他生存下去的底气，刹那间会全部泄尽。就像《月夜静悄悄》中的大牛，眼看着心爱的兰兰将要被吃公家饭的司机娶走，怒火中烧却又无可奈何，只能哀叹"说来说去，农村穷，庄稼人苦哇"[①]。公家人工作的清闲省事，穿着打扮的干净文明，言谈举止的优雅得体，对比庄稼汉劳动的繁忙琐碎，着衣戴帽的粗糙简陋，说话做事的粗枝大叶，显得格外扎眼。于是，"乡民"对城市和"市民"身份就会产生强烈的羡慕嫉妒恨，对自己生活的乡村和"乡民"身份就会产生强大的离心力。他们的身份认同就会产生重大的转变。

以高加林为代表的从乡下来到交叉地带的生存者，身为"乡民"却不认同乡村，向往城市却被城市排斥。对乡村产生强大的离心力，却被自己与生俱来的乡民身份拖曳着难以离开，对城市有强烈的向心力，却被城市的户籍制度强力地推拒着。交叉地带让他们的身心形成巨大的张力，给他们的人生注入强大的活力。在这里生活的乡下青年，都有点自我中心，自以为是。虽然不是城里人，却认为自己最适合做城里人。从哲学的立场来

---

① 路遥：《路遥全集·短篇小说、剧本、诗歌》，广州出版社，2000年，第56页。

看，每个人不论是官是民，也不论在城在乡，一旦站在自己的位置和立场思考问题，都会不自觉地形成自我中心，不自觉地把他人当作"我"的边缘。一旦要在时空中拓展自我，实现自我，又会意识到他人也是中心，现实人生的境遇强迫他走向人群，靠近他人。因为，"'我眼中之我'作为人的中心，不是一个实体性的中心，而是一个功能性的中心，它是个人一切行为的积极能动性的来源，但人的这个中心若要获得充实的内容，就必须通过生存行为打破自我的封闭状态，必须走向'边缘'，走进充满'他人'的世界"①。路遥作品中的主人公，本身就生活在城市和乡村的边界地带，想越界进入充满他人的城市之中，改变自身的"乡民"身份，成为一个在城市中实现自我价值的新人。他们不在乎别人怎样看自己，也不在乎别人把自己看成怎样的人。他们个个都有与生俱来的叛逆性，出于本能要对自我进行改变。在那个变革的时代，他们用行动打破旧有桎梏，撕裂固有边界，走出狭隘的封闭圈，拓展自己的生存空间。底层奋斗者的行为成为社会活力的表现，个体成功的标志，奏响了时代发展进步的最强音。路遥敏锐地捕捉到这一时代信息，在这里感知社会，思考人生。

三、启蒙精神

康德认为，启蒙就是"出路""出口"。"标志着启蒙的这出口是一种过程，这过程是我们从未成年状态中解脱出来。"②要启蒙底层人通过"出路"和"出口"，把自己解放出来，实现自身的价值，对中国当代的底层奋斗者来说，首先需要的是越界的勇气和胆量，而不仅仅是清明的理性。高家庄的人都知道，《人生》中马家河上的那座桥，桥的这边是乡村，桥的那边是城市。过往在桥上的行走者演绎着梦想与现实、欢乐与

---

① 段建军、陈然兴：《人，生存在边缘上——巴赫金边缘思想研究》，人民出版社，2008年，第57页。
② 杜小真编选：《福柯集》，上海远东出版社，2003年，第530页。

痛苦、希望与绝望的故事。它们中的大多数，既不敢使用自己的理性，对桥两边生存者世代重演自己生存故事这一问题进行质疑，更没有越过大桥在对面扎根的勇气。他们没有把桥当作改变自己命运的出口，也没有走过大桥在对面扎根的胆量。只是遵从权威的指令，在桥的一边不断重复着现实的痛苦与绝望。只有那些摆脱未成年状态，使用理性认识到自己生存现状的不合理，大胆迈开自己的双脚，勇敢选择自己人生"出路"的青年，冒险过桥越界，才让自己走向成熟的人生，这一过程永远伴随着艰难和痛苦，也充满了理想与希望。新启蒙就是告诉底层奋斗者，"理性"是认清自己重演父辈悲催人生是不合理的前提，"勇气"是改变自己悲催命运的出路。

路遥笔下的高加林、孙少平们，都是有胆有识的乡下精英，他们都坚决与自己的过去告别，勇敢地寻找新的人生出路。他们都生活在城乡交叉地带这一另类空间。他们都想从这里向前一步进入城市，不愿退后一步就回到乡村。这个独特的生存空间，表面看来与城市和乡村都很近，处于城市和乡村的边缘，是城市和乡村的褶皱。高加林和孙少平们来到这里，带着与生俱来的农村户籍，浑身散发着洗刷不掉的泥土气息，却在心里早已割断了与乡村的联系，强烈地向往着城市的户籍、城市的生活。他们在交叉地带所有的奋斗努力，所有的痛苦挣扎，只是为了一个目的，走进城市，当公家人。事实上，这个空间与城市及乡村都很远。常言道，理想很丰满，现实很骨感。从交叉地带到达城市，有一道道天然的鸿沟，需要主人公凭一己之力架桥铺路；有一条条政策的大河，需要他造船划桨；有一扇扇规定的门，需要他用智慧的万能钥匙去打开。"人总是脚踏两只船，之后构筑自我形象，同时从自我内心出发，又从他人视角出发。"[1]通过交叉地带的对照与反观，认识自我，定位自我，批判自我。交叉地带的乡村青年的现实生存困境教育他们：人生有另一种活法，同时又拒绝他们选

---

[1] 钱中文主编：《巴赫金全集》第4卷，白春仁、晓河、周启超等译，河北教育出版社，1998年，第83页。

择这种活法。这里用事实告诉他们，他们父辈的生活不值得再过，同时又规劝他们重演父辈的生活。

这里是他们的福地，开阔了他们的眼界，拓展了他们的心胸，奠定了他们改变自我，进行另类思维另类生活的基础。这里也是他们的伤心地，比对出他们出身的卑微，挫伤了他们做人的自尊。这里熏陶启迪了他们，必须从农村走出去，与父辈们生活方式的陈旧落后隔断关系。教育是理性，伤心是感情。感情要求他们遵循传统，接受德顺爷爷的权威指令，回到乡村，扎根土地，从生他养他的大地中吸收养分，如果脱离开土地，就会变成缺少营养的豆芽菜。感情要把他们熏陶成为一个没有理性、唯命是从的人，塑造成一个永远长不大的孩子。理性要求他做一个现代人，用自己的感觉来感受自己置身其中的世界，用自己的理性来设计自己今后的人生，用自己的行动来塑造自己的形象。理性要求他做自己的英雄，不论身后有多少掣肘，多少指责，不论前面有多大阻力，多少风险，他必须义无反顾勇往直前。高加林割舍了乡村里金子般的刘巧珍，孙少平拒绝了哥哥孙少安邀请他回乡共同办厂的美意，他们要改变旧我的现实人生，创造自我新的现实人生。理性告诉他们：在平凡的世界里要创造非凡的人生，必然要经历一个艰难的过程，也可能要付出惨重的代价。只要能自己主宰自己，自己设计和创造自己，实现理想中的城市梦，他们必须大胆走向自己人生的出口，不管遇到多少挫折，也要无怨无悔。

路遥的目光一直聚焦底层，视野放眼于时代发展的大环境。他的笔触总是与当时的政治、经济、民生、发展联系在一起。中国改革开放的时候，欧美国家正在推动全球化，构建地球村，外国企业正充分发挥跨界交往的优长，收获跨界交往的红利。"全球经济现在已在我们的生活中成了一种赐予：跨国公司跨越边界把生产率最大化，跨国知识分子跨越学术边界把知识最大化。学术训练连同民族国家一起，都要服从变化的强大势力。"在中国政府还未将城市的大门向农村打开之时，路遥笔下那些生活在交叉地带的底层青年，用自己的越界行动，打破了中国当代城市和乡村边界的固定化和僵化，揭示它给城乡带来的双重退化，批判它卸载了城市发展的动力，抹掉了乡村发展的前途。启迪中国的改革开放，不仅要对外开放我们的国门，对内也要打开我们的城市之门，迎接底层涌现出来的优秀人才。只有这样，我们的社会才会充满活力，我们国家才能朝着现代化迅猛前进。

原载《兰州学刊》2016年第12期

路遥与普通读者同感共谋的艺术探索

写—读活动是一种主体间对话分享的公共活动。它起始于作者文本发出的邀请,完成于读者的交流参与。一个文本邀请到的对话交流者越多,表明它的魅力越大,如果文本能够跨越时空,邀请到不同时空的读者进行对话交流,就表明它有较为广泛和恒久的魅力与价值。很多作家都把为人类写作作为自己宏伟的志向,但是,很少有人实现这一目标。因为,任何一个文本所发出的邀请,都是邀读者进入共同的精神空间,与其分享思想情感,进入共同的精神交流。然而,人们的精神志向是有差异甚至区隔的,精神志向相同相近的总是人群中的一部分。所以,不论作者的邀请多么急切和真诚,应和的读者也只是人群中精神志向相同相近的那一部分读者。因此,每一时代的每个作家,在用作品发出邀请时,都要问自己,我应邀请谁,用什么方式邀请,与他(她)分享什么。

一、用现实主义方法与普通读者对话

路遥伴随着改革开放的脚步在文坛崭露头角,在中国当代文学恢复现实主义传统的进程中闯入广大读者视野。他的《惊心动魄的一幕》《在困难的日子里》《人生》等作品,以其直面现实的勇气和强烈的现实关怀,震撼了广大读者的心灵。当他准备再接再厉,创作自己人生中最宏大的作品《平凡的世界》时,中国文坛出现了新状况,文学翻译和理论译介成为时尚。世界文学中的各种新方法、新流派,文学理论中各种新思想、新观念,纷纷在中国文坛强势登场,争夺阅读空间,抢占评论权力。把现实主义文学的一统江山,强势划分为现代主义与现实主义的双峰对峙。一些先锋作家和评论者甚至强调,中国文学和中国读者不仅需要思想启蒙,更需要艺术启蒙。他们主张大力引进和借鉴西方现代文学技巧和手法,创作中国的现代派小说。高行健的《现代小说技巧初探》,启发许多作家进行变革文学表现手法的实践和讨论,为开拓当代小说创作带来了新的活力,影响一批中青年作家运用意识流、象征、变形、黑色幽默等手段,表现反理性、反传统的内容。

从文学创新的角度来看,大量引进西方现代理论和创作技巧,对丰富中国当代文学创作手法,满足读者多样化的欣赏欲求,意义十分重大。当时及之后引进的各种现代和后现代理论与创作,开阔了当代作家审美地把握世界的路径,丰富了作家艺术地组织人生的方式,为读者的阅读欣赏提供了更多的选择,更好地满足了读者不同层次的审美需要。但是,文学创新是否就意味着一定要弃旧,像俗语所说的,长江后浪推前浪,现代主义要把现实主义推到沙滩上,废掉它,让现代主义一家独霸中国当代文坛。如果这样,岂不是用单一的现代主义取代了单一的现实主义,剥夺了读者多样化选择的权利,走向了现代主义倡导者所批判的审美单一化老路。

客观地评价20世纪80年代兴起的现代主义思潮,确实存在理论大于实践的问题。许多刚刚向现代派学步的作品,非常稚嫩,却被评论界捧到了不应有的高度。与此相对,一些较为成熟的现实主义创作,只因为写法"老旧"就受到评论界的打压冷落,艺术成就被人为遮蔽。先锋的评论家们肩扛"艺术即形式""艺术即手法"的大旗,手执"有意味形式"的尺规,对当时所有的创作进行衡量和评价,对所有正在阅读或准备阅读的人进行启蒙和教育。他们提出,"怎么写比写什么更重要",实际是围绕创作者和文本形式打转转,丝毫不考虑读者及其审美需要。他们高呼"现实主义过时了"。他们认为现实主义作品写法单一，形式老套，应该给予丰富和革新。当代作家必须在创作中用现代主义超越现实主义创作的老题材、老人物、老主题、老故事、老写法这"五老峰"。

路遥对当时的文学形势作了理性的分析，他认为："我们现在有些年轻作家，目光只投向未来，投向外国，而对自己国家的历史都不甚了了，这是不行的。你归根结底要写的是中国，就是意识流的写法，你要写的是中国——中国人意识流动的状态可能和外国就不同，所以，我们必须重视历史，对历史和对现实生活一样，应持严肃态度。"①作家必须用中国化的形式和内容，满足中国读者的审美需要。有的作品被先锋评论家捧得较高，多数读者却不怎么买账，就因为它的内容和形式明显向外国文学学步，与中国文学传统决裂，无法与中国读者产生共鸣。作品在中国大地上向读者发出的呼唤，想要在中国读者中产生巨大的回声，创作根基必须建立在中国社会历史以及文学传统之上。他说："我们需要借鉴一切优秀的域外文学，以更好地发展我们民族的新文学，但不必把'洋东西'变成吓唬我们自己的武器。"②他站在创作是对阅读的邀请，写—读是一个对话交流共同体的立场，认为评判一种文学样式是否过时，必须把目光投向对话交流对象——读者。因为一切艺术形式和手法，只有在它与读者互动时才发挥效用，在与读者分享时才实现价值。艺术形式是用来与读者对话交流的，不是用来吓人的，吓人的东西虽然看起来很酷，也会把人吓跑。平易近人的作品虽然素朴，却能吸引读者与其进行对话交流。素朴样式的作品既然能够与读者建立对话关系，分享其中的感受与感情，就说明这种文学样式还在发挥对话交流的作用，还未过时。尤其是广大的读者愿意接受这种文学样式的邀请，乐意与其进行对话交流，这种文学样式就更有存在的必要。

自觉的文学创作者用作品向读者发出对话邀请时，他的邀请一般都是

---

① 路遥：《路遥全集·早晨从中午开始》，广州出版社，2000年，第160页。
② 同上，第15页。

有针对性的，而不是漫无目的胡乱散发的。只有把邀请发给那些与作者知识积累、文化修养、艺术趣味相同相近并且愿意接受邀请的读者，才能形成有效的对话关系，才能建构起较为完美的写—读共同体。当然，读者接受邀请也是有原则的，他不太关心邀请方式的新旧，更在乎请柬是否充分地尊重自己。20世纪80年代，既有受过现代主义洗礼，追新求异的先锋读者，也有喜欢现实主义创作，愿意接受现实关怀的老派读者。现代主义文学向先锋读者发出对话邀请，同时邀请老派读者接受启蒙教育。现实主义文学向广大的普通读者发出对话邀请，也欢迎先锋读者参与对话。双方都有向读者发出对话邀请的权利，都要接受读者是否接受邀请，并进行对话交流的检验。

　　当时，现代主义是时尚，理论宣传阵容强势，先锋读者热捧，但读者群较小。现实主义老派，理论宣传弱势，普通读者喜欢，读者阵容强大。路遥指出："考察一种文学现象是否过时，目光应该投向读者大众。一般情况下，读者仍然接受和欢迎的东西，就说明它有理由继续存在。"[1]我们不能因为现实主义不时尚，就把它抛弃，也不能因为普通读者不先锋，就对他们的阅读需要进行遮蔽。最让路遥反感的是，当时创作的现代主义作品并不多，成就也有限，但评论界几乎一窝蜂地用广告的方式宣传其成就，让其笼罩了整个文学界。"我深切地体会到，如果作品只是顺从了某种艺术风潮而博得少数人的叫好但并不被广大读者理睬，那才是真正令人痛苦的。大多数作品只有经得住当代人的检验，也才有可能经得住历史的检验。那种藐视当代读者总体智力，而宣称作品只等未来才大发光辉的清高，是很难令人信服的。因此，写作过程中与当代广大的读者群众保持心灵的息息相通，是我一贯所珍视的。这样写或那样写，顾忌的不是专家们怎样看怎样说，而是全心全意地揣摩普通读者的感应。古今中外，所有的败笔最后都是由读者指出来的，接受什么摒弃什么也是由他们抉择的。我

[1] 路遥：《路遥全集·早晨从中午开始》，广州出版社，2000年，第14页。

承认专业批评家的伟大力量，但我更遵从读者的审判。"①路遥郑重地向时尚的文学潮流挑战，坚持用现实主义与普通读者对话交流。

二、与交叉地带的奋进者共谋

每一部小说都是作者向读者发出的栖居在同一审美世界的邀请，每个作家的创作，都具有联通写—读双方，建构对话关系的力量。作家写作小说的目的，就是要与读者建立一种同感共谋的共在关系，在交流对话中共同创造艺术审美的意义，而且只要人类存在，阅读不绝，就会把这种共在共享共同创造的活动延续下去。

邀请他人与自己共在同一个世界栖居，必须让他人产生双方有共同的感觉，共同的兴趣，有一起谋划共同人生的冲动。在新旧交替社会转型的时代，路遥选择邀请读者与他共同栖居于交叉地带，分享这个特定世界的感受，谋划这个特定世界的人生。

作家邀请读者与自己分享某种生活感觉，自己首先要对这种生活有深入的体验，他要与读者谋划某种人生，自己首先对这种人生进行过谋划。只有感动过作家的生活，写出来才可能感动读者，只有吸引作家谋划的人生，写出来才可能激发读者进行人生谋划的冲动。路遥邀请读者与他共同进入交叉地带，是因为他长期生活在那里，对那个世界的生活有刻骨铭心的体验、深思熟虑的谋划。他说："我自己是农村出来的，然后到城市工作，我也是处在交叉地带的人。"②路遥出生的陕北，是农耕和游牧民族的交叉地带；中学读书时所在的县城，是城乡交叉地带；之后工作的省城，是干群交叉地带。路遥对交叉地带的人生有着丰富的观察和深刻的体验，他想把自己的观察和体验写出来邀请读者共同分享。于是就塑造出马建强、高加林的形象，借助他们与读者交流和分享交叉地带的人生。

---

① 路遥：《路遥全集·早晨从中午开始》，广州出版社，2000年，第99—100页。
② 同上，第130页。

交叉地带的生存者和别处的生存者一样，有生存站位的高与低、优和劣的区别。站位在高和优的是精英，站位在低和劣的是普通大众。作者和读者分享交叉地带的人生苦乐，也存在站在哪个群体立场，分享什么样人生况味的问题。路遥始终站在普通劳动者的立场塑造交叉地带的人物，他带着对普通劳动者的崇敬发掘他们身上的人性光辉。他说："生活在大地上这亿万平凡而伟大的人们，创造了我们的历史，在很大程度上也决定着我们的现实生活和未来走向。那种在他们身上专意寻垢痂的眼光是一种浅薄的眼光。无论政治家还是艺术家，只有不丧失普通劳动者的感觉，才有可能把握住社会历史进程的主流，才能使我们所从事的工作具有真正的价值。在我们的作品中，可能有批判，有暴露，有痛惜，但绝对不能没有致敬。我们只能在无数胼手胝足创造伟大生活伟大历史的劳动人民身上，而不是在某几个新的和老的哲学家那里领悟人生的大境界，艺术的大境界。"[①]他认为，千百年来，底层百姓虽然生存位置低下，但是，人生作为和精神境界并不比任何在上者低下，他们个个都想往人前站，做让人瞩目的人，不愿屈居人后被人遗忘。

　　路遥写底层百姓，虽然也写他们的生存艰难，但他更关注底层百姓不甘于命运的安排，以奋斗争取荣誉，在自我实现过程中的坚毅与勇敢。他笔下的马建强、高加林以及孙氏兄弟，都生活在受人歧视、被人排挤、缺乏发展平台的环境之中。他们都不想蛰伏在这样的生存环境和位置，于是，努力奋进，为自己开拓更好的生存空间，争取更好的发展平台。路遥坚信，这些当代青年的身上，都流淌着祖先李闯王、刘志丹的血，一种敢闯敢干、勇于进取的血。凭着这种血气与血性，他们的祖先曾经打出了一片天下，获得了世人的认可。因此，年青一代也能在他们自己的人生中，开拓一片适合自己生存发展的天地，争得一份人生尊严。

　　路遥善于把个体人生在交叉地带的感受和体验，放到广阔的时代背

---

① 路遥：《路遥全集·早晨从中午开始》，广州出版社，2000年，第100页。

景、广大的人生境遇之中,带领读者与他一起在日常细碎的生活中感受让心灵震撼的巨大力量。如果说《人生》仅单纯地表现城乡交叉地带中的人生,表现这一交叉地带不同生存者貌似交织一体,实则界限分明的各种关系,以及由此造成的爱情和人生的悲剧,那么到了《平凡的世界》,作者明确表示:"这部作品的结构是从人物开始的,从一个人到一个家庭到一个群体。然后是人与人,家庭与家庭,群体与群体的纵横交叉,最终支撑一张人物的大网。在读者的视野中,人物运动的河流将主要有三条,即分别以孙少安、孙少平为中心的两条近景上的主流,和田福军为中心的一条远景上的主流。这三条河流有各自的河床,但不是混合在一起流动。"① 作品塑造的三个主要人物,分别表现了三种相互有别又相互联系的交叉地带上的人生。孙少安侧重表现的是新旧乡村交叉地带上的人生,孙少平侧重表现的是城市与乡村交叉地带上的人生,田福军侧重表现干部与群众交叉地带的人生。

路遥在与读者分享诸多交叉地带上社会人生的感受和体验时,始终以普通劳动者的感觉和推理为准绳。凡是违背普通劳动者感觉与推理的东西都必须改变。他在茅盾文学奖颁奖仪式上的致辞中说:"人民是我们的母亲,生活是艺术的源泉。人民生活的大树万古长青,我们栖息于它的枝头就会情不自禁地为此而歌唱。只有不丧失普通劳动者的感觉……才有可能创造出真正有价值的艺术品。"②《平凡的世界》由平凡的人组成,平凡的人们只有一个活得富足且尊严的梦想。一切打压或剥夺这种梦想权力的行为,都会把这个世界变得异常、反常。路遥邀请读者分享的,就是这个由平凡人组成的世界,普通群众要求改变贫困饥饿、没有尊严的反常人生,恢复正常生活的艰难历程。

路遥邀请读者分享的这个平凡世界,是从基层组织脱离群众,与群众感觉和认识发生严重错位开始的。1975 年,农家子弟孙少平在学校吃

---

① 路遥:《路遥全集·早晨从中午开始》,广州出版社,2000年,第26页。
② 同上,第98页。

不饱穿不浑全,集体活动站不到人前,身体和精神遭受双重的煎熬。他的父亲孙玉厚因为缺钱,箍不起新窑,为自己一双儿女星期天回家没有住处熬煎。少平的姐夫王满银因为倒卖老鼠药,被民兵小分队抓去劳教。当时,"在公社一级,出现了一种武装的民兵小分队,这个组织的工作就是专门搞阶级斗争。这些各村集中起来的二杆子后生,在公社武装干事的带领下,在集市没收农民的猪肉、粮食和一切当时禁卖的东西。他们把农村扩大了几尺自留地和犯了其他'资本主义'禁忌的老百姓及小偷、赌徒和所谓的'村盖子''母老虎',都统统集中在公社的农田基建会战工地上,强制这些人接受'劳教'。被'劳教'的人不计工分,自带口粮、被褥,而且每天要干最重的活:用架子车送土。一般四个'好人'装,一个'坏人'推;推土的时候还要跑,使得这些'阶级敌人'没有任何歇息的空子。最让人难堪的是,在给他们装土的四个人中间,就安排一个自己的亲属。折磨本人不算,还要折磨他的亲人:不光折磨肉体,还要折磨精神"①。基层干部忙着找阶级敌人,"批判资产阶级、修正主义和孔孟之道"。"但是,对于黄土高原千千万万的农民来说,他们每天面对的却是另一个真正强大的敌人:饥饿。生产队打下的那点粮食,'兼顾'了国家和集体以外到社员头上就实在没有多少了。"②干部与农民的感觉出现了巨大的偏差。

路遥旗帜鲜明地站在群众一边。他认为,群众感觉和认识中包含的真知要比基层干部多。因为,群众的感觉和认识来自切身的现实生活,如果感觉和认识违背生活常识,生活就会惩罚他。基层干部吃的是公家粮,领的是国家发的工资,生存的平台好,旱涝保收,他感觉和认识出现错误,不会对自己的收入和生活造成任何直接影响。因此,他们往往错误地把自己的高平台当作自己高智商,认为自己是谋道之人,比那些谋食的底层群众目光远大。他们的感觉与认识越是远离常识,他们就越感觉自己了不

---

① 路遥:《路遥全集·平凡的世界》第1部,广州出版社,2000年,第32—33页。
② 同上,第134页。

起，就越能幻想自己智慧高超。他们中的某些人总是思谋着要整出一些邪乎的门道，把它搞得好像人间正道。其实，真正的人间正道，正在老百姓的脚下。

路遥最让人佩服的是，把这些人生中的交叉地带放到中国社会由封闭走向开放，人民由被穷折腾到自由奔小康这一时代交叉的大背景中，与读者共同分享这些交叉点上人生的价值与意义。他在作品中既描写了孙玉厚这样的农民代表，因为箍不起新窑，给儿子娶不起媳妇，沉痛地呼唤："庄稼人的生活啊，什么时候才能有个改变呢？"也塑造了田福军这样脚上有泥土，心中有百姓的干部。他下乡调研，问孙少安："现在农村人连肚子都填不饱，你看这问题怎么解决好？"少安说："上面其他事都可以管，但最好在种庄稼的事上不要管老百姓。让农民自己种，这问题就好办。农民就是一辈子专种庄稼的嘛！但他们现在不会种了，上上下下都指教他们，规定这规定那，这也不对那也不对，农民的手脚都被捆得死死的。其他事我不敢想，但眼下对农民种地不要指手画脚，就会好些……"①田福军由此发现了基层干部管理中的偏差和问题。1976年1月，原西县搞农业学大寨运动，农民们一人一天吃不到一斤粮，更不可能吃肉；他们拿着和古代老祖先差不多的原始工具，单衣薄裳，拿自己的体温和汗水抵御寒冷。"有的农民冬天没棉线做棉衣，把口粮拿到黑市上卖几个钱；有的做了点小生意；还有的是对现行的政策不满意，发了几句牢骚"②，基层干部周主任把这些人当作阶级斗争的典型，拉到公社农田基建会战工地上劳教。他指挥部下："搞社会主义，搞农业学大寨就得武上！要麻绳子加路线！三令五申不行，就要三令五绳！要揭开盖子，拉出尖子，捅上刀子。"③田福军听了群众的汇报之后，说道："这种现象不能再继续下去

---

① 路遥：《路遥全集·平凡的世界》第1部，广州出版社，2000年，第119—120页。
② 同上，第270页。
③ 同上，第271页。

了。"①路遥就是这样把生活细节的描写放到中国社会从保守到开放的大背景中，既给生活细节赋予了时代的意义，又为社会改革奠定了坚实的群众基础，从而与所有在交叉点上奋勇向上的读者共享共谋。

三、在交叉地带寻找普通人做人的尊严

路遥的文学成就主要表现在，他在中国当代首先发现了一个特殊的生活世界——交叉地带，并且不断进行艺术挖掘，引导读者在其中体验思考，反过来又影响了读者对改革开放的现实和全民奔小康的人生的思考和认识。当然，路遥自己对交叉地带的认识，也经历了一个逐步深化的历程。在和王愚《关于〈人生〉的对话》中，他承认自己写《人生》时，只意识到了城乡的交叉，没有想到更大范围更深层次的时空交叉、人生交叉。"现在看来，随着体制的改革，生活中各种矛盾都表现着交叉状态。不仅仅是城乡之间，就是城市内部的各条战线之间，农村生活中人与人之间，人的精神世界里面，矛盾冲突的交叉也是错综复杂的。各种思想的矛盾冲突，还有年青一代和老一代，旧的思想和新的思想之间矛盾的交叉也比较复杂。作家们应该从广阔的范畴里去认识它，拨开生活的表面现象，深入到生活的更深的底层和内部，在比较广阔的范围内去考虑整个社会矛盾的交叉，不少青年作家都是从这个方面去考虑的，我的《人生》也是从这方面考虑的，但还做得很不够。"②交叉地带就是异质存在者交流、交往的地带，这一地带孕育着巨大的包容力量，更隐伏着巨大的裂变的危机。人是交往的存在者，在与异质存在者交往的过程中心中掀起情感的浪涛，脑中碰出思想的火花，进而产生改变自我、另类思维的冲动与行动。人生的改变从异质交往中孕育，社会的开放从异质交往中形成。

改革开放最大的好处是给普通百姓松绑，放开所有人的翅膀，让人

---

① 路遥：《路遥全集·平凡的世界》第1部，广州出版社，2000年，第271页。
② 路遥：《路遥全集·早晨从中午开始》，广州出版社，2000年，第126页。

们去追逐他们的梦想。让孙少安按照自己的想法在农村烧砖致富；让孙少平走出家乡，到外面的世界去寻找自己的新大陆；让田晓霞摆脱当教师的命运，做一个职业记者；让金波实现梦想当一名汽车司机。作品邀请读者分享改革对普通人梦想的放飞，但是并没有将其庸俗化。作品对普通劳动者实现理想的艰难过程给予了充分的表现。它让读者亲眼看到孙少安为了挣第一桶金，怎样住敞口窑，每天在别人熟睡时，就早起拉砖。如何等菜市场人走完，像贼一样溜进菜市场捡菜叶。又如何为了帮扶村中贫困户脱贫，把小制砖机换成大制砖机，结果因为技工水平问题，烧出次品砖，把自己变成了一个灰头土脸的负债者。又如何经过一段艰难痛苦的挣扎，才又一次站立起来。孙少平从泥腿子变为公家人的经历，同样充满了艰难和坎坷。作品邀请读者一起分享交叉地带追梦者追梦的曲折过程，分享追梦者追梦过程中所展示的胆识与毅力。

　　路遥邀请读者与他一起进入交叉地带，寻找和分享普通人做人的尊严。普通人身处社会底层，无权无势，没有在社会人生中呼风唤雨的资本，只有在人群中默默生存的份儿。只因为在交叉地带，遭遇到不一样的生存者，不一样的生存机遇，激发了他改变自我、另类生存的决心。诱导了他另类思维，寻找新的生存意义的意志。他们无力改变命运，只求改变自己；无力改变社会秩序，只求改变自己的思想和行为方式。在自我改变的行动中，他们找到了生活的意义，人生的尊严。《平凡的世界》中的孙少平，经过不断努力，虽然只获得了一个地下挖煤工的身份，他没有抱怨自己地位卑微，而是努力工作，辛苦挣钱，梦想有一天在家乡给父亲箍三孔最气派的窑洞，让父亲在人前挺直腰板走路，大声大气做人。他从自己切身的体验出发，一反过去"穷崇高""穷有理""穷正义"的思维，挺身为钱正名："钱是好东西，它能使人不再心慌，并且让人产生自信心。"①事实证明，钱能改变普通劳动者的生存状态，让他们体面生活，

---

① 路遥：《路遥全集·平凡的世界》第2部，广州出版社，2000年，第280页。

尊严做人。孙少安的人生经历进一步对此作了鲜活的展示。孙少安因为开砖场赚了些钱，被选为"冒尖户"。1981年，原西县召开"四干会"，邀请先富起来的"冒尖户"参加，"会议期间，'冒尖户'像平民中新封的贵族一般，受到了非同寻常的抬举"①。"四干会"最后一天，原西县在体育场隆重举行了一场"夸富会"，县广播站向全县转播大会实况。仪式完了以后，举行"夸富"大游行，最让这些泥腿子荣耀的是，为他们牵马的是县委和各部门的领导。后面的一长溜工具车上拉着"冒尖户"的奖品，贴有大红喜字的飞人牌缝纫机。"披红挂花的孙少安骑在马上，在一片洪水般的喧嚣和炮仗的爆炸声中，两只眼睛不由得湿润了。此刻，他已经忘记了他是个冒充的'冒尖户'，而全身心地沉浸在一种幸福之中；自从降生到这个世界上，他第一次感到了作为人的尊贵。"②路遥引领读者在交叉地带分享普通人用奋斗改变自我，实现人生价值的故事，在改革开放之初，曾经激励一大批有志者奋发有为，向上进取，改变自我。随着改革开放的日益深入，各种交叉日益复杂多样，其对普通人的激励和启示意义越发凸显。不仅如此，他还把中国文学创作带进了世界文学创作的富矿地带。如果我们放眼世界文学史，就会看到，一切真正的大作家都在交叉地带发掘故事，描写人生，举凡莎士比亚、陀思妥耶夫斯基、司汤达等无一例外。他们都把自己的目光聚焦在黑与白、贫与富、上与下的交叉地带，讲述那里差异交往中所发生的人生故事，挖掘那里人们差异交往过程中内心深处生生不息新新不已的本真追求，引发人们对这一特殊空间生存者努力改变自我另类生存的哲思。

原载《小说评论》2019年第5期

---

① 路遥：《路遥全集·平凡的世界》第2部，广州出版社，2000年，第234页。
② 同上，第237页。

陈忠实对现实主义传统的再创造

陈忠实是从白鹿原上走向全国乃至世界的现实主义文学创作者。他是沿着柳青开创的现实主义道路走出自己风采的一位杰出作家。他早期的创作走的就是柳青的现实主义道路，深入当下的现实生活，尊重现实生活的规律，直面自己生活根据地当下的现实人生。他说："生活不仅是作者获得创作的素材，而且纠正作者认识上的局限和偏见。实际生活按照它的规律在运动。它蔑视一切虚妄的，不切实际的理论。它给许多争执不休的问题最终做出裁决，毫不留情地淘汰那些臆造生活而貌似时髦的作品。"[①]后期，他对自己的创作进行了反省，认为要创作出高质量的作品，仅仅深入生活做生活的主人还不够，还需要站在生活之外，观察生活，研究生活。更需要积极更新思想观念，学习理论知识，用新的知识、观念和思想反思当下的现实生活。只有这样，才能分出生活的美丑善恶，辨出人生的是非曲直，才能对社会人生做出较为准确的把握和判断。同时作为一个文学创作者，要随时吸收当代艺术的最新成果，锻铸自己的艺术特色。他把前一种过程叫作与现实的剥离过程，把后一种过程叫作寻找自己的句子的过程。总之，他把自己创作过程总结为剥离与寻找的过程。他在剥离与寻找中完成了垫棺作枕之作《白鹿原》，把中国当代现实主义创作提升到了一个新的高度。

[①] 陈忠实：《创作感受谈》，陕西人民出版社，1991年，第30页。

一、坚持现实主义传统

陈忠实坚信作家通过作品反映自己认识和体验的现实人生,以作品为中介与读者进行情感分享,思想交流。作家反映自己所体验的生活,同时也表现人们对生活的情绪情感体验,为此,作家一方面要全身心地投入生活,作为生活的主人感受生活;另一方面又要站在生活之外,作为旁观者观察分析生活以及人们在生活中的思维判断。作家对人物心理和情绪的刻画和描写,一方面靠观察别人在特定情景中的情绪和反应,另一方面靠的是自己感知体验特定情景下的心理情绪反应。没有对生活亲身的感知体验,靠采访搞创作,很难反映主人公特定情景下的感情色彩、感情波澜,作品很难做到以情动人。好的现实主义作品,都是用真实的细节撑起一座想象的大厦。陈忠实非常重视细节,他称细节是作品的"金子",结构可以自己独立创造,千方百计,千变万化,但是细节则必须靠作家自己在生活中去挖掘和发现。一个现实主义作品,如果缺乏作家自己发现的真实可靠的细节,作品所建构的艺术大厦就会倒塌。他在《看〈望乡〉后想到的》中说:"作家要写小说,要编剧本,要创作电影剧本,就得深入生活,了解生活,了解人;不应该是救世主式的对下层劳动者的怜悯,而应该是普通劳动者与普通劳动者的同舟共济。毛主席在《讲话》中关于'到火热的生活中去'的意见。不是对中国作家的苛求,而是切实可行的路子,是创作的规律。不仅中国许多作家在这条路上做出了杰出的建树,不受毛泽东领导的日本作家,完全自觉自愿地这样做着,做出了成绩。"[1]

陈忠实的现实主义创作道路,经历了一个漫长的探索和发展的历程。在《六十岁说》中,陈忠实总结了自己的艺术探索和人生历程,他说自己一生有两次自我把握和反省:一次是1978年,他感到"文学创作可以当作

---

[1] 陈忠实:《创作感受谈》,陕西人民出版社,1991年,第28页。

事业来干的时代终于出现了"①。于是从行政岗位调入县文化馆工作。为了排除过去养成的非文学观念，他借来一批世界经典作家的经典作品，认真研读了四个月，分析经典作家作品的结构特色，从中汲取艺术营养。到1979年春天，"我把文学当作事业来干的行程开始了"②。此前，他仅仅把文学创作当作自己的业余爱好，发表作品只是为了过一下"创作瘾""发表瘾"，并未认真把创作当作自己的事业来干。今后他要把文学创作当作自己的主业来干。第二次是1982年，他由业余写作进入专业写作。他说："我几乎在得到专业创作条件的同时，决定回老家，一是静下心，来回嚼二十年的乡村工作和生活，进入写作；二是基于对自己知识的残缺性的估计，需要广泛读书，需要充实，更需要不断更新，这都需要一个避免纷扰的安静环境来实现。我选择了老家农村。直到《白鹿原》完成，正好十年。"③

从1965年发表第一篇作品《夜过流沙沟》，经过1973年发表第一个短篇小说《接班以后》，1979年发表第一个获奖短篇小说《信任》，一直到1985年发表《蓝泡先生》为止，陈忠实所有的创作，都是沿着柳青的现实主义道路，也是毛泽东《在延安文艺座谈会上的讲话》所指引的深入人民生活的道路走的。在《信任》的获奖感言中，他说："就自己的写作实践来说，我还是信服柳青著名的三个学校（生活的学校、艺术的学校、政治的学校）的主张，而且愈来愈觉得柳青把生活作为作家的第一所学校是有深刻道理的。"④在他看来，生活不仅给作家提供素材，而且纠正作者认识的局限和偏见，对一些现实中争执不清的问题做出最终的裁决。作家只有深入了解生活，研究剖析生活，对一个村庄，一个农家小院，一个农民群众，一个农村干部，一个男人或女人，一个老人或青年的人生道路，进行深入了解，认真剖析，才可能有自己独特的发现，才可能避免创作上的

---

① 冯希哲等编：《走近陈忠实》，太白文艺出版社，2017年，第316页。
② 同上，第317页。
③ 同上，第316页。
④ 陈忠实：《创作感受谈》，陕西人民出版社，1991年，第18页。

雷同现象，发出自己独特的声音。他在《深入生活浅议》中更明确地提出作家应该建立自己的"根据地"："每个作家都有自己深入生活的方法和习惯，我觉得有一块生活根据地为好些。在一个生活基地里，有较长时间乃至终生的联系，可以对一块土地上的人物，老一代和新一代，不断地加深了解。生活发展了，这些人发生着怎样的变化，自己会不断地获得新的印象。"①作家只有对"根据地"人民的生活和命运，分析透彻，了解到位，才能为他透视整个农村生活和农民命运提供一个天窗地孔。"深入生活，应该想方设法有一个具体的位置，争取卷进漩涡的中心，和生活的创造者一起生活，一起焦虑、苦恼，避免从上往下，从外往里看生活。做生活的主人，不做旁观者。"②只有这样才能够和人民群众息息相通，才能感受时代和人民的脉搏，才能在作品中发出人民自己的声音。

　　伟大的作品都是既沉入生活又超出生活的。沉入生活，作家才能把握生活内在的脉动，体验和认识主人公强大的生活意志；超出生活，作家才能够把握生活的整体样貌和走向，才能表达作家对生活的真爱主张和理解，才能对生活素材进行审美的组织、布局和建构过程。写作过程是作家把生活原型改造成为艺术作品的过程，是作家进行的一场贯彻艺术意志、实现艺术意志的战斗，是作家为了成为艺术家进行的一次生存事件。巴赫金认为，作家创作"最主要的，决定性的，第一位的一种艺术斗争，是与生活的人生伦理趋向极其强大的顽强性所做的艺术斗争"③。作家创作如果没有进行这样一种艺术的斗争，只深入生活而没有超出生活，他的作品中就只有生活而没有艺术；如果只站在生活之外而不深入生活之中，他的艺术将因为缺乏生活气息而显得苍白，只有经过这样一场艺术斗争而写出的作品，才是真正生气灌注的好作品。

---

① 陈忠实：《创作感受谈》，陕西人民出版社，1991年，第38页。
② 同上，第38—39页。
③ 钱中文主编：《巴赫金全集》第1卷，晓河、贾泽林、张杰等译，河北教育出版社，1998年，第294页。

二、自我反省与剥离

　　为了实现自我突破，除了深入生活，还要学习理论，用坚实的理论武装自己，充实自己，人如果能认识到自己的缺陷，才可能充实和丰满自己的人生。人如果不能对自己的人生做出正确的判断和认识，就根本不可能过上有意义的生活，做出有价值的创造。人认识世界的目的，是为了认识自己；人改变世界的目的，是为了改变自己。一个作家，如果把时间全部用在认识世界上面，而忘记了认识自己，他就难以创造出有独特风格的艺术作品。陈忠实在《从昨天到今天》中指出，理论就像照相机感光的胶片，过时的胶片已经失去了对生活感光的能力，因此，必须不断更新自己的理论知识和水平。"学习理论，改变知识结构，保持思维系统的胶片的敏感性，保持思想上的活力，比较深刻地理解过去了的生活和正在变化着的生活的必然联系，已经是我极为迫切的需要了。"①通过学习新的理论，陈忠实对自己过去的创作进行自我反省，自我否定，让自己从生活中独立出来，进行自我改变，进行新的艺术创造。后来他把这个过程称为"心灵和艺术体验的剥离"。

　　陈忠实心灵和艺术的剥离始于20世纪80年代。对此，他有非常清晰的表述，他说，自己50年代在学校读书，60年代进入社会工作，解放后国内发生的所有大小运动，有的他作为未成年人观望过，有的他作为刚刚步入社会的青年人亲身经历过，尤其是亲身经历了十年"文化大革命"的发动和结束。"及至80年代，其时的一波接着一波的思想解放运动和一层深过一层的社会经济的改革，中国文学所经历的种种嬗变，依然历历在目。80年代发生的一切，对这个国家和民族来说太重要了，太不容易了，太了不起了。对经历过这一变革全过程的我来说，也是一次又一次从血肉到精神

---

① 陈忠实：《创作感受谈》，陕西人民出版社，1991年，第46页。

再到心理的剥离过程。这个时期的我的中、短篇小说，大都是我一次又一次完成剥离的体验。今天读来，仍然可以回味当时的剥离过程的痛苦和欢欣。"[1]只有不断地剥离旧我身上的腐肉，才能生出新的健康肌体；只有不断剥离自我心中旧的艺术观念和创作方法，才能生出新的艺术观念和创作方式，才能创作出让观众耳目一新的艺术文本。

陈忠实早期曾在乡政府工作，他十分热爱文学写作，但由于身份所限，同时受文学大气候的影响，所写的文学作品，大多没有经过艺术与生活之间的摩擦冲撞，用他后来的话说，就是写作时没有剥离开生活与艺术之间的纠葛，让艺术直接屈从于生活，因此，这些作品中充满了生活，缺少了艺术；再就是写作时没有剥离开文学创作者与基层干部身份的关系，让作品直接为政治和政策服务，因此，作品中充满了政策和政治，缺少的是文学性。文学作品可以反映政治，为政治服务。但是，作品中的政治是充满诗性智慧，具有诗性品格的政治。这种政治被文学吸收，在文学语言和文学常识内部发展，因而，开出了诗性的花朵，变成了人们喜欢或讨厌的诗化的政治，成为人生活不可分割的一部分，为人的生存发展服务。80年代初，他调入陕西省作家协会，成为专职作家，于是，寻求艺术上的突破。他才真正认识到，生活的浪涛冲击的不仅仅是旧生活的一潭死水，更是人们已经形成的心理秩序。当改革的浪潮冲击到人们由旧观念长期统治所形成的心理秩序时，旧的心理平衡就被颠覆了，开始呈现出紊乱和无序。而要达到新的平衡和新的结构秩序，就要经历一个精神和心理的痛苦历程。这就像生活从"文革"时期的本本主义到改革开放初期的喇叭裤，再到后来的信息时代，人们的心理秩序不断经历打乱、重组、适应、平衡又打烂、重组和平衡、适应的过程。从这个维度来看，所谓历史，就是人的心理秩序被不断打破，又不断找到新的平衡的过程。感受历史，剖析历史，就要把握住那个时代社会心理的真实。他说："我投笔写作的目标，

---

[1] 陈忠实：《陈忠实文集·陆》，广州出版社，2004年，第258—259页。

应是对作品人物的这个心理历程的解析,那样才能较为准确地揭示那个时期的生活真实,即心理真实。只是我的这个艺术觉醒来得晚了一点。或者说,这三年四稿(1981至1984年对《初夏》的修改)的反复修改中,终于摸索到了这个窍,修改终于跨出了关键性的一步。"[①]1985年,受到当时中国理论界提出的"积淀说",以及文学界提出的"寻根说"的影响后,他决定继续打开自己,与自己的过去进行彻底剥离:一是剥离自己的公务员身份,以文学创作者开阔自由的眼光观察生活,分析生活;二是剥离自己多年来形成的紧跟形势、紧盯当下的写作套路,与现实人生拉开一定的距离,寻找符合文学本身规律的创作路数;三是剥离旧的经典现实主义创作路径,用文化心理说创造新的典型人物。

剥离之前,他的创作常常处于困惑之中,一方面,怕自己写的东西对当前的政策理解不深不透,没有尽到一个基层干部应尽的社会义务,为政策和政治服务不到位;另一方面,又怕自己服务的这一政策是一个临时性的,过几年又要改变、矫正的政策,把文学写作变成了新闻报道,牺牲了具有长久效应的文学性。剥离之后,他与作品中的故事和人物保持了一定的距离,能够用一种完全理性的精神来独立思考这些人和事,写作时的心态就能够平静下来。文学写作毕竟不是新闻报道,它不能仅仅追求当下的即时效应,还要追求长远乃至永恒的艺术价值。文学作品是一个普通人与另外一个普通人进行情感分享、思谋对话的艺术文本,不是一个领导干部对一个或者一群普通百姓进行的训话。因此,必须剥离自己固定的社会身份,以一个普通劳动者的身份和眼光来看世界,关心时事变化在普通劳动者心中引起的情感跌宕,关怀呵护时事变化与劳动者个体灵魂与命运发生的冲击。

剥离观念让陈忠实抽掉了自己以公务员身份看世界和人生的观念,剥离了业余作者身份造成的过发表瘾的心态,使他摆正了创作时的专业作家

[①] 陈忠实:《陈忠实文集·陆》,广州出版社,2004年,第258—259页。

身份,追求文学创作本身的专业性。1985年,他用剥离精神首先创作出了《蓝袍先生》,他说:"这部中篇小说与此前的中、短篇小说的区别,我一直紧盯着乡村现实生活变化的眼睛,转移到1949年以前的原上乡村,神经也由紧绷的状态松弛下来;由对新的农村政策和乡村体制在农民世界引发的变化,开始转移到人的心理和人的命运的思考,自以为是一次思想的突破和创作的进步。"[1]在这部作品的创作中,陈忠实首先打开了过去在选材方面紧跟时政的束缚,把眼光投向自己生活的那片土地的历史,与当下的现实生活拉开了距离,对束缚自己自由创作的政策与政治进行了剥离。其次,他打开了重视群体社会性,轻视个体人性的眼界,把目光投到对个体命运的关怀与思考,让他的创作回到了文学是人学的正常轨道上。陈忠实说,中篇小说《蓝袍先生》的发表,激发了他创作长篇小说的欲念,进而触发了他想了解自己生存的这片土地的过去的想法。蓝袍先生把蓝袍从解放前的私塾一直穿到共和国新式教师进修学校,在同学的讥笑声中脱下了标志封建残余的蓝袍,换上了象征精神解放的列宁装,陈忠实也脱下了穿了几十年的中山装换上西装。他在那一刻,切实意识到自己就是刚刚塑造完成的蓝袍先生。"我在解析蓝袍先生的精神历程,揭示他的心理历程及人生轨迹时,也在解析自己;我以蓝袍先生为参照,透视自己的精神禁锢和心灵感受的盲点和误区,目的很单纯也很专注——打开自己。"[2]

  陈忠实认为,所谓打开自己,首先是在思想观念上打开自己。让自己不仅关注脚下这片土地当下的状况,更要了解脚下这片土地的昨天,只有对自己生存的这片土地进行了更加全面的了解,才可能从这片土地上发现具有普世性的人性内涵。其次是在文学视野上打开自己。不仅了解当下中国的文学现状,更要了解世界文学的发展现状。为此,他系统阅读了许多外国名著,一是法国和俄国的现实主义作品,二是拉美魔幻现实主义的作品。通过阅读,他更加坚定了以自己脚下的这片土地为窗口,了解和认识

---

[1] 陈忠实:《寻找属于自己的句子》,上海文艺出版社,2009年,第33页。
[2] 冯希哲等编:《走近陈忠实》,太白文艺出版社,2017年,第260页。

整个中国大地及大地之上生存的人们,为自己脚下这片土地及其生存者树碑立传的决心。他说:"马尔克斯对拉美百年命运的生命体验,只有在拉丁美洲的历史和现实中才可能发生并获得,把它的某些体验移到中国无疑是牛头不对马嘴的,也是愚蠢的。我由此受到启发,更专注我生活的这块土地,这块比拉美文明史更久远得多的土地的昨天和今天,期望能发生自己独特的生活体验,尚无把握能否进入生命体验的自由境地。"[①]总之,陈忠实打开自己,又没有忘记自己,他不像某些先锋派作家,一直跟在现代主义、后现代主义的屁股后面跑,而忘记了走自己的艺术之路,陈忠实最终还是回到自己,用自己的双脚,在自己的大地上,走出了自己的艺术风采。

与当下的社会人生进行剥离,并与其拉开一段距离,并不是逃离当下、回避当下,而是用艺术的方式,借过去的社会人生,映照当下的社会、人生,借过去人的情感和命运,探究当下人的情感和命运。剥离之后的创作获得了良好的艺术效果,之后,他就沿着这条道路,全身心投入现实主义扛鼎之作《白鹿原》的酝酿与创作。需要强调的是,陈忠实的"剥离说""打开自己说",就是要求作家为自己寻找一方容易进行艺术创作或审美生存的空间,更加纯粹地进行艺术创造。这不仅表达了他自己的创作心声,也是和他一同进行文学创作,不愿让文学混同于新闻,视文学创作为神圣事业的那一代作家的共同心声,也是我们研究和判定那一代作家创作是否成功转型的一把尺子。

三、寻找自己的句子

一个作家成熟的标志,就是他能够尚友古人,对前代作家进行继承,与同辈作家进行争胜。在这一过程中,找到了表达他自己生活体验、生命

[①] 冯希哲等编:《走近陈忠实》,太白文艺出版社,2017年,第271页。

体验的独特的句子，在文学共同体中发出了属于自己的独特声音，对文学史做出自己的独特贡献。成熟的作家之所以要对前辈作家进行继承，因为所有的作家都属于一个审美共同体的成员，只有分享前辈的优秀遗产，才不至于把自己变成一个历史虚无主义者，让自己的创作缺乏评判的尺度。只有与前辈及同辈作家争胜，才可能为艺术的共同体贡献一份自己的优秀成果。只有用属于自己的句子进行审美创造，才能在艺术的百家争鸣中发出属于自己的声音。陈忠实超越柳青及其当代现实主义作家的地方在于，他找到了属于自己的句子，并且用它创作了垫棺作枕之作《白鹿原》。用自己独特的方式把关学精神的精髓塑造成为鲜活的艺术形象，在人人都浮躁的时代，激发诱导读者"学为好人""不折腾"。

《白鹿原》在文化反思浪潮中酝酿，在寻根热潮中构思，在商业主义大潮席卷中国，颓废主义兴风作浪之时发表出来。他创作《白鹿原》的时候，一些人认为，中国文化是劣质文化，缺乏反思意识和批判精神。这些人崇尚西方文化到了痴迷的程度，恨自己没有出生在西方世界，缺少一个西方人的面孔和国籍，否则，他们就是西方文化的直接兜售者，而不是西方文化的倒卖者。他们反思中国文化的目的，不是批判地传承和弘扬中国文化；他们进行文化寻根的目的，也不是寻找中国文化的"优根"进行培育和创造；他们的目的就是在反思中对中国传统文化进行彻底否定，进而把西方文化不加分析地全盘播种到中国的土壤中，替代中国文化，让中国全盘西化。陈忠实认为，中国传统文化中确实有许多腐朽的、需要剥离的东西，同时他又认为，中国文化几千年之所以能够生生不息地传承下来，一定也有其优秀的、具有旺盛生命力的东西。"五四"以来，尤其是近代以来历次的革命运动，就是中华民族一次又一次与劣根进行剥离，让优根焕发生机的过程。陈忠实以此在思想方面与当时全盘西化的寻根者划清了界限。

陈忠实不仅在思想上与全盘西化者划清了界限，而且在艺术方面也与先锋派、现代派的迷弟们划清了界限。现代派、先锋派的迷弟们认为，只有符号化的人物、破碎化的情节才符合当代的创作样貌，个性化的人物、完整的情节是创作落伍的表征。陈忠实则积极吸收了美国流行作家谢尔顿的创作经验，把深刻的思想与好看的形式结合起来，融为一个自己审美意图的有意思的艺术形式。他认为，作家至关重要的任务，是如何将读者从其他的文化娱乐中吸引过来，而不是玩一些自娱自乐的花样。当时，传媒在炒作，美国有个作家谢尔顿，他几乎每写一部长篇，都成为风靡全球的畅销书。陈忠实就想，在美国那样一个社会，商业气氛肯定比我们国家浓，娱乐方法也比我们国家多，为什么小说还能这样畅销？他找来谢尔顿的翻译作品看完后发现，谢尔顿小说最突出的特点就是会讲故事，情节安排十分生动，而不是中国文坛的先锋派们提出的无主题、无故事、无情节等。谢尔顿作品以生动的故事、深刻的主题占领图书市场，这就坚定了陈忠实的长篇小说写作，要有故事的生动性，广泛的可读性。他认为："作家不只是为评论家写小说，更重要的是为读者写小说。所以，你不能不考虑读者的阅读情绪。"①他没有追求现代派的阳春白雪，而是把《白鹿原》打造成一部雅俗共赏的现实主义杰作。

　　陈忠实进行文学寻根的目的，就是要用中国的"有意思"的现实主义小说形式，探寻我们民族近代以来与民族劣根进行剥离的艰难历程，召唤那些关心民族命运，关注民族未来的灵魂，共同感受剥离民族劣根性的艰难与痛苦，在艰难和痛苦中呼唤民族的新生。他说："一个民族的发展充满苦难和艰辛，对它腐朽的东西要不断剥离，而剥离本身是一个剧痛过程。我们这个民族在20世纪上半叶的近五十年的社会革命很能说明这一点，从推翻帝制——军阀混战——国共合作这个过程看，剥离是缓慢而逐渐的，它不像美国的独立战争，只要一次彻底剥离，就可建立一个新秩序。而我们的每一次剥离都不彻底，对上层来讲，是不断的权力更替，对人民来说，则是心理和精神的剥离过程，所以，民族心理所承受的痛苦就

---

① 陈忠实：《陈忠实文集·陆》，广州出版社，2004年，第224页。

更多。在《白鹿原》中,我力图将我们这个民族在五十年间的不断剥离过程中产生的种种矛盾冲突和民族心理历程充分反映出来。我们几千年的封建制度,许多腐朽的东西有很深的根基,有的东西已经渗进我们的血液之中,而最优秀的东西和新生的东西要确立它的位置,只能是反复的剥离,所以,我们这个民族就是在这样一种不断饱经剥离之苦的过程中走向新生的。"①寻找民族文化中优秀的根,用审美的方式关怀、呵护这个优根,也就是说,要对民族文化中劣根进行剥离,将民族文化中优根被遮蔽的状况以美的形式进行有意思的揭蔽。

陈忠实在文化心理积淀说的启发下,打开了自己的思想视野,认识到了民族对劣根文化的剥离过程,是与民族对优根文化的积淀过程同时进行的。因为民族的优根文化与劣根文化是粘连在一起的,剥离得太狠有可能把优根与劣根一起剥掉,为了保护优根,就可能留下一些劣根随着优根一起积淀下来。用这种眼光来看,"当我第一次系统审视近一个世纪以来这块土地上发生的一系列重大事件时,又促进了起初的那种思索进一步深化而且渐入理性境界,甚至连'反右''文革'都不觉得是某一个人偶然判断的失误或是失误的举措了。所有悲剧的发生都不是偶然的,都是这个民族从衰败走向复兴复壮过程中的必然"②。陈忠实用"礼失而求诸野"的方式,深入基层,查看长安、蓝田和咸宁等地的县志,并且到家乡灞桥去了解那里的过去与今天的文化状况,要通过寻找民族的文化优根,把自己与喧嚣的时尚文化、颓废的创作风气隔离开来。他在寻根中发现,中国文化绵延不绝的根本,就在于老祖先一直教我们学习做人,所谓三人行,必有我师,就是教我们学习做一个"好人","学为好人"就是中国文化的一个优根。它支撑着中华文化几千年绵延不绝。同时,在中华文化中也有一种为了自己的切身利益,不管他人安危,要"闹世事"的传统。"闹世事"成为中国文化中的一个劣根。"学为好人"是教人做一个有德之人,

---

① 陈忠实:《陈忠实文集·陆》,广州出版社,2004年,第223页。
② 冯希哲等编:《走近陈忠实》,太白文艺出版社,2017年,第262页。

在人群中能够存好心做好事，能够做到己安且安人。《白鹿原》所演绎的近五十年的中国历史，就是中华民族一次次逐渐剥离"闹世事"的历史过程。

"学为好人"的根本，就是做一个安己安人的人。当今中国社会最大的问题在于，许多人喜欢兴风作浪，自己不安也不想让别人安，捂住别人家的烟囱，让他们家的炉灶烧不出红火。他们要搞乱世事成就自己的好事。陈忠实写道："1988年的清明前或后几天，或许就在清明这个好日子的早晨，我坐在乡村木匠割制的沙发上，把一个大16开的硬皮本在膝头上打开，写下《白鹿原》草拟稿第一行钢笔字的时候，整个世界已经删减到只剩下一个白鹿原，横在我的眼前，也横在我的心中；这个地理概念上的古老的原，又具象为一个名叫白嘉轩的人。这个人就是这个原，这个原就是这个人。"①他在亘古不变的白鹿原上找到了信奉仁义的白鹿村，在白鹿村里找到了一生"学为好人"的白嘉轩。白嘉轩的立身之本便是朱先生传授给他的"学为好人"。无论身处乱世还是身处和平环境，他始终抱着一颗"学为好人"的心，在身边寻找优秀的人，以他为榜样模铸自己，让自己变得更加优秀。处理主仆关系时，他向父亲白炳德学习，努力做一个好主人；在处理家族内部的事务以及邻里关系时，他向姐夫朱先生学习，努力做一个好族长、好邻居。儿子孝文做了丧德之事，坏了家风族风，他在祠堂里进行惩罚。黑娃改变自己的匪性，学为好人时，他在祠堂里为黑娃主持认祖归宗仪式。从白狼进原、风搅雪运动，再到国民党反攻倒算，直至新中国成立，中华民族一次次剥离腐朽，一步步脱胎换骨，走向民族的复兴，"学为好人"一直作为民族文化的优根得到沉淀和传承，支撑着民族复兴复壮。"学为好人"的朱先生和白嘉轩，感动了千千万万的中国读者，唤醒了他们心中的中国精神，教会了他们如何去做一个真正的中国人。

---

① 陈忠实：《寻找属于自己的句子》，上海文艺出版社，2009年，第80页。

"在文学之中，我们似乎总是在向上看或者向下看。重要的是垂直的视觉，而不是我们看待生活的水平视觉。当然，在最伟大的文学作品中，我们会同时享有向上和向下的视觉，他们通常同时体现在一件事的不同方面上。"①在陈忠实的文学世界里生活着两种人，一种比我们更好，一种比我们更坏。他们分别代表着两种不同的文化因子。一种是他要否定剥离的文化因子，一种是我们要肯定要传承的文化因子，两者结合成为一个完整的文化世界。他们把文学所创造的世界变成我们喜欢的和讨厌的两个部分，让我们在体验这两个世界的时候，产生爱恨交织的情感。

20世纪八九十年代，随着中国社会的全面改革，不适应社会的各种僵化腐朽的东西都被剥离掉了。社会、经济、文化全面的复苏，随之也兴起了人贱物贵的异化现象。许多人在这种现象中迷失了自我，不知道该怎样做人，怎样做一个中国人。陈忠实正是抓住了时代的这一种脉搏，写出了震撼人心的《白鹿原》。他回答诗人远村文学作品应当表现时代精神的问题时提到，传记文学作家欧文·斯通先生评价杰克·伦敦，"'他从来都是将自己滚烫的手，按在时代的脉搏上。'我想一个对国家和民族的过去、现在和未来负责的人，他的手不摁在时代的脉搏上，他放在哪儿呢？就我而言，生怕自己粗糙的手没有摁住时代的脉搏。大家知道，我过去的中短篇小说，几乎全部都是关注现实生活变迁的作品。只有《白鹿原》是写历史的，但即使就是《白鹿原》，也是反映以往五十年的我们这个民族的发展历程，充分展现那个时期的社会秩序和人的心理持续变化所造成的人的各种精神历程，或者说是力争表现我们民族在那五十年的历史进程"②。那一段民族剥离腐朽劣根的痛苦历程，也是民族在艰难中复兴复壮的历史进程。不仅能够映照改革开放的中国，更能够超越那个特殊的时代，具有普世的意义：它告诉世人，在任何时代怎样做一个中国人，怎样传承中国文化。钱穆先生曾说："现在单就做一个中国人的主题言，当前

---

① 诺思罗普·弗莱：《培养想象》，李雪菲译，中国华侨出版社，2019年，第80页。
② 陈忠实：《陈忠实文集·陆》，广州出版社，2004年，第221页。

中国社会，究竟不得谓无人。人的好坏人人易知，也不得谓当前中国社会无好人。若我们决心要学做一个中国人，便当在中国社会中国人身上去学。当前即可，不必远求。孔子说，三人行，必有吾师焉。三人之中去了一人是我，其余只有两人。纵使在行道匆匆中，不怕不识货，只怕货比货，只要客观一比较，此两人之高下优劣，自属显然易见。我只择其善者而从之，其不善者而改之，则自见师有余而学不足，自能下学而上达。所以中国古人又说，使我不识一个字，也将堂堂地做一个人。当知做人无条件，只要有志做人，连教育条件也可不必要。不识字，不阻碍我做好人，多识字，也不能阻挡我做坏人。"①自五四运动到当下中国，从精英阶层到普通百姓，每遇到社会或者人生问题，大家都聪明地站在道德的高地，义正词严地批判"吃人"的传统文化，批判当下恶劣的社会风气，指责学校教育在人格塑造方面的缺失。很少有人提出我们应当立足当下，从我做起，学为好人。只要每一个"我"都学为好人了，社会风气就不可能衰腐。《白鹿原》正是通过陈忠实所提供的这种垂直的双向视觉，对这种貌似朴素、实则深湛的人生伦理进行诗意的书写，从而以小说的形式，将巨大的现实意义和历史意义呈现出来，这恰是其文学史社会史价值的重要体现之一。

2017年9月

本文系国家社科基金项目"路遥、陈忠实、贾平凹与新时期现实主义文学"（11BZW022）阶段性成果

---

① 钱穆：《中国文化丛谈》，九州出版社，2011年，第81—82页。

陈忠实与寻根文学

陈忠实是当代现实主义文学的代表作家之一，他的创作以1985年为界，之前的所有作品都是描写当下乡村生活状况的，此后从《蓝袍先生》开始，其作品都在回溯民族的过去，追寻中华民族的根。陈忠实自己说，1985年是他写作的重要转折，"这年的11月，我写成了6万字的中篇小说《蓝袍先生》，这部中篇小说与此前的中短篇小说的区别，我一直紧盯着乡村现实生活变化的眼睛，转移到1949年以前的原上乡村，神经也由紧绷的状态松弛下来；由对新的农业政策和乡村体制在农民世界引发的变化，开始转移到人的心理和人的命运的思考，自以为是一次思想的突破和创作的进步"[①]。《蓝袍先生》的创作，引发了他继续寻根的欲望，《白鹿原》以独特的寻根方式、厚重的寻根内容，成为20世纪90年代中国现实主义的重要收获。它代表了那个时期寻根文学的最高水平，是寻根文学当之无愧的代表作，也是中国当代现实主义文学的巅峰之作。

陈忠实的创作为什么在1985年发生转折？他关注当下的眼睛为何这时要回顾历史？这些跟当时发起的寻根文学有着怎样的关联？寻根文学又是怎样兴起的？均是本文要探讨和回答的问题。

---

① 陈忠实：《寻找属于自己的句子》，上海文艺出版社，2009年，第33页。

一、寻根思潮

　　现实人生中，迷途的浪子最想寻根问祖，精神文化方面的迷途浪子，也容易形成寻根问祖的倾向。新时期，中国实行改革开放，目的就是要面向世界，打开自己，学习西方先进国家的科学技术和先进文化，改变自身落后挨打的现实现状，摘掉自己一穷二白的贫穷帽子。但是，矫枉容易过正，在面向世界的过程中，许多中国人却忘了自己，做人办事既没有中国人的本色，又缺少西方的范儿，出现了一系列让大家感到迷茫的问题。于是，人们不约而同地把目光转向过去，想通过寻根来找到答案。

　　改革开放之后，中央领导提出三个面向，即面向世界，面向未来，面向现代化。整个社会改变了过去保守封闭的状态，放眼世界，就像"乡棒"进城一样，对城里所有的东西都感到新鲜，感到艳羡，都想拿过来为我所用。"乡棒"艳羡城市，是想离开乡村走进城市，把自己变为城里人。只要能实现做城里人这一目的，他甚至可以抛弃家乡的一切，包括家乡的优良传统。他可以学习城里的一切，包括市井的各种不良习俗。中国艳羡西方，是想学习西方，赶上西方，也有类似状况。主要表现在两个方面：

　　一是物欲横流。三个面向的初衷，就是为了让人们树立一个新概念，"贫穷不是社会主义"，要让一部分人先富裕起来，再带动其他人共同富裕。人们坚信老祖宗的名言，"衣食足而知荣辱"。坚信中国的物质一旦充足起来，人民的精神也会文明起来。然而，实践证明，人们的物质欲望是没有止境的，穷人想富裕，富人想更富。总之，对物质生活的追求，没有最富，只有更富。大多数中国人面向世界的时候，首先看到的都是外部世界物质的富裕，一心想要的现代化，几乎都是物质财富的现代化、衣食住行的现代化。

　　二是产生了民族文化认同的危机。现代化是西方人先搞起来的，西方的物质文明和精神文明都走在我们前面,因此,随着现代化进程的逐步深入,许多人认为,我们要面向的世界在西方,面向的未来在西方,面向的现代化也在西方。因此,面向世界就是仰望西方,面向未来就是心向西方,面向现代化就是照搬西方。他们把三个面向解读为全盘西化。他们与中华传统背向而行,甚至要彻底抛弃民族文化所建构的精神家园,让自己彻底成为文化游子。中国社会形成了巨大的民族文化认同危机。

文学界也和整个社会一样,面向世界,追求现代化。为了让自己的物质生活现代化,一批文人直接弃文经商了,一批文人给商人去写报告文学赚钱了。还在坚守阵地的文人,懂洋文的就专心译介西方的现代派先锋派作品,不懂洋文的就专心模仿西方的现代派先锋派。他们认为,真正的写作,就是现代派先锋派写作。批评界也随之跟进,每当某人用现代派先锋派方法写出作品,即刻就进行热捧。传统的创作方法及其作品,被当作落后甚至没落的象征,受到理论界的普遍冷遇。新方法新流派新风格的引进,对中国当代作家开阔眼界、丰富技巧,为旧方法注入新血液,进行新的创作,无疑具有重要的作用。然而,当时的文坛似乎得了一种现代派综合征,创作界热衷贩卖各种现代派文学,批评界热衷于追捧现代派方法的创作,大大小小的作品研讨会、文学座谈会,成了作家、批评家关于现代派文学艺术知识的贩卖会。这种做法不是给中国文学增加世界文学的丰富性,而是要让中国文学在世界文学之林中失位、失语。

二、陈忠实与寻根文学

陈忠实之所以创作寻根文学,既与80年代中国乡村生活的断裂引发他精神的剥离相关,更与当时的寻根文学思潮有一定的关联。他说:"卡彭铁尔进入海地,寻根文学和文化心理结构创作理论,这三条因素差不多同时影响到我,我把这三个东西综合到一块,发现有共通的东西,促成我的一个决然行动,去西安周边的三个县查阅县志和地方当时的文献资料,还有不经意间获得大量的民间意识和传闻。那个长篇小说的胚胎渐渐生成，渐渐发育丰满起来，我感到真正寻找到属于自己的句子了。"在我们看来，陈忠实的寻根与如下四方面相关联：

第一，双重的裂隙。生活并不是一以贯之的，在发展的过程中，经常会发生变化，与过去形成断裂，进而造成生活主体的信念产生裂隙。1982年之前，陈忠实是一个基层干部，业余作者。在工作中为集体富裕的事业忙碌，在写作中崇拜柳青和王汶石。他说，《创业史》是他认识农村和农民的启蒙教材，"我对农民走集体化道路的确立和坚信不疑，不是从理论开导发生，而是由李准的短篇小说尤其是柳青的长篇小说《创业史》的学习和阅读而形成的。我后来走出学校才读到毛泽东关于农业合作化的大量批示和按语，更从理论上坚信不疑了，这是我对乡村和农民问题观点形成的基本过程"①。之后在基层工作时，他也曾认真实践集体富裕的理论信仰。带领群众修建引灞水灌溉大渠，修造八里灞河长堤，平整了八百亩坡地。在写作中，他站在基层工作者的角度，审视并描写当代社会生活，发表作品三十余篇，在文学圈获得了一定的关注度。

1982年春天，中央下发一号文件，要求各基层分田到户。陈忠实和他在基层工作的同事，从早到晚骑着自行车，一个村子挨一个村子宣讲一号文件精神，研究土地、牲畜和农具的分配方案。一天深夜回家的路上，"我突然想到了我崇拜的柳青，还有记不清读过多少遍的《创业史》，惊诧得差点从自行车上翻跌下来，索性推着自行车在田间小路上行走。一个太大的惊叹号横在我的心里，我现在在渭河边的乡村里早出晚归所做的事，正好和三十年前柳青在终南山下的长安乡下所做的事构成一个反动"②。20世纪50年代，柳青以县委副书记的身份参加合作化运动，按党的号召，走村串户，宣传集体化是共同富裕的道路，教育农民放弃单家独户的生产方式，土地合并，牲畜合槽。三十年后，陈忠实和他的同事，按

---

① 陈忠实：《寻找属于自己的句子》，上海文艺出版社，2009年，第93页。
② 同上，第91页。

党的号召，又要把土地分给各户牲畜分到各家。当年搞互助合作，柳青作为一个基层干部坚决执行，现在搞分田到户，基层干部陈忠实也不能含糊。然而，生活在思想解放大潮中的陈忠实，干部身份和作家身份产生了裂隙。"在作为一个基层干部的时候，我毫不含糊地执行中共中央的一号文件精神，切实按照区委、区政府的具体实施方案办事，保证按照限定时间，把集体所有的土地、牲畜和较大型的农具分配到一家一户；在我转换出写作者的另一重身份的时候，感到了沉重，也感到了自我的软弱和轻，这是面对这个正在发生的生活的大命题时的真实感受。"①

第二，解放思想，大胆剥离。裂隙是剥离的前提，也是剥离的准备，更是已经开始的剥离。1982年末，陈忠实调入陕西作协创作组，成为一个专业作家，行政身份剥离出去了。文学成为他的职业，也成为他的志业。过去做行政干部，是国家机器的一个部件，个体无比之轻，越是无声无息，国家机器越能正常运转，如果个性突出，就会出现杂音，影响机器整体功能的正常发挥。现在是作家，纯粹的独立工作者，个性无比之重，只有个性突出，风格鲜明，才能发挥创作效应，实现审美价值。因此，除了把过去的行政身份剥离之外，还必须与过去按政策办事的思维模式剥离，这就需要解放思想。邓小平号召人们"白猫黑猫抓住老鼠就是好猫"，行政部门的老鼠与文学创作的老鼠不一样，捕捉老鼠的方式方法也有区别，这就需要他在解放思想时，抛开行政思路，进行另类思考。"我已经决定把文学创作当作事业来干，我的生命质量在于文学创作；如果不能完成对原有的'本本'的剥离，我的文学创作肯定找不到出路。"②作为小说家，他已经感受到自己身处于小说创作的历史进程之中，只有与先他而行的作家，以及继他而来的作家及读者对话，才是自己创作的出路。为此，他决定改变过去创作与生活同步，抒写自己对生活的直接感受和体验的方式。那种写作，说好听一点是为政治服务，说难听一点是做政治的牺牲

---

① 陈忠实：《寻找属于自己的句子》，上海文艺出版社，2009年，第96页。
② 同上，第104页。

品。政治清明了，紧跟着宣传它的文学，只是它的点缀，一个无足轻重的小饰物。政治黑暗了，紧跟着鼓噪，成为它的帮凶，罪名不轻。政治问题一般都是集体决定，集体负责。如果出了问题，谁也没决定，谁都不负责。但是，文学是个体创作，个体行为，必然要个人负责。仔细掂量了个人在政治和文学中的轻与重之后，他决定把眼光投注到1949年以前的生活，探寻那个时代中国人是怎样生活的。

第三，拉美寻根文学的启示。陈忠实自己说，1985年中篇小说《蓝袍先生》的创作，引发了他进一步创作《白鹿原》的欲念。这部作品通过主人公脱下象征封建桎梏的蓝袍，换上象征精神解放和新生的列宁装，再到被囚禁在极左的心理牢笼之中，他心理结构的几次颠覆与平衡，欢乐与苦痛。探寻了解放初期那代人的生存向往、人生体验，激发他进一步探寻1949年以前，中国人怎样生存，秉持怎样的理想和信念。就在此前后，他在《世界文学》杂志阅读了魔幻现实主义的开山之作《王国》，他说自己对这部作品有些迷糊，而卡彭铁尔的创作道路和经历却给他很大的启示和教益。卡彭铁尔曾专程去法国学习现代派创作，却鲜有成绩，回国后去海地寻找拉美移民历史的根，却成就了一番文学伟业。"我只说这个人对我其实最深的一点，是关于我对乡村生活的自信被击碎了。我的生活史和工作经历都在乡村，直到读卡彭铁尔的作品，还是在祖居的老屋里忍受着断电，点着蜡烛完成的。我突然意识到，我连未见面的爷爷以及爷爷的兄弟们的名字都搞不准确，更不要说往上推这个家族的历史了，更不要说爷爷们曾经在我现在居住的这个屋院里的生活秩序了。"[1]他从此意识到，想要从农村角度书写中华民族生存历程，自己所看到和经历的这些生活非常短浅，进一步坚定了陈忠实的寻根信念，下决心寻找民族文化的根，写好自己的寻根文学。1986年清明过后，他去蓝田县查阅县志和党史文史资料，开始把眼光关注于自己脚下这块土地的昨天。1987年，他在自己的中

---

[1] 雷达主编，李清霞编选：《陈忠实研究资料》，山东文艺出版社，2006年，第93页。

篇小说集《四妹子》后记中写道:"我愈加信服巴尔扎克的一句话,'既然小说被认为是一个民族的秘史,那么,要成为真正的小说家就必须对社会生活进行调查。'从这个意义上说,要了解一个民族,最好是阅读那个民族的优秀的文学作品。从这个意义上说,作家要获得创作的进展,首当依赖自己对这个民族的昨天和今天——历史和现实的广泛了解和理解的深刻程度。"①为此,他离开城市,到依旧保存着民族文化的乡下扎根。中国的城市早已西化了,这里从主流到流行的各种文化,都是从西方拿来的,都市人把中国传统文化当作落后愚昧的垃圾,早都扔到废纸篓倒进垃圾堆里。为了寻找传统文化,必须回到他自己出生的相对贫穷落后的乡村。于是,他从西安回到家乡,把自己的根扎在白鹿原下,与那里的乡亲们朝夕相处,用目光去捕捉他们的生存状态,发现他们的精神风貌;用心去倾听他们的生存呼声,发展愿望。真诚地体验他们度日的艰辛,感受他们过节的欢乐。在不知不觉之中,他把自己融入白鹿原中,并且唤起了儿时的生活记忆,甚至在厦屋里幻听到早已仙逝的爷爷的呻唤声,这一声呻唤,顷刻间让他产生了观古今于须臾的艺术体验。"我在小书房里骤然间兴奋起来,甚至有点按捺不住的心颤。我在这一瞬,清晰地感知到,我和白嘉轩、鹿三、鹿子霖们之间,一直朦胧着的纱幕扯去了,他们清晰生动如活人一样走动在我的小书房里,脚步声、说话声、咳嗽声都可闻可辨。"②在扎根白鹿原两年多的时间里,他向老一代询问自己家族的历史,得到了许多可喜的关于祖宗的故事和细节。踏访过制定中国第一部乡约的吕大临的归终之地,牛兆濂(朱先生的原型)建馆兴学的书院,寻找过在白鹿原上建立第一个共产党支部的那家粮店的遗址。到蓝田、咸宁、长安去查县志,虔诚地寻找故乡的昨天。在那些糟得经不住翻揭的县志上,看到竹简纪年里的白鹿原人的生活形态,风调雨顺的丰年里的锣鼓,以旱灾为主的多种灾害里饿殍遍野的惨景;看到乡民愤怒驱赶贪官的壮举,以及万民自

---

① 陈忠实:《陈忠实文集·伍》,广州出版社,2004年,第336页。
② 陈忠实:《寻找属于自己的句子》,上海文艺出版社,2009年,第68页。

觉跪伏官道为清官送行的感人场景。这些丰富的关于故乡昨天的记录传说，丰富了他的生活体验与生命体验，更激发了他对原上人思接千载的想象，诱导出他对白鹿原神游万里的虚构。

　　第四，文化心理理论的启迪。在创作构思阶段，丰富的素材充塞于心，让他难做取舍。文化心理结构理论，对他看取世相、酝酿人物起到了决定性的作用。陈忠实在翻看县志里的白鹿原，踏访现实的白鹿原各村庄的时候，心中逐渐产生一个疑问：这道原上的人在两千年的封建制度下怎样活着的？它包括两方面的问题：一是怎样居家过日子，二是怎样做人处理邻里关系。第一个问题的答案似乎很简单：原上人靠一把犁具活着。两千年前的秦始皇建立第一个封建帝国时，原上人靠一把犁具翻耕土地，养家糊口。两千年后最后一个皇帝被赶下台，原上人还是用一把犁具翻耕土地，养家糊口。第二个问题回答起来就比较麻烦。因为人总是把过日子与做人联系在一起，他要过一种"人化"的日子，这种日子是他用心设计的，其中渗透着他的生命情感、生存理想。陈忠实不想用自己的笔仅仅叙述原上人千百年来不断重复的生活故事，他想揭示故事主人公们的情感历程，展示他们的心理结构，揭秘他们的文化心理。他说："我在企图解析白嘉轩的文化心理结构的颇为困扰的时候，记不得哪一天早晨，眼前浮出了我从蓝田抄来的乡约。就在那一刻，竟然发生一种兴奋里的悸颤，这个乡约里的条文，不仅编织成白嘉轩的心理结构形态，也是截止到上世纪初，活在白鹿原这块土地上的人心理支撑的框架。小说《白鹿原》里的白嘉轩和地理概念上的白鹿原，大约就是在这时候融为一体了。"[①]在那一刻，他有关乡土中国人如何过日子与做人的疑问解开了。乡约是一部操作性很强的乡土教材，具体规定了该怎样做人做事，不能怎样做人做事，他支撑着原上人几千年来的农耕生活，既给予原上人抵御饥饿灾荒和瘟疫之后继续生存的力量，又把原上人的生活固化在靠犁耕作的生活形态上。乡

---

① 陈忠实：《寻找属于自己的句子》，上海文艺出版社，2009年，第87页。

约建构的心理框架，形成了以白鹿原为代表的中华民族的生存本色，培养了他们的人生信仰与道德理想，又塑造了他们区别于世界各民族的独特个性。

在这种思想的指导下，他对自己查阅踏访的素材进行了简化提炼，他把传统文化简化为一道白鹿原，把传统心理结构简化为一部乡约，他要在作品中展示，在近代中国的历史风云变化中，围绕着践行乡约和违背乡约所形成的生存分裂，展示一部规范乡民做人做事的教材，如何变成压迫剥削乡民的行政职权。前者教人如何克己修身，学为好人，与人为善，和谐邻里，安定人心；后者教人怎样放纵自己，不择手段"闯世事"，与人关系紧张，制造邻里矛盾，搞得人心惶惶。展示面对两个完全不同的"乡约"，白鹿两家，老少两代人，进行了怎样的选择，做了哪些坚持与变化，形成了怎样的道德观念和价值信仰的冲突，带来了怎样的人生命运。揭示这种冲突所隐含的民族文化的优根传统和民族心理的劣根特性，展现中华文化之根的多种面向，引导我们寻找建设精神家园的基石，抛弃必须剥离的腐朽之物。

原载《小说评论》2014年第5期

（收入本书时有增删）

为历史而烦

——《白鹿原》的乡土生命哲学及其叙事价值

人是一种事业性的存在。人为什么样的事业操劳繁忙，在什么领域里创造自己平凡或神奇的业绩，就成为什么样的人。中国乡土社会中的所有生存者，虽然有所谓圣贤、凡愚之分，劳心劳力之别，但他们都为历史而繁忙，为历史而烦神。这里所说的"历史"，指的是先祖过去未竟的事业，圣贤总结的社会人生经验。乡土社会从上到下，从贤到愚，所有的人都是眼睛朝后看着历史的过程，心思朝后总结着历史的经验，行动朝后完成着历史的使命。由于他们都为历史而繁忙烦神，所以他们的人生，几乎可以说都是"历史化"的人生。乡土史诗《白鹿原》，正是通过对乡土生活的叙事，给我们诠释着中国乡土社会"为历史而烦"的生命哲学。

一、乡土人生是与历史相关联的人生

在中国乡土社会，上层统治阶级都有自己的"家法"，即祖宗立下的做人处世、待人接物的规程。这家法以历史上的圣哲贤良为楷模，以过去的昏庸无能之辈为借鉴。它是创业祖宗尊重历史的铁证，又是后来守业者或引以为戒，或奉以为师的经典教材。这一传统从中国传统思想发生的轴心时期便已产生。先秦诸子之中，孔子慕周，墨子推夏，孟子崇尧舜，他们都在创立自己的学说时，以古代圣贤之言加重自己理论的分量。到了宋明儒学时期，各个思想家都坚持自己的思想是直接取自六经孔孟。王阳明在龙场顿悟之后，作五经臆说，重定大学古本，只是为了证明自己的格物新解是儒学的真血脉。当时学者们都反对为学的人不取证于经书，而执持于师心自用造成的错误。在他们眼中，圣人之道只存在于经书里，经外绝无圣人之道。谁若无视经书，也就等于无视圣人之道。谁若舍弃经书，也就等于舍弃圣人之道。儒者做人之乐趣，就在于学习圣人之言。反复玩味圣言中的哲理，体会圣人的深邃用心，并在自己的做人过程中践行圣人之道。于是，孔圣之言就成了他们必须遵守的家法。罗汝芳说："孔门立教，其初便当信好古先。信好古先，即当敏求言行。诵其诗读其书，又尚论其世。是则于文而学之。"他们诵读圣贤书，听信圣贤言，其态度之认真，信仰之坚定，比法家遵守法律条文，士大夫执行皇上圣旨有过之而无不及。

《白鹿原》中的圣人朱先生也是这样。朱先生有天清晨正在书房晨读圣贤书，适逢省府两位差人要见。他头也不抬地说："我正在晨读。"示意别来打扰自己向圣贤学习。对方强调："我这里有十万火急的命令，是张总督的军谕。"朱先生说："我正在晨读，愿等就等，不等就请自便。"对方怕他不知张总督是何许人，专门提示了一番。门房张秀才答道，就是皇帝来了也不顶啥。因为对朱先生来说："诵读已不是习惯，而是他生命的需要。世界上一切佳果珍馐，都经不起牙齿的反复咀嚼。咀嚼到后来，就连什么味儿也没有了。只有圣贤的书是最耐得咀嚼的。同样一句话，咀嚼一次就有一次新的体味和新的领悟。不仅不觉得味道已尽，反而觉得味道深远。好饭耐不得三顿吃，好衣架不住半月穿，好书经得住一辈子诵读。朱先生诵读圣贤书时，全神贯注如痴如醉如同进入仙界。"除了读圣贤书，朱先生下最大力气做的工作就是编县志。考证历史沿革、风土人情、物产特产，叙说历朝百代达官名流文才武将忠臣义士的生平简历，核查数以百计贞洁烈女的生卒年月和扼要事迹。历史之外的东西都在他的意向中被悬置，他的生存意向主要聚焦于历史上。

在中国乡土社会里，后人的生存成长领域，往往都经祖先作了历史圈限；后人的生存成长志向，往往都出于祖先的历史筹划；后人的生存成长理想，往往都出自祖先的历史昭示。因而，这里的朋友往往都是世交，仇家往往都是世仇。每个人无论是做好人办好事以利人，还是做恶人办坏事以害人，都有其历史的原因。在这里，信任往往是历史的信任，鄙视也常常是历史的鄙视。鹿三之所以要做白家的义仆，甚至为了白家的荣誉，不惜杀害自己那不名誉的儿媳，是因为白家历史上就以仁义闻名，从白秉德起就对他鹿三有恩。他之所以瞧不起鹿子霖，是因为在他眼中，鹿家祖先历史上就根子不正，靠卖尻子起家的没什么德行。鹿子霖之所以对当乡约兴趣大，是他想实现创造鹿家历史的勺勺爷的遗愿，改变鹿家世代只能给白家当帮手的劣势地位。盘龙镇吴老板之所以要把自己的爱女，嫁给家境已经衰落、生活已经潦倒、人们都认为有克妻之命的白嘉轩，是因为其祖先在历史上曾经提携过他姓吴的，他要以嫁女来报答那段历史的恩情。由此，我们可以说中国乡土社会是一个与古人古事相拉扯的社会，中国乡土人生是与历史相关联的人生。在中国乡土社会曾经有过的荣耀都佩戴着光荣的历史勋章，曾经受过的耻辱都背负着沉重的历史十字架。

乡土社会之所以有如此浓厚的历史情结，是因为在乡土生存者的眼中，世上的人、人的历史，以及人所栖居的世界，都是过去、现在和未来的交互轮回。历史的过去，犹如白鹿村老爷庙那棵七搂八拃零三指头的老槐树，即使被岁月掏空了心，却依然能够郁郁葱葱地生长，并形成一种凝聚不散的仙气神韵，保佑着现在，祝福着未来。故而，历史上曾有的人生事业，曾经历过的生命体验，曾筹划过的光辉前景，在新的现实中绝不会化作毫无生气的化石，它往往会以新的形式继续生存。这种新的存在方式，又都表现出鲜明的两重性，一方面不断重演着历史，另一方面又在挖掘着过去的生存潜能，完善着过去的存在缺陷，实现着过去的生存遗愿，开拓着过去所发端的生存前景。因此，中国乡土社会的生存者关注历史时，从来不把历史当作一种单纯的景观。他们谈论历史时，也没有把历史当作一种打发空闲的无聊话题，而是将其作为自身的现在以至未来，必须消化和占有的有机养分。在这种历史视点下，历史成为有机的生命体，它也生生不息地轮转运动着。

二、乡土生存是为历史而烦的生命过程

中国乡土社会的生存者之所以大都为历史而烦，其中另一个重要原因是家族性生存的历史传统。由于乡土生存者几乎世世代代都定居一地，生存空间很少有变化。大多数乡民都是祖祖辈辈生于此长于此又老于此。这首先造成了枝叶扶疏、延续千年的大家族，如孔家，从孔子上溯，一直可推到夏代，约有一千五百年的历史，从孔子下延到现代，又大约有两千五百年的历史。为了生存的关系，大家族又常分擘出许多小家族，同样又绵延上千年的历史。生存在这种有历史传统的家族中，人们自然会养成对家族历史的关怀，自然会关注自己在家族历史中的地位，会关心自己对家族历史应尽的义务，对家族历史应作的贡献。这就形成了乡土社会所特有的人道——以家为中心的人道。在这样一种以家为人道的文化心理制约下，乡土生存者为历史而烦主要呈现为以下三种情形。

其一是以个体肉体生命持存来延续家族历史。

家族文化中为历史而生存决定了生存者向父母所尽的最大责任就是"孝道"。因为"不孝有三，无后为大"（《孟子·离娄上》），所以创生新的肉身，使父母的遗体继续生存，让祖先传下的万世之嗣，绵延不绝，以至永远，便成为乡土生存者生存筹划的历史性事件。在有子之外，他们还重视子肖其父，以为只有这才是父母之生命获得再生的铁证。这也是每一个做父亲的人最为高兴的事情。白嘉轩就是这种典型：

> 这两个儿子长得十分相像，像是一个木模里倒出一个窑里烧制的两块砖头；虽然年龄相差一岁，弟弟骡驹比哥哥马驹不仅显

不出低矮，而且比哥哥还要粗壮浑实。他们都像父亲嘉轩，也像死去的爷爷秉德，整个面部器官都努力鼓出来，鼓出的鼻梁，鼓出的嘴巴，鼓出的眼球，以及鼓出的眉骨。尽管年纪小小却已显出那种以鼓出为表征的雏形底坯。随着年龄的增长，这种鼓出的脸部特征将愈来愈加突出。白嘉轩太喜欢这两个儿子了。他往往在孩子不留意的时候专注地瞅着那器官鼓出的脸……

这是一种独具中国乡土特色的生命情怀。他对历史的重演，人生的重演，格外在意，格外喜欢，并且在乡土哲学中有其深厚的理论基础。儒家认为，太极生两仪，两仪相互交感，阳施阴受，创生亿万的男人女人，创生亿万的牡牝之物。创生之物只有像创生者，才有价值，才得人们的喜欢。再对男女分别观察，则男人主阳，女人主阴。男女各具特性，不容混淆。倘若男不主阳，女不主阴，男不男，女不女，性别混淆，就没有价值，受人诅咒。对男女作总体观察，则男人身上有阴性，女人身上有阳性，男女各一太极。同理，就牡牝之物分别观之，则牡物主阳，牝物主阴，牡牝各具特征。将牡牝之物统而观之，则牡物中含有阴性成分，牝物中含有阳性因素，故牡牝各一太极。既然男女牡牝，创生于太极又各为一太极，那么，儿女诞生于父母，自然又是新生的父母了。新父母只有像旧父母才受人尊敬，否则会受人轻贱。这种尊敬是对肉身历史延续的尊敬，这种轻贱是对肉身历史改变的轻贱。所以，在白鹿原上的白鹿村，不只白嘉轩喜欢子肖父，鹿子霖也有此心态。当他做了田福贤的钦差大臣之后，在国民党强抓壮丁的灾难日月，他过去的一个相好，要求他把他俩所生的娃子认成"干娃"，以逃避壮丁。鹿子霖所欢喜的，是自己的干娃一个个都浓眉深眼，五官端正，的确是他肉身的再生，感到惋惜并为之慨叹的，是这几十个以深眼窝长眉毛为标记的鹿家种系，只能做他的干娃。他所希望的，就是干娃们常常来他屋里走动，让他看着他们，就知道鹿家种系自他而后枝儿越分越多，叶子越发越茂，他鹿子霖分身有术，遗体有方，无愧于祖先了。

其二是报本反始,通过对祖先精神的传承来复活历史。

乡土生存者从家族情感出发,以孝为中心,探讨肉身生存者如何通过自我的报本反始之心去思慕祖先,让已故的祖先在后代的思慕中得以永生,让历史在生存者的思慕中得以复活。这种思慕的外化和对象化,就是乡土社会中最为神圣的祭祖活动:修建祠堂,续写家谱,定时定节给祖先灵位烧阴纸供鲜果。乡土社会的生存者,常在自己祖先灵堂前写上"音容宛在"的奠文。此宛在的音容已经不在天地之间实存,却通过孝子的思慕之心,充塞于天地之间,与孝子的生命融为一体。在此,孝子的思慕记忆起了沟通阴阳、连接死生的作用。正因为有孝子的思慕记忆,历史就不会死去,过去又整合到现在之中。

华夏一角的白鹿原,也把祭祖当作回返生命之根的神圣活动。在那场灾难性的瘟疫过后,白鹿原显出一片空寂与颓败的气氛。九月里收完秋再种麦时,一反往年那种丰收与播种的紧迫,平添了人们的悲戚之情。大家觉得那么多人死了,要这么多的粮食做什么!正当这种情绪蔓延的时候,白孝武在其父白嘉轩的支持之下,及时地主持了敬填族谱的神圣活动。他从三官庙请来和尚,为每一个有资格上族谱的亡灵诵经超度,让后辈儿孙为其先祖燃香叩首,最后将死者的名字填入族谱。这件牵扯到家家户户的"神圣活动",扫除了一个个男女后生脸上的阴影,给他们的眉眼中灌注了轻松的神气,一下子提高了孝武在族人中的威望。它充分表现了乡土社会中的所有肉身生存者,不愿让死生路断阴阳道隔的心理。

乡土社会的后生们,觉得祖先在世时,不但用辛勤的劳作生养后代,而且用深厚的情思顾念后代。祖先的心中只有家庭和子孙,他们为此而生为此而死,临终前又将这一切移交于身后的子孙,希望后辈子孙能够把这一切照看得更好。这表明祖先虽然离开了阳世进入阴间,然而,他对阳世生存着的后生,仍留存下最后的热情,此情就是对家庭和子孙的难抛难舍之情,是祈盼家庭在离开自己后,能够人财两旺万事顺心如意之情。祖先对家庭和后代的这一番深情,是超出个人生命限度的情意。它发生于祖先临终之前,洋溢于祖先已逝之后,感动孝子贤孙们自然地以其诚敬去祭奠先祖,召唤孝子贤孙们用事死如事生,事亡如事存的态度,去承载先祖的情志,接通死生的裂隙,打通阴阳之间的阻隔。并且,在自身的人生过程中,努力成就死者之志,甘愿遂顺死者之情,切实地用行动让祖先的精神昭垂于后世,使祖先的英灵永垂于千古。这就是精神之"孝"的核心内容。古人所谓"三年无改于父之道,可谓孝矣",说的就是这个意思。正是在这里,孝子通过尽自身的孝心,同时也就尽了先祖的遗愿,二心合一,促成了古今的浑融。它的极致就是孝子贤孙自觉地或本能地用自己的肉身,重演祖先的人生经验,发扬光大祖先的生命精神。白嘉轩在生父白秉德死后,每天早上都要"坐在父亲在世时常坐的那把靠背椅子上,喝着酽茶,用父亲死后留下的那把白铜水烟袋过着早瘾"。吃罢晚饭,他又悠然地坐在那把楠木太师椅上,像父亲一样把绵软的黄色的火纸搓成纸捻儿,端起白铜水烟壶,提一撮黄亮黄亮的兰州烟丝装进烟袋。噗的一声吹着火纸,一口气吸进去,烟壶里的水咕嘟咕嘟响起来,又徐徐地喷出蓝色烟雾。他拔下烟筒,哧的一声吹进去,燃过的烟灰就弹到地上粉碎了。母亲白赵氏看着儿子临睡前过着烟瘾,她时不时地把儿子当成已经故去的丈夫。那挺直腰板端端正正的坐姿,那左手端着烟壶,右手指头夹着火纸捻儿的姿势,那吸烟以及吹掉烟灰的动作,简直跟他老子的声容神态一模一样。

鹿子霖再度春风得意之后,有天晚上从南原喝了一场酒。带着几分醉意回家,在坟园遇到了为逃壮丁专意来投靠他的三娃。他一定要三娃骂自己一句最粗俗的脏话,抽自己两个耳光子,或者给自己脸上尿一泡。三娃听罢,撒腿就跑,却被鹿子霖扯住了后领,怎么也脱不了身。三娃既然无法脱身,只好仗胆抽了鹿子霖一个耳光,骂了一句难听的话,之后站在原地等待受罚。没想到子霖却夸奖他,"打得好也骂得好呀三娃!好舒服呀!再来一下让我那边脸也舒服一下。"三娃照办之后,鹿子霖将他拦腰抱起来在原地转了一圈,哈哈笑着又扔到地上,并称赞他"有种!"而且爽快地收他做了长工。看了这一幕戏剧,好心人会觉得这位向来不吃眼前亏，善于以毒攻毒以怨报怨的鹿子霖，突然变得不像他自己。甚或错误地认为，鹿子霖若非酒后发狂，就是突然之间良心发现，于是，借机自惩以减轻内心之不安。然而，事实却是鹿子霖通过这一番作为，用自己的肉身对勺勺爷的勾践精神进行了具体化的"重演"，他想通过这番"重演"对家族中最有影响的祖宗的人生进行一次深切体验，与这位模范祖宗进行一次深入的心灵感应。他在这种感应中，找到了祖先创家立业的那种生命精神，也找到了自己的人生位置和生存向度。他为自己能与家族中最有作为的一位祖先进行身心感应而欢畅，更为自己肖于家族中最有影响的祖先而自豪。

其三是通过向历史学习来认识自身、刷新历史。

中国乡土社会中各阶层生存者，向以往先辈学习做人的历史意向，其模仿先辈过往行为的历史方式，都是在为历史而烦。这在某些现代人看来，是对生存者自身的能在向度进行遮蔽，对人的潜能进行窒息的一种生存方式。现代人认为，人的生存是面向未来的能在式的生存。每个现世生存者，总是向着未来的各种可能性不断生成和发展。"此在本质上是现身的此在，它向来已陷入某些可能性。此在作为它所是的能在让这些可能性从它这里滑过去，它不断舍弃它的存在可能性。但这就是说：此在是委托给它自身的可能之在，是彻头彻尾被抛的可能性。此在是自由地为最本己的能在而自由存在的可能性。在种种不同的可能的方式和程度上，可能之在对此在本身是透彻明晰的。"[①]生存者之所以能由现实向可能境界生成和发展，是因为他的肉身中有灵性，他对自己和世界有所领悟，有所谋划，他把世界看作有种种可能意蕴的世界，把人生看作有种种可能性的人生。然而针对上述认识，乡土社会的生存者却会反驳道：每一个生存者最初对自身可能性的领会，几乎都是本能地从传统方面继承下来的。他最初的人生谋划，基本上是对其祖先人生谋划的一种承袭；他要实现的理想，

---

① 马丁·海德格尔：《存在与时间》，陈嘉映、王庆节合译，生活·读书·新知三联书店，1987年，第176页。

往往是祖先早就立下的宏愿。只有了解古始，才能把握现在。所以，在中国形成了信好先古的悠久传统。

尽管还有些现代人认为，我们人类既不是生存于过去之中，也不是生活于未来之中，而主要是生存在现在之中。每个在世者都是在当代世界的繁忙和烦神活动中，展开其生存成长历程的。在这一过程中，人认识了自我，实现了自我，而不是通过各种历史活动来认识和实现自我。然而，在中国乡土生存者的眼中，上述生存者忽视了一个非常重要的人生事实，即人们现世所要繁忙的事情，往往是历史交付的事业；人们现世为之烦神的人际关系，常常是历史造成的人际格局。这就是说，历史比现实更为威猛。后来者只是普及祖先在历史上的创造成果，只是应用历史积淀的人生技能。因此，现世的生存者仅仅沉入当代世界之中，并通过其反光来认识自身是不够的，更需要不断沉入自身或多或少明白把握了的传统之中，并通过历史传来认识自身。白嘉轩如此，鹿子霖如此，朱先生亦如此，乡土社会的生存者无一例外。正因为无一例外，过去的生存传统就对当代生存者具有一种优先的统治权，要求他们为历史而烦。倘若现世的生存者把历史性连根拔除，让自身盲目漂游于五花八门的当代文化观念中，就会变成真正的文化浪子。这种文化浪子由于整天活动在与自身极为疏远陌生的文化环境之中，无法创造性地占有自身过去的那些宏伟志向，只好与自身的夙愿决裂。这一决裂，既中断了自身与既往历史正常而有意义的对话关系，又失掉了摆正自身位置及正确把握自身生存成长方向的机会，使生存者备受无家可归之苦。因此，每个时代的生存者都有返回历史，追寻文化之根，正本清源，倾听历史呼声之必要。唯有这样，人类才不会在生存成长的旅程中迷失方向。

三、乡土史诗叙事是为现实生存成长者开启生命活力渊源的探索

陈忠实的《白鹿原》也在为历史而烦。他要敞亮我们民族一直被遮

蔽的秘史。"为了知道历史是什么，必须知道实现历史的人是什么。"①人既是建造历史的砖瓦，又是设计历史的建筑师和建筑工人。乡土社会的大多数人对此并不明白。他们仅仅生活在第一个层面上，不自觉地把自己当作建造历史的一块无关紧要的砖瓦，是历史循环过程中一个无关紧要的组成部分，是一个被动的存在。他们忘了或者没有意识到自己作为历史建筑师和建筑工人的主动角色，放弃了自己的行动、计划和决定，否定了自己作为人的本质的自由。这种人只会"回想"，不会"预想"，只知道历史在循环运动，却没有思考这一运动的出入口就在当下。只知道过去的历史对当下的现实作用，却不知道当下的决断对将来发展的决定性影响。只有对历史的回顾意识，却没有直接参与历史的意识。他们忘了"我"作为时间性存在的唯一性，忘了"我"对自我的承担以及对历史的建构作用。在乡土社会，有两种人具有对历史的设计和建筑意识。一种是圣贤，一种是利己主义者。他们明白自身生存于当下，自己的行动却深入将来，因此，当下决定着将来，决定着历史发展的方向，决定着人自身成长变化的模样。所以，人自己当下所做的选择和决断，既是为自己寻找一个进入历史的出入口，又是为重建历史找到一个基础和开端，让自己置身其中，进行历史设计与建造。《白鹿原》复活历史，让那些被当代遗忘和遮蔽了却仍然可以对当代人生存成长起开导作用的往事开口说话，让它告诉现世的生存者：虽然每个生存者都是在流传下来的生存成长观念中领会自身的能在式样，虽然每个生存者都在既往的历史中为自身选择值得模仿的英雄榜样，并在其人生历程中重演榜样的品行，然而，历史中既有充满活力健康向上的白鹿，也有浑身患病衰朽害人的白狼。膜拜前者能给生存者开启生命的价值之源，把世界变得己安人安，万民康乐，让历史进入和谐健康的轨道。模仿后者则只会毁灭人生的一切价值，让世界变成你踢我咬人人自危的战场，让历史滑入瞎折腾的泥淖。那些根据现实生命体验开启历史渊

---

① 科耶夫：《黑格尔导读》，姜志辉译，译林出版社，2005年，第190页。

源,并以面向未来的心态,与既往健康向上的英雄榜样对话的生存者,才是真正有益于当代的生存者。《白鹿原》对历史进行揭秘,就是为现世的生存成长者开启充满生命活力的历史渊源,让现世的生存者从中发掘有益的能在式样,为生存者的肉身灌注灵性,让生存者倾听原始意象——民族集体无意识的声音,从而继往开来,创造光辉灿烂的能在天地。

　　《白鹿原》为历史而烦,就是要沉入历史之中,揭示历史本身发展变化的常道,沉入历史的设计者和建筑者之中,揭示人本身生存成长的常性。他既为我们展示历史与人性的本色,又激发我们对历史和人性进行深入的追问。司马迁《报任安书》讲自己著史的目的是究天人之际,通古今之变,成一家之言。他道出了古今所有史家的心声。所有正史、野史、秘史的作者,都想把历史中的理性与非理性,必然与偶然,划分一个大的界限,从而突破历史的乱象,把握历史的大方向,都想通达历史的变化,把握历史的实体。陈忠实也不例外。他的《白鹿原》让我们看到了那貌似循环的历史,其实一直在发生着变化,那貌似重演的人性,其实一直在进行着更新。首先,白家父子两代的历史和人性就在变化。白嘉轩是通过对家族历史以及祖先人生的重演创造自己的新生,他坐在父亲以及父亲的父亲坐过的那把生漆木椅上,握着父亲以及父亲的父亲握过的白铜水烟壶吸烟的时候,总是进行这样的人生思考:每一代人都是家庭这架大车的一根车轴,当它断了的时候,新的一代应当尽快替换上去,让家庭之车尽快上路,奔向祖宗指定的目标。但是儿子孝文却认为,家庭只能引发他怀旧的兴致,他根本不想再去领受那老一套。"恰如一只红冠如血、尾翎如帜的公鸡,发现了曾经哺育自己的那只蛋壳,却再也无法重新蜷卧其中体验那蛋壳里头的全部美妙了,它还是更喜欢跳上墙头跃上柴禾垛顶引颈鸣唱。"他对重演祖先的历史已毫无兴趣,只想在未知的新天地里,创新的事业,写新的历史。其次,沉入历史的目的是发现历史的常道。"历史之所以可贵,正因为它是显现变与常的不二关系。变以体常,常以御变,使人类能够在其历史之具体的特殊条件下,不断地向人类之所以成为人类的常道实践前进。"①只有在变中发现常，才能把历史贯通起来，才能找出人类行为的大准则，历史发展的大方向。随着社会的变迁，白鹿原上的每个乡土生存者自身也在发生着变化。比如，白嘉轩本人由最初的信奉皇帝到后来自行剪掉辫子；从把宗族祠堂里的事看作终生最神圣的事业到自愿卸任族长职责；从起初不理解共产党领导的革命到主动帮助共产党的游击队员。这一切都说明，作为历史主体的能在者本身，也在历史的运动中逐渐变化着。他们不可能只重演过去的一切，而且也在追求和创造着未来。能在者本身的这一特色，使历史在过去与未来的两力作用之下，呈现出一种曲折的递进发展态势。然而，有一点在他身上始终都没有发生变化，那就是对白鹿精灵的追逐与向往。他早年为了得到白鹿精灵的庇护，不惜割舍自家的几亩水田，他晚年看到白家后代干成大事时依然想的是白鹿精灵。白鹿精灵象征着中华民族的"生生之德"，他经过哪里，就给哪里带来生机，他激发人们相互感通，尽己之性，尽人之性，尽物之性。自我和他人因白鹿精灵而相互感通，历史和现在因白鹿精灵而相互融合。就连那个极端自我的白孝文，在他创造新历史的开端，也要回乡祭祖归宗，也不敢站在家族历史之外，纯靠自力创造自身全新的历史。这就是《白鹿原》所唱明的中华民族的历史本色，也是它着意为中国历史而烦的目的所在。

原载《南方文坛》2013年第6期

---

① 李维武编：《中国人文精神之阐扬——徐复观新儒学论著辑要》，中国广播电视出版社，1996年，第230页。

一部神奇现实主义大作

——再谈《白鹿原》的审美魅力

《白鹿原》是一部神奇现实主义的大作。它把真实可信与新奇动人相结合，让每个读者从翻开它的第一页，一直激动到读完最后一句，甚至放下书后的好长一段时间，还在延续着审美的心跳。它常常把可信的生活当作引发人惊奇感的对象来看待，使人们在惊奇感的作用之下，相信那些在心平气静时不相信会发生的事件。它对各种人事进行奇异化组合，用真实可信的细节支撑起一座想象的大厦。教人们站在奇异化的角度去观察社会历史，用奇异化的心态去体验现实人生，发现现实人生通常受遮蔽的那神奇的一维，敞亮这一神奇维度所具有的感性力量和审美魅力。神奇现实主义风格的第一个特色，就是采用奇人奇事奇时奇地做题材。小说的目的就在于感动人，在读者的感动之情中进行激情对话，而人最初步最基层的情感都是由新奇的人事引起的。欣赏对象只有具备一定的新奇性，才会吸引观赏者的心跳。为此，陈忠实对乡土生活作了大量的调研与挖掘，从而挑选和加工出最具有感性魅力的新奇人事展现在读者面前。

打开《白鹿原》，其中的人物几乎全是脱离生活常态的神奇化人物。白嘉轩一生娶过七房女人，命硬性格也刚。对外人硬，对家里人也硬。处于优势以族长身份向族人发号施令时硬，处于劣势成为施暴对象，面对暴虐的土匪时更硬。受族中大多数人拥护而惩罚极个别越轨者时硬，被族中大多数人所孤立而坚持已见时仍硬。鹿子霖一生在原上认了几十个干娃，他这人最大的特点就是异常地轻狂。一旦春风得意，就要跟人喝几盅，几杯酒下肚之后，他就会趁着那个劲儿在原上去找俏丽的女相好，干些风流快活的勾当，留下深眼窝长睫毛的鹿家种系。黑娃的一生曲折离奇，时时处处跟人作对。儿时上学堂，对念书没兴趣，却调皮地领着小伙伴去看骡子和马咬仗，跟先生作对；年龄稍长外出熬活，听了几段酸故事，就去偷主人的小老婆，跟主家作对；回到白鹿村仅过了很短的一段安宁日子，接着就轰轰烈烈地刮了一场风搅雪，游斗田福贤等白鹿原上层人物，砸碎了白鹿村祠堂中的仁义碑文，跟原上的上层人物作对；在田福贤反攻倒算时，为生存他先投奔革命队伍习旅，表现出灵敏的嗅觉和神奇的握枪天赋。习旅失败后，他又神差鬼使般钻进了土匪窝，当了二拇指，以抢人财货为生存之道，跟财东作对；以后改邪归正，当了滋水县炮营营长，主动拜朱先生为师，学为好人，并且把自己的部队整饬得有模有样，在县城威名大振。此外，朱先生、冷先生、田小娥、白灵也都各有自己的传奇人生。

《白鹿原》中的事件，不论是由人引发的，还是由天造成的，也都全是些奇事。朱先生只身一人凭一张嘴一句话就说退了气势汹汹的二十万进犯的清军，使三秦免遭了一场势在必发的战祸。芒儿为小翠报仇，一夜之间由一个天才的木匠变成一个平庸乃至不轨的和尚。冷先生一辈子热心为白鹿原远的近的老的少的贫的富的各色人等治病，却冷不丁给自己的亲生女鹿冷氏开了一服虎狼之药，要了她的性命。此外如仁义长工鹿三持梭镖亲手杀死儿媳。一辈子不吃亏的鹿乡约请长工，前提条件是必须敢骂上他一句最难听的话，重重地抽打他一记耳光，掏出家伙给他脸上尿一泡。诸如此类人事均奇异反常。

《白鹿原》中的大事件往往都在奇巧的时间中发生。白嘉轩发现白鹿吉兆前的那天夜里降了一场罕见的大雪，在那种铺天盖地雪封门槛的日子，普通人都守在自己的家中，而连丧六房女人的白嘉轩这时正急于出门去找阴阳先生为自己看风水，这是一巧。往日他总是清早起床后先在自家后院茅厕中撒完尿再出门，这天清早他一直把尿憋到土冈上经过鹿家那坨精灵栖居的慢坡地时才撒，这是第二巧。本来身负重任不容胡思乱想的白嘉轩无意之间发现那地里的一坨湿土时，突然萌生了一种要看个究竟的想法，这是第三巧。这三个奇巧促成了他的重大发现，驱使他阴谋换地，从而实现白家的人财两旺。

鹿兆鹏同胞兄弟变情敌的一系列事件也都在非常奇巧的时间中发生。正当白灵与兆海因政见不同而发生感情危机时，共产党员鹿兆鹏出现在他们面前，并在不经意之间以其成熟和稳健博得了白灵的好感，这是一巧。正当白灵在兆鹏与兆海之间要作决定，却还举棋未定之时，党组织决定让白灵和兆鹏在罗嗦巷扮假夫妻开展地下工作，促成弟的情人当了哥的妻，这是第二巧。之后，白灵因为砖砸陶部长不能继续住在罗嗦巷，必须转移地方时，偌大一个省城，唯有兆海可以护送白灵出城，这是第三巧。他一边送着昔日的情人今日的嫂子，一边诅咒自己的哥哥，让白灵十分尴尬。芒儿由天才的木匠变成杀人犯的过程也是在奇巧的时间中进行的。芒儿以过人的聪敏提前出师搭乘第一架大车的时候，正是师傅的女儿对他的爱到了非用实际行动表达不可的时候，也是无能的二师兄对他的忌妒达到只有彻底发泄一下才能达到心理平衡的时候。这天师傅一家去逛庙会，芒儿把师傅师母及小翟送到庙会聚集地就抽身回来帮两个师兄干活。两个师兄在他回来后先后告假离开了木匠铺。就在这当儿，小翠赶回来给他做饭。在一种奇异的气氛中，小翠的脸让面水烫伤，要求芒儿用舌尖去润。芒儿给小翠润脸的那一瞬间，忽然传来一声让他们心惊肉跳的咳嗽声。这声咳嗽正巧是从忌妒者二师兄的口中发出的，由此引发了他们三人命运的重大转折与变化。小翠无辜丧命，二师兄由害人进而被害，芒儿彻底挖断了人生正道。

《白鹿原》中的许多重大事变的发生地都非常奇特地集中在戏楼上下、破窑内外。具体说来，前半部的重大事变几乎都奇特地集中在白鹿村的戏楼上,后半部的重大事变都奇特地集中在田小娥的婊子窑内外。《白鹿原》的前半部为我们诗意地表现着人生如戏这一古谚的真实无妄。白鹿村乃至白鹿原的人们几乎都经历着戏剧般奇异的人生冲突,都演员似的扮演着特定的角色,为角色的人生经历而喜怒哀乐。农协三十六兄弟所掀起的风搅雪运动,最初就是在白鹿村的戏楼上斗争和刀铡三官庙和尚而名声大振的。

白鹿原农协总部成立大会的地点仍然是白鹿村的戏楼。白鹿原农民运动发展到最高峰,揪出田福贤并抓来他手下的九个乡约陪斗,地点选的还是白鹿村的戏楼。在这一阶段白鹿村和白鹿原所有的下层人在戏楼上下把过去操纵他们命运的那些上层人物尽情地耍了一番,长长地出了一口多少年来一直积压在胸中的恶气。此后,田福贤反扑回来耀武扬威时,地点还是选在白鹿村的戏楼。他在戏楼上边活活地蹾死了强硬的对手贺老大,把其余的几个农协委员吊在戏楼前的滑竿上,一起一落当猴耍。鹿子霖报复白鹿村斗争过他的那些农协积极分子时,地点仍然选在白鹿村的戏楼。他在此对田小娥使用蹾刑,对白兴儿则舞刀动刑。这一回田福贤们给农协成员们每人嘴里塞了一疙瘩辣子,让他们口尝了一口辣子的厉害。并警告没有参加农协的乡民们,白鹿原的风头是被上层人物抢占了的,谁要是不怕吃辣子就来和他们抢这个风头吧。

从第十五章田小娥向鹿乡约求情,鹿子霖趁机诱奸田小娥开始,白鹿村村口的那孔破窑就成了白鹿风云的发源起点和演出舞台。先是鹿子霖在破窑内利用职权风流快活,引起破窑外殷勤献诗而一无所获的白狗蛋的不满。争风吃醋的丧德活动传开后,白嘉轩在白鹿两姓公众面前惩治小娥和狗蛋的身,打击鹿子霖的心。接着鹿子霖在破窑内操纵田小娥,巧设美人计,脱白孝文的裤子,揭白嘉轩的脸皮。白孝文受到父亲严惩后,田小娥的良知有所触动。于是,她在这个曾给过鹿乡约温柔快活的破窑洞里,尿了乡约的脸䁖了乡约的皮。此后又在破窑内用温柔和乖巧把孝文彻底推向快活的峰巅,又拉入苦难的深渊,因此招来了杀身之祸。直到她死后,她

177

所住的破窑和她本人依然是白鹿村乃至白鹿原人议论和关注的焦点。黑娃回到家见破窑已封，田小娥不在，于是分别去找鹿乡约和白族长算账，此其一。白鹿原人在窑门外的土场上燃香点蜡举行敬祭活动，此其二。白鹿两姓群起要求族长挑头在破窑附近为小娥建庙雕身，此其三。仁义长工精神失常与主人白嘉轩斗法，搞得白家阴森可怕，此其四。

最后，白嘉轩经朱先生指点，力排众议，在破窑所在地建了一座六棱镇妖塔。烂女人田小娥所住的破窑可以说是白鹿村乃至白鹿原最脏最烂最下贱的居所，又是最有吸引力和摇撼力的地方。它牵动着白鹿两姓的命运，创造着小说后半部曲折神奇的审美效果。假使缺少了它，后半部将会减色许多。

小说神奇现实主义的第二个特色，就是对奇人奇事奇地奇时进行奇异的组合。如果说采取奇人奇事作题材仅仅是作家对奇特的社会人生的发现，仅仅表现出作家的心灵对非凡人物和卓绝事件的一种热衷和喜爱的话，那么对奇人奇事奇时奇地进行神奇组合，使小说的宏观总体发散出强烈的神奇光彩，则更多地表现着作家本人非同寻常的诗性智慧。这时，他像蜘蛛从体内吐出丝来，仅利用树枝和树叶的几个尖端，在空中建成迂回往复的审美路线，构起自己诗意的空中宫殿一般，作家运用自己想象力所吐出的诗意的蛛丝，利用同样稀少的几个生活之树的尖端，建构起一座富丽堂皇的审美大厦，用创造力对现实进行诗意扩充。人在本质上是一种雄心勃勃力争上游的生存竞争者，对一切神奇的创造都有着无比热烈的追求。当他看见整个世界所充斥的神奇万物时，非但不能抑制他创造的雄心，反而能激起他更强劲有力的创造欲，要与造物比高低。世界越是精妙绝伦，人的创造欲就越发挺立和昂扬。仅做造物丰功伟绩的观众有损人的尊严，不符合人的本性，更不符合喜欢用自己新奇曼妙的想象来充实诗意世界，扩大人们生存疆域的作家的本性。所有的艺术品都是作家力争上游的本质力量的一种对象化。《白鹿原》的开头说白嘉轩奇怪地六娶六丧，使他对人生感到绝望。在冷先生的开导下，他准备请个阴阳先生看看宅基和祖坟。途中发现了一根状如白鹿的怪草,经过一番周折,换得此地,并将父亲的坟迁到这片大吉之地中,与显示白鹿吉兆的怪草相依伴。然后再娶第七房女人,果然迎来人财两旺的好家景。这是一个典型的奇异组合,其中包括三个奇异因素:神秘的六娶六丧;神奇的鹿状怪草;奇迹般的人财两旺。其中每个因素若分散叙述,都仅具有民间闲言碎语供人茶余饭后消遣之意义。作者把它们用偶然因素组合起来形成一个情节链,就产生一种神奇色彩。这一奇异组合的每个细部,比如前五房女人的新婚第一夜的奇异反应,第六房女人睡到半夜梦见前五个女人掐她拧她抠她抓她撕她打她捶她,争着要拉白嘉轩去睡觉,吓得她浑身发抖哆嗦如筛糠。还有换地迁坟过程的诸多细节,都给人以非常真实的感觉,而它们所组合成的整体却给人一种如梦幻如观奇迹的审美感受。

小说中间部分叙说兆鹏、兆海与白灵的搭配与组合也是颇具匠心的神奇组合。兆鹏与兆海从血缘上说是同胞兄弟,从政治上说是敌对冤家,从情感上说是一对情敌。从而使他俩的关系中既含有亲情又含有敌对,既紧张尴尬又相存相依。而白灵与他兄弟俩在性格上又形成一种对照与补充。鹿氏兄弟都是在刚强中含有一丝柔情的那种男人,白灵则是温柔中流露出几分刚烈的那种女人。因而,他们的组合很富于戏剧性,在情感发展变化的每一阶段,读者都能惊奇地看到女主动男被动、女刚烈男柔情的场面。一旦男人的刚性受到激发被激活,则两刚相撞火花四射,更是奇异无比。

神奇现实主义的第三个特点,是对所有上层人物一般都采取先为其穿戴一身让人艳羡的外装,然后,逐渐展示他内在的平淡甚至卑微。而对那些下层人,则往往首先给人展示其身上的缺陷,然后,再从这有缺陷的人生中,逐渐挖掘他人性上的可贵之处。这就使话语世界中的每一种角色都在读者的面前产生一个魔变。为使这一魔变本身能够产生足够的神奇效果,陈忠实总是为其设置一个特殊的情境,让其在此情境中发展变化。

第九章写黑娃在渭北将军寨为人熬活。先夸其主家郭举人地多牲口多，财大势也大："一家拥有的土地比白鹿村全村的土地还多，骡马拴下三大槽，连驹带犊几十头。郭家的儿孙全在外头干事，有的为政，有的从军，有的经商，家里没留住一个经营庄稼的。"再夸其主家郭举人年纪虽大身体硬朗，玩得潇洒，待下人也大方："郭老汉是清朝的一个武举，会几路拳脚，也能使枪抡棒，常常在夕阳将尽大地涂金的时候，骑了马在乡村的官路上奔驰，即使年过花甲，仍然乐此不疲。老举人很豪爽，对长工也不抠小节。活由你干，饭由你吃，很少听见他盯在长工屁子后头嘟嘟囔囔啰啰唆唆的声音。"作者在给郭举人画了一幅不错的肖像之后，还嫌将他抬得不高，接着让长工头在马号子里神秘地告诉黑娃，郭举人之所以能够保持青春活力，就在于其健身有方，吃得蹊跷——吃泡枣儿。并以此把郭举人在长工们心中的地位推向最高峰，为其盖上一层神秘的外套，以便此后让黑娃在与田小娥偷欢的过程中，为其揭秘，把他从原来长工心目中的制高点倏地抛落下地，并且沉重地摔他一跤。黑娃问小娥："姐呀，听说你郭掌柜泡枣儿是不是真事？"小女人顺手抽了他一个耳光，告诉他说："他吃的全是用我的尿泡下的枣儿！"并且气愤地说："等会儿我把你流下的给他抹到枣儿上面，让他老不死的吃去！"看到这里，人们忽然明白了那让人艳羡的郭举人吃的养生滋补品原来是人间最不干净的东西，外表的体面包藏的全是令人恶心的内容。小说第十六章对继位族长白孝文的描绘也采用了这种先加冕使其神圣如皇上纯洁如天仙，后脱冕暴露其内里原来很肮脏的手法："白孝文已经被确立为白鹿两姓族长的继任人，他在主持修复祠堂，领诵乡约条文，依照族规惩罚田小娥私通等几件大事中树立起威望，父亲白嘉轩站在后头为他撑腰仗胆。孝文出得门来从街巷里端直走过来，那些在荫凉下裸着胸膛给娃娃喂奶的女人，慌忙拉下衣襟捂住奶子躲回屋去；那些在碾道里围观公狗母狗交配的小伙子，远远瞧见孝文走过来就立即散开。他比老族长文墨深奥，看事看人更加尖锐，在族人中的威望如同刚刚出山的太阳。"这轮太阳刚升起，给白鹿村全体族人的感觉就是比不与媳妇拜堂的兆鹏强。与在外面拉扯了一个烂女人回来的黑娃相比，更是一个在天，一个在渊。乡村中那些闲人二流子所喜好的活动，如摸牌九掷骰子，纯洁的孝文从不染指，连大众化的游戏纠方下棋他也不干。他唯一的娱乐形式就是看戏。正是在贺家坊庆忙罢的戏台下，作者先把他推上了纯洁之巅。白孝文看到麻子红演的折子戏《走南阳》中刘秀与村姑打情骂俏动手动脚骚情的举动，引得台下小伙子们故意拥挤着，朝女人身上蹭的场面后："觉得这样的酸戏未免有碍观瞻伤风败俗教唆学坏，到白鹿村过会时绝对不能点演这出《走南阳》。"这种净化大众艺术的心态可谓至纯至洁了。与此同时，作品又让他跳进深渊：当田小娥把他牵到砖瓦窑时，"当她的舌头毫不迟疑地进入他口中的那一刻里，白孝文听到胸膛里的肋条如铁笼的铁条折断的脆响，听见了被囚禁着的狼冲出铁笼时的一声酣畅淋漓的吼叫"。以致回家的途中，他竟然用刚冲出铁笼的狼心思考问题，感到与田小娥相比，"自己那个婆娘简直就是一堆粗糙无味的豆腐渣了"。这一扬一抑就给读者造成了一种巨大的惊奇感，造成一种突然的心跳。主人公的由圣到俗是《白鹿原》的神奇现实主义的一个明显特色。

《白鹿原》对社会最底层生活的下贱者，往往采用在非常情况中挖掘和展示其善良与纯洁的手法，使其人格从卑贱与肮脏中逐渐升华，显露其纯洁与高贵。小说第十七章，孝文受罚后，田小娥的表现使她第一次从人们泼给她的烂泥污水中显出莲叶般的高洁品性。田小娥听到村头响起聚集族人开会的锣声和吆喝声，她浑身抽筋头皮发麻双腿绵软。"她达到了报复的目的却享受不到报复的快活。""她现在想到孝文在她窑里炕上的那种慌乱不再觉得可笑，反而意识到他确实是个干不了坏事的好人。她努力回想孝文领着族人把她打得血肉模糊的情景，以期重新燃起仇恨，用这种一报还一报的复仇行为的合理性来稳定心态，其结果却是一次又一次在心里呻吟着：我这是真正害了一回人啦！"这段美人计得逞之后田小娥的心理活动，使人们惊奇地发现了受尽白鹿村人白眼及不公正待遇，乃至残酷折磨的这个破窑中的"婊子"，居然是一位极富同情心的好人。

因为，她在对仇家报复之后体验的不是快感，而每一次所唤起的非但不是报仇后的平衡感，而是做了错事的痛苦与呻吟。这种不忍他人受苦的情态，是那些道德良心时时跃动的人才会有的一种生命体验，田小娥在自己的不道德活动中呈现了高尚的道德精神，证明她是那个白狼肆虐年代里少有的好人。神奇现实主义是一种独特的小说创作方法，又是现实主义创作风格中极为独特的一个分支，它用奇特的话语创造神奇的话语现实。在这一神奇的话语世界中，有着丰富的细节真实性，给人造成逼真的生活幻想。尤其是人物心理的呈示和人物之间的对话，确实能达到说一人像一人，不但适合此人的地位、职业、年龄、性别，更符合其特殊的性格，特定的心情。只要读者钻入细节之中不出来，往往会将其误作普通现实主义来看。

确实，陈忠实这部杰作为我们提供了大量的生活细节。翻开《白鹿原》，三教九流的生活细节扑面而来，让人产生一种面对生活应接不暇的感觉。比如马号子里长工们如何讲酸故事，来解自己的性饥渴。白鹿书院朱先生如何统领笔杆子们，编写县志以完成他作为陶钵的人生使命。冷先生如何面对大瘟疫带来的两头放花束手无策，以致蹈入迷信的歧路。黄老五如何吃粗粮舔碗底艰苦创业。白嘉轩怎样迁坟，鹿子霖怎样吃草，白狼们怎样进原，国民党怎样抓壮丁，共产党如何组织行动，等等。这些丰富真实的细节，多侧面多层次地反映了清末民初直到全国解放那段时间里，乡土中国之一角——白鹿原内外的风土人情和世态民心，给人一种非常浓郁的乡土气息。

《白鹿原》不同于普通现实主义作品的地方在于，它不满足于追求一般的通过细节的真实性去创造典型环境中的典型人物。陈忠实知道普通现实主义的这种追求到目前为止还是有生命力的，但是，他更知道任何艺术创造都必须是对既定风格、既成定势进行挑战，与该作品之前已存在过的形式方法之间的一种审美竞赛。在这里一切既有的东西都只能是他超越的一个起点。他总是要给既有的存在中增加些新的内容，使这种既有存在得到扩充，或者至少与既有的存在作一定的偏离或对比，使自身的存在更为鲜亮。《白鹿原》对普通现实主义所注入的新血液就是神奇化。它用神奇的眼光去观察乡土社会，用神奇的话语去讲述乡土人生，使乡土社会与人生具有了更为动人的审美韵味。这神奇化的眼光与话语把作品从庸俗的泥潭中拉出来，赋予它耀人眼目的审美光彩。作者采用这种方式传乡土之神、动读者之心，效果非常显著。我们不妨想想冷先生，他是白鹿镇的名医，是原上治病救人的妙手，然而，作品中所描写的他几次看病经历，如治白秉德、鹿冷氏、鹿惠氏，全都把人治死了。相反在其他方面，比如化解白嘉轩与鹿子霖的矛盾，营救女婿鹿兆鹏等，仿佛比医道更内行更成功，这一切把一个仁义医生的神韵就写活了。试想，作品若是在他的看病过程或看好了多少人上面下过多的功夫，就只写出了这个人物的应有内涵，使这个名医的生活活动程式化、呆板化，读后只能给人留下平庸乏味的感觉。任何一种真正的写作都必须遵循出奇制胜的原则，不能仅写出某种生活的题中应有之义，关键是要写出题中未有之意，给读者以惊奇和心跳，让读者在出乎意料之时感受一种审美的快乐。这并不是说只有把一个农民写成商人，把一个工人写成士兵的时候就可取得成功，而是说，一个真正的作家必须把写作当成一种创造性的生产活动，他要竭力把一种既可存在也可不存在的东西变为存在。这种存在的根源就是创作者本人，而不是所创造的对象本身。作家通过这样一种活动就能给所有读者心中种下一颗文学的种子，使他们懂得真正的文学创作，就是要从虚无中引出存在，这种存在是生活中未必有的，但是一经作家创造出来后，却能从一个神奇的角度传达生活的神韵，因而，又是合乎情理的。任何一个看过《白鹿原》神奇化创造的人都觉得，这部作品是一部乡土史诗。然而，它不是普通意义上的跟在现实后面进行摹写的史诗，而是一部给人新眼光、新视野、新感受、新心情的神奇史诗，把人提升到一种崇高的创造境界。一切小说的目的都在于表现人性与人情，并且使其成为一个独立的有机统一体。因此，任何历史事实都需要经过作家心灵的浸润与发酵才能融入作品成为其有机的部分。作家在任何情况下都是以自己的天才来拥抱历史,给有限的对象以无限的自由及无限丰富的可能性。假如陈忠实屈从于历史,放弃自己自由创造的权利,他就只能给人们带来庸俗乏味的赝品。内心跳荡的自由创造力驱动他对历史进行一种神奇观照与表现,昂扬的诗性智慧怂恿他不屑于受历史束缚,不愿做一个渺小可怜的模仿者。他受人类创造力的鼓舞,决心为读者创造更新更好的审美奇观,其具体结晶就是神奇史诗《白鹿原》。

原载《小说评论》2000年第3期

创造奇美的话语世界

——《白鹿原》的叙事艺术

所谓奇美,就是能给人带来惊叹和心跳的超常之美。小说艺术中的奇美是作家换一种眼光观看人生,换一种话语叙说人生所造成的令人震惊和惊叹的艺术美。打开《白鹿原》,我们仿佛进入一个奇美异常的话语世界,时时处处都能感受到心跳,感到惊叹。这里的土地有神奇的传说,这里的学堂有奇特的典故,这里的人民都有奇异的行为举止。整部《白鹿原》为我们所叙说的,就是在一块神奇土地上所发生的令人心动的一系列传奇故事。

也许我们平常所见所闻的历史都具有素朴的一面。然而,被正史所遮蔽的秘史,则是人们日常所不见的非常人事,也就是偏离正史的奇异化人事。再说,小说作为一种话语创造物,自有其特点,它本身就是能够破除俗体、俗意、俗情节、俗故事乃至俗字俗句的新奇世界。当作家在创作中有了独特的立意之后,他所外化出来的文辞自然就会焕发出超越常规的奇美光彩。

一

《白鹿原》的奇美,首先归功于作者善于运用正题无文的叙事方式。

所谓正题无文，就是作家在人们常见常说常想的题之正位，尽量少花甚至不花笔墨，极力避免老婆嚼舌般的陈年老话聒乱人，使人生厌。而是在题之侧位，则尽情发掘那些能给人新奇感，又能反映正题的另一种审美意味的新鲜话语，用这种有意味的新话语给读者创造激动。

  乡土社会的日常人生大都是单调乏味的，但也不乏偶尔出现一些奇异现象。陈忠实每遇到平凡的现实生活，往往都是一略而过，他专门发掘各种让人心跳的人和事，然后，发挥强劲的审美想象力，对其进行奇异的组合，生成一种让人惊奇的奇美世界。不信你看：白鹿原的土地上，种庄稼的场面我们没见他仔细认真叙说一次，种大烟的过程却被淋漓尽致地作了描述。白嘉轩告诉鹿三，地一定要细耕，鹿三吆喝红马，拉一犁紧靠一犁，耕得比麦子的垄沟都精细。嘉轩看了看还嫌粗，要求耕过之后再耙糖一遍，把死泥块子全弄碎了再开沟播种。鹿三感到不解，"啥药材嘛，比麦子还娇贵？"随后他明白了主人既然如此要求，此药一定稀欠贵重。于是，格外精心，把地耙糖得平整而又疏松之后才开沟播种。白嘉轩每隔两小犁，跟着鹿三的屁股溜下掺和着细土的种子，然后，用长柄扫帚顺着溜过种子的犁沟拖拉过去，给那细小娇弱的罂粟种子覆盖上一层薄土。起初这样精细的耕作方法招引得好多在田里劳作的乡民，他们一面立在远远近近的地方朝这边稀奇地瞧着，一面在心里嘀咕这主仆二人怎的用扫场扫院的扫帚扫到犁沟里来了？后来"庄稼汉对这些事兴味十足，纷纷赶过来看白嘉轩究竟搞什么名堂。他们蹲在地边捏捏泥土，小心翼翼地拣起几粒刚刚溜进垄沟的种子在手心捻，用指头搓，那小小的籽粒被捻净了泥土，油光闪亮，像黑紫色的宝石。他们嘻嘻地又是好奇地问：'嘉轩，你种的是啥庄稼？'嘉轩平淡地说：'药材。'他们还问：'啥药材？'"[①]从鹿三的不解，到村民们先是远看嘉轩主仆的奇怪举动，再到近察种子的形色，最后又好奇地追问嘉轩到底种的是啥庄稼，说明种鸦片在农民眼中也

[①] 陈忠实：《白鹿原》，人民文学出版社，1993年，第47页。

是稀罕事，是引人兴味的活动。陈忠实抓住这种稀罕事细写，不但写耕作过程，更写其所开的花色及长成果实的形色。然后，又浓墨重彩地描写白嘉轩一家四口人如何违背乡土社会千百年来日出而作、日入而息的生活规律，天天清早在微明时分出村下地，用粗针和小刀收刮罂粟里的浆液，到太阳出来时就一齐回到屋里的神秘，以及这种活动在街坊邻居心中造成的神秘感。极力渲染熬制加工过程给白嘉轩一家及白鹿村村民们所带来的陶醉感：那奇异的香气弥漫在白家大院时，首先使加工者白嘉轩沉醉了，接着又让白赵氏和白吴氏沉醉了。当这香气从白家的四合院扩散到大半个白鹿村时，嗅到这香气的大人小孩们也都沉醉了。这沉醉在少吃缺穿的旧中国乡村中，是很少有的稀罕事。在这种沉醉中，人们解脱了一切心事沉疴而飘飘欲仙起来。

正题无文，是因为要紧的话总只有那么三两句，若说得太多，也就不要紧了。正题无文还因为正经的话总是古板而又灰色的，若写得太多，就不是作文，而成为教条。正题无文更因为文是对读者作的，从正题说，从正路走，就太缺乏新奇，太缺少悬念，太不具备吸引力了。所以，陈忠实的整部《白鹿原》都醉心于这一奇特化的方式。白嘉轩人财两旺之后，与鹿子霖联手在祠堂中兴建了学堂，请朱先生推荐一位知识和品德都好的先生。朱先生未荐先生，先对两位建学堂的人打躬作揖跪地一拜。然后，夸赞这是为万代子孙所办的一件大善事，积下了无量功德。此后，徐先生被荐来到白鹿村执教，在开学典礼会上他声言："我到白鹿村来只想教好俩字就尽职尽心了，就是院子里石碑上刻的'仁义白鹿村'里的'仁义'俩字。"读者等着看他如何给白鹿村这些肉身生存者灌输仁义精神，作家却将笔锋一转，叙说傍晚白嘉轩走进暮色四合的马号，利用给牲畜铡青草的机会，动员鹿三送黑娃上学，学费由白嘉轩代交。鹿三担心黑娃上学后没人给牲畜割草，白嘉轩说："咱俩谁能腾出手谁就去割，先让黑娃去上学。"第二天天不明，黑娃被父亲吼叫起来，掮了一只独凳走进学堂，看见先生不知所措。鹿三让他给先生行礼，他在弯腰低头鞠躬时，却将凳子摔下来，砸了徐先生的脚背，引来鹿三一顿臭骂。走进教室，嘉轩大儿子马驹递给他一摞仿纸一根毛笔，感动得鹿三心头发热，鼻腔发酸。而黑娃捉着那支毛笔拔下笔帽，看着那紫红的笔头，却想起狐狸那火红的皮毛，想起亲自追赶狐狸的一次游戏活动。好不容易等到徐先生走进教室，只见他领学生念了一句"人之初，性本善"，接着作品又抛开教书念书这个正题，把话扯到题外的事上。

写完耕作传奇、学堂传奇，陈忠实接着又写打工传奇，依然用的是正题无文之法。依常规常法，凡叙说穷苦人出外给财东拉长工打短工，一般都说穷苦人如何起早贪黑，出牛马力吃猪狗食。然而，黑娃在渭北将军寨郭举人家打工的经历却很奇特。作家先说黑娃因为年龄小，手脚勤快，常被长工头儿指派着做各种家务杂活，时间稍长深得郭举人两个女人喜欢。而郭举人本人也对黑娃欣赏有加，居然让黑娃陪他一起遛马玩鸽子。这可以说是青天白日里的打工传奇。接下来作品又为我们讲述夜幕下的打工传奇。这种传奇又以马号子传奇为开端，在这里作家不提长工们如何半夜三更起身喂马饮马之类的辛苦，却让长工头李相为黑娃讲各种男盗女娼的酸故事，听得黑娃浑身潮热。接着又向黑娃传授郭举人的健身秘方，养个小老婆专门给他泡枣儿："每天晚上给女人的那个地方塞进去三个干枣儿，浸泡一夜，第二天早上掏出来洗干净，送给郭举人空腹吃下，郭举人自打吃起她的泡枣儿，这二年返老还童了。"听得黑娃胸脯发胀，下身挺得像根竹笋。于是，拉开了郭举人家的厢房传奇的序幕。

二

为了创造奇美的话语世界，陈忠实又采用了文牵歧路的叙事方式。这就是在一段话的起始部分，往往指给读者一个目标，或留下一个悬念，引发读者的实现欲。然而在进一步的叙述中，却不断地引出新问题，出现新动向，把文思引向有意味的歧路，偏离开始所确定的目标与方向，造成许多始料未及的坎坷与曲折。用这种偏离正路步入歧路的话语，形成一连串令人心动的话题和让人惊异的情节，使读者不断经历步入歧途后的曲折与惊奇。于是，话语过程的价值与意义就从整个叙述中凸显出来。它强化着人们对话语过程的价值意识，增强读者对话语过程的敏感性。用什克洛夫斯基的话说："弯曲崎岖的道路，脚下感受到石块的道路，迂回反复的道路——这就是艺术的道路。"①艺术之路以其坎坷弯曲迂回反复造成自身的充实与丰富，造成读者的敏感，更给人带来阅读的快乐。金圣叹说："文章之妙无过曲折。诚得千曲万曲，百折千折，我纵身寻其起尽，以自容身其间，斯得天下之至乐也。"它反对光滑平坦直达目标的行程，并以此与现实人生中愉快省力的实用原则划清了界限。

当然，艺术道路的迂回曲折并不是一种为了人们去盲目地发泄自己的过剩精神，而是为那些具有诗性智慧与诗意情怀的人创建的一条进行生命之舞的大道。人们进入艺术之路马上就会踏上一种神奇的审美化舞步，进行一项能给自己带来如醉似狂的生命感受的运动，以致最后忘了任何实际的目的，只是为了这种诗意的感受而舞踏而运动。古希腊有个王子在自己的婚礼上跳舞着了迷。他脱光了衣服，裸露着身体，倒立着用手跳起舞来。新娘的父王大发雷霆："王子，你把婚礼都跳掉了！"得到的回答是："我才不在乎这个呢。"他两脚朝天，继续舞蹈。这种情形最形象地说明了文牵歧路这一创作方法的神奇之处，它与任何实际人生功用都拉开了距离，让人进行诗意的自我表现与实现。

《白鹿原》第十五章写黑娃从习旅回了一次家，临走前在革命同志贺老大的坟上挂了一个引魂幡，用血写着"铡田福贤以祭英灵——农协五兄弟"。引起田福贤一伙威逼田小娥。为了争取一个即使吃糠咽菜却也安稳平静的日子，田小娥去向本家长辈——她大乡约鹿子霖求情。小娥跪着哭诉自己一个女人家住在村外烂窑中缺吃少穿担惊受怕的艰难，恳求她本

---

① 维·什克洛夫斯基：《散文理论》，刘宗次译，百花洲文艺出版社，1994年，第25页。

家大能在田总乡约面前替自己说个情。这时,"鹿子霖长长吁叹了一声:'你起来坐下,我给田总乡约说说就是了'。说着点燃一支黑色卷烟,透过眼前由浓而淡飘逸弥漫着的蓝色烟雾,鹿子霖看见小娥撅了撅浑圆的尻蛋儿站立起来,怯怯地挪到墙根前歪侧着身子站着,用已经沾湿的袖头不住地擦拭着流不尽的泪水,一绺头发从卡子底下散脱出来垂在耳鬓,被泪水洗濯过的脸蛋儿温润如玉光洁照人,间或一声委屈的抽噎牵动得眉梢眼角更加楚楚动人,使人突生怜悯。鹿子霖意识到他的心思开始脱缰……"本来侄媳前来求情,本家大应该针对具体问题进行商讨,作出得体的回答。然而,鹿子霖的心思却不在侄媳所说的事上,而在侄媳的身上。他从小娥那浑圆的尻蛋儿看到她温润如玉光洁照人的脸蛋儿,这已经是思入歧路,视入非礼之处了。然而,子霖并不局限于此,在进一步的谈话中,"鹿子霖叮嘱着,看见小娥有点张皇失措地撩起衣襟去擦眼泪,露出一片耀眼的肚皮和那个脐窝,衣襟下露出的两个乳头像卧在窝里探出头来的一对白鸽。鹿子霖只扫描了一眼,小娥捋下衣襟说:'大!那我就托付给你了,我走了。'"至此,鹿子霖趁侄媳前来求情之机,用一双非礼之眼将侄媳意淫了一次。此后经过与田福贤的交涉,鹿子霖第三天夜里出动叫开了小娥的窑门,他不让对方点灯,并且邪门地告诉小娥:"这话嘛,得睡下说。"①就这样他利用自己手中的职权诱奸了侄媳小娥。从而使一次本家人之间的相互帮衬的人情活动变成了不要脸的爬灰活动。这是第一次文牵歧路。由此,陈忠实的神笔又牵引出淫疯患者狗蛋的一串淫诗,一串荒唐举动;这些举动招来白嘉轩在祠堂中明打狗蛋和田小娥的屁股,暗伤鹿子霖的脸。由此又进一步牵引出鹿子霖的报复心。他以田小娥作诱饵,巧设美人计,引白孝文上钩。于是演出了贺家坊戏台下田小娥与白孝文荒唐的人生戏剧。人们此时正为这出戏如何收场操心,白鹿村却又演出了一场土匪洗劫白嘉轩和鹿子霖两家,打断了嘉轩的腰,死了鹿泰恒。由抢劫事

---

① 陈忠实:《白鹿原》,人民文学出版社,1993年,第255页。

件又引出黑娃为谋生而当上土匪的过程及土匪窝中的快活事,从而离小娥求情过安稳日子的初始愿望越来越远。

就在鹿子霖设计陷白家于污泥浊水之时,他的二儿子鹿兆海却在猛追白嘉轩的女儿白灵。两人的关系由抛铜圆游戏开始,发展到以自己的政党划线的严峻关头。他们都真诚地希望对方能与自己走进同一阵营中来,成为自己的同志加情侣。至此,人们以为白鹿之结已经解开,因为两家上一代此时都有共同由土匪造成的劫难,下一代此刻又有着难分难解的情缘。但是,到了十七章,当白嘉轩身上的腰伤初愈之后,鹿子霖却借亲家冷先生的口告诉白嘉轩:孝文跟村口烂窑里那个货有麻达咧!这句话犹如尖刀戳进白嘉轩的心窝,使他那张开始泛红的脸顿时变作一张白纸,身体猛烈地颤抖了一下,一瞬间眼睛睁大到失神的程度。由此又引出白嘉轩亲自赴烂窑捉奸并气得昏死。接着顶住母亲与妻子的压力,回绝了本家族中以鹿子霖为首的众多求情者,在祠堂惩罚了孝文。回家后又与其分了家产,断绝了父子之情,以求保全白家的清白声名。

孝文在祠堂里受惩,在家里被父亲分离出去之后,引起了小娥的同情,此同情心又导致她与鹿子霖决裂,与白孝文彻底厮混在一起。在这种不明不白的关系中,她既给了白孝文所需要的柔情,又将白孝文拉入深渊。由此,她也把自己扯进白鹿两家明争暗斗的旋涡之中,从而使自己的努力与起始求情只为过一安宁日子的愿望不但越离越远,简直是尖锐对立起来。最终导致鹿三举起梭镖刃子,刺进她的后心,结束了她动荡而又荒唐的一生。

这段叙事话语的精彩之处,首先在于作者采用文牵歧路的方式,把一个孤单女人为安宁伸手求援,谁料想招来恶狼害自己的事件写得曲曲折折,回肠荡气。若用其他叙述方式绝不会有如此强烈的接受效应。古人讲文似看山不喜平,但喜曲。又说,为文一曲为妙,二曲为贵,三曲则神。这一段话语岂止三曲!其次作者在每一曲折中采用了不同的话语方式进行叙说,使其具有不同的神态与风韵。比如第一曲鹿子霖心思出轨,用的是冷峻揭示法；第二曲的狗蛋唱淫诗用的是俚俗再现法；第三曲孝文中计丧德，用的是先扬后抑法；第四曲白嘉轩父子绝情，用的是外冷内热法。读者在接受过程中伴随着小说话语方式与情态的变化，情绪也起伏变幻。由鄙视到同情，由诧异到理解，读一段心跳一段；而每一次的心跳又都有着各自不同的节律，不同的韵味，不同的审美感受。

文牵歧路不但有上述那种越牵越远，最后牵入起点的对立面的方法，还有一种开头指出一个目标中间在歧路上牵出一段又一段曲折，给人造成一种山重水复疑无路的感觉之后，又牵回正途，显出柳暗花明又一村的境界。这种文牵歧路方式的最大特点和最突出的目的就在于，通过歧路来阻延目的的实现，经过阻延之后，最终目的还是要实现的。只不过实现目的的过程比常人想的要曲折、漫长、费劲、神奇得多。作家知道，经过曲折与费力之后得到的东西能较平淡而省力得到的东西更让人欣喜，更令人珍视。唾手而得的珍宝往往只能给人暂时的愉快，而且很快会被人淡忘。要使某种东西给人留下强烈长久且又牢固的愉快，就必须让获得者在获取之前经历一段坎坷的争取过程。作家使用这种话语方式，造成了更多的迷雾与悬念，引起读者丰富的揣摩玩味与悬想期待。它把读者的阅读积极性充分调动起来，使其成为文本积极的审美建构者，从而唤起极大的审美创造热情。在这类文牵歧路的阅读中，读者完全可以相信黑格尔所谓在一粒艺术的种子中，可以看到艺术的花果；从成熟的花果中，可以看到当初的种子萌芽生长的全过程。情节的种子一旦随着第一句话、第一个动作或第一个原因一同诞生，那么，它今后必然会向读者展示其萌芽、生长、开花、结果的全过程。只不过由于文牵歧路，它显得更曲折罢了。

《白鹿原》第二章开头说道，白嘉轩的第六房女人死去以后，母亲白赵氏坚持女人只不过是一张破旧的糊窗纸，撕破了就应该尽快重新糊上一张完好的。白嘉轩则认为现在继续贸然办婚事，那他今生除了红白两件事外，啥事也办不成了，得请个阴阳先生看看风水。母子达成了共识，于是请阴阳先生看白家风水成为以下内容的指令形式，它给以后的叙事话语一个生成和发展的起点,推动和引导着本单元话语世界的形成。它也是接受者主动揣摩悬念,积极建构本单元审美完形的起点。从此点出发,接受者急于看到白嘉轩如何请阴阳先生,阴阳先生如何看白家风水,看过之后又是怎样捻弄白家庄院或祖坟,使其改变人生厄运的曲折过程。

一个积雪封路的早晨,白嘉轩在请阴阳先生的途中小便时,发现了慢坡地里有一坨湿土。于是,他把关于白家命运的正事抛开,"怀着好奇心走过去,裸露的土地湿漉漉的,似乎有缕缕丝丝的热气蒸腾着。更奇怪的是地皮上匍匐着一株刺蓟的绿叶,中药谱里称为小蓟,可以止血败毒消炎利尿。怪事!万木枯谢百草冻死满山遍野看不见一丝绿色的三九寒冬季节里,怎么会长出一株绿油油的小蓟来?"①好奇心引导他蹲下来小心地刨泥土,看个究竟。原来那是一个嫩乎乎的粉白秆儿上长着五片大小不一的白色叶片的怪物。这怪物牵引着他回家翻开《秦地药草大全》耐心进行鉴别对照,可惜没有找到类似的药名。于是想请教姐夫朱先生。

既想到朱先生就赶快去找他吧,找完还有请阴阳先生的正事呢!读者如此着急,作者却慢条斯理起来。先说朱先生刚从南方讲学回来,朱先生本是乘兴而去想充分阐释自己多年研凿程朱的独到见解,弘扬关学正宗学脉。不料想那帮人整日与他吃酒游玩,绝口不提讲学之事,使他败兴而归。说完讲学,又说朱先生聪灵过人,当年深得陕西巡抚方某垂青,且委以重任。他为了求治国民精神麻木症谢绝做官,进入白鹿书院。由此又牵出白鹿书院的神奇历史。由这种神奇历史又牵出进入此书院的朱先生如何被原上人当神一样神秘而又热烈传诵的形形色色的奇故事。诸如烈日下预知雷雨,月光下预知当年的收成等。由此又牵出白嘉轩自己对朱先生的看法,他敬重姐夫,把他当作一个超拔于凡人之上的圣人。经过这么三牵四牵之后,白嘉轩才踏上去白鹿书院的官路。走进书院之后,适逢朱先生正在讲学。于是,话又牵到圣人的妻子身上,将她的衣着打扮肖像神态先叙

---

① 陈忠实:《白鹿原》,人民文学出版社,1993年,第19页。

述一遍。朱先生终于回家之后却不谈正事，先招呼吃早点。吃完早点，不在居室谈话，却拉他去书房，由此又牵出书房的土木建构，房内的纸墨香气之类大篇话语。经过这么几个曲折之后才进入请教姐夫的话题之上。白嘉轩将自己所见的怪物画在纸上，朱先生一看就说："你画的是一只鹿啊。"由这句指点，又牵出了原上代代口耳相传的关于白鹿赐人福乐的神奇故事。由此故事，又牵出白嘉轩的一条心计——他要把神灵显示给他的白鹿吉兆之地搞到手。看来此时的白嘉轩不是忘了请阴阳，就是把换地看得重于一切，然而，无论从哪方面说，小说的叙事话语都走入歧路太远，话语世界里主人公的行为都已把初始目标丢到一边，让心急的读者心中躁动不已。

避开直路走歧路，避开平路走坎坷的路，这是奇异化的叙事话语的一种自觉的审美追求，也是陈忠实所创造的奇美话语境界的一种审美特色。也许有许多人极力用朴素自然而又平实的话语去构建自己的话语世界，甚至还取得了一定的艺术效应，然而在创造奇美境界的人看来，它也许有些简单平庸，缺少必要的审美花样，缺乏创造奇迹的审美气派。而这些花样与气派正是艺术才能与审美胆识的标志。所以，奇美的创造者总喜欢给自己定一个曲曲折折难度较大、诗意更浓的计划，作一种更激动人心的审美追求。

三

换一个角度看世界，换一种说法叙人生，是创造奇美境界的第三种方式。陈忠实在《白鹿原》中为创造奇美效果，常常采用与题材拉开一定距离，与常识常规对立而行的方式。对常见的东西采用初次遇见的那种惊奇目光去观察，对必然出现的东西用偶然的方式来处理，给早已公开的东西蒙上一层神秘面纱，把生活最隐秘的事情大肆张扬和铺排开来。说热心事往往用一副冷面孔，说冷漠事往往表现一副殷勤样，道悲惨常常用欢乐场景，叙崇高常常用滑稽语气。从而，一部《白鹿原》的各种场景至少都有令人惊奇的三重意味,即题材意味,形式意味,二者相互交融与冲撞所形成的审美意味。

陈忠实最令人惊奇的本领就是善于捕捉人生中的第一次感受,并且用生花之笔将其写下来,给人一种深刻而又强烈的阅读印象。这种方式最起码在1987年已经开始自觉运用了。从那时至1995年,他写了一组生命历程中的第一次的回忆性散文。叙说他人生中最为难忘的《最初的晚餐》是怎么吃的。叙说他如何经历人生中的头一次难堪。叙说他为写《白鹿原》走进蓝田县城查阅县志时,头一次看到《贞妇烈女》卷时心中所激起的狂涛巨浪。叙说他第一次投稿的经过和由此而自感欠下语文老师的一笔想还而无处去还的人情债。

人生的经历是丰富的,但大多数经历都被经验者归入死档遗忘了。少数依然存活着且影响着经验者的事件,有相当一部分就是人生的第一次经历。"如果我们来研究感受的一般规律,就会发现,动作一旦成为习惯,就会自动地完成。譬如,我们的一切熟巧都进入无意识的自动化领域:谁要是记得自己第一次握笔或第一次说外语的感受,并以之与自己后来第一万次做这些事时的感受相比较,就会同意我们的意见。"[①]自动化使宇宙自然和社会人生中的各种具体存在化作虚无。而第一次的感受又把存在从虚无中拯救出来,还其以新鲜独立的存在样态,使其具备惊人的生香活意。

陈忠实的过人之处不仅表现在他善于捕捉人生中的第一次并给予逼真的回忆性描绘,更表现在他长于通过想象把人们日常生活中经常与之交往,早已被人们自动化的饮食起居、穿衣戴帽、人际关系等,都转化成人生的第一次,奇异地呈现在人们的面前,让人们不得不惊奇地对其打量一番,玩味一番。第五章说到白鹿村学堂里学生之间的孩提之交时有这样一段话:"他(黑娃)一扬手接住兆鹏扔过来的东西,以为是石子,看也不看就要丢掉。兆鹏喊:'甭撂甭撂!'他看见一块白生生的东西,完全像

[①] 维·什克洛夫斯基:《散文理论》,刘宗次译,百花洲文艺出版社,1994年,第9页。

沙滩上的白色的石子，放在手心冰凉凉的。他问：'啥东西？'兆鹏说：'冰糖。'黑娃捏着冰糖问：'冰糖做啥用？'鹿兆鹏笑说：'吃呀！'随之伸出舌头上正在含化的冰糖块儿。黑娃把冰糖丢在嘴里，呆呆地站住连动也不敢动了。那是怎样美妙的一种感觉呀！无可比拟的甜滋滋的味道使他浑身颤抖起来，竟然哇的一声哭了。鹿兆鹏吓得扭住黑娃的腮帮子，担心冰糖可能卡住喉咙。黑娃悲哀地扭开脸忽然跳起来说：'我将来挣下钱，先买狗日的一袋冰糖'。"①兆鹏递给的那块冰糖给黑娃留下了难以磨灭的美好而又痛苦的向往和记忆，也给读者留下了异常强烈的阅读印象，使读者深切地感受到了黑娃那艰辛的生存境遇，以及兆鹏对黑娃的深情关怀。

为了把生活新奇化，使小说话语给人造成强烈的奇异化感受，让人们养成换一种眼光看世界的本领，陈忠实所采用的另一种办法，就是把必然的东西偶然化。他采用当某人干什么的时候，偶然发现了一些重要的人事，由此引出一连串意想不到的奇异效应。或者在某个特殊的场合，某个穷途末路人正巧遇见一个在常态下根本不可能挺身而出的救命恩人，从此他的人生发生了奇迹般的变化。这是一种在中西小说史上杰出作家所喜爱的叙事方式。巴尔扎克说："偶然是世界上最伟大的小说家，若想文思不竭，只要研究偶然就行。"

《白鹿原》中的偶然有其独特的地方，这就是一方面用它创造奇异的情节、奇异的事件，另一方面用它表现奇异之情、内心的隐秘。第二十六章写滋水县的郝县长作为共产党头目被枪杀之时，深爱着亲生儿子的鹿子霖在杂乱的枪声中出现了一次幻觉，那个被乱枪击中的人不是郝县长而是亲子鹿兆鹏。恰在这个时候，岳维山书记约他谈话，直言不讳地要他找到鹿兆鹏。任他再三狡辩，岳书记一口咬定他作为父亲肯定有见到儿子兆鹏的机会。鹿子霖用三天三夜的时间揣摩岳书记是否怀疑自己，但始终未

---

① 陈忠实：《白鹿原》，人民文学出版社，1993年，第70—71页。

能摸透其真实意图。于是，亲自去找顶头上司加铁哥们田福贤打探虚实。田福贤的回答是："你出去找找嘛！找着了于兆鹏好，于你也好嘛！找不着也不问你罪嘛！"鹿子霖听了这话，知道自己不亲自去找是不行的。于是，出了白鹿原走进省城给二儿子诉苦。适逢二儿兆海身为连长手中有枪，且年轻气盛眼中掺不得沙粒。于是，拉着团长乘一辆军车奔到滋水县，径直踏进岳维山的办公室将其耍治了一顿，搞得岳维山十分恼火却又不敢顶撞，只好憋一肚子闷气，外表还要和颜悦色地应承。鹿子霖从兆海那儿听了这话，哈哈大笑起来："哎呀，我只说岳维山在滋水县顶牛皮了，他一上白鹿原跺得家家户户门窗响，没料到他也犯怯，怯那把铁狗娃子嘛（手枪）！我还当他谁也不怯哩！"之后，他在省里吃了半月羊肉泡馍，看了半月秦腔，待脸上有了肉块才回到白鹿原。回来后他除了喝酒、谝闲话、认干娃之外，啥也不干，俨然白鹿原上第一洒脱之人。正在他得意之时，冷不丁挨了田福贤一顿臭骂："你这一阵子喝得美也日得欢。""你到处喝酒，到处谝闲传，四周八方认干亲，人说凡是你认下的干娃，其实都是你的种。""你精神大你去日，只是把保障所的公务耽误了，你可甭说我翻脸不认兄弟！"骂完之后才说起兆海给岳维山示威的事："何必呢？他是个吃粮的粮子，能在这里扎住一辈子？"听了这话鹿子霖后背发凉，兆海不能在这里住一辈子，自己也不能靠他永远享受羊肉泡馍和秦腔，他一旦开拔，自己还得受岳维山这地头蛇辖治。于是，一改近日的张狂，恳求田福贤帮自己向岳维山说情。[①]这一情节由三个正巧组成，一是岳维山正巧在枪杀郝县长时找鹿子霖谈话，威压得鹿子霖胆怯异常。二是鹿子霖向二儿兆海诉苦时，正巧兆海手中有枪能扎起势，所以就去耍弄了岳维山一场。三是兆海所要玩的人，正是鹿子霖的靠山田福贤背后的靠山。玩弄了岳某实际就是拆田某的台，田某失了势鹿子霖也就没了根。所以，田福贤骂子霖时，子霖除了脸红绝不敢胡张狂。虽然出之奇

[①] 陈忠实：《白鹿原》，人民文学出版社，1993年，第485—488页。

巧，但生成得很自然，令人既惊奇又信服。此外，在这一奇巧组合中，子霖由担心害怕自己的地位和处境受到怀疑与动摇，到有了靠山后的得意张狂，再到被点破自己的靠山不一定永久之后的再度紧张，不经意间刻画出鹿子霖是个做人做事掂不来轻重的轻狂人。

第三种用新奇眼光看世界，用新鲜话语说人生的方式，就是给现实题材一个与其完全对立的新外观。这是最能体现作家审美自由性的一种方式，人的自然人性就是对现实内容特别关心，服从现实的各种规矩。审美人性则把人从这种对现实的牵挂和黏滞之心抽离出来，让人把关注集中在现实的外观形式上，这是对人性的一次提升，即把人的功利心提升为观赏心。因为"事物的现实性是事物的作品；事物的外观，却是人的作品。一个以外观为乐的人，不会再以他得到什么为乐，而是以他制作什么为乐"①。艺术的本质正在于作家以制作奇特的能引发读者制作欲的审美外观为乐。这审美外观是人的本质力量的对象化，融汇着人的敏锐的感觉、聪明的大脑、灵巧的手和自由的精神力量。所有的艺术大师们往往都有这样一种神奇的本领，这就是用形式征服题材、改变题材的本色，把单一的题材变成多义的审美世界。刘熙载在谈《左传》的写法时就曾盛赞："左氏叙事，纷者整之，孤者辅之，板者活之，直者婉之，俗者雅之，枯者腴之；剪裁运化之方，斯为大备。"②在谈词的特色时又深得三昧地概括道："词之妙莫妙于不言言之，非不言也，寄言也。如寄深于浅，寄重于轻，寄劲于婉，寄直于曲，寄实于虚，寄正于余，皆是。"而尼采在谈到音乐与悲剧神话的审美特色时，也有相同的英雄见识："两者都美化了一个世界，在其快乐的和谐中，不谐和音和恐怖的世界形象都神奇地消逝了，两者都信赖自己极其强大的艺术魔力，嬉戏着痛苦的刺激。两者都用这游戏为一个哪怕最坏的世界的存在辩护。在这里，酒神因素比之于日神因素，显示为永恒的本原的艺术力量。归根到底，是它呼唤整个现象世界进入人

---

① 席勒：《美育书简》，徐恒醇译，中国文联出版公司，1984年，第133页。
② 刘熙载：《艺概·文概》，上海古籍出版社，1978年，第1页。

生。在人生中，必须有一种新的美化的外观，以使生气勃勃的个体化世界执着于生命。"艺术给哪怕是丑陋残缺及各种不和谐的东西一个壮丽的幻觉外观，为的是让它们在每一瞬间都给人一种值得一读的感受。它的目的就是提高人的兴趣，感动人的心灵，推动人去经历审美过程中的每一瞬间。

  陈忠实是当之无愧的神奇审美外观的创造者。他具有那种给残酷的题材以鲜花般外观的本领。镇嵩军进驻白鹿原以后，士兵们把从村巷和农户院里捉来的公鸡母鸡倒吊在树杈上作射击表演让村民们观赏。"杨排长首先举起缀着红绸带儿的盒子枪。叭的一声响过，就接连响起炒豆似的密集的枪声。士兵们乌黑的枪管口儿冒着蓝烟，槐树下腾起一片红色的血雨肉雹，扬起漫空五彩缤纷的羽毛。"之后，"杨排长把盒子枪插到腰里的皮带上，一绺红绸在裆前舞摆。他插枪的动作极为潇洒：'各位父老兄弟，现在回家准备，三天内交齐。'"这种别开生面的征粮仪式和射击表演，从白鹿村开始，逐村进行，在白鹿原开出了一朵朵艳丽无比的恶之花，对读者来说它特具有观赏性和阅读魅力。稍后所出现的火烧粮台，作品更是跳出烧方与被烧方的实际利害与实际情感的圈子，用一种观奇的方式给题材一个壮丽动人的外观："男人女人站在街巷里观赏大火的奇观：火焰像瞬息万变的群山，时而千仞齐发，时而独峰突起；火焰像威严的森林，时而呼啸怒吼，时而缠绵呢喃；火焰像恣意狂舞着的万千猕猴，万千精灵。人们幸灾乐祸地看着自己送进白鹿仓里的麦子顷刻变成壮丽的火焰。黑娃站在窑垴的崖畔上观赏自己的杰作，小娥半倚在他的臂弯里。……那火已无法扑救。赤臂裸腿的人根本无法靠近火堆一步。被烧着的麦粒弹跳起来，在空中又烧着了，像新年时节夜晚燃放的焰火。"[①]作家这时完全删汰了实际利害而持一种观赏态度，主要是因为，艺术说到底并不是战斗的人生本身，而只是战斗前和战斗中的一种休息。在这种特殊的审美境遇中，人通过对生活外观的欣赏，品味着人生的诸种境遇，并在这种品味中

[①] 陈忠实：《白鹿原》，人民文学出版社，1993年，第165—166页。

恢复自己的战斗精神。整个品味过程是一个愉快的休息过程，它需要的是美丽与轻松，自由与洒脱。如果这时他得到的依然是丑陋与深重，束缚与黏滞，他将不堪重负，非但破坏了他此刻的休息，更影响他今后的工作。每个饱受现实重压的人都需要美丽与轻松的外观，犹如他们在经过白天的工作之后需要睡觉一样自然。人生的负担越重，人就越需要休息，现实越丑陋，人就越需要美丽的外观。

陈忠实善于给朗然无蔽的人事一个朦胧的外观，给隐秘的人生事件一个铺排张扬的形式。第二十五章，当白鹿原上蔓延着一场空前的大瘟疫时，第一个受害者是鹿三的老婆鹿惠氏。她经过冷先生的竭力诊治，终于未能幸免于死神的抓捕，临死前她竟然神奇地坐了起来，在黑暗中摸索着用手指梳理自己散乱的头发。鹿三心存侥幸地问："你感觉精神好点了吗？"鹿惠氏偏过头，瞪着两只失明的眼珠儿问："是你把黑娃的媳妇戳死咧？"鹿三吃惊地愣呆在炕上，鹿惠氏接着说："你拿梭镖儿戳的，是从后心戳进去的。""小娥刚才给我说的，她让我看她后心的血窟窿。"小娥之死早在第二十章黑娃的追查下揭了底，并且传遍了整个白鹿村，成为尽人皆知的事实。此时作家却让她的鬼魂以神秘的方式再现于鹿三家中，产生了一种魔幻的效应。而他又不愿点到为止，愣是抓住不放。瘟疫进一步地蔓延到白嘉轩家，白吴氏在两头放花病魔的打击下，走到生命尽头时，小娥的鬼魂再一次神秘地出现了。连续两日躺在床上连身也翻不过的白吴氏，忽然噌地豁开被子坐起来，口齿清楚地说："想见的人一个也见不着，不想见的人却自个儿闯进门来咧！"白嘉轩问："哪个讨厌鬼闯上门来咧？"仙草直着嗓子说："小娥嘛！黑娃那个烂脏媳妇嘛！一进咱院子就把衣服脱了让我看她的伤。前胸一个血窟窿，就在左奶根子那儿；转过身后心还有一个血窟窿。我正织布呢，吓得我把梭子扔到地上了……"是病弱导致的幻觉，还是对以前亲身经历的回忆性复述，诡秘极了。紧接着这鬼魂又凭附在鹿三身上，与对家白嘉轩斗起法来，时即时离，使白嘉轩人鬼难辨，让读者虚实难分。她采用你静我动你动我静的骚扰术，想拖垮白嘉轩。无奈中的白嘉轩只好去请来一撮毛捉鬼打鬼，一撮毛一来她就跑，一撮毛一走她又来，使白家满屋鬼影幢幢。无奈中的白嘉轩走出家门，却又"看见了一派奇观。在黑娃和小娥曾经居住过的窑院前的平场上和已经坍塌了的窑洞的崖坡上，荒草野坡之中现出一片香火世界，万千支紫香青烟升腾，密集的蜡烛火光在夕阳里闪耀。一堆堆黄表纸钱燃起的火焰骤起骤灭，男人女人跪伏在蓬蒿中磕头作揖，走掉一批又涌来一批，川流不息"①。他们在白鹿村为田小娥围定了一片神秘的存在空间，更在自己的心中为田小娥划出了一片栖身之地，将其奉为神明。一批由自发公众推选的代表要求族长给小娥修庙塑身，儿子孝武恳求父亲不要违背众人心愿。白嘉轩在请教了圣人朱先生之后修塔镇鬼，把一场大瘟疫变成了人鬼争斗的象征，给人一种鬼影幢幢的魔幻色彩。

给严肃的本事以荒诞滑稽的外观，是《白鹿原》产生奇异效应、让人别开眼界的又一特色。国民党教育部陶部长受蒋委员长指令来到西安训导学生，却选择了一个腌臜龌龊、藏污纳垢之地——民乐园。这儿一条条鸡肠子似的狭窄巷道七交八岔。交交岔岔里全是些小店铺，其中最红火的生意是婊子院，里面从早到晚演出着各种风流韵事。陶部长就是在这样一个风流肮脏之地正襟危坐，一本正经地分析着国际国内形势，谈论着"攘外必先安内"的方针，阐释着"学生应该潜心读书，抗日的事由政府来管"的政治宗旨。这就给这件严肃的政治大事先设置了一个荒唐的环境。此后，又让陶部长在这肮脏的环境中演出了一场荒唐的喜剧。正当陶部长向学生卖弄自己的口才和风度时，被愤怒的女学生白灵砸了一砖。于是，从古城最热闹最龌龊的角落向全城传播了一桩诙谐的笑话和演义性传闻。陶部长临跳窗之前，还在训斥着扶他的省教育局新任局长："你说这儿是历朝百代的国都圣地，是民风淳厚的礼仪之邦，怎么竟是砖头瓦砾的干活？"教育局局长说："你赶快跳窗子呀！小心关中冷娃来了……"②

---

① 陈忠实：《白鹿原》，人民文学出版社，1993年，第452—474页。
② 同上，第513—515页。

这种把政界大人物请进民间卑下的娱乐场，让他与妓女嫖客竞风流，扮演着小丑的角色，给下层群众充当茶余饭后的笑料的方式，撕破了反动政治家威严的假面，轰毁了官方专横的限制与禁令，表现了民间诙谐所具有的战无不胜的威力，给人们造成一种节日般的欢乐气氛。在这种气氛中，尊与卑、高与下、严肃与风流、垂死与新生组成一个循环不已、生化不息的审美之轮。在永不止息的轮转过程中，卑下者把自身变成一个聪明的卖驴种子者，把愚蠢、可笑的驴种子卖给富贵而自以为是的在上者，使他们的周身发生戏剧化的巨变，长出驴的蹄爪，做出驴的蠢笨举动，供下层百姓们取乐。

陈忠实用一种奇异的审美之光照耀以白鹿原为代表的整个中国乡土社会，它有力地吸引着每一位读者用惊奇的目光去重新审视这个世界中自己所熟悉和陌生的一切。他是天地自然与社会人生的一个神奇的美化者，能够把一切平淡的人事点化成充满诗意的人间戏剧，能够让死气沉沉的僵尸充满生命的活力，善于在两个或更多的漠不相干的人事之间加入审美的催化剂，形成相依相存的奇异组合。所以《白鹿原》的读者几乎都有这样的感觉，即使在那些很难美化的题材面前，陈忠实仍然能够以审美立法者的乐趣，征服和支配那些狂暴对抗的题材，使其魔变为奇异的审美形象，散发出动人的生香活意。他使我们为人类的自由创造力挣脱现实枷锁，插上审美翅膀，不满足已有的一切，重新创造诗意的巨大能力而感到骄傲。特别难能可贵的是，当别的作家在玩那种小猫扑线团的轻巧游戏时，他却选择了一块千斤巨石，以试炼自己的拔山之力、盖世之气。经过五年努力，他终于为中国当代长篇小说艺术树立下一块震人的丰碑。《白鹿原》是有中国特色的神奇现实主义的杰作。

原载《小说评论》1999年第6期

陈忠实建构文学读写共同体的探索

作家为读者写作，文本为阅读存在。文学活动中的写和读双方，是审美交流中的一种相互呼应的审美共同体。作家用自己独特的文本发出审美的呼唤，读者用自己的阅读欣赏进行审美应答。高明的作家都对读写共同体有清醒的认识，优秀的作品都是为构建审美共同体而创作；平庸的作家心中只有自己，眼里没有他人，拙劣的作品免不了自说自话自我欣赏。陈忠实认为，作家的天职就是在创作实践中寻找属于自己的句子，用它倡明自己的生活体验、生命体验，和读者进行心灵的沟通交流。作家必须下功夫钻研属于自己的写作方式，探索属于自己的意义世界，让文本表现出独有的个性与特色，让读者品出独有的意蕴和滋味，进而形成良好的呼应关系。他说："把自己对现实和历史的独有感知和独自理解表述出来，和读者实现交流，交流的范围越广泛，读者阅读的兴趣越大并引发呼应，这是全部也是唯一的创作目的的实现，是无形的也是令作者我最踏实的奖赏。"[①]为此，他称自己创作的过程就是"寻找自己的句子"的历程。所谓"寻找自己的句子"，实际也是为构建文学的读写共同体，寻找属于自己的审美呼应方式的过程。

[①] 陈忠实、冯希哲、张琼编选：《陈忠实访谈录》，陕西人民出版社，2016年，第252页。

一、寻找属于自己的句子

　　作家都是在尚友古人的过程中，从前辈优秀作家的句子中接受文学的启蒙，在寻找自己句子的过程中生存成长，用属于自己的句子发现世界，进而建构属于自己的文学世界，用以引导读者游目骋神，呼吁读者欣赏应答。作家身边的自然只有以一个独特的句子出现在作家面前，作家才算看见了这片风景；作家眼前的事件只有以一句富有诗意的句子形诸他的笔下，作家才算真正捕捉到了这一事件。文本只有以个性化的方式发出审美交流的呼唤，读者才愿意做出审美的应答。"读者花时间去读任何作品时，最讨厌那种似曾相识的东西。"[①]因此，小说中任何一个讲得不错的故事，任何一种虚构的人物命运，既不能重复别人的故事和人物，也不能重复自己的故事及人物。作家只有用属于自己的句子讲故事、塑造人物，创造有意思的审美世界，只有赋予故事以独特的意趣，赋予人物以独特的内涵，表现出作者独到的眼光、别样的情趣，能开阔读者审美的视野，丰富读者的审美心理，读者才会产生阅读欣赏的兴致，产生与作家建立审美共同体的意愿，乐意在此审美共同体中与作者进行审美沟通与交流。

　　作家在属于自己的句子中立身，在读写共同体中存身。作家把自我的生命精神凝铸成属于自己的句子，用它建构一个灌注着生命体验的文本，他用文本的话语结构代替自身的骨架，用文学风格代替自我的生存奋斗风格。于是，他就以一个文本的身躯存在于世间了。然而，文本是死的，只有阅读才能赋予它生机。因此，仅靠文本立身是不行的，因为文本立的是一个沉睡的身体，需要阅读唤醒它，需要欣赏给它注入生机与活力，它才战胜死亡的威胁，超越存在的局限，在读者的不断欣赏中获得永生。作家的思想、感情、奋斗、追求及理想，只有在此读写共同体中，才能以不容

[①] 陈忠实：《创作感受谈》，陕西人民出版社，1991年，第91页。

置疑的审美形式生存。读者满怀激情地拿起作家建构的小说文本,就是托起作家的审美之躯。翻动建构意义世界的书页,就是在抚摸作家充满诗意的四肢。书中曲折的情节,是作家心跳的轨迹,书中华美的意象,是作家血液的色彩。这时,作家在读写共同体中与读者进行交流呼应,拓展了自身的生存时空;读者通过这种交流呼应,挣脱了被遮蔽的生存状态,抵达个性化生存的光明之地。因此,读写共同体具有双向的建构功能:作家在这个共同体中,用属于他自己的句子所建构的审美之躯,唤醒了读者个性化生存的意识;读者用他们热情饱满的阅读欣赏活动,赋予作家不朽的审美之躯,读写双方是互惠关系。

好的小说都用属于作家自己的句子探索人的个性化生存,开启人类生存的审美之思。"自现代一开始,小说就时时刻刻忠诚地伴随着人。'认识的激情'攫住人,使他去探索人的具体的生活,保护它,抵抗'存在的被遗忘';把'生活的世界'置于永恒的光芒下。"[1]优秀作家都拒绝使用别人的话语方式,不愿雷同已经存在的艺术范式,探索区别于他人,只属于自己的生命体验。正基于此,陈忠实"开始意识到这样致命的一点,一个艺术上亦步亦趋地跟着别人走的人,永远走不出自己的风姿,永远不能形成自己独立的个性,永远走不出崇拜者的巨大阴影"[2]。在阳光下探索属于自己的话语方式,发出属于自己的审美之声,才能激发诱导有同样追求阳光、想活出自己的读者的回应,才能与他们建构审美共同体。陈忠实把用自己的句子为读写共同体写作,看作一种安身立命的活动。他说:"我在反复回嚼这道原的过程中,尤其着意只属于我的体验的产生,得益于甚为认真的几本非文学书籍的阅读,终于获得可以抵达这部小说人物能够安身立命的境地的途径,我也同时获得进行这次安身立命意义的长篇小

---

[1] 米兰·昆德拉:《小说的艺术》,孟湄译,生活·读书·新知三联书店,1992年,第4页。
[2] 陈忠实:《寻找属于自己的句子》,上海文艺出版社,2009年,第195页。

说写作的自信,探究这道古原秘史的激情潮涌起来。"①用属于自己的句子创作的作品,呼唤读者的审美应答,在读写应答关系中,既能让文中人物安身立命,又能让塑造人物的作者安身立命。因此,陈忠实把用自己句子写出的文本称作"垫棺作枕的砖头",有了这块砖头,作者活着身安,死后神安。

  作家找到的只属于自己的句子,是最适合建构读写呼应共同体的那种句子。那种句子只存在于他所生活的世界里,他特定的生命体验和艺术体验里。作家的生活的世界对他进行文学创作限制与规定,他的生活体验与艺术体验教他认识自我与他人的差异与区别,让他明白共同体在奋斗成长过程中的重要性。反之,那些脱离自己生活世界的作家,实际上也就忘记了自己在世界中生存的具体性,也忘记了他人存在的独特性。这样的人,不可能是个很好的聆听者,也不可能进行有针对性的言说,当他把自己悬在空中时,等于离开了与他人的对话交流,进而就拔离了形成生存共同体及审美共同体的大地。而陈忠实对此有着非常清醒的意识,他写作《白鹿原》的具体环境,有两个影响甚至制约创作的因素:一是出版政策,二是印刷量。集中到一点,就是读者的购买力与欣赏。之前,在计划经济时代,只要出版社愿意,作家高兴写多长就写多长,愿意玩什么花样就玩什么花样,都可以出版,20世纪80年代一波又一波的先锋小说就是这样写作和发表的。写作《白鹿原》时,国家实行市场经济,书籍的出版与否,由读者的阅读兴趣所造成的印刷发行量裁决,作家想出版自己的书,就不能任性。写作之初,心中就必须有读者,就必须有建构互惠性读写共同体的打算。作家的写作欲望必须与读者的阅读兴趣相对接,作家不能自言自语,自娱自乐,否则就会被读者抛弃,随之也就会被出版机构否定。陈忠实的《白鹿原》,起初打算写两部,每部四十万字。"当市场运作的无情而冷硬的杠子横到眼前的时候,我很快就做出决断,只写一部,不超

---

① 陈忠实:《寻找属于自己的句子》,上海文艺出版社,2009年,第83页。

过四十万字。之所以能发生这种断然逆转，主要是对这本书未来市场的考虑，如果有幸顺利出版，读者买一本会比买两本省一半钞票，销量当然会好些。"①

二、基于建构读写共同体需要的艺术繁简辩证法

基于与读者共建互惠性共同体的考虑，陈忠实在寻找属于自己的句子上进行了艰苦的探索。他把高密度叙述话语和艺术简化有机地融合统一，创造了叙事艺术的繁简辩证法。

在市场经济下，共同体的阅读同胞需要内容充实而经济实惠的作品。所以把两本书压缩成一本来写，对陈忠实的小说写作就提出了现实挑战，既要把半个多世纪里发生的错综复杂的故事，众多活跃在原上的人物，淋漓尽致地表达出来，篇幅又不能过长，就必须寻找一种适宜的语言形式。于是，他决定选择"高密度的叙述语言"来写作。"采用叙述语言，也几乎就在此时做出决断。"②他在长期的写作实践中发现，叙述语言比描写语言更凝练，一句准确形象的叙述，往往能发挥五到十倍描写语言的功能。加之，叙述语言有张力和弹性，可以充分揭示人物的心理，展示作者的语言智慧，还能发挥语言的审美造型功能。用最简洁最有内聚力的叙述语言来写自己的长篇小说，可以使自己小说中的话语既有浓得化不开的感情，又有丰富的历史与人生蕴含，更具有强大的审美造型力量。他认为，小说中的一切生命存在，都是以文学话语的诗意形式现身的。小说家是特定生活世界和社会人生各种形式的审美发现者与呵护者，又是特定生活世界和社会人生各种形式的审美创造者。他用只属于自己的句子倡明生活世界，创造审美人生，培养读者的审美眼光，唤醒读者的形式感，教会读者用形式化的目光看世间万象的外观形式和现实人生的心理结构。他深知人

---

① 陈忠实：《寻找属于自己的句子》，上海文艺出版社，2009年，第58页。
② 同上，第58页。

们的天赋本能只对客体的物理性质和功能效果感兴趣,只善于和事物建立物质功利关系。所以,作家有责任用文学的有意思的形式,弥补人生的这一缺陷,完善人们的生存向度,提升人们的生存层次,让人们在审美的王国中游戏,用艺术之光照亮人们的生活世界。打开《白鹿原》,凝练而富有内蕴的叙述句俯拾皆是。第一章第一句:"白嘉轩后来引以为豪壮的是一生里娶过七房女人。"就是既有人情意味,又有社会历史蕴含,更有造型力量的句子。它暗含着:白嘉轩骨子里有一种强烈的男权主义思想;白嘉轩当年为娶妻也受过作难;白嘉轩一生在娶妻方面发生的曲折故事值得作家为之道说,值得读者为之动心。从纯形式方面考虑,它以最简洁的悬念形式,激发了读者对文本最强烈的悬想期待和完形热情。又如第四章,当白嘉轩种大烟土带来人财两旺的好家景时,原上人纷纷仿效起来。作品写道:"榜样的力量是无穷的。"其中也有无穷的余味。这句话是特定时期人们经常用来形容英雄模范在生活中所起的正面效应的,现在置入白鹿原人跟人学坏的语境之中。首先造成一种对日常语境的歪曲,造成人们对文学话语的新鲜感受,打破了人们的感觉定势,引发了人们关注文学话语的浓厚兴趣。其次造成一种强烈的反讽效果,给人一种悲愤感。最后它让人产生一种无可名状的感伤情绪,一丝无可奈何的苦涩感。

  建构读写共同体所用的高密度的叙述语言,包括两个方面:一是语言的信息度密;二是语言的运动节奏密。

  语言的信息度密,是指作家在看似平常的小说话语中注入了丰富的生活意蕴,浓郁的情感以及诗意的造型力量,从而给读者呈现出生活的繁华密植,人生的繁音密响。大凡长篇小说的读者都有一种长篇期待:期待认识更宽广的世界,更丰富的人生;期待受到更复杂多变的情绪震荡,更绚丽多彩的情感陶冶。读者不喜欢作品中慢条斯理的叙述,反感大段大段的静场描写,厌烦情感色彩的单一化、平直化、冷寂化表现。米兰·昆德拉把写长篇比作摆宴席,说东家只有不断上菜、上好菜,才能满足宾客的饕餮之欲。写作《白鹿原》之前,陈忠实曾经拜读过米兰·昆德拉的作品,对此论深有同感。平庸的小说家对此缺乏敏感和自觉。他们错误地认为，小说写到二十万字以上就是长篇了。更错误的是，有些作家甚至认为，所谓长篇与短篇的不同，就在于长篇小说能容许一定量的废话，犹如修长城的砖，不一定都要求烧烤得十分精致一般。于是，许多长篇小说写得很虚，很单薄，给人一种撕扯而长的感觉。读者看这类作品时，实在紧张不起来、激动不起来。因而，读到半截就会产生上当受骗的感觉，无法强迫自己把作品读完。艺术的辩证法表明，短篇小说必须写得疏朗、空灵，给读者留有灵魂卧游的审美空间，并且这种空间越宽广，作品的审美境界也就越高。若把短篇小说写得太实在，就会使作品显得臃肿，小家子气，缺乏悠远的审美意味。相反，长篇小说则必须用高密度的语言来构造，给读者以厚重感、压迫感，造成力拔山兮气盖世的冲击。长篇小说若写得又空又虚又单薄，会让读者觉得作品底气不足，读着不过瘾，不尽兴。

  语言的运动节奏密，是指话语事件的运动速度快。作家去掉了话语本身不必要的修饰形容，起承转合，语言之间的相互联系呈蒙太奇组接状，不断地化出化入新的语言事件，不断给人以新的审美冲击。这是严肃作家心中读者意识和长篇小说意识觉醒的表现，也是严肃作家创构读写共同体精神崛起的表现。作者极力把每一段，甚至每一句话，都变成一个冲击读者情感的话语事件，把文学话语的连接变成具有张力的事件连接，让人永远记得那使人心摇神驰的话语事件给人带来的满足感。整部《白鹿原》由许多让读者心摇神驰的话语事件组成。每一个给人带来满足感的话语事件结束之后，紧接着又生成一个让人激动不已的话语事件。读者一旦进入这个美妙的话语世界，就会有体验不完的诗意心跳。话语紧锣密鼓般地运动变化着，话语事件随之急速纷呈出来，给读者创造了一系列目不暇接的戏剧化动作，每个动作都指向未来，这一未来又创生和维持着一种即将形成的整体事件幻象。它把作品中人物的每一种感情和作为，都变成整体幻象的有机部分，为整体事件的生成聚集力量。这就使读者在看清小说冲突之前便已产生紧张感，从而使每个话语动作都具有激荡人心的审美力量。由于每个话语动作都在创造着未来，因而，每个话语动作都包含了整体幻象不可分割的小说世界。在这个话语世界还没有整个生成之前，它们是正在生成的生命形式，给读者创造出一种即将来临的未来的持续幻觉。这种幻觉在话语运动中不断得到强化，在强化的过程中又不时地出现新的话语动作打破这种幻觉，造成话语悬念。我们之所以要称道《白鹿原》的话语动作在未生成整个幻象世界之前，不断地利用幻觉的持续强化与破坏来创造悬念形式，是因为叙事作品的魅力主要表现在两个方面：一是故事在展开过程中不断发生畸变；二是这种畸变总是既拓展了故事的内涵与意蕴，又合乎情理。把叙事过程创构成为一个不断畸变和扩展的过程，也就使小说的话语结构成为不断历险的过程，同时引导读者伴随小说话语一同历险。在话语历险的过程中，各种前因后果之间的必然联系被形形色色的插入项分隔开来，扭曲变形，产生各种始料未及的后果。简而言之，畸变和扩展使话语生成过程变得摇摆不定，让人难以预料。因而，读者的心也就随之悬了起来。读者因此为未来结局的完满性，为话语幻象的统一性而担忧，又让读者在着急中兴奋地发挥自己的主观能动性。譬如《白鹿原》开章道说白嘉轩七娶六丧的人生灾难时，中间插入了葬埋白秉德老汉，发现白鹿精灵，阴谋换地等话语事件和动作，使读者为小说开头的承诺而着急，给读者以极大的震撼力，使其在阅读过程中犹如服了兴奋剂般激动不已。

　　建构读写共同体的高密度的叙述离不开艺术简化。没有简化，小说就会变成啰唆乏味的乱侃。假如这种啰唆乏味的叙述话语密度很高，作品就会变得乏味无聊，就会瓦解读写共同体建构的基础。《白鹿原》所追求的高密度叙述语言，是由一系列有意思的话题聚集而成的整体。它必须密得有情有趣有意思，密得有思想有高度有深度。其中的任何一段有意思的话题，都是从大量乏味无聊话语中提取出来的。由它们所组成的有意思整体，是一个能够召唤读者审美观照，激发读者审美呼应的有机整体。具体表现在以下三方面：

首先,是作品立意的简化。《白鹿原》把表现民族秘史的诸多想法凝练为一个中心——白鹿原的秘史,把揭示中国人近代以来文化心理结构的演变史,凝练为揭示以白嘉轩为代表的原上人的心灵变化史。"1988年的清明前几天或后几天,或许就在清明这个好日子的早晨,我坐在乡村木匠割制的沙发上,把一个大16开的硬皮本在膝头上打开,写下《白鹿原》草拟稿第一行钢笔字的时候,整个世界已经删减到只剩下一个白鹿原,横在我的眼前,也横在我的心中;这个地理概念上的古老的原,又具象为一个名叫白嘉轩的人。这个人就是这个原,这个原就是这个人。"[1]白鹿原屹立千年而不倒,是支撑中国人精神心理的儒家文化的象征,白嘉轩则是儒家文化的精髓"学为好人"的具象化。作品以白嘉轩为中心,写他"学为好人"的精神心理,应对各种"闹世事"者挑战的心灵历程。应对同辈鹿子霖为个人名利没有底线的"闹世事",他展现出沉稳、耿直和做事有分寸;应对晚辈白灵、鹿兆鹏为民族未来"闹世事",他表现出故步自封和保守;面对白孝文极端利己主义的"闹世事",他经受了一次由绝望到无可奈何的心灵历程。总之,通过白嘉轩"学为好人",应对各种"闹世事"者挑战的活动,即各方心理精神的变化,解释了中华民族心灵的演变史。

其次,是选材的简化。生活既有平淡的时候,也有庄严的时候;既有平静的时候,也有剧烈运动的时候。文学选择什么样的面相作为题材,把什么面相简化掉,这既牵涉到作家的爱好,更涉及读者的兴趣,两方面联系起来,是一个读写共同体的建构问题。文学创作只有纳入建构读写共同体这个大框架中,只有与作品接受的连续市场联系在一起时,题材的选择才显意义。中国的大多数读者偏爱情节性与悬念性较强的作品,他们不欣赏情节淡化、缺乏外在动感的作品。有悬念且情节性强的生活,来源于生活的运动,情节淡化的生活是缺少运动的生活。为了与读者建构互惠的呼唤应答共同体,陈忠实在20世纪80年代初期就提出"作家研究的主要对

---

[1] 陈忠实:《寻找属于自己的句子》,上海文艺出版社,2009年,第80页。

象是社会生活，我关注的是农民世界的生活运动"①。生活的运动带来人生的变化，影响人的心理精神结构的变化，从创作的角度来说，更容易塑造人物的多面及立体的性格，从阅读的角度讲，作品更有看头，更激动人心。"生活发生了变化，像流水有了跌差，有了跌差就有了瀑布，有了飞溅的浪花，有了喧闹的声响，也产生了在平流无石处看不到的壮景奇观。"②有志于雅文学创作，又不甘于自己作品脱离中国广大读者的作家陈忠实，经过艰苦探索，在选材时简化掉缺少变化的生活，让生活的运动密集起来，一方面，造成人物命运、人物心理具有极强的运动性，消除了各种淡化情节类作品的沉闷感；另一方面，造成一种起伏跌宕的情节效应和人物命运难以预料的悬想期待。陈忠实的这一诗意创造，在长篇小说领域较好地解决了长期困扰中国当代作家的一个大问题，即如何使作品不失品位，又能为广大读者所喜闻乐见的问题。这是他对中国当代文坛的一大贡献。

再次，写作着力点的简化。《白鹿原》总是把一个事件的曲折过程简化为最有表现力的几个点，召唤读者去猜测和完善事件的整个过程。任何复杂事件，都由几个决定性的点来勾画其轨迹，这些点是最具有生发力和观赏价值的看点，又是最能诱导读者戏剧性想象的触发点。陈忠实在表现人物精神的巨大振幅时，他只选取人物精神轨迹上最具特色、最有冲撞力的几个点，叙述人物在这几个点上所面临的挑战，召唤读者去揣想人物整个的心路历程和情感曲线。他从不描绘持续的心境，只为读者敞亮最富诗意的情绪瞬间，因为只要有瞬间的真诚，足以表现人物的本色，也足以让读者倾心。更因为作家用艺术智慧进行创作，为了建立与读者的审美共同体创作，他必须为读者留下发挥想象、展开体验的空间。所以，《白鹿原》仅用了五十万字，却深刻地挖掘了从清末民初到中华人民共和国成立大半个世纪白鹿原的社会演变史，塑造了朱先生、白嘉轩、鹿子霖、黑娃、孝文、冷

---

① 陈忠实：《创作感受谈》，陕西人民出版社，1991年，第102页。

② 同上，第55页。

先生、白灵等诸多活灵活现、呼之欲出的人物，揭示了那个年代乡土中国底层民众的心理结构演变史。其中最重要的特点是每一段重要的历史生活，每一个能够震荡民众心理结构的重大事件，比如交农事件、国民党反攻倒算等，都在精彩处发挥得酣畅淋漓，于无味处一字不提。这就把作品用特有的审美方式同现实状态分离开来，赋予小说以动人的外观形式，用激动人心的审美单元，悬搁了平淡的社会现实，用值得玩味的诗意形式，爆破了乏味的日常人生。让读者感到与这样的作品进行交流呼应很过瘾。

《白鹿原》在建构读写共同体的探索中，高密度的叙述语言和艺术简化分别如同加法与减法，融合统一于一个审美方程式，共同指向需要求解的X——人，以加法摇撼人，以减法呼唤人。加法与减法看似矛盾对立，却也阴阳相济、虚实相应、相辅相成。我们都知道，在绘画摄影等艺术的空间处理中，往往需要通过隔挡创造出光与影的交相辉映效果。文学活动中读写空间处理亦然。没有创造性的隔挡，即不对天地自然和社会人生进行任何具有意向性的围堵、遮挡与引导，则天地自然与社会人生就无所谓空灵与充实。只有经过创造性的遮挡围堵之后，某些地方实了，另外一些地方则空灵了。创造性围堵之后的世界，有了让人诗意栖居的空间，有了邀请人对其完形的空白，有了让读者进一步审美遨游的空间。《白鹿原》为了在有限的篇幅中容纳更多的生活，必然要对特定历史时期的社会人生，首先进行一减再减的减法，才能保证一加再加的高密度语言有足够的审美空间，也保证读者在词语之外能够领悟更多的审美意味。

从具体创作实践来看，《白鹿原》的表面主要是运用了话语的加法，即话语事件1+2+3……实际上，它在深层是运用了话语的减法，即尽可能减去缺少内涵的话语，减去缺少动力的话语，减去不能引发人想象的话语。其目的就是要在减少没意思话语的过程中，浓缩叙事话语，增加其诗意内涵。作品所道说的话语，都是作者精心简化所留下的话语精华。创作时，为了把一般性话语变为话语事件，陈忠实去掉了一切缺乏动作性的叙述与描写；去掉了与动作、事件关系不大而旨在煽情的议论性话语。从人物的角度去写人物，减少了作者对人物的介绍，增强了人物之间的对话与对抗，从而造成了只用语言事件或动作本身说话，话语世界极其客观冷静的审美幻觉。《白鹿原》充分表现了陈忠实运用自己句子进行审美创造的能力。他发挥建筑师的魄力，用属于自己的句子，为读者建构了一个高大雄伟的白鹿原，供读者观赏和游玩；他发挥魔术师的才能，把属于自己的句子变成一束审美的强光，射向白鹿原被遮蔽的秘史，让它在光亮中引人注目发人深思。《白鹿原》为创构读写共同体进行话语的加减、审美的魔变，让读者领悟话语的神奇与创世的力量。《白鹿原》中一切貌似客观的话语事件和动作，带有作者积极的审美意向，都是陈忠实的审美选择和创造。所以，它们全都是以客观之名行主观之实，以自然之貌传创造之神。陈忠实笔下的话语事件和动作，都饱含着作者生命体验的温度。每个话语事件和动作都是一种热情之火，使得整部作品呈现出节日焰火景观般的五彩斑斓，使读者惊奇不已，感叹不绝。《白鹿原》以冷峻的外观蕴含巨大的生命热能，造成外冷内热、冷热相融的特色，比许多作品里作者不由自主地站出来煽情的效果更好。①

三、读写共同体建构的美学意义

陈忠实从建构读写共同体出发，寻找属于自己的句子，其实就是寻找与读者建构呼唤应答关系的方式和渠道。创造高密度的话语事件，增强了严肃文学的可读性，从而较好地解决了文学以人民为中心，为人民服务，被人民传颂的问题。在陈忠实看来，任何一种审美谋划都是与读者同谋，任何一种诗意享受都是与读者共享，共谋共享是创建读写共同体的根本。许多人把严肃文学的滞销和不景气，归之于种种外在因素的影响。陈忠实认为，主要原因在于作者心中眼中没有读者，缺乏与读者共建审美共

---

① 当然，我们也应该客观承认，由于话语事件具有偏重行动的倾向，使作品在心理刻画方面稍欠细致也是明显存在的。

同体的意识，自外于读者，因此被读者排除在阅读欣赏范围之外。读与写自古就是一个交流呼应的共同体。早在古希腊时代大哲人柏拉图就已提出：作品是否合乎艺术，主要取决于它能否适应读者的心灵和性格需要。某类文学风格若适合了某类心灵，就会对此心灵产生说服作用。某种风格若适应于某种性格，就会对此性格产生积极影响。写作的目的是感动读者的心灵，完善读者的人格，把真善美灌注到读者的心灵中去。故而作家必须研究读者的心灵和性格，只有这样，作品才能犹如磁石吸引铁环并把磁性传给铁环，使铁环也像磁石般吸引其他铁环，进而把磁性再传授给其他铁环一样。作家凭借他对读者的研究和了解，凭借自己在了解基础上所形成的同谋与共享精神，把诗性智慧与诗意的力量灌注于作品。又通过作品传授给读者，使读者的心灵充满诗性，并以此卧游于天地自然与社会人生之中。

在21世纪刚刚开始的今天，人们写读之间早已形成了这样的共识，一切艺术都是为欣赏和接受而创作的。作品中各种审美策略和诗意方法的运用，只是为了造成接受者强烈的阅读感受，只是为了与接受者形成一种顺畅的交流呼应关系。小说艺术的全部价值仅仅是与读者建立一种互惠性交流呼应共同体。不与读者对话，不被读者所接受，不经读者完形创造的小说，只是一堆印满铅字的废纸。故而，陈忠实反复强调，作家的全部理想和生存欲望都莫大于读者对作品的接受和理解。一切审美建构，都是为了读者在其中卧游，文本发出的审美呼唤，都是为了得到读者应答。作品价值的大小或有无，终须由读者来评判。站在读写共同体之外谈文学的价值和意义，论文学的繁荣和萧条，是十分滑稽的。优秀作家的小说话语，既能适合读者的趣味，又能改造和震撼读者的心灵。只能适应读者的口味的作品，是媚俗的作品。只想改造读者的作品，曲高和寡，无人接受。这里面的尺度是相当难以把握的。话语事件化、动作化，既吸收了流行小说的悬念性、情节性及其特有的吸引力、感召力等优点，又去掉了其单线因果关系及其缺乏复杂感情、缺乏丰富韵味的毛病。在这里，话语事件如电影蒙太奇般直接快速地化出化入，既引人入胜，又令人深思，创出了一条雅俗结合的路子。

几十年来，我国文艺界一直提倡文艺为人民服务。但是，在文艺专业圈备受赞赏的作品，人民群众往往不欣赏。一些品位较高的小说，往往滞销，出版之后很快就由新华书店转到古旧书店，长期关注关心文艺发展状况的人士，为此也很焦虑。相反，一些通俗性的、低品位的作品，由于话语形式为群众所喜闻乐见，反而得到畅销，这让一些正统人士不免为中国读者欣赏水平而扼腕叹息。然而，光是叹息而不进行新的探索，就不能占领广大的文艺阵地，就会使文艺为人民服务流于空头口号，反过来又影响文艺的创作和繁荣。陈忠实刻意要在读写共同体建构方面下功夫，他说："可读性是我认真考虑过的几个最重要的问题中的一个。"① "我们的作品不能被读者欣赏，恐怕不能完全责怪读者档次太低，而在于我们自我欣赏从而囿于死谷。必须解决可读性的问题，只有使读者在对作品产生阅读兴趣并迫使他读完，其次才能谈接受的问题。当时我感到的一个重大压力是，我可以有毅力有耐心写完这部四五十万字的长篇，读者如果没有兴趣也没有耐心读完，这将是我的悲剧。"②他从创作方面寻找雅文学不为群众欣赏的原因，认为这与雅文学淡化情节有关系。淡化情节本身作为一种新的诗化方式并无可指责的，因为艺术需要不断创新，假如当代作家不进行新的探索，不进行新的诗意创造，只沿袭先辈的传统，那必然会导致把文学变成惯例而非不断创新的艺术。而当文学一旦变成惯例，就会产生各种麻痹感觉、促人入眠的非审美化倾向。为了能使作品激起读者的新鲜感、惊奇感乃至迷狂感，作家必须与祖传的形式做抗争，在抗争中进行新的诗意创造。但是，任何创造除面对传统以外，还必须面向读者。作者抛开或避开读者搞创造，在读写共同体之外搞探索，无视读者的兴趣与爱好；读者从自己的兴趣与

---

① 陈忠实：《寻找属于自己的句子》，上海文艺出版社，2009年，第192页。
② 同上，第193页。

爱好出发，寻找合乎自己胃口的文本进行阅读与欣赏，无视作者的自娱自乐。作者与读者之间相互应答的审美共同体的缺失，就会把文学文本变成一堆冰冷死寂的印刷符号。因此说，在进入新时代的今天，要繁荣以人民为中心的社会主义文艺，陈忠实建构读写共同体的审美探索与实践，无疑具有重要的启示意义。

原载《文艺争鸣》2018年第4期

贾平凹在商州、西京传承发扬柳青传统

贾平凹是新时期中国现实主义文学创作的杰出代表，他关注当下中国世道人心的变化，他关怀当代中国人冷暖交替的感受。他用中国特色的写实手法，记录西安和商州两地人民的现实生活，描写自己忧患人生的心迹。贾平凹一直否认自己是严格意义上的现实主义创作者，他作品中没有典型环境中的典型人物，有的只是自己的心迹。但是，他自觉遵守中国当代现实主义的一个原则，始终扎根自己的生活根据地——商州、西安。他一生最主要的作品都是剖析商州社会，描写西安人生的。他把商州社会、西安人生当成看取社会的法门，认识人生的窗口，把两地的社会人生写成一份份中国当代的社会记录和人生档案，与当代读者分享，留给后辈读者评说。同时，他的创作历程，是一个不断寻找中国文学之根中国文化之根，寻找自我创作个性的历程。他在文学追寻的过程中，成功地实践了当代新汉语写作的中国气魄、中国作风，成为最具有中国特色的中国当代作家。

一、自觉占据两个文学创作根据地

在贾平凹成熟期的小说中，我们几乎找不到经典现实主义作品中流行的典型环境与典型人物，找不到激动人心的故事情节。他讲述变革时期西安和商州的人生故事，用自己民族传统的叙事手法为读者营造了两个主要意象"废都""废乡"。在他的作品中，充满着大量的生活细节，平凡琐碎的日常对话，相互纠缠的空间化布局，淡化了时间维度及情节的作用。在贾平凹的笔下，普通百姓的生活是由特定生活空间中一个又一个平凡琐碎的日子构成的，如果哪一天百姓平凡的日子被打断了，空间秩序破坏了，平安的日子变成一种奢望或者悬念了，那一定是国家或者民族出了大事。底层人心中发生大事的日子，往往是把日常生活变成了热闹的景观，给平淡呆板的日子增添了特殊的色彩，改变了日常生活的样貌，给自己人生留下非凡记忆的日子。它未必都是能给百姓带来好运的事儿，却是让底层人厌烦的平常的日子变得非常，给底层人枯燥乏味的日子增添了一些特殊的滋味儿的日子。贾平凹在他的作品中剥掉生活中的所有光环，还原生活本来的色调，给被遮蔽的社会人生揭幕，让读者认识本真的日常生活，本色地过日子的自己。

贾平凹是中国新时期崛起的文学创作者，也是最早自觉进行文化和文学寻根的作家之一，是最早在民族文学与文化中扎根的作家之一。他是20世纪80年代那批作家中最早发现当代作家脱离了自己创作的根据地，即脱离了生活之根、文学之根、文化之根，让作家变成了随社会时尚飘荡的无根的流寇，从而把文学创作变成报道时政的新闻写作的作家之一。贾平凹的文学创作有两个"根"：一个是生活的"根"，一个是文学的"根"。他在《〈商州：说不尽的故事〉序》中写道："商州曾经是我认识世界的一个法门，坐在门口唠唠叨叨讲述的这样那样的故事，是不属'山中有一座庙，庙里有一个和尚'的一类，虽然也是饮食男女，家长里短，俗情是非，其实都是基于对我们民族过去、现在和未来的认识上的一种幻想。"[①]在《寻找商州》中，他回顾自己的创作时说，1980年他自觉自己的创作出了问题，不知道该写什么，怎么写，产生了苦闷和彷徨。于是，去了一趟霍去病墓，写了一篇《"卧虎"说》，整理了自己的思绪，然后返回故乡，醒悟到自己创作的问题在于，一直没有根，总是随波逐流，像

---

① 贾平凹：《关于小说》，生活·读书·新知三联书店，2015年，第75页。

个流寇。于是，一方面多次回故乡采风，寻找生活的根；另一方面大量阅读从明清到现代优秀的中国文学作品，在传统文学作品中寻找适合自己的写作手法。"我终于结束了我创作上的流寇主义，开始有了'根据地'。我大量地写商洛的故事，那时为了不对号入座，避开商洛这个字眼，采用了古时这个地方的名字：商州。于是《商州初录》以及商州系列作品就接二连三地发表了。"[1]商州和西安既是贾平凹生活和创作的根据地，又是他认识世界、认识人生的法门或窗口，中国传统的手法则是他艺术地把握世界和人生的手法。随着商州系列作品产生了影响，他才一步步自觉起来，便长期坚守两块生活根据地，一是商州，一是西安。商州和西安既是他站立的位置，又是他认识社会人生的视角。他从西安（城市）的角度看商州（乡村），从商州（乡村）的角度看西安（城市），以这两个角度看中国，用民族的写作方式营构自己所看到的生活，一直写到21世纪。在《〈高老庄〉后记》中，他再一次强调："长期以来，商州的乡下和西安的城镇一直是我写作的根据地，我不会写历史演义的故事，也写不出未来的科学幻想，那样的小说属于别人写的，我的情结始终在现当代。我的出身和我的生存环境决定了我的平民地位和写作的民间视角，关怀和忧患时下的中国是我的天职。"[2]他一直把西安和商州当作丰富自己人生体验，滋养自己生命精神的两个根据地，当作他与农村和城市读者交流自己感受和人生的窗口。他说："我终生要感激的是我生活在商州和西安两地，典型的商州民间文化和西安官方文化孕育了我作为作家的素养，而在传统文化的其中浸淫愈久，愈知传统文化带给我的痛苦，愈对其种种弊害深恶痛绝。"[3]

生活的根不仅滋养了贾平凹的文化情怀，也滋养了他的审美感知，让他能更好地写出生活原生态的流动，进而升华出他的文学意象。文学的

---

[1] 贾平凹：《关于小说》，生活·读书·新知三联书店，2015年，第207页。
[2] 同上，第110页。
[3] 同上，第111页。

根，由《诗经》、《楚辞》、《史记》、唐诗、宋词、元杂剧、明清小说等一系列文学的纪念碑构成，给他的文学创作赋予了中国性，赋予他的文学创作以中国作风与中国气派。他在此基础上融合世界文学的创作方式与方法，让自己的创作枝繁叶茂。他在中国文学传统的基础上进行创作，摸索新汉语创作的道路，形成了自己独特的创作风格。在他看来，任何一种文学创作，一旦离开文学的根，不论搞得多热闹，多么花里胡哨，都会自绝于文学史之外，自绝于文学评价的行列之外。作家的文学创作，只有进入特定文学史的行列，写农村，城里人也会读；写陕西，外省人也能看懂；讲中国的故事，外国人也喜欢听。

在改革开放的初期，中国社会发生了巨变，社会的各个角落每天都在发生着堪称庄严的、神圣的人生事件，也发生着离奇的、荒诞的甚至超出人们想象的新闻事件。这些事件，诱导和召唤写作者进行忠诚的新闻传播。因此，许多作家竟然自觉不自觉地扮演起新闻工作者的角色，坦然地把文学作品当新闻稿件来写，招徕读者的猎奇心理，给自己带来一时的所谓名气，却违背了文学创作的规律，让文学脱离了自身的轨道，因此败坏了文学创作的风气。在《关于〈九叶树〉的通信》里，贾平凹明确地指出，作家与新闻工作者有两点不同。首先是看世界的方式不同。作家不是站在变革时代之中看变革，而是把变革时代放到漫长的历史中来看，放到广阔世界的格局中来看。也就是说，作家总是把特定世界人生放在更漫长的历史时间，广阔的宇宙空间中来看待。而且要以美学的方法来把握和重构某一时期的生活世界，而不是置身特定时空之中，对其进行刻板的反映。其次，作家与新闻工作者关注社会人生的聚焦点不同。作家较少以各种荒诞离奇、无法反映社会本质的所谓社会事件来博人眼球，而是更多地关注特定时空中底层人物的心理和命运的变化，要通过底层人物心理结构和命运变化来显现社会的变革。他说："现在的时代是变革的时代，好多事情需要我们去写，当然作家的任务不仅仅是写出当前农村这种形势是好还是坏这样一个主题，重要的是写出这个大背景下人的变化，面对着这个大千世界和大千世界上人的心声,一个作家应该要整个地加以把握。如何整体把握而不沦于就事论事,我觉得应从历史上甚至世界的角度来加以俯视。而落笔下来,又要落到最本质性的也是最真实、最能引起农民关注的问题上。也以此,这一系列的描写商州的作品中,我总是从对待土地的观念上,对待传统道德的观念上入手的,想从各个方面探讨农民的心理结构的变化。"①他更加关注底层人物的心理结构的变化,更注重反映底层人物的心声。

二、艺术升华的过程是在根据地深耕的过程

贾平凹是一个有追求的作家,创作之初就对接传统的汉语写作方式,摸索新的汉语写作方式,而且,在之后的创作过程中一直保持着这颗初心。他像所有优秀的作家一样,具有相当明确的文学历史传承意识。在文学创作的早期阶段,他就一手伸向传统,尚友古代优秀艺术;一手伸向现代,尚友现当代作家和读者。在传统和现代的结合处,寻找属于自己的表述方式,要用属于自己的艺术风格在文学史中寻找自己的位置,在当代生活中寻找与读者的对话分享点。20世纪八九十年代,中国的现代主义作家和理论家也强调艺术形式的重要性,其目的却是要求作家们借用西方现代主义的形式和技法,代替中国传统的写作方法。毫无疑问,西方现代主义方法在当时对中国当代文学创作纠正新闻化写作方向,以文学的方式进行文学创作,纠正各种非文学的创作方式,具有很好的纠偏作用。但是,现代主义方法的倡导者却把中国文学纠正到了西方文学的路上,而西方现代文学是从西方现代生活及西方文学传统的根上生长出来,面向西方现代读者的审美需要创造的文学。中国许多现代派的跟风者,抱着猎奇或贩卖新奇的心理,游戏文学而非进行文学创作,只管自己码字的畅快,不管读

---

① 贾平凹:《关于小说》,生活·读书·新知三联书店,2015年,第13页。

者阅读的需要，最终走向炫技的泥淖。甚至，某些打着后现代主义旗号的作家，以创作出某些孤芳自赏的游戏文字为荣，作品远离中国的社会历史，不关注中国的现实人生，不关心中国读者的阅读需要。一意孤芳自赏，让中国当代的文学创作失去了当代读者，失去了当下的文学消费市场。

贾平凹则立足于中国当代文学的现场，回应文学本身发展的需要；立足于创作者本人把握现实的初心，寻找一种有利于塑造中国形象、传达百姓声音，为自己家乡树碑立传，与当代读者分享对话的独特方式。他说："因为我极不成熟，我得找出一套适应我的写法。"[①]所谓适合于他自己的写法，就是适合于他的精神气质，适合于他把握现实人生，适合于他与读者进行分享、对话的那种写法。于是，他在中国文学中找到了孙犁，找到了沈从文，进而找到了他喜爱的明清小说以至汉代笔法，他一直在民族的文学传统中寻找写作之根，使自己的写作成为中国文学传承中的重要一环。为了把人物写得更加真实和立体，他以乡村的视角看城市写城市，以城市的视角看乡村写乡村，以好人的眼光来看坏人写坏人，以坏人的眼光来看好人写好人。在他眼中，在社会大变革时代，没有纯粹的好人或纯粹的坏人，纯粹的好人或纯粹的坏人都不是变革时代人的本色。本色的人都是一体两面的，好人身上都有几分坏，坏人身上也都有几分好，从一个角度看能看到他的好，从另一个角度看又会看到他的坏，他们不是"好坏人"就是"坏好人"。忠奸两判的观念是一种人为的"分别"，是对本色人的一种有意无意的遮蔽，不能反映现实人生的本色。贾平凹塑造人物形象的本色观，是他对变革时代普通百姓以及底层生活的独特感悟。

90年代之后，贾平凹的现实主义创作风格进一步走向成熟，一方面他站在西安和商州两个生活根据地，更加深入地挖掘根据地的生活和文化特

---

① 贾平凹：《关于小说》，生活·读书·新知三联书店，2015年，第14页。

色。另一方面，为了创造更加完美的汉语写作文本，为了让作品更具有中国特色，同时也为了使作品更具个人风格，他把寻根和创造的触角从明清文学伸向两汉及其更早的文学传统之中，在文学传统中寻找能够抽出当今现实主义文学新枝的根苗，能够嫁接和丰富当今文学写作的枝条。于是，写出了20世纪90年代洛阳纸贵的《废都》，以及之后被称为"废乡"的《秦腔》《古炉》《带灯》等优秀作品。他在《在首届世界华文长篇小说奖"红楼梦奖"上的受奖辞》中说："《红楼梦》是我们最珍贵的遗产，它一直在熏陶着我们。我以前曾写过文章，评论我所崇拜的现当代作家沈从文和张爱玲，我觉得他们写作都是依然在《红楼梦》的长河里。沈从文的湘西系列让我看到了《红楼梦》的精髓；张爱玲的作品更是几乎一生都在写《红楼梦》的片段。我同所有的华人作家一样，熟读过这本大书，可以说，优秀的民族文学一直在滋润着我，传统文化渗透在我的血液中，所以在写《秦腔》时，我自然在语感上、在节奏上、在气息和味道上受到《红楼梦》的影响。"①《红楼梦》之所以能够在中国现当代文学发展过程中老枝发新芽，说明他对后来的创作者和阅读者具有强大的艺术感召力。进入新世纪以后，他在《〈带灯〉后记》中说，他要用汉代的笔法，耕耘家乡的社会人生，表达自己的关切之情。"这一本《带灯》仍是关于中国农村的，更是当下农村发生着的人事。我这一生可能大部分作品都是要给农村写的，想想，或许这是我的命，土命。或许是农村选择了我，似乎听到了一种声音：那么大的地和地里长满了荒草，让贾家的儿子去耕犁吧。于是，不写作的时候我穿着人衣，写作时我披了牛皮。"②在与吉冬文的对话中，他说："我对自己的家乡和生活在那里的乡亲们，一直怀有深厚的感情。虽然在城市里生活了三十多年，但是我对自己的定位还是农民。我的本性依旧是农民，如乌鸡一样，是乌在了骨头里的。所以要用忧

---

① 贾平凹：《关于小说》，生活·读书·新知三联书店，2015年，第146页。
② 同上，第220页。

郁的目光观察农村，体味农民的生活。我要用文字给故乡立碑。"①

古人认为，人生最大的事就是认识自我，活成自我。现代人认为，人生最大的事就是认识自我，改变自我。贾平凹认为，作文和做人稍有不同。在现实中做人不能变得太快，缺乏本色，面目不清，因此一定要活成自我。但是在作文时，不能千文一面，自我复制，因此需要不断地改变自我。做人能够守住初心，活出本色，就活成了一个纯粹的人；作文能够不断变化，不断创新，就成为一个具有探索精神的艺术家。贾平凹把这种探索精神称为艺术上的"折腾"。他几十年的创作过程，就是一个不断在艺术上摸索折腾的过程。经过多年的摸索和折腾，他写出了一部部清新、灵动、疏淡、幽默、有韵致，颇具明清文学风范的作品。于是，他觉得自己应该有意地改变一下自己的文风，学学西汉品格，向海风山骨靠近。"到了这般年纪，心性变了，却兴趣了中国西汉时期那种史的文章的风格，它没有那么多的灵动和蕴藉，委婉和华丽，但它沉而不靡，厚而简约，用意直白，下笔肯定，以真准震撼，以尖锐敲击。"②

三、从"我"入手，与"我们"共鸣

文学是一种对话的艺术。人与人，需要通过尚友活动来丰富自己的心胸，扩大自己生活对话交流的世界。没有对话，人就会显得孤独和多余，人的世界就会缺乏温暖和意义，就会让人产生疏离感，难以让人产生情感的认同。读者喜欢的作品，都是他在情感上认同的作品。这样的作品，虽然写的是"我"的故事，却能让读者感受到主人公和自己如同兄弟姊妹，是对方生活中的一部分。弗莱在评价浪漫主义诗人华兹华斯的情感表现时说："人的心智起初是华兹华斯的个体心智，但随着诗歌的写作，他成了我们的心智。华兹华斯始终没有自我表达，因为诗歌一旦写成，作为

---

① 贾平凹：《访谈》，生活·读书·新知三联书店，2015年，第338页。
② 贾平凹：《关于小说》，生活·读书·新知三联书店，2015年，第229页。

个体的华兹华斯就消隐了。这里涉及的普遍原则是，文学当中不存在自我表达。"①读者阅读作品时，他从自我出发，建构一个尚友古人和今人的生活世界。作品建构的那个生活世界，如果作者尚友的古人所运用的交流方式还具有对话交流的功能，如果作者所尚友的今人愿意把作品构建的生活世界当作双方共同的世界，进入其中分享其诗意的世界，读者就会通过文本与作者进行审美认同与呼应。作品如果表达的是作者一个人的自言自语，没有一点尚友今人的诚意，就不可能与读者之间建立对话交流的呼应关系，读者就会对作品置之不理。优秀作家笔下的天地自然，都会与读者所生活的社会人生相关联，以此赢获读者的审美认同。

贾平凹认为，好的作家在写作中都能够做到举重若轻，从"我"出发，写出"我们"（读写）双方情感的交接点，感召"我们"与"我"（读写双方）情感共鸣。好的文学作品都能够小处入手大处着眼，通过"我"的人生苦乐，写出"我们"一代人的苦乐体验。在"我"的命运中发现"我们"（读写双方）共同的命运。一个写作者如果从"我"出发又回到"我"，他写的不是文学，是写作者的自言自语；写作者只有从"我"走向"我们"，与读者尚友对话中，分享思想感情，才进入写作的本意。文学的本意，是要在我们生活的世界之外，为读写双方建造出一个诗意的家园，让"我们"在其中审美地生存。

在《关于写作》中，贾平凹说："文学价值诚然是写人的，要写到人本身的问题，而中国的国情是正处于社会转型期，大变革着，人的问题是和社会问题搅在一起的。"②人是各种社会关系的总和，人又对各种社会关系发生着作用。作者要写出社会的人，就要在各种社会关系中去写人。作者要对社会发生作用，就要与他人分享自己在各种社会关系中的生命体验和感受，就得从"我"走向"我们"，就要打破自我的精神枷锁，走向社会人生，研究社会人生。作者如果不突破自我，不关注现实，就不懂

---

① 诺斯罗普·弗莱：《培养想象》，李雪菲译，中国华侨出版社，2019年，第57页。
② 贾平凹：《关于小说》，生活·读书·新知三联书店，2015年，第195—196页。

现实生活的千姿百态，社会人生的姹紫嫣红，就写不出生活世界的鲜活样态，扣不住时代脉搏的跳动节奏，震撼不了读者的思想情感。作者只有关注现实人生，认清人在社会关系中的存在样态，让生命从作者所写的人与事的各种关系中透露出来，文本写得越实呈现出来的境界就越大，感动读者与之进行审美共振的力量就越强。

文学是作家建构的一个审美世界，一个诗意的精神家园。一个敏锐的作家，往往能够举重若轻，能让一个人的一段故事反映一个时代人们生存的某个方面的特征，对个体反观自我和社会具有一定的启示。作品写出了这样的人物，就能激发读者的对话分享欲望，延长作品在"我们"中流传的历史。主人公艰难地认识自我的历程，激发了读者认识自我的欲望。主人公曲折地改变自我的历程，诱导着读者进行艰难的自我改变。因为作品中主人公的那个自我，也是"我们"所有读者的自我，主人公要求认识自我、改变自我的那个愿望，也是"我们"所有读者共同的愿望。因此，作者不能光看小品，不能只讲究语言的小情趣，语言必须建构大的艺术境界，作品要以个体情感和命运反映广阔的社会人生。"要往大处写，多读读雄浑沉郁的作品，如鲁迅的，司马迁的，托尔斯泰的，把气往大鼓，把器往大做，宁粗粝，不要玲珑。"[①]写作过程不是玩聪明弄才情的过程，而是养大拙做愚人的过程。写作过程一定要扎实，就是要写出丰富的有个性的细节，好的作品都是用丰富生动的细节支撑起一个想象的文学大厦。缺乏真实生动细节的作品，就不能支撑起宏阔的艺术大厦。没有人间气，缺乏真实性，就不能跟读者建构起对话交流的关系。贾平凹强调，作品的过程写扎实了，结果就虚了，境界就大了，邀请读者进行审美生存的空间就宏阔了。反之，境界就会小，就无法邀请读者进入其间进行审美卧游。

写作不是游戏，不是应景文字，作家有自己的使命，要与当代认同

[①] 贾平凹：《关于小说》，生活·读书·新知三联书店，2015年，第201页。

情感,要与时代共命运。当代的中国作家,与当下的中国社会血肉相连,与当下中国的人生命运与共。作家体验生活时一定要沉入生活的深处,要让笔下的人物与底层生存奋斗者同情感共命运,写人写事,形而下要写出底层生存奋斗者的真实,形而上要能够升腾到人类共同追求的境界上去。这样作家就能够通过一个人的观察表现一代人的观察,透过一个人的记忆表现一个国家的记忆,通过一个人的忧思表现一代人的忧思;只有这样,作品中主人公的"我"就与阅读作品的"我们"情感相依命运与共了。在《秦腔·台湾版序》中,贾平凹说,历史的河流在大拐弯的时候,船是颠簸的,船上的人受到刺激,发出尖叫、碰撞,甚至摔出船舱,船上的人不幸,却给写作者提供了通过一个人表现一代人共同的痛和怕的良机。"《废都》和《秦腔》正是我对世纪之交中国大陆的历史所做的一份生活记录,也是对我的故乡,我的家族的一段感情上的沉痛记忆。"历史发展过程中长期形成的中国城市和乡村的对立,就是先进和落后、富裕和贫穷的对立。政府清楚乡村是落后的地方,农民是贫困的人群。为了改变城乡差别的状况,经济改革首先从改变农村大集体生产的状况入手,实行分田到户,包产到户,一下子解决了农民的吃饭问题。农民解决了吃饭的问题之后,紧接着生出发展自我实现自我的要求。可国家在解决了农民吃饭问题之后,从国家发展的战略出发,又将注意力转移到了城市,大力推进城市化进程,以城市为龙头推动城市的现代化建设,以城市带动乡村。然而,在中国,政府的关注就是发展的机遇,飞翔的翅膀。失去政府重点关注的农民,就像失去了翅膀的鸟,难以解决自我发展和自我实现的问题。

"四面八方的风方向不定地吹,农民是一群鸡,羽毛翻皱,脚步趔趄,无所适从,他们无法再守住土地,他们一步一步从土地上出走,虽然他们是土命,把树和草拔起来又抖净了根须上的土栽在哪儿都是难活。"[①]

城市化的过程就是城市不断扩张、发展,乡村不断收缩、破败的过

---

① 贾平凹:《关于小说》,生活·读书·新知三联书店,2015年,第152页。

程。国道加宽要占地，修建铁路要占地，修高速公路还要占地。高铁和高速公路的修建，发达了国内的交通，削减了农民的耕地，对农民来说，庄稼没处种了；小伙子姑娘们为了养家糊口，都进城打工去了，原本地就不够种，剩下的地又荒了，老人死了都抬不到坟里去。乡村的破败不仅在于土地没了，青年男女到城里去了，更可怕的是传统的乡土文化因为缺少继承人，也面临着逐渐消失甚至完全消失的危险。贾平凹说："这些年每次回乡，那里的变化离我记忆中的故乡越来越远，传统的乡土文化一步步逝去，我于是冲动着要为归去的故乡竖一块碑子。"[1] 碑文虽然是由个体写的，内容必须是大家共同的记忆，对大家都有意义。"我掂量过我自己，我可能不是射日的后羿，不是舞干戚的刑天，但我也绝不是为了迎合和消费去舞笔弄墨。我这也不是在标榜我多么清高和多大野心，我也是写不出什么好东西，而在这个年代的作家普遍缺乏大精神和大技巧，文学作品不可能经典，那么，就不妨把自己的作品写成一份份社会记录而留给历史。"[2]

写作对于任何一个作者来说，都是以我的名义写我的心迹，表达我对这个世界的喜欢或不喜欢，与我的同类"我们"来分享，争取在尚友活动中获得"我们"的认同。通过文学的尚友活动建构审美共同体，在共同体中分享思想感情既是写作的动力，也是写作的意义所在。因此，"我"的心迹必须与"我们"的心迹相互交集，以此寻求"我们"的认可。只有获得了"我们"的认可，读写双方才可能结合成为一个审美共同体，才可能在审美共同体中同感共谋，共建共享。读写双方要把本有差异的你我，结合成为同感共谋的"我们"，最重要的是要在情感上相互认同。情感上的相互认同是一种感性的认同，写作者向读者展示真诚的自我，本色的生活，让读者感到作者把自己当一个亲近的人来进行交流分享，让读者感受到作者与读者是一类人，是"我们"中的一分子，"我们"可以分享人生

---

[1] 贾平凹：《访谈》，生活·读书·新知三联书店，2015年，第259页。
[2] 贾平凹：《关于小说》，生活·读书·新知三联书店，2015年，第168页。

经验，谋划人生远景。贾平凹在《〈古炉〉后记》中说："小说有小说的基本写作规律。我依然采取了写实的方法，建设着那个自古以来就烧瓷的村子，尽力使这个村子有声有色，有气味，有温度，开目即见，触手可摸。以我狭隘的认识吧，长篇小说就是写生活，写生活的经验，如果写出让读者读时不觉得它是小说了，而相信真有那么一个村子，有一群人在那个村子里过着封闭的庸俗的柴米油盐和悲欢离合的日子，发生着就是那个村子发生的故事，等他们有这种认同了，甚至还觉得这样的村子和村子里的人太素朴和简单，太平常了，这样也称之为小说，那他们自己也可以写了，这，就是我最满意的成功。"①贾平凹在这里所说的，自己最满意的作品，是用生活细节创造艺术幻觉，让读者觉得作品所反映的诗意生活就是现实人生本身。《古炉》写"文革"怎样在一个小村庄发生，"文革"之火怎样在中国最底层一点就燃的过程。作品中写的是古炉村的人和事，实际上象征的是中国的人和事，表现的是中国人的生活状态。20世纪后半期相当长的一段时间，中国农村的物质生活还十分贫穷，农民碗里的汤稀得经常能照见天上的飞鸟和流云。这种生活现实要求农民为解决自己的温饱而努力劳动，然而，本应为多打粮食而操劳的农民，却不停地被各种不打粮食的事情运动着，而且农民们也习惯了被运动。各种瞎折腾的运动遮蔽了农民本真的生活世界，扰乱了农民的生存意识，淡化了他们心中的土地意识，而唯一增强了的是农民心中的权力意识。一些激进的青年农民甚至不想在土里寻食，一心想通过权力夺食。"千百年来他们以土地为生，结成了以土地、家族为核心的封闭村社，在集体化运动中农民失去了对土地的自主权，一些年轻人淡化了对土地的主人感，如夜霸槽，强化了对权力的依附或对抗，但是如磨子等老一代庄稼人仍然能意识到庄稼好坏与自己生活的关系。真应了那句'有恒产者则有恒业，有恒业者则有恒心'的老话。乡土中国农村从本质上说，从来不是政治的，而是邻里人情、血缘

---

① 贾平凹：《关于小说》，生活·读书·新知三联书店，2015年，第216页。

家族与生存利益的纠缠。即使如'文革'那样大规模的群众性政治运动，'政治'也是被悬置或被利用的。"[1]夜霸槽整日怀揣着以权夺食的梦想和期盼，期盼自己身边能够发生一些战争或者革命之类的大事，有了战争他就可以当想象中的英雄，从一般的农民群体中获取优势资源，改变自己目前这种边缘人的可怜状态，进一步把优势资源转换成权力，进入社会中心享受物质的富足；有了革命运动，他就能够运动掉目前自己受压抑的生存现状，站在人前享受做人的尊严。他不能忍受古炉村一如既往被朱姓人掌权，朱大柜当书记，朱满盆当队长，村民们按书记的吩咐开会学习，听队长的安排到窑里烧瓷的生活，这种生活就等于灭绝了夜霸槽任何改变命运的机会。好在天无绝人之路，从公路上下来串联的黄生生，给他带来了军衣军帽军用皮带，给他带来了领袖的像章和"文革"的消息，让他看到了在人前当英雄的希望，给他带来了五卡车支援他在古炉村进行运动的人马，带来了通过运动改变古炉村现实格局，改变自己生存地位和命运的机会。

"人凭衣裳马凭鞍。"自从穿上军衣戴上军帽之后，他名正言顺地从烧瓷种庄稼的农民，摇身一变成为当权派命的战士，组织了一支叫作"铁榔头革命战斗队"的队伍。在队伍中，队员之间的关系是战友，他们放弃了正常的生产活动，以"破四旧"的革命名义，对自己看不惯的朱姓人家进行打、砸、烧等"战斗"行动。通过"战斗"行动，砸烂了古炉村由朱大柜掌管的旧世界，建立了一个由夜霸槽主宰的新世界。夜霸槽以革命名义进行的战斗行动，搞的是家族认同，"非我家族，其心必异"。铁榔头战斗队认同的是夜姓家族，砸的烧的全是朱姓人家的东西。古炉村朱姓人家被夜姓人的行动打醒了，看出门道了。朱磨子说，革命是啥，"革命就是闹事"；天布说，"革命就是给别人寻事"，他心中的别人，就是别个姓氏的人。于是，朱姓一族以天布为首成立了"红大刀战斗队"，以"破

---

[1] 贾平凹：《访谈》，生活·读书·新知三联书店，2015年，第305页。

四旧"的名义,专找夜姓人家进行打、砸、烧。古炉村从此形成两大姓之间的相互对立的革命斗争。"铁榔头革命战斗队"在朱姓中拉一个走资派进行批斗,"红大刀战斗队"就在夜姓中拉一个反革命进行批判。一场影响中国社会发展进程的大运动,在古炉村就演变成了两个家族之间的血腥争斗。

两派革命的目的,既不是为了村民的共同幸福,也不是为了村民的自由平等,而是为了家族中的个别人夺权当官,为了让掌权者及其家族活得畅快,让别人及其家族活得憋屈。然而,革命的结果却是对立的两派不舒服,夹在两派之间的人也没法过正常的日子。两派互掐,栽赃诬陷对方,都要未进入派系的狗尿苔做证。狗尿苔不是贫下中农,整天受人轻贱,他老想穿一身隐身衣,把自己藏起来,村里所有的好事他都没资格参与,惹是非的活动他想躲却躲不开。两派都不把狗尿苔当人,只当他是擦屁股的土蛋儿,用时捡起来,用完扔掉。两派都把"革命"和"战斗"当成自己的生活,自己不去烧瓷种庄稼,也不让别人烧瓷种庄稼,自己得了革命病,见人就烦,开口就躁,还要把这种病传染给别人。于是,整个古炉村的人几乎都成了革命病患者,眼中只有革命,没有生活,甚至把革命当成了生活。战争年代,革命者的生活与革命是统一的,革命就是他们的生活,生活同时也是革命。在和平年代,如果还要革命生活相统一,用革命代表生活,这就是患了革命病。古炉村这种革命病患者,是打着革命旗号的宗族势力复活者,也是以进步名义开历史倒车者。贾平凹就是这样通过日常生活叙事,叙说着中国底层社会在"文革"中世道人心的翻转,他用生活本色代替过去的典型塑造,用中国特色代替了西方技法,让中国当代的现实主义文学更接地气,更具情感的撞击力。

杰出的作家不但有国族意识,更有人类意识,他的作品不仅是写给自己国家民族的,与本国本民族中那些志同道合的人们进行情感交流与分享对话的,更把人类作为一个情感互通的命运共同体,要与人类中那些志同道合者进行命运共振及分享交流和对话。贾平凹讲中国故事,传达中国声音，目的是要与人类进行对话分享。因此，他特别强调，写作者要有人类意识、现代意识。他认为作家在关注、叙写现实和历史时，一定要把自己关注、叙写的现实和历史放到整个人类历史的大格局中去审思，作家要把他笔下的这一个商州人、西安人，既当作中国的这一个，更当作人类的这一个来刻画。这一个所受的苦，所经历的爱和怕，也是人类的苦，人类的爱和怕。他所争取的尊严，也是人类要争取的尊严。个体的遭遇，个体的体验，只有与更大范围"我们"的遭遇和体验相互交集，与"我们"产生共振，才会形成普适的价值和意义。"现代意识可以说是人类意识，地球上大多数人在想什么，思考什么，你得追求那个东西。"①作家只有清醒地正视和解决那些社会人生问题，才能使"我们"通向人类最先进的方面，要改掉那些人性的虚妄和阴暗，才能使我们活得更加公平和富裕，才能让我们活得更加自在和有尊严。"《带灯》里的带灯是中国社会最基层的一级政府工作人员，这一级政府工作职能在很长一段时期内是寻找新的经济增长点和社会维稳。这两项工作使带灯深受难场，她每天面对的是泼烦、焦虑、痛苦、无奈和辛劳，地位的低下，收入的微薄，又得承受上责下骂，如风箱里的老鼠。她在这样的环境里完全凭着精神的作用在支撑……她是佛桌前的红烛，火焰向上，泪流向下。"②

贾平凹强调，作家写作时一定要有跨越意识。只有这种跨越意识，才能让作家站在自己所描写的生活世界之外，审视自己所描写的生活世界，才能看清这一生活世界的优点和缺点，置身生活世界之内。被生活的洪流所裹挟的人，很难看清置身其中的生活世界的真面目，很难对生活世界做出正确的认识和判断。所以他提倡作家一定要从城市看乡村，从乡村看城市；从中国看世界，从世界看中国。人类出现了困境，不同文化之间出现了对抗，化解文化对抗的唯一办法就是增强文化认同。一种文化或文学想要获得别种文化或文学的认同，就要表现自己文化或文学的独特性，独特

---

① 贾平凹：《访谈》，生活·读书·新知三联书店，2015年，第254页。
② 贾平凹：《关于小说》，生活·读书·新知三联书店，2015年，第232—233页。

性是特定文化获得认可与尊严的前提条件。"中国文化形成了中国人的文学审美,而在新的社会转型期,矛盾集中,问题成堆,文学必须要面对现实。中国作家从来都有传统的文人精神,即担当意识。"①贾平凹指出,自己虽不是一个振臂一呼应者云集的英雄,却也不想推脱写作者的使命和担当,他要用手中的笔,刻画出当代普通人的生存状态和精神状态,让他们在庸常而泼烦的日常生活中生出诗意梦想的翅膀,让读者在这个审美共同体中进行诗意的生存和遐想。

2017年9月

本文系国家社科基金项目"路遥、陈忠实、贾平凹与新时期现实主义文学"(11BZW022)阶段性成果

---

① 贾平凹:《关于小说》,生活·读书·新知三联书店,2015年,第237页。

贾平凹的现实主义探索及其贡献

陈思和曾谈道:"我可以毫不掩饰地说,贾平凹的长篇小说《秦腔》是新世纪以来,中国大陆最优秀的现实主义作品。"这种言论可能会使恪守经典现实主义理解的文学研究者诧异,为何会把《秦腔》归入现实主义文学范畴?如果我们从经典现实主义创作方法——卢卡奇将其总结为真实性、典型性、历史性三原则——出发去判别《秦腔》和贾平凹20世纪90年代以后的作品,只能说这些作品都是非现实主义的,这几乎已成为共识。这里我们首先要回答的问题是,现实主义是封闭而僵化的创作方法,还是在创作过程中不断发展和变化;其次我们要直面还是忽视现当代中国现实主义文学创作过程中自觉地民族化、当下化的事实。如果我们承认现实主义创作方法是在写作实践中承认中国现当代作家的现实主义创作一直在追求民族化和当下化这一事实,那么,现实主义概念就亟须重新界定。[①]我们不妨将现实主义看作在文学话语的生存关怀中,侧重指引事实生存现时实然的一极;它与侧重指引未来能在和应然的一极,构成了相反的类型化话语形态。将现实主义仅仅看作僵死的文学流派,逻辑上是不严密、很难成立的;在一种区分精神朝向的生存关怀向度上使用它,把它作为一种文学类型看待,就比较切近现实主义文学创作的实质。现实主义文学虽然在关怀方式、实现手法与关怀深度上的差异,衍生出现实主义的诸多歧异与

[①] 关于现实主义概念的重新界定,另文详述。

争论,但其关怀向度都朝向实然的方向。只要关怀内容的变迁和关怀方式的更新,无关乎关怀的向度,那么,就不改变其现实主义文学的本质。

现实主义可以跨越时代,容纳不同技巧和原则,并不拘泥于某种方法和样态。陈思和正是从作品的关怀向度上,将《秦腔》划归现实主义文学范畴,他看到了贾平凹在文学观念和创作方法上的创造性转换及开拓,并将其界定为"一种模拟社会、模拟自然、模拟生活本来面目"的"法自然的现实主义"[①]。这种命名昭示着对现实主义文学观念的重新理解,也明示了对贾平凹文学创作重新审视的必要性及考察的现实主义视角。的确,贾平凹的文学创作基于深沉的现实关怀,流露出明显的现实主义倾向,却将现实主义从思想根基、实现手法、关怀深度和广度上,创新性地加以改造和拓展,形成了自身独特的现实书写方式。那么,贾平凹是如何逐步推进与深化现实主义创作的?他的现实写作具有何种独创性?他对现实主义文学观念及方法的推进,对文学创作又有何意义?这些都是亟须澄清的问题。

一、现实主义探索道路与创作阶段划分

纵观贾平凹的创作历程,他深沉而敏锐的现实关怀与时代演进保持着一种富于张力的同构关系。他摹写着时代洪流,又寄寓了个人对时代的质疑、忧思和批判;在顺应时代的迁变中,也固守着自身不变的情趣、立场和理念。他的写作在朝向当下生活的同时,一方面有对生活表象的描绘、审视和批判,另一方面也有回望的寻觅和留恋,有向民族文化根基处的挖掘、向集体无意识的窥视和探询;既有对世界文化及思想的汲取,亦有对民族传统立场的回返和熔铸;对社会人生的观察和描摹,既有实的呈现,也有虚的勾勒。他的作品具有强烈的现实感,却没有墨守经典现实主义的

---

① 陈思和:《新世纪以来长篇小说创作的两种现实主义趋向》,载《渤海大学学报》(哲学社会科学版)2007年第3期。

原则，而是在其关怀方式、实现手法与关怀深度上不断深化，并呈现出阶段性特征。

1. 风格成熟前的现实主义探索阶段

1980年到1982年，贾平凹的作品从抒情转入了沉思，开始了现实主义创作。审视社会矛盾，批判其恶因，并将之归结在个人恶德和复杂的国民性上，从而具有了鲁迅式的意味。虽受到了现代意识朦胧的唤醒，却缺乏强大的思辨性及深入剖析，同时又被古代文学和文化熏陶了哀时感遇、伤感虚无的情调。作家的理性力量尚不足以把握其本质真实，也缺乏历史性的维度，他对现实的体认，尚未达到经典现实主义的高度。但此时，现代意识与现代小说技巧，由中国古典小说和文学传统而来的审美意趣和诸多文学手法，却已经在其创作中露出端倪。1982年发表的《"卧虎"说》一文中，贾平凹提出以中国传统艺术的表现方法，真实地表达中国人的生活和情绪，标举着返身民族历史文化、寻找作家自身表现方式的文学立场。这表明贾平凹的现实书写，从一开始就借古典文学、"五四"文学传统之体，同时吸纳西方现当代文学之用，在熔铸基础上探索独具一格的书写方式，以实现其现实关切。只不过因现实体认的肤浅和技法的稚拙，作品的思想性、艺术性尚有待提升。

1983、1984年，贾平凹写了向经典现实主义靠拢的三部反映农村生活新动向的中篇——《小月前本》《鸡窝洼的人家》《腊月·正月》。

有论者从"充分的现实感和时代感""坚实的生活骨力和作家主观情思的退后""以最基层的生活表现时代潮流""从真实性中显示作家的倾向性"[①]四个方面归纳这三部作品的现实主义精神，这种认识是贴切的，但是并不充分。贾平凹的确是从政治经济的共时性结构来缔造作品的，从而保持了与经典现实主义的一致性。三部中篇从经济层面经济地位的变动反映社会结构的变化，并以经济视角进行政治分界，区分先进与落后；以

---

① 费秉勋：《贾平凹论》，西北大学出版社，1990年，第58—62页。

经济先进政治优越这种先在的政策化、理念化的原则作为批判的立场,进而展开对既有的文化观念、道德观念、风俗习惯、生活方式的挞伐;同时也表现了一定的历史性,虽然这种历史间隔是通过简单的新旧对比来完成的。致命的问题是,经典现实主义经济政治的社会性视角,有其适用的历史语境,一旦社会中消除了阶级差别,这种视角能否作为评判准绳就需要重新论证。那么,改革中的农村社会是否有这种你死我活的阶级对抗和斗争?这三部现实主义作品的真实性问题因此很可质疑,真实性这一现实主义核心原则不保,典型性和历史性便无从谈起。

贾平凹转而深化、推进了另一思路,以安放现实关切,达致更高度的现实把握,这就是商州小说指引的方向。"商州三录"追求的真实,是由地理概貌、风俗人情、历史掌故、社会百态、民间传说整合成的大文化冷静地凸显的。无情节主干的散化结构,以"引言"统御下面若干各自独立的短篇,各有侧重地写商州的地理形胜、风土民情、历史传说、土匪传奇、迁变的时事、各色人等,将神秘、醇厚、沧桑、优美、逼真、混沌的诸色调,浑然一体地归入商州印象。这种散化结构,取消了人为构建的故事主干,不对生活作更多裁舍,不离原本的自然形态,达致纪实般的真实;同时自由地伸向自然、社会、历史和人的幽暗情感领域、文化心理结构、集体无意识等无形的、更为深层的东西,触摸到潜隐的深层真实;同时脱开情节的制约,对自然和历史进行更全面而深入的呈现,在互补中完成立体透脱的雕刻。这种思路,将共时性的"政治—经济—社会"的关注,转移到"历时性"及历时存在之物的"共时性"衍射、积淀组成的大文化上来,以呈现更为整体的和更为历史的、深层的真实,从而逃离激情的宏大语境,进而使文学赢得了自立,同时自然而然地以其审视对象和艺术技法,追求文学的民族化。这一思路,从此就隐伏在贾平凹的文学创作中。

1985年,贾平凹发表了《天狗》《人极》等中篇,此时对现实的关切纳入了现代性的视角,悲剧意识和性意识成为透视现实的焦点。《商州初录》等小说呈现方式是接近静态的,其陈述是冷静、素朴、表层的,其中包含的道德伦理、集体无意识沉积下的民俗民风、日常习惯和思维方式，如何在个体和群体的心理和行为当中体现？与时代精神、文明进程如何相摩相荡相互作用？如何规训和制约个人欲求又遭到个人欲求的冲决和反叛？这个动态化展示的思路是大文化静态呈现范式的逻辑延伸。贾平凹以现代性的悲剧意识和性意识作为透视的焦点来完成这种动态的展示，以此勾勒时代洪流表层掩隐的深层而立体的现实。悲剧通过震撼人心的毁灭，经由剧烈的冲突，能把深层的、直达人精神深处、隐藏在群体习俗和思维习惯中的导致悲剧的因素呈现出来，至少是作为问题呈现出来。悲剧性的《人极》，隐含着一种痛彻心扉的追问。与《天狗》《黑氏》《冰炭》等有较为清晰的悲剧成因的小说不同，《人极》《商州世事》中的悲剧成因是非常复杂的，不仅指向复杂的历史处境，更指向深层的道德意识、民族心理结构、民族集体无意识以及人的本能和动物性，将反思深入、放大到民族的根基处和人的根基处。从《人极》开始，贾平凹开始转向对夹杂着丑陋与恶、滞重与晦暗、模糊复义的混茫意境之追求，从而呈现出来的现实，也是不可尽言的混沌。"性"一头关联着与生命伴随的动物本能，另一头关联着宗教、道德等形态，张力空间巨大，潜隐在人类创造的物质与精神的文化形态之中。文学领域的现代化推进，将对人的考察推进到人的潜意识、本能、力比多层面。以性和性意识为透视焦点，的确可以窥见人性之幽深奥妙、文化和道德隐秘的基底和其间的冲突纠缠以及精神与欲望的搏杀交战。费秉勋曾这样评论贾平凹的写法："我们也不认为性意识是文学写人的唯一理想角度，但以性意识为焦点来写人，却能够展示人灵魂的最深层。在人类社会和人自身的世代发展中，性意识中积淀了越来越厚的社会性，以性意识为焦点写人。就象（像）是对这种积淀来一次还原反应，从而真实地窥察到化入人体的社会因子。"[①]

1986年的《古堡》和《浮躁》中，贾平凹基本形成了自己的风格。此

---

① 费秉勋：《贾平凹论》，西北大学出版社，1990年，第89页。

时，作家的现实关切借由意象化和以实写虚的方法，不仅涵括了共时性的政治、经济等社会因素，历史沉积、文化背景等历时性因素，还涵括了时代的氛围、精神和情绪；同时，将种种因素的冲突、化合、新变作为现实的一部分刻画，这是难能可贵的。《浮躁》不仅呈示了社会经济变化与政体变化的错位，个体心理的变化与群体心理变化的错位，还着重刻画了这两个错位所导致的世相与心相的繁复难测。由复杂世相向复杂心相的推进，由实向虚的推进，意味着贾平凹现实关切的进一步深化。

此后的《太白山记》《白朗》等作品，故事极其荒诞，主题高度迷离，却以神秘视角多层次、立体化地刻画了人意识的、潜意识的、信仰的真实，将难以言说的幽暗的内心，以融合了传统志怪、神魔小说的魔幻现实主义笔法鲜活地雕塑出来。怪诞的只是表层故事，其核心指向，却是深隐而迷离的内心图景。贾平凹将书写更多地转向了"看不见"的领域，并由此形成了自己的风格。

2. 精神写实的意象性现实主义阶段

十余年的探索之后，贾平凹终于找到了独特的观照方式和创作方法，艺术求索更为独立、更加自觉，更着意于由实在的世相诱发虚灵的心相，书写时代之中民族的精神状态和精神走向。他认为："现代小说讲究作家思想对真实性所发挥的作用，强调创造高于现实，并非只指给外显的社会历史，还得创造心灵史和精神史，创造具体事物的诗性。"[①]他"创造心灵史和精神史"式的写作，是从《废都》开始的，其后的《白夜》《土门》《高老庄》《怀念狼》基本沿袭了这一思路。

《废都》是贾平凹最受争议的作品，就其刻画的精神图景而言，在李敬泽看来，"《废都》一个隐蔽的成就，是让广义的、日常生活层面的社会结构进入了中国当代小说，这个结构不是狭义的政治性的，但却是一种广义的政治，一种日常生活的政治经济学：中国人的生活世界如何在利

---

① 贾平凹：《关于语言》，载《当代作家评论》2002年第6期。

益、情感、能量、权力的交换中实现自组织,并且生成着价值,这些价值未必指引着我们的言说,但却指引着我们的行动和生活"[①]。庄之蝶依存于他的"日常生活层面的社会结构",深以为苦,这个生活世界中的自己,并非想象和规划中的自己,在精神煎熬中痛苦挣扎、欲海求索、迷惘沉沦、虚无颓废,希冀着以出走来挣脱。这种读解,固然能显露精神深处的冲突、分裂和煎熬。但从历时性角度,或许更能看清精神撕裂、破碎的图景。中国古代精英知识人,以其对自身的想象和规划,完成了个人和社会价值的确立,完成了自身使命和人生意义的赋予,即便不得志于当世而遁入佛道之虚无,亦不过是这套价值和意义规范之内的穷达处境的转换,也未失去其求道、传道、卫道的勇气;现当代西方知识分子对个人和社会价值的构建和确立、对自身使命和人生意义的赋予以批判的强势姿态注入了社会,其立场是清晰的,目标是明确的。20世纪中国的知识分子在古老中国的价值扬弃和不可阻挡的现代化进程中,在如何面对古老中国的价值传统和继续深化移植来的现代性这两个方面,遇到了尴尬和困惑。钱锺书的《围城》已初步描绘了知识分子的这种尴尬处境和颓废姿态。

而到了八九十年代之交的中国,这个问题仍然突出。《废都》以一座城、一个文化名人、围绕文化名人的俗人俗世这样的"实",来写当代的精神图景这样的"虚"。从创作方法上看,在意象化的手法基础上,向中国古典世情小说借鉴,刻写人物、描画场面、叙写日常情节。小说的结构、叙事的起承转合、人物设置、气氛营造等方面,与《红楼梦》保持着一种同构关系;性描写的情趣化和诡黠处理,又借鉴了《金瓶梅》等小说,从技巧和神韵上向明清古典小说回归。复古的格调不仅要营造万艳同悲式的苍凉宿命,还要雕塑庄之蝶的思想趋向。自然,这种宿命感不同于《红楼梦》式的宿命感,而是退守不得、前进无路、绕树三匝无枝可依的精神心灵,在无法安顿的历史处境中的无奈、焦灼和虚无。在现代处境中

[①] 李敬泽:《庄之蝶论》,载《当代作家评论》2009年第5期。

却不能以现代哲思突围、立命，使庄之蝶主动也被动地向传统文人立场退守，最后退守到床笫之欢，但他真的能以男欢女悦、闺中之乐消解无奈、平抑焦虑、安放心灵、重铸诗意吗？《废都》可以说也是对自己心性和趣味情境化的审视和批判。其中的人物塑造又多为论者所诟病，其实贾平凹人物设置的寓意性，本就决定了牛月清、唐婉儿、柳月、阿灿式的人物，都是庄之蝶想象性的投射，都是包含着救赎性、趣味化的符号性人物。所以，不好说人物刻画的成功或失败，他着意描写精神图景、意象化的现实，本不着意人物的塑造，这是与经典现实主义的不同之处。

　　《白夜》延续了《废都》的精神图景，只不过删繁就简，将繁杂的人物和线索设置简化，以更多意象化隐喻、更虚地描摹当代人的精神状态。再生人是拥有前世记忆的人，隐喻以集体无意识的方式遗留并产生着作用的传统文化、传统价值；再生人的钥匙开不了门锁，象征着依然留存但价值的规范确立和意义的赋予却无法再以之为基础的传统文化。传统依然在顽强地延续，却失去了价值规范和意义赋予功能；西方的思想在社会上泛滥，同样不能确立社会和人的价值规范。夜郎正是当代人在失去权衡判断的价值规范和精神立场后，精神简单化、浅薄化，方向不清，行为感觉化的精神写照。"目连戏"中的精卫鸟，正是这些飘荡无依的痛苦的灵魂、渺小个人探寻重建民族精神立场和价值规范之宏伟使命的象征。《白夜》在精神现实的关注深度上对《废都》并无推进，只不过从创作方法上更加意象化，并且以说话式的平易和简单，进一步消解了情节和故事，从而叙事功能更为弱化，而象征和隐喻功能却大大加强了。

　　《土门》相较于《白夜》写得比较实。以一个农村姑娘梅梅作为叙述者，写城边仁厚村保卫村庄、应对城市化的过程。仁厚村表征的传统价值和文化体系，面临无可逃避的现代化进程时，既展现了让人留恋的一面，也展现出了其固有的缺陷。隐喻性的人物都是残缺的，成义阴阳手、云林爷瘫、梅梅有尾巴骨。这是对传统价值和文化体系充满辩证的审视，也揭示了其必然要走向现代化的命运。同时，城市存在的诸多弊端又成为现代化过程中不得不面对和思考的问题，如何走向现代化，却是未知的。小说最后，梅梅在灵魂出窍之中进入了一条湿滑柔软的隧道，望见了母亲的子宫，而那是回不去的，象征着对家园的忆念只能是无法实现的幻想。可以说，无论从主题还是小说技巧上，《土门》都是《废都》和《白夜》的延续，没有注入更多的东西，只不过更加确证了传统价值和文化走向现代的必然。

《高老庄》中则立场鲜明地以现代性视角，批判性地审视传统的精神价值与文化形态，以期合理吸纳融会传统的精神和文化。贾平凹在后记中说："在传统文化的其中淫浸愈久，愈知传统文化带给我的痛苦，愈对其种种弊害深恶痛绝。"他说："我或许不能算时兴的人，我默默地欢呼和祝愿那些先导者的举动，但我更易于知道我们的身上正缺乏什么，如何将西方的先进的东西拿过来又如何作用。"寓意性的人物，暗示了他对待传统文化和现代性思想的立场。《高老庄》里塑造了三个女性：菊娃表征的是农业文明下的传统价值，但是与现代城市文明距离太远，最后与丈夫离婚；苏红表征的是以物质追求和经济价值为导向的文化虚无主义，她既不被乡村也不被城市认同，游走于价值体系之外；还有西夏，她既受到了现代文明的塑造，又对传统文化有一种理解和激赏。西夏预示着贾平凹的价值和文化理想，即以现代性精神（西）为核心，引导、批判、吸纳传统价值和文化（夏），最终达到自觉的理想的文化价值形态。以子路为名的主人公，与孔子弟子"君子死，冠不免"的子路，形成了尤利西斯式的互文反讽；又在《高老庄》书名的语境压力下，与猪八戒形成了同构与对照。他从农村进入城市，接受现代文明，成了大学教授，凡事讲究文明；但再次回到农村，旧的文化、人群、环境却使他一下子倒退到了从前，恢复了种种毛病，具有了《西游记》中猪八戒式的性格。

贾平凹以此来审视传统价值和文化生态在中国乡村衰退的、丑陋的存在，同时审视这种东西在不自觉的、生长于其中的人身上留存的顽固性。

从创作方法上看，《高老庄》写得很实，隐喻的意象相对较少，他对以实写虚的理解更进一步，认为写得越实，才能越虚，此时他提出生活流的叙事方法。他在后记中说："我的初衷里是要求我尽量原生态地写出生活的流动，行文越实越好，但整体上却极力去张扬我的意象"，原生态、密实的生活书写，较之于散点透视由情节碎片和意象连缀成的文本，有更高的真实性，也更为自然，透发出整体的隐喻意义。

《废都》和《高老庄》，所关注的精神图景是大体统一的，却逐渐走向现代性立场，而现代究竟是什么，他并没有清晰地界定，他常说"现代意识是人类意识"，但一直到《怀念狼》，他的现代性思考才上升到人类性，并在历时性和共时性的向度上形成了巨大的张力空间。从共时性上来说，他写生态主义保护狼、追求人与狼和平共处的现代性文明，与商州特定地域形成的猎杀狼、人与狼争斗的猎人文明之间的冲突，貌似是从《废都》到《高老庄》现代文明与传统价值文化冲突主题的延续，实际上已经超出了中国现代化进程的语境而具有了全球性和人类性。可以离析为强势外来文明与本土地域文明的冲突，和全球化的现代文明与本土化的自然文明的冲突。本土的自然文明被同化，其间伴随着不解、抵触和痛苦的接受。小说中以傅山为代表的猎人，基于生命经验而形成的对狼的形象和道德界定，对杀狼的心理认同，到放下猎枪、保护狼的行为转换，是这种冲突的表现，形成小说的一条线索："猎杀狼——保护狼"。从历时性上来说，他写人类文明的走向及其深层次问题，写前现代文明、现代文明与未来对既有文明超越的可能性及必要性。商州野狼肆虐，为了人的生存及尊严，在与狼的搏杀过程中，傅山们成为英雄，确证了自身的猎人身份，猎狼也赋予了自己的行为以价值和意义，同时提升了强健的生命力。人狼对抗中，狼的野蛮、凶残、狡猾具有了道德镜鉴的作用，狼作为人眼中的"恶"兽，正好可以使人警醒自己身上的"恶"，从而保持鲜明的道德界限。停止猎狼后，傅山们的身份认同无法完成，个人生存的价值和意义无法确立，生命日渐萎弱。人失去了狼的道德镜鉴，道德界限模糊，狼的兽性甚至在人的身上出现，人也具有了狼的野蛮、凶残、狡猾，人狼互变就是这种意义上的道德隐喻。在社会丛生的乱象中，人开始"怀念狼"。"猎杀狼——寻找（保护）狼——怀念狼"成为小说的另外一条线。它隐喻的是人类文明进程及其深层次危机。人在恶劣的自然中创造了神，并在对神的敬畏和信仰中完成了人的价值和意义赋予，形成了道德体系；人强大的主体力量杀死了神，人生失去价值和意义，陷入虚无的深渊，道德伦理也失去了保证力量，人于是呼唤神，海德格尔的"只有一个上帝能救赎我们"的呼声，康德的"我们必须相信上帝存在"以确保道德施行的思路，都是在虚无中人的自救。贾平凹"猎杀狼——寻找（保护）狼——怀念狼"隐喻的就是人类的文明和道德演化进程。但其中现代文明深层次的危机是什么？贾平凹的思路中，前现代文明是他律性的，即借助于外在的神和狼来完成；现代性文明却使这个他律性的他者缺席了，从而陷入价值意义虚无、道德崩塌、生命力减退的深层次危机。但是他并不支持重返前现代立场，而是喻示从他律向自律的转换，即人的自我超升、自我规约之路，这暗合了尼采自我超越式的人类未来道路探索。贾平凹经由多年的思索和精神书写，终于以"怀念狼"的隐喻，完成了对人类精神史其深层危机及实质、其必然出路和方向的清理和刻画，从而使自己的思考成为真正人类的、现代的。

3. 无字碑式的还原现实主义阶段

明确了前现代文明向现代转换的必然性、现代性自身孕育的深层问题和重大危机以及现代性自身突围的方向，精神史或心灵史的探索书写亦随之终结。大方向的必然性已明，其间转换的细节和具体步骤也就成了关注焦点，转换历程也许夹杂着不适、阵痛或命运式的悲剧，可以同情和悲悯，却不需要判断、不需要主张，只需如实地描摹。悬置判断、还原生活的原生态，忠实记录转换的每一个细节和步骤，就成为贾平凹自然而然的创作方法，这种现实主义写作范式，可以名之为"无字碑式的还原现实主义"。"无字碑式"是就其悬置判断而言，"还原"是就其自然态或原生态的生活呈现而言。此时，意象化已不那么重要，只是在局部功能上服务于叙述，《秦腔》《高兴》就是这样的作品。

原生态、自然态的生活真实，就是贾平凹在《秦腔》后记中所写的，"只因我写的是一堆鸡零狗碎的泼烦日子，它只能是这一种写法，这如同马腿的矫健是马为觅食跑出来的，鸟声的悦耳是鸟为求爱唱出来的。我唯一表现我的，是我在哪儿不经意地进入，如何地变换角色和控制节奏"。也就是说，这种密实流年式的、鸡零狗碎的泼烦日子，有其内在的逻辑和唯一的形式，作者能改变它的，只是叙述切入点、叙述视角和叙述节奏，作者不能改变这生活本身，它于作者是一种无法主观改变的巨大的客观存在。生活自身以其原生态经由作家的笔端流淌出来，较之于渗透着主观精神和意念的意象性现实，更真实、更混茫，它就是现象本身。贾平凹写《秦腔》，是出于情感和记忆，其中没有立场，只有情感或者情感立场，然而情感也是模糊的，情感立场也就不甚分明了。"我不知道该赞歌现实还是诅咒现实，是为棣花街的父老乡亲庆幸还是为他们悲哀。"它缺乏构成史诗的宏大背景、英雄人物和重大事件，写鸡零狗碎的日子和棣花街的父老乡亲，只不过是作家替被现代化风潮挟裹着前行的村庄、熟悉的人所做的记录而已。《高兴》也是如此，在文末的"后记一"中写道："我也是写不出什么好东西，而在这个年代的写作普遍缺乏大精神和大技巧，文学作品不可能经典，那么，就不妨把自己的作品写成一份份社会记录而留给历史。"这种创作观下两部长篇结构上的差别是：《秦腔》是"陕北一面山坡上一个挨一个层层叠叠的窑洞，或是一个山洼里成千上万的野菊铺成的花阵"[①]，叙写的是一个村子众多的人，众多的人各自的事；《高兴》则是"一座小塔只栽一朵月季，让砖头按顺序垒上去让花瓣层层绽开"[②]，只写刘高兴一个人的所见所遇和他的方方面面。内容上，《秦腔》写的是农村的商业化和现代化进程，写农村文化的衰落，写农村的困

---

① 贾平凹：《高兴》，作家出版社，2007年，第363页。
② 同上，第363页。

境和农民的处境，农民脱离土地离开村庄进入城市；《高兴》则是写进城农民的生存状态、生存处境及理想和情感。透过内容和结构上的差异，复杂的生活现实，各色人等的遭际，能看到的只是作者的迷惘，却能引发读者的多样化思考。这种无字碑式的写法很快就被突破。

4. 写集体无意识流变生成的还原现实主义阶段

贾平凹曾将写作的任务规定为清醒地"正视和解决哪些问题是我们通往人类最先进方面的障碍"，实际上就是要厘清使我们"卑怯和暴戾""虚妄和阴暗"，不得"尊严和自在"的恶因。[①]这些"恶因"隐伏在我们民族集体无意识的长河中，影响着个体和群体的人，一经与外在的处境化合，便会汹涌泛滥。

归根结底，正视和解决通往人类最先进方面的障碍，就是正视和解决民族集体无意识中隐伏的恶因，就得写历时性现实处境中民族集体无意识的流变生成。故此我们把此种写实类型名为"写集体无意识流变生成的还原现实主义"。历时性现实处境中民族集体无意识的流变所生成的真实，在贾平凹那里也有一个逐步深化的过程。早在《人极》中，贾平凹已将悲剧成因指向深层的民族集体无意识，但还没能将民族集体无意识从个人的小仇小恨、小利小益、小幻小想到巨大悲剧的生成转换勾勒出来。《古炉》则清晰地描述了"各人在水里扑腾"到掀起滔天巨浪的过程。小说中，一个儿童的"小恨"，在众多小仇小恨、小利小益的合力推动下，在历史现实中最终酿成了悲剧。小说最后写到狗尿苔和牛铃看到六七个碌碡上都有屎，狗尿苔知道那是疯了的老顺用炒面捏的，他想作弄牛铃，问敢不敢把屎吃了，吃了给他一升白面。牛铃吃了，狗尿苔心下后悔，在牛铃防止他耍赖的要求下把屎也吃了。牛铃最后慨叹："啊哈，咱谁也没得到一升面，倒是吃了两堆屎么？"[②]这个极富有隐喻意义的情节，言明了阴暗的、吊诡的、让人丧失尊严的，不是历史，而是人心，是人的小幻小

---

① 贾平凹：《带灯》，人民文学出版社，2013年，第360页。
② 贾平凹：《古炉》，人民文学出版社，2011年，第600—601页。

想，是集体无意识深处的恶因。这种恶却极具传染性，《古炉》以"疥疮"来隐喻这种恶，这种恶焚烧、毁灭了别人，也焚烧、毁灭了自己，这就是《古炉》的整体象征意义。

《古炉》并非没有善的一极，贾平凹设置了善人这一形象来象征它，但善力量太弱太小，无法对抗集体无意识中的恶因，善人也只能在洁身自好中死去。要破解这交织的恶，颠覆"古炉"，就要求每个人要照亮自己，其次最好还能照亮别人，这就是"带灯"或"萤"的象征意义。真、善、美的带灯和竹子，以微弱的本于良知的力，无法对抗这样的恶交织成的黑暗的现实，最后渐渐被同化，不得不低头，带灯患上"夜游症"，无意识地徘徊在黑夜，就是整体情节化的隐喻。沉积的民族潜意识的恶因，就像皮虱，因了不同的水土和环境，也会发生变异。全镇人都有虱子，只带灯和竹子没有，在被惩罚后，伴随着夜游症的是"从此带灯和竹子身上虱子不退"。"虱子"成为这种集体无意识恶因的象征意象。不同于莫言在《食草家族》中以"飞蝗"隐喻集体无意识恶因的潜伏性、巨大破坏性，贾平凹则以"疥疮"和"虱子"隐喻集体无意识恶因的寄生性、潜伏性和毒力的强弱，由此可见作家的思想性和创造力以及生命体验的个性。《带灯》中贾平凹还以"捉鬼"来提醒对恶因的注意与反思，从而"鬼"也成为无意识恶因另一重隐喻性意象。能看到无意识层面的人才能看到的那些游荡的幽灵，非一般人能达到；所以不如做萤火虫，每个人都能在暗夜带一盏小灯，照亮自己也照亮道路，这样的人多了，社会才有希望。

《老生》中，唱师弥留之际，回忆的四个故事形成了三重历时性的生成，分别构成当下故事的近景、中景、远景。第一重生成是每一个故事内部的历时性生成，第二重生成是唱师讲的故事百余年跨度内的生成与沉积，第三重生成是以《山海经》为代表的民族思维发端至今的集体无意识的流变生成。贾平凹在这三重生成的基础上，以真正地面对真实的真诚，将记忆还原到细辨波纹看水的流深程度上的真实。"水流不再在群山众沟里千回万转,而是无数的山头上有了一条汹涌的河。"①这条河不拘束于沟壑和峰峦,也就是不拘束于任何具体的历史处境和现实处境,它从峰头流过,意味着它是脱略了琐碎细节的、升腾起来的,包含着定与无定之漩涡的必然之流,不含虚妄、伪饰,拒绝谎言。贾平凹通过这条河,看民族无意识由源头而来的、包含着"恶"和"美"的沉积,随着处境的无定不息地生成,其中有变的东西,也有不变的成分;而变化的成分,又随着历史推移沉积进这条无意识的河流之中。河流中不变的东西,比如"爱",在白土与玉镯、戏生与荞荞身上,生成的姿态各异,但同样光辉灿烂。而一些由谎言转换成的真实,也沉积在民族集体无意识的河流中。面对如此情况,作家的责任,就在于以真诚还原到它的本然,在其生成流变的细节过程中,让丑的、美的、善的各自呈现自身,让谎言归于谎言,让荒诞的归于荒诞,这正是"写集体无意识流变生成的还原现实主义"的旨归所在。"老生"隐喻的是人愈老,才能更有历时性的眼光,认清生的真实和生之方向,不妄言诞语,也不妄求妄作。

"写集体无意识流变生成的还原现实主义",实际上将鲁迅国民性批判、寻根文学对国民痼疾的揭示的文学传统,在逻辑上深化的同时进行了多重转换。将单纯的批判性的静态式的追溯转换成动态性生成的现象呈示,而一维的历史性维度转换成多重历时性观照;从只描绘集体无意识中不变之物的当下化呈现和作用,转换为不变之物的差异处境下的生成和不同历史处境向集体无意识生成的沉积。也许,只有这样才能真正清除通往人类最先进方面的障碍,才能真正实现人的提升、人的完善,从而实现社会的完善。向民族集体无意识流变生成的还原,勾勒出的现实,不仅是历时性和共时性的交叉,而且是生成性的深度模式,也是世相与心相,世情、人情与国情的化合。

---

① 贾平凹:《老生》,人民文学出版社,2014年,第292页。

二、贾平凹现实主义写作的贡献

　　作为关注现时实然的文学类型，作家所摹写出的现实较之于实然的真实性，便成为现实主义首要的原则，这也是卢卡奇所强调的。真实性程度上的差异，一种可能的原因是，在同样的思想语境和观察视角下，作家的理性力量不同；另一种可能，却是由不同思想语境和观察视角导致。前一种差异，只能作为艺术水准高下的判别标准；后一种差异，则带来了现实主义书写模式和创作方法的转换。时代不同、地域不同，思想语境、观察视角也应不同，现实主义书写模式的创新和改变是必然的，也是合理的。作为20世纪80年代开始现实主义写作的中国作家，在时代性、民族性以及艺术内部诸多元素的合力之下，贾平凹自觉地走上了现实主义探索之路。经由三十余年的写作实践，创造了现实主义书写的新范式，缔造了兼具现代技巧和民族性形式的小说样式，开显了阔大、幽深、混茫的小说意境。

　　贾平凹现实主义写作的独创性，首先表现为：将现实主义真实性追求的通达方式，从经典现实主义共时性的"政治—经济—社会"模式，转换为历时性的流变、生成及其共时性衍射模式，既追求广度上的真实，也追求深度上的真实，从而对时代、社会与人做到了立体、真实、全面的现实把握。作家对现实的关切，尤其是对人的关怀，借此推进到前所未有的深度，赢获了高度的真实性。

　　批判现实主义和经典马克思主义的时代性特征，决定了经典现实主义的历史局限性；而文学是人学，文学对现实的关怀必须旨归于对人的关怀，这也明证了现实主义需要继续完善，而不能被僵化为教条。此后西方的现实性书写，包括诸多现代性流派在内，转而聚焦人的心理世界、精神世界、文化世界和意义世界，甚至深入潜意识和本能的领域，在一定程度上提供了参考。而在现实主义中国化的过程中，在革命语境之中，先是自然地，而后是自觉地被弥补。现实主义作家及理论家，将主观的理想、信念和激情熔铸在对社会现实的客观再现之中,最后形成了"两结合"(革命的现实主义与革命的浪漫主义相结合)的社会主义现实主义。但是,在浪漫主义与现实主义相结合的过程中也产生了现实主义文学探索中的一段迷途。

贾平凹的现实主义探索,始于"商州三录"。他选择由地理概貌、风俗人情、历史掌故、社会百态、民间传说整体化合成的大文化,冷静地凸显纪实般的真实。以散化结构,松开情节的制约,自由地伸向自然、社会、历史和人的幽暗情感领域、文化心理结构、集体无意识等无形的东西,触摸到潜隐着的、深层的真实。费秉勋认为这种写法借鉴了中国史书和方志的"互见法","在史书中化入着地理,以时间为经,空间为纬;在方志中,又化入着历史,以空间为经,时间为纬,都构成着一个完整的系统。《初录》、《世事》吸收的正是这种朴素的系统方法,即多角度描述的互见互补法。从这种方法中取得了非常深厚的历史感和空间弹性,产生了一个由主干情节线贯穿始终的同样篇幅的小说难于达到的效果"[①]。贾平凹的商州小说探索,对中国文学的启示性巨大,但其意义尚未被充分论及。不难发现,与萧红的《呼兰河传》有着明显的不同,"商州三录"式的散文化小说在精神朝向上是关注实然的,因此属于现实主义文学范畴,以冷静、无我的笔触,揭露大文化下掩藏的文化心理结构和集体无意识,并借由古代史志文学传统的互见互补法来完成,是网状的结构。"商州三录"的非情节化探求,在现实主义小说的真实性、历史性维度上,有一种开拓性的推进。文学史证明,这个思路取得了巨大而辉煌的文学实绩,并最终使中国当代文学傲立于世界文学之林。

包含历时性积淀和共时性衍射的大文化,包含着超稳定的民族心理结构和传承千年的文化血脉,其对时代中人的精神世界与意义世界、社会关系的塑造,起着极大的作用,甚至制约着经济变迁和政治变迁,这是更为

[①] 费秉勋:《贾平凹论》,陕西人民出版社,1990年,第72页。

深层更为恒定的真实。其中也不存在人与外在的世界割裂。但是这个大文化静态呈现范式,并不足以解释在时代现实中、现代化进程中,各个层面存在的冲突;动态地呈现民族文化心理的复杂构成及其作用,就成为摹写外显的社会历史、刻画时代精神图景的必由之路。这个意义上的真实性呈现方式,贯穿了他精神写实的意象性现实主义和无字碑式的还原现实主义两个创作阶段。只不过精神写实的意象性现实主义阶段,更多内心交战、精神煎熬、灵魂叩问,更突出世相之上的意象化心相;无字碑式的还原现实主义阶段,更多冷静自然的原生态叙写,更突出精神求索之后的生活世相。

但贾平凹没有止步于真实呈现世相心相,没有止步于审视与批判,而是眼睛朝着人类最先进的方面注目,"正视和解决哪些问题是我们通往人类最先进方面的障碍,比如在民族的性情上、文化上、体制上、政治生态和自然生态环境上、行为习惯上,怎样不再卑怯和暴戾,怎样不再虚妄和阴暗,怎样才真正地公平和富裕,怎样能活得尊严和自在。只有这样做了,这就是我们提供的中国经验,我们的生存的文学也将是远景大光明,对人类和世界文学的贡献也将是特殊的声响和色彩"[①]。他不愿驻足于批判现实,而是欲求着通达光明,基于这种伟大的使命感,转而详察历时性现实处境中民族集体无意识的流变生成。将来自源头不变的与过程中不断沉积的东西共同构成的民族无意识之河,还原到它的本然之态,在其生成流变的细节性过程中,让丑的、美的、善的各自呈现自身,让谎言归于谎言,让荒诞归于荒诞。这比动态化的民族文化心理的复杂构成及其作用,更细致入微,更深潜不明,也更为真实地呈现了人的历时性存在现实。

与经典现实主义的典型环境相较,贾平凹以非情节化的叙事,将其还原到自然态的生活世界本身,获取了一种更为抵近生活现场的真实感。

[①] 贾平凹:《带灯》,人民文学出版社,2013年,第360页。

只是，他并不着意于塑造典型人物，因为着意于心相刻画、心灵史或精神史书写，所以他笔下的人物多是隐喻性的，为整体的意象性服务的，故而不在意人物性格的典型化，只是将其还原到生活世界中以获取人物的真实性。

贾平凹现实主义写作的独创性，其次表现为：在小说意境和审美风格上，实现了民族化；在思想境界上，与人类最前沿的文明思想形态同步，使其问题追问具有了人类性；以中国传统文化为体，以西方现代小说艺术为用，重新熔铸小说技巧，开拓了民族性、现代性和当下适应性的现实主义文学新形式。

20世纪40年代开始的现实主义中国化，在既要弃绝封建文化，又要拒斥西方资本主义文化的情况下，可利用的资源有限，只好求助于民间文艺。这虽然给解放区文学和"十七年"文学注入了一股清新之气，赢得了大众化效应，但并未真正完成现实主义中国化的任务。新时期以后，资源利用方面的种种限制解除，中国化探索有了自由实现的空间。《"卧虎"说》中，贾平凹就坚定了以传统的美学风格写作的信念，走上了现实主义文学的民族化之路，"商州三录"就是其初步成绩，以史志互补互见的散化结构，书写大文化的历时性存在与共时性衍射现实，开启了一种全新的、民族化的现实书写路径。

民族化的小说意境和审美风格的缔造，建立在对佛老庄禅与古代哲学的化合化用上。"以实写虚，体无证有"、隐喻化、意象化的书写策略源自对老庄的体悟；"世相—心相"式的文本浅—深结构，灵感得于佛理；"感应论"的认知方式则源于"天人合一""天人感应"的思想和万物俱有佛性、庄子的"道通为一"思想。鸡零狗碎的流年式叙写，其哲学思想根基，一在禅宗的"担水劈柴无非是道"，二在老庄的"道法自然"。语言风格上，追求道家的质实、简淡、自然、朴拙、静柔，又兼具佛家的机锋和灵妙。从佛老庄禅、古代哲学中化合出的诸多书写策略，最终缔造了"欲辨已忘言"、"篇终接混茫"、万法归一的圆融、混沌之境。

在小说技巧重铸上，贾平凹一方面化合妙用佛老庄禅与古代哲学，另一方面向古代的文化传统借鉴，还巧妙地汲取西方小说技巧之长。他不是简单地并置兼用，而是匠心独运，巧妙化合，使之既具有与西方小说技巧的相通性，又具有民族文化的神髓和血统，并突出以中为体。例如，非情节化的生活流叙事，具有与福楼拜和左拉叙事上的相似性，但却是在史志叙写和世情小说叙述传统上熔铸而成的，并以道在日常的禅宗思想和法自然的道家思想为哲学根基。而小说的悲剧性处理，一则吸纳了西方从古希腊以来的悲剧传统，另则融会了佛家万法皆空、同体大悲式的悲悯眼光。性描写及性视角，一方面借鉴了弗洛伊德影响下的西方现代小说技巧，另一方面则融入了中国以《金瓶梅》等为代表的世情小说传统，同时还融入了佛家的色空思想。在表面的意识流式叙述技巧之下，则隐藏着从中国画的空间结构方式中悟到的散点透视。表面上与拉美魔幻现实主义相似的手法，实则取法于中国志怪志异小说传统，并且以佛家万物皆有真如佛性和庄子"恢诡谲怪，道通为一"思想为其哲学根基。朝向集体无意识流变生成的书写，看似受西方原型批评的启发，实际上却承续了"五四"传统鲁迅小说的思路。最具代表性的是其意象化手法。此意象既非中国古代意象论意义上的，也非西方20世纪初意象派诗歌意义上的。作为中国古代诗歌本体的意象，多是兴象和比象，其功用重在抒情；庞德等意象派诗人的意象则是喻象，其功用重在隐喻和象征。贾平凹在凸显意象隐喻和象征功用的同时，又不放弃其"兴"和"比"的功能，还将道、禅融合进去。基于"有无""虚实"辩证，提出"以实写虚，体无证有"的写作思路；基于老庄"道通为一""自然"，佛禅的"种子识""佛性""顿悟""天人交感"等思想内核，将"感应"作为观照和把握世界的方式，形成了他体系性的创作方法。由此观之，贾平凹的现实主义小说技巧真正坚守了民族本位，又在民族性的内核上熔铸了世界性追求。

在思想境界上，贾平凹是如何做到云层之上极目千里的？生逢当代中国，现代化进程是最大的现实；而现代化的必然走向与传统的当下实存就构成了现代化进程中相反相生的两极。这个从未平息搏杀交战的两极，构成了一个巨大的张力场。作家的生活世界与思考境域都要在其间敞开。贾平凹站在现代意识的立场上，审视现代化过程，观世相、观心相，并据此展开批判。他的"现代"是基于"五四"以来的惯常理解，而非西方当代思想家反思批判的现代性之"现代"。贾平凹将现代意识界定为"人类意识"，代表着人类文化最先进的方面。他说："正视和解决哪些问题是我们通往人类最先进方面的障碍，比如在民族的性情上、文化上、体制上、政治生态和自然生态环境上、行为习惯上，怎样不再卑怯和暴戾，怎样不再虚妄和阴暗，怎样才真正地公平和富裕，怎样能活得尊严和自在。"[①]由此观之，他的现代意识其实就是当今文明世界具有普遍意义的价值规范，其核心是人文关怀。在这个意义上，说它具有人类性，大致不差，也就是他说的"云层之上目极千里"。贾平凹的现代意识也经历了一个逐步深化的过程。刚开始现实主义写作时，他的现代意识是朦胧的。在《小月前本》《鸡窝洼的人家》《腊月·正月》中，他的现代体现在生产方式和生活方式上，实际上要展现的是改革开放的时代新观念与传统保守的旧观念之间的冲突斗争。从商州小说到《古堡》《浮躁》，他是以现代意识的先进烛照群体的习俗和习惯、集体无意识、民族文化心理结构中的落后。进入精神写实的意象性现实主义阶段后，人文关怀鲜明地凸显出来，他以之审视社会剧变中的时代精神图景与病象，批判致病的文化价值规范与社会心理，并希图众生苦海得救。在《怀念狼》中，他以狼的隐喻提倡生命自强、意义自予、道德自律的自我规约、自我超升之路，完成了对人类精神深层危机、其必然出路的清理和刻画。现代意识被注入了阔大幽深的思想，从而使他的思考成为真正人类性的。写集体无意识流变生成的还原现实主义阶段，他要正视和解决哪些问题是我们通往人类最先进方面的障

[①] 贾平凹：《带灯》，人民文学出版社，2013年，第360页。

碍，考察集体无意识中"恶"与"美善"的生成机制，使现代意识不仅代表人类最先进方面，而且清楚了其阻碍方面和可能的通达方式。至此，其所谓现代意识又具有了现实的可操作性，不仅是普遍认可的，而且是可达的，成为真正能改变现实的引导性力量。

结　　语

尽管贾平凹的现实书写曾短暂向经典现实主义靠拢，但他却应了经典现实主义自身蕴含着的深化与变革需求。时代改变带来思想语境、观察视角的改变，经典现实主义所依据的思想根基已非最能切入现实的视角，真诚而希图把握实然的作家，必不能僵化经典现实主义为教条，必然要推动其新变。同时因为经典现实主义自身的历史局限性，决定了其变革的必然性。从观察视角上，贾平凹从对共时性的"政治—经济—社会"的关注，转移到对历时性及历时存在之物的共时性衍射、积淀组成的大文化上，继而是，动态地呈现民族文化心理的复杂构成及其作用，最终聚焦于历时性现实处境中民族集体无意识的流变生成上，以呈现更为整体的、更为历史的、深层属人的真实。在雕刻外在历史社会的世相时，更注重精神史、心灵史也就是心相的刻画。从思想语境上，贾平凹站在现代人类意识之上，并融会佛老庄禅与古代哲学，以之审视、反思、书写当下中国最大的现实——社会的现代化和人的现代化过程，缔造了民族化小说意境和审美风格。同时重新熔铸了既坚守民族本位，又具有世界性追求的小说技巧，开拓了民族性、世界性和时代性合一的、具有个人独特风格的现实主义文学新形式。

贾平凹的现实主义探索，在新时期文学的变革中，呈现出较为典型的范例意味。经典现实主义之后，西方资本主义国家的现实书写，过于强调思想根基的转换、关怀深度和实现方式，与经典现实主义的差异化和对立化，纷纷以思想根基或者作为关怀实现方式的技法命名——如存在主义小说，强调其思想根基；自然主义、新小说、意识流小说，强调其实现方式——以试图掩盖或者否认身属现实主义的事实，不承认作为现实主义文学新样式的自我身份。他们实质上是将现实主义僵化为教条，僵化为一个过时的流派。这种情况在中国新时期文学以来的文坛也未绝迹，只是中国的情况更为复杂。现实主义曾被高度政治化，走过弯路。所以在强调思想根基上、关怀实现方式上与现实主义的差异性外，还具有浓烈的去政治化意图，故此刻意模糊了自己的身份。但是，拉美魔幻现实主义巨著《百年孤独》的成功，却启迪着当代中国作家现实主义并非僵死的教条，而是在思想根基、实现方式上存在多种可能，并且可以带来更理想的关怀深度。一批作家默默走上了现实主义民族性、世界性和时代性创新之路，并取得了较大的成就，贾平凹如此，其他作家亦如此。只是贾平凹在民族性方面做得最好，呈现出一种独特的风格。其现实主义探索的成就及意义，对当代中国文学书写的启示，应当得到足够的重视。

原载《中国文学批评》2017年第3期

（本文系与李荣博合作）

贾平凹与寻根文学

贾平凹是中国当代寻根意识非常明确的作家,从20世纪70年代末到80年代,他对当代中国作家把文学当新闻、当政治宣传,产生不满和焦虑。从现代以及古代文学中寻找有中国特色的结构和方法,然后融入世界文学对人性剖析的精神,进行他的新汉语写作实践,创作出了一批有中国气派的作品,为中国当代文学摆脱非文学因素干扰,回到文学本身,做出了重要的贡献。

贾平凹不但进行文学寻根的意识非常明确,而且寻根文学创作的成果也相当丰硕。从80年代的"商州三录"开始,到21世纪的《带灯》《老生》等小说,他一直在寻找和探索将中国古典艺术方法和西方现代艺术相融合,进而创造出具有中国特色、中国味道和意义的新汉语文学,为世界文学之林提供中国的文学经验。

一

贾平凹是中国新时期寻找文学本体的先行者。"文革"结束之后,中国文学似乎进入了一个喷发期或者爆炸期,创作界热闹非凡,新故事新热点不断涌现。

文学题材禁区的一再突破,让读书界兴奋连连。最初,多数人只关心能否写出引起社会轰动的事件,不关心或者很少关心写出来的是不是文学作品,属不属于文学体裁,尊没尊重文学规律。不少人包括作家在内,甚至把文学混同于新闻,混同于政治宣传,文学作品的文学性含量很少。贾平凹对此心怀警惕,"在这个年代,中国是最有新闻的国家,它每天都几乎有大新闻。所以,它的故事也最多,什么离奇的荒唐的故事都在发生。它的生活是那样的丰富,丰富性超出了人的想象力。可以说,中国的社会现象对人类的发展是有启示的,提供了多种可能的经验,也正是给中国作家有了写作的丰厚土壤和活跃的舞台"[1]。国内的新事物新人物不断出现,文学创作热点颇多,新人新作不断出新,造成各领风骚三五天,敢与新闻争卖点之势。贾平凹并没有跟风,他与当时的文坛保持着一定的距离。1979年文坛大谈伤痕题材时,他向读书界介绍《满月儿》的构思,主要强调两个人物的塑造:要让两个姑娘的性格、长相、动作、言语明显区分。同时"两个人物要糅起来写,以'我'来串线,不要露出脱节痕迹;三个人物,一会单写甲,一会单写乙,一会甲乙合写,一会甲乙丙聚写;写一个,不要忘记了其他,写两个姑娘,不要忘了'我'这第一人称;尽量做到分分合合,穿插连贯,虚虚实实,摇曳多姿"。人物语言的"节奏和音响要有乡下少女言谈笑语式的韵味。结尾要电影式的'淡出',淡得耐嚼"[2]。这种说法在当时显得很另类,很落伍,但很文学,很艺术,谈到了小说作为一门文学艺术的深层的人学内涵。当然,贾平凹也不是文坛的神,眼看着别的作家以新闻宣传的方式不断出名,心里也相当困惑,时而也有跟进的冲动,也写过几篇有宣传之嫌的作品,时而又对这种既丧失文学又丧失自我的做法产生警惕。他一遍又一遍地追问自己,文学的独立性在哪里,作家到底应该如何去写作。苦闷彷徨之际,他在1982年去了一趟霍去病墓。汉代艺术家为霍去病刻的守墓石虎,深深地打动了他。那虎既给观者强劲的动感,却又没有仰天长啸,也没有扑、剪、掀、翻的动作,只是欲动而未动地卧着。那卧着的石虎"内向而不呆滞,寂静而有力

---

[1] 贾平凹:《关于小说》,生活·读书·新知三联书店,2015年,第262页。
[2] 同上,第4页。

量,平波水面,狂澜深藏,它卧了个恰好,是东方的味,是我们民族的味"①。卧虎让他眼亮心动,以为这就是自己所要寻找的创作方法,他要以这种传统的手法真实地表达现代人的生活和情绪。沿着这一思路,1982年底到1983年初,他就短篇小说和散文创作写了两篇自我告诫,"现代文学是内向的文学,暗示的文学"②。因此,不能把文章写得太外露,显得浅薄而无内涵。提醒自己,要保持冷静,不要追求当下的轰动效应。"少抱些流行杂志而觅精吸髓,花力气去在中国古典艺术中找那些与西方现代派文学相通相似的方法吧。艺术是世界相通的,存异的只是民族气质决定下不同表现罢了。从他们相通相似的地方比较,探索进去,这或许是一条最能表现当今中国人生活和情绪的出路呢。"③

现实中的贾平凹胆怯内向,文学创作中的他却"敢折腾",有冒险精神。1984年,他在给丁帆的信中写道:"我得寻找出一套适应我的写法","商州是一块极丰富的地方……就得同时相应地寻出其表现方式和语言结构"。④那时,拉美作家已经被介绍到中国,他对这些作家尤其是略萨的作品,进行过分析研究,于是,决定用拉美作家的结构方法,尝试写出自己的第一部长篇小说《商州》。作品采用双线结构,一条线写主人公的爱情故事,一条线写山水景物,社会风俗。作品发表后,并没有引起之前"商州三录"那样的反响与好评。这次失败,非但没有让他灰心,反而激发了他进行新的创作试验的热情。1985年,在中国文学和文化史上,都是具有重大意义的一年,这一年,文学界发表了"寻根宣言",文化界形成了方法论热。这对他寻找新的汉语写作方法,无疑产生了积极的影响。他在《一点想法——〈远山野情〉外语》中写道:"关于商州的小说,我是无论如何要重新'扑腾'一下了,从题材内容上,主题思想上,形式角

---

① 贾平凹:《关于散文》,生活·读书·新知三联书店,2015年,第15页。
② 贾平凹:《关于小说》,生活·读书·新知三联书店,2015年,第9页。
③ 贾平凹:《关于散文》,生活·读书·新知三联书店,2015年,第18页。
④ 贾平凹:《关于小说》,生活·读书·新知三联书店,2015年,第14页。

度上。"①他坚信，艺术创作主要在"创"，"创"就是试验，陕西人称之为"扑腾"或者"折腾"，只有不断地扑腾和折腾，甚至不惜付出失败后果地扑腾和折腾，才能找到最适合自己的方法。这次，他把试验的方向转向了中国古典艺术。1987年，他在自己的第二部长篇小说《浮躁》中，尝试一方面采用中国传统绘画的散点透视法，对州河地区仙游川的社会现实、风俗人情、政治经济、精神文化等进行描写；另一方面，以主人公为主线，用以实写虚、虚实结合的方法进行叙事，尤其是对主宰当地乡村社会的田、巩两家作了一虚一实的讲述。《〈浮躁〉序言二》中写道："作为中国的作家怎样把握自己民族文化的裂变，又如何在形式上不以西方人的那种焦点透视法而运用中国画的散点透视法来进行，那将是多么有趣的试验！"②作品发表以后，读书界普遍认为，用"浮躁"作关键词，概括80年代的中国社会和中国人的精神状态，简洁准确，具有一定的警醒世道人心的作用。对其创作方法的创新性尝试，却较少肯定。他因此决定再进行新的创作试验，让读书界看到他在文学寻根过程中进行新汉语文学创作的成果。1988年，他在《时代呼唤大境界的作品——致北村同志》中指出："成功者，将是学过现代派的又反过来珍视民族东西的人，倒不是一味的现代派，或一味的民族派。"③

90年代，是贾平凹寻找汉语写作方法的成熟期。这一时期，受西方哲学空间转向的启发，他对中国古典艺术，尤其是明清小说和戏剧艺术手法，有了更加深入的理解。他1993年初写的《〈废都〉后记》，称赞中国的《西厢记》《红楼梦》，阅读时，"恍惚如所经历，如在梦境"④。他认为，古代大师成功的主要秘诀，是将时间空间化，用社会人生的横截面表现社会人生的本色，决定在自己新的创作实践中进行一次大胆试验。小

---

① 贾平凹：《关于小说》，生活·读书·新知三联书店，2015年，第22页。
② 同上，第33页。
③ 同上，第45页。
④ 同上，第54页。

说《废都》，摒弃了情节和戏剧性，摒弃了史诗所关注的重大事件，专注于人物的日常生活及其心态，借助主人公的日常生活，特别是两性交往，透视我们时代的文人和市民的精神颓废。虽然作品中大量的性描写及其相关的颓废内容，颇受读者诟病和争议，但是，艺术方面表现出的以少胜多、言近旨远、举重若轻、从容自在等中国式的审美特点，却获得了当时读书界的广泛赞誉和一致好评。这些赞誉和好评，成为他探寻和试验汉语写作新方法的新动力。之后创作《白夜》，他又尝试把中国古典说话艺术和西方现代小说艺术结合起来，一方面采用中国的散点聚焦、流动视觉的说话方式；一方面又从西方借来打消说听之间区隔，让双方直接顺畅的方式，进而形成一种新的汉语说话方式。他要求自己在这种新的说话中，必须把现代意识和中国做派结合起来。在《怀念狼》的创作实践中，他尝试用简单清晰的结构、准确有力的语言写作。作品用魔幻、邪异的意象，表现后英雄时代英雄人物难以名状的孤独感。小说把丑陋、腥臊、酷烈的物象和人事写到极致，让一切都回到生活本身，都在自然和粗糙中表现多种意涵，较好地表现了以实写虚、体无证有的中国艺术精神。2000年，他在《〈怀念狼〉后记》中说："20世纪末，或许21世纪初，形式的探索仍可能是很流行的事，我的看法这种探索应建立于新汉语文学的基础上，汉语文学有着它的民族性，即独特于西方人的思维和美学。"①之后写的《秦腔》，用绵密的细节写日常生活的琐碎，乡间庸人和小人的鼠目鸡肠。作品没有连贯的故事，打断了人物行为和话语的因果链条，用有蕴含的细节流、生活流表现生活的本色。这部作品为他赢得了读书界的再次认可和赞誉，为他赢得了中国文学最高奖茅盾文学奖。这次奖励似乎诱导出了贾平凹的"人来疯"，激发他继续新的汉语写作试验。此后写作《带灯》时，他用第一人称架构说话主体，第三人称穿插抒情。主体部分采用日常话语，抒情部分采用诗性话语，两种话语相互陪衬，相得益彰。日常话语时

---

① 贾平凹：《关于小说》，生活·读书·新知三联书店，2015年，第115页。

而烦琐唠叨，时而简洁有力；诗性话语时而清新扑面，时而灵动感人。作品尝试对简约和繁复、厚重与灵动、含蓄与尖锐进行融合，其探索试验相当成功，读书界一片叫好之声。当读者以为贾平凹的新汉语写作探寻到此为止时，他又用时空结合的方式，写了一部《老生》。作品由两个"老"字号的人，给后生讲古经。一是老师给学生讲《山海经》，着意于自然山水；一是老唱师给后生讲往事，着意于社会人生。老师讲的是永恒的空间，老唱师讲的是变化的人生。作品用简单的结构，对比自然的质朴与社会的复杂，用流畅的故事对比人世的变迁和山水的永恒，用老生常谈提醒人们，"人过的日子，必是一日遇佛一日遇魔"。我们都是从风雨泥泞中走过来的，可能还要经历风雨和泥泞。前面的路既细如绳索，又网状交错，天空中布满了云雾，想前行只有摸索。

二

80年代初开始的寻根文学，至今已经整整三十年了，它到底要寻找什么根？是我们民族的文化之根，是我们民族生命活力之根，还是中国文学之根？

贾平凹认为，作家首先需要寻找文学的根。文学的根既不在热闹的现实生活中，也不在荒凉的自然中，否则就不要作家去采风，去深入人民大众的生活，而让人民大众自己去写作。文学的根首先存在于文学之中，"文学可具有生命、现实、经验、自然、想象的真理，各种社会条件，或你愿意加进内容中的任何东西；但是文学本身不是由这些事情所构成的。诗歌只能产生于其它诗篇；小说产生于其它小说。文学形成自身，不是从外部形成：文学的形式不能存在于文学之外，就像奏鸣曲、赋格曲、回旋曲的形式不能存在于音乐之外一样"[1]。其次，文学的根存在于文学史

---

[1] 诺思罗普·弗莱：《批评的剖析》，陈慧、袁宪军、吴伟仁译，百花文艺出版社，1998年，第97页。

中。"在我们眼中,一切都是历史性的,是一系列或多或少带有逻辑性的事件、态度与作品的延续。"①当作家要让自己的文学作品呈现一种艺术的价值,读者要在他的阅读中感知一种审美意蕴时,作品就会作为文学史的一个环节呈现在他们眼前。1980年以前,当代中国的文艺政策,把文学当作反映生活的镜子,服务政治的武器,吟唱历史的歌者,有意强化文学的依附性和工具性,遮蔽它的独立性,不承认文学是独立的艺术,否定文学有属于自己的特定价值,隔断了文学延续发展的历史传统。然而,稍通文学史的人都知道,"伟大的作品只能诞生于它们所属艺术的历史中,同时参与这个历史。只有在历史中,人们才能抓住什么是新的,什么是重复的,什么是发明,什么是模仿。换言之,只有在历史中,一部作品才能作为人们得以甄别并珍重的价值而存在。对于艺术来说,我认为没有什么比坠落在它的历史之外更可怕的了,因为它必定是坠落在再也发现不了美学价值的混沌之中"②。改革开放之后,包括贾平凹在内的一批作家,为了摆脱极左的文艺政策,为了摆脱面对外国文学所生的尴尬甚至焦虑,决定用符合文学规律的创作,把脱轨的中国文学重新拉回正轨,接续断裂了几十年的中国文学传统。他们明白,只有按照文学的规律创作,才能写出有文学性的作品;只有接续伟大的文学传统,才能成为文学传统的一部分,在文学史中占有一席地位。

文学寻根的过程,也是作家寻找自我的过程。1985年,在方法论和寻根文学最热闹的时候,贾平凹表示,"我渴望寻到我自己,我只有这么'扑腾'才有出路。文学是不安分的,作文的人更要不安分"③。贾平凹的不安分更有一种特殊的原因,他十九岁来到西安上学,毕业后留在西安工作,一直努力想做个体面的城里人,但是,城里人认为他是"乡棒",拒

---

① 米兰·昆德拉:《帷幕》,董强译,上海译文出版社,2006年,第4页。
② 米兰·昆德拉:《米兰·昆德拉全新作品》,董强译,上海译文出版社,2003年,第299页。
③ 贾平凹:《关于小说》,生活·读书·新知三联书店,2015年,第23页。

绝与他为伍。他心里不痛快，回到乡下，乡里人又当他是吃公家饭的城市人，不愿与他亲近。搞得他在"市民"和"乡民"两头都不沾，两头都不是人。现实世界的失势、失位，逼迫他寻找新的生存位置，寻找新的做人路径，逼迫他开拓另一种人生。于是，他拿起笔打开文学之门，在文学世界中寻找自己的亲人、邻人和朋友。他找到了沈从文，寻到了沈氏所建构的希腊神庙，感受到了庙里供奉的充实人性和神性的爱；找到了曹雪芹，寻到了他所建构的文学大观园，学到了如何用灵动的语言表现生活的每一个细节。他在文学的神庙和大观园里安身，在那里扎根，在那里学艺，从那里明白了写作"要控制好节奏"，"过程要扎实"，以实证虚，"作品的境界就大了"。[①]更为重要的是，他从那里学到了作家的精神和风度，"为文为艺还得有大精神大风度。它应乎天而时行，但不应是应声虫，它有着为民众的良知，但不是把文学沦为新闻报道，它燃起的柴火要升腾光焰而不是仅冒黑烟。鼓励和保护能更深刻揭示生活的，有着新的感知生活方式的原创性作品，使社会清楚文学的根本"[②]。前辈作家亲人般地教他写作，教他做人，引导他走上文坛，让他感受到当作家的美妙，进而写作上瘾。

三

贾平凹一直倡导，寻根者必须心胸广阔，必须具有现代意识。中国新时期以来的寻根热，是在世界文学涌入中国之后，一代作家为了接续民族文学传统，与世界文学对话而进行的活动，因此，每一个寻根者心中必须有广阔的世界。在寻根文学创作初期，读书界赞美商州系列作品中的地方特色和传统文化时，1985年，他在《我的追求》中强调，他是用现代眼光审视传统生活。商州三录"笔法大致归之于纪实性的，重于从历史的角度

[①] 贾平凹：《关于小说》，生活·读书·新知三联书店，2015年，第198—203页。
[②] 同上，第238页。

上来考察商州这块地方，回归这个地方的民族的一些东西，而再将这些东西重新以现代的观念进行审视，而做一点力所能及的挖掘、开拓。我觉得这个路子最宜于表现商州，也最宜于表现我"①。到了90年代，他进一步提出，中国作家要从世界的角度审视和重铸我们的文化和文学传统。只有把中国放到世界中，把古典放到现代的参照系里，才能确定我们在世界中的位置，才能比对出中国传统在今天的价值。"要对中国的问题作深入的理解，须得从世界的角度来审视和重铸我们的传统，又须得借传统的伸展或转换，来确定自身的价值。"②他强调写乡村一定要有城市眼光，写中国一定要有世界眼光，只有这种复调精神、外围意识才能让作品境界开阔，才能与世界文学进行对话交流。因此，他反对心胸狭窄的地方主义，反对井底之蛙的鼠目寸光。"说得很久了的那句'越是地域性，越有民族性，越是民族性，越有世界性'的话，我总觉得疑惑。"③他认为，有的东西比如剪纸和皮影，既有地方性，又有民族特色，却未必有世界性，适合作为文化遗产进行保护，却不宜拿出来与世界艺术进行对话。

贾平凹认为，寻根文学一方面要为中国文学延续传统，另一方面要给旧传统中注入新东西，让它焕发生机。中国传统文人都有浓厚的政治情结，喜欢"铁肩担道义，妙手写文章"，喜欢把自己当战士，把文学当载道的武器，或用它治国平天下，或用它干预朝政。因此，主流文学一直在宣传当朝政治，批判前朝政治，表面看来，文学的批判精神很强，实际上，多数都是政治媚俗，没有任何独立意志，也没有一点自由精神。他们给中国文学的天空制造了一片片乌云，遮蔽了普通百姓的日常生活。西方作品"最主要的特点是分析人性"④，它引导中国作家逐步挣脱身上的政治枷锁，恢复作家的写作本色，让文学回归人学的轨道，用艺术关怀人本

---

① 贾平凹：《关于小说》，生活·读书·新知三联书店，2015年，第24页。
② 同上，第77页。
③ 同上，第78页。
④ 同上，第127页。

身，从而使中国文学获得了新生。总之，真正的文学寻根者，一定是新汉语文学的创造者，在作品的境界上向西方借鉴汲取，在思维方式、语言表达方面坚持中国特色。新汉语写作应当既关注当下社会，关注人本身，关怀生命的自在和尊严，又具有中国味、中国气派。它用中国特有的方式，讲述中国故事，穿过了中国文学上空的乌云，与世界文学同辉。

今天，当寻根文学走过三十年的历程之后，我们梳理贾平凹的寻根文学创作历程，为我们寻找当代中国寻根文学的起点，提供了新的材料。通过梳理贾平凹在寻根文学创作中寻找文学的根，寻找作家自我的根，以及寻找世界文学的优良传统的观点，对我们重新认识寻根文学内涵、意义和价值，也有新的启示。

原载《中国现代文学研究丛刊》2015年第12期

灵与肉的交响

——《怀念狼》简论

贾平凹的长篇新作《怀念狼》，一改他过去惯用的单声独奏的叙事风格，给读者奉献了一曲极具震撼力的灵肉交响乐。他在这一美妙的复调演奏中，融入了更加丰富的人生况味，读者在这一复调叙事中，体验到了多重的审美意蕴，领会到多重的人生意味。

纵观平凹以前的长篇小说，从《浮躁》到《高老庄》，全都在作品中设置一定的人物等级，然后，让他们围绕一个中心集合起来，同声演奏一个有意味的主题。这种叙事方式曾使他达到了特定的艺术高度，赢得了众多读者的喜爱。但是，却不能满足一些高层次的读者要在其作品中不断发现创新特质，尤其是要在其作品中获得多重审美意味的需求，也不符合作者本人对自己不断变化创新的创作要求。

小说《怀念狼》，是贾平凹创作中一次大胆的探索与创新。他让作品中的两个人物分别演奏复调中两个声部——灵魂和肉体，让两个激情演奏者——傅山和烂头，智慧风貌难分高下，生命活力难辨大小。两者在人生的舞台上，同样激情有力地弹奏着生存成长的琴键，向所有的欣赏者发出相反相成的复调音响。

两位主人公站在各自的人生位置上，自觉追求着各自生存智慧的充分发挥，各自生命活力的充分实现。他们都不愿自己的生存智慧被浪费，不愿自己的生命活力被虚掷。他俩都认识到了人的智能、技能和器官,极力要在使用和锻炼自己的活动中发挥作用。认为人生潜能的使用和锻炼,既是人的自我实现,又是人生乐趣的主要来源。所以,他俩都极力为自己寻找使用和锻炼技能、智能及器官的场所与对象,都把自己技能、智能和器官的使用与锻炼,当作自己人生的最大乐趣。一旦自己的活动受阻,他俩都会产生不同程度的痛苦和病变。傅山的生存智慧与活力主要来自超我所要求的理想原则。超我驱使他追求一种与狼争雄的战斗人生。驱使他在与狼争雄的人生实践中释放生命活力,发挥自身作用,实现自己潜能,给自己创造良好的生存感受,在他人眼前树立一个英雄般的猎人形象。为此,他不惜置身险境,奋力与狼争雄。他坚信,只有置身与狼共在的境遇中,人才能领会生存的真理:人只有在与狼争雄的战斗中才能强健起来,倘若生活在无狼可斗的舒适环境中,人的激情与活力就会衰弱下去;激烈的争雄活动使人的活力和胆量得到锻炼,平静无忧的生活对人的生命活力进行麻醉;人的生存能力,往往被艰苦卓绝的险境所激活,却常常被宁静平和的温柔之乡所出卖。作品中那位陕北老革命所讲的故事,正是傅山人生观的形象展现:第一天,敌人给我上老虎凳,我甚也没说。第二天,敌人给我灌辣子水,我甚也没说。第三天,敌人给我钉竹签,把我的指甲盖儿一片一片都拔了,我还是甚也没说。第四天,敌人给我送来了个大美人,我把甚都说了。第五天,我还想说些甚呀,敌人把我杀死了。

　　烂头的生存智慧和生命活力,主要根源于本我及其遵循的快乐原则。本我驱使他按照快乐原则生活,过一种享受快乐的肉身化人生,驱使他在与美食、美女共在的人生实践中,释放生命活力,发挥自身潜能,最大限度地享受人间的口福和艳福。烂头为自己的身体而活,追求快乐的人生体验,不太在乎别人对自己的评价,也不想在别人心中树立一个良好形象。他认为,一个人如果太看重别人怎样评价自己,就等于把自己变成别人的奴隶;一个人如果太苛苦自己,他就把自己变成了自身的暴君。烂头坚信人生只有一次,每个人都在向死而生。老天爷不会因为你是伟人、好人,就把你永远留在世上；也不会因为你是庸人、恶人，就让你早早下地狱。所有人都如《红楼梦》所云："纵有千年铁门槛，终须一个土馒头。"谁也不能战胜死神而获得肉身的永生，一旦肉身死了，自己的一切就与世界告别了。因此，没有必要苛苦自己的肉身、压抑自己的欲望，让自己的肉身不愉快，就是跟自身过不去。因此，他非但不愿错过或放弃任何一次口福和艳福而且主动追求和捕捉各种口福和艳遇。他把抓住一切机遇享受口福和艳福当作自己一个突出的能耐，极力向身边人张扬。有一次，与他同行的记者指责他贼胆大，竟然在众人铺席睡觉的打麦场上猎艳。他居然用一个诙谐的故事来进行反击。说一群考官考老鼠的本领，第一只老鼠上场，考官们问他，拿了老鼠药怎么办？这老鼠竟把多种鼠药放进嘴里，嚼得嘎嘣响，这只老鼠就通过了。第二只老鼠进了考场，考官们让他试鼠夹，它抡起鼠夹像表演杂技，经过一段让人眼花缭乱的敲腿磕膊之后，一屁股坐下去，将鼠夹压扁。轮到第三只老鼠了，考官们见老鼠不怕鼠药鼠夹，一时想不出合适的考题，那老鼠就有些不耐烦了，说：你们放快点呀，我还急着要去X猫哩！由此可见，他对自己冒险猎艳的行为非但不以为耻，反倒十分得意。

傅山的超我人生观，把人理解成不断奋斗向上的精神存在。不断向上的精神使人高于一切自在存在，让人获得做人的尊严。自在的存在因为没有向上奋斗的意识，让人堕落为物。物化的存在，因为没有高贵的精神，没有心灵的追求，把自己变成一种实心的现象，这种现象不掩盖本质，反而揭示本质，这种物化现象就是本质。

人作为一种精神存在，既有向上奋斗的意识，又有向下堕落的意识，它用意识自觉地对自己的人生进行选择和谋划，然后用行动对自己进行模铸和创造。人的意识层次、精神境界有别，选择和谋划不同，行为方式各异，模铸和创造出来的自我也就高下有别：有的流芳百世，有的遗臭万年，有的默默无闻。流芳百世者让人敬仰，遗臭万年者让人唾弃，默默无闻者使人遗憾。由于这些存在形态都不是从娘胎里带来的，而是后天由人自己选择、谋划、创造的，换句话说，由人后天选择、谋划、创造的自我，不是出自娘胎的那个无定性的我，所以，人是其所不是，不是其所是。人把自己当下所是的那个自我，当作精神存在的瓷化和堕落，认为真正的精神存在是具有无穷发展可能性的。超我所挚爱的是"生当作人杰，死亦为鬼雄"的人生选择与谋划，因为这种选择与谋划驱使人做生活的强者，驱使人与强敌做伴。由于一切强者都是与强敌的竞争和搏斗中锻炼出来的，谁想做生活的强者，他就一刻也离不开强敌。只有强敌才能使他生活在险境中，只有险境才能考验他的力量与胆识，让他经受面临深渊的恐惧，让他享受战胜危难的欢乐。所以，傅山人生的第一要事就是寻找能激发自己斗志和进取心的恶狼。在他眼中，猎人与恶狼是对应着的存在：有了恶狼，猎人的存在才有了合理性，猎人的存在必须以恶狼存在为前提；越是有恶狼的地方，越能产生猎狼高手；恶狼与猎人相伴而生，狼的恶与狠，激发猎人的力和勇。与猎人周旋争斗的恶狼一旦灭绝，人们的生活一旦进入无狼威胁的和平之境，猎人的生命活力和超人胆量也就会因为没有用处而被闲置。猎人的力量和胆识一旦闲置不用，他就会患上怪病：精神萎靡，浑身乏力，视力减退，手脚发麻。因为活力和胆识的闲置，就意味着荒废，意味着英雄无用武之地，而不用武的英雄只是一个虚拟的想象中的英雄。现实中的他只是一个空有英雄名号的凡人。英雄之名只是对他过去与强敌争雄历史的一种纪念，并不能使他保持英雄本色。英雄本色只有通过与强敌不断进行战斗才能长久保持。所以，心存浓厚英雄情结的人在无敌状态下就会患软骨病，只有遇到强敌才会精神焕发。

怀揣猎人情结的傅山，为了永葆强健的体魄和超人的胆识，一直呼唤着狼的出现。他只呼唤那些能在旷野中生存的，能给人带来直接威胁的恶狼，不想见那些关在笼中无所作为的乖狼。关在笼中的那些乖狼，早已失去了狼的野性，它也许能给懦夫们提供一个表现人类尊严的虚假机会。然而，对猎人傅山来说，这不啻意味着对人类尊严的一种羞辱。因为，这些连小儿都能用食物或树枝随意逗弄的玩物，无论如何也激不起猎人的斗志，锻炼不了猎人的胆识。它只能让所谓的猎人在虚假的强大感中日益衰弱，日益丧失其强旺的斗志。一旦遭遇真正的恶狼，那些徒有虚名的猎人，除了丧魂丢魄，逃跑躲避，就只有埋怨上帝不公，硬让自己化作恶狼的美食。生活一再证明，并将继续证明，任何人都不会因为常去观赏动物园中的乖狼而成为猎人，更不会因善于在关狼的笼子外面逗弄乖狼而受到人们英雄般的礼遇。谁要做真正的猎人，谁想扮演真正的猎人角色，他就必须追求与狼共在的艰难人生。

烂头的"快乐"人生观，把人理解成纯粹的肉身存在，一切行为以肉身快乐为原则。他认为，肉身是生命的主体，只有让肉身快乐，人才算真正做到了关怀自我，呵护自我。人的整个生存成长过程都以肉身为起点，又以肉身为核心：所谓长大了，就是个子高了，身体能力强壮了。所谓衰老了，就是年龄大了，肉体能力衰朽了。肉身的冷暖是人最基本的生命感受；肉身的欢乐或痛苦是人最基本的生命体验；肉身的创造和生产，是人类最基本的创造和生产。至于精神和意识，不过是肉身的寄生者，他寄居于身体的某个部位，依靠肉身的滋养而存在。离开了肉身，他将无法生存。进一步来说，生命中一切至关重要的感受、体验、创造和生产，离开人的肉身都将不复存在。而生命一旦脱离开这些感受、体验、创造和生产，将失去它最基本的价值与意义。所以，烂头在任何情况下都不愿慢待自己的肉身，苛求自己的肉身。他始终善待自己的肉身，尽量让自己的肉身轻松愉快，是他人生的主要追求。他那双善于发现美穴地的眼睛，那张善讲黄段子的嘴巴，全都在为自己的肉身寻找和创造轻松和快乐。他把善待肉身当作人最重要的善举和美德，认为看人生的眼睛，必须向肉身聚焦，思考人生的心灵，必须以肉身为基点，衡量人生的尺度，必须以肉身为准绳。

其实，在传统的乡土哲学中，肉身并不像超我所认为的那样卑贱和浅薄。它有着丰富的蕴涵：它是父母的"遗体"，其中流淌着祖先身上的血液，承载着祖先的遗志，继续着祖先未曾走完的人生道路，完成着祖先所开创的或宏伟或卑微的事业。肉身的健壮生存，标志着祖先的完美再生；肉身的蓬勃成长，标志着祖先青春的再度焕发。所以，肉身中包含着深厚的文化历史内容，肉身关怀中有着深厚的文化历史情愫。正是这种文化历史内容和情愫，培养起乡土生存者全部的乡土情和祖国爱。所以，人的肉身往往是他生存其中的文化历史的活的形象。健壮有为的肉身，往往是一种健康向上的文化的象征；赢弱无能的肉身，常常是衰朽无为的文化历史的象征。正是在这个意义上，善待自己的肉身，就是善待自己肉身生存其中的具体历史和文化；慢待自己的肉身，也就等于慢待自己的文化和历史。

  当然，烂头绝对没有进行上述生命玄思的雅兴，他也不屑于把自己的时间浪费在这种没有实际用处的活动之上。他善待自己的肉身，只是想愉悦当下的自己，使自己的生存过程变得更加轻松愉快。他不想让当下的人生遭受未来的驱使，也不想让此岸的快乐肉身遭受彼岸超我的奴役。他特别在意自己肉身当下的冷暖感受，关心自己体验过程的欢乐与痛苦，关心自我肉身的幸与不幸。在他眼中，只有傅山那种味觉不全下身阳痿的人，才关心身外虚妄的名声，追求精神的虚假满足。在烂头看来，被人们冠冕堂皇称誉的崇高精神，只不过是一些肉身无能者的自我安慰而已。也许还不止这些，因为对身外虚妄的好名声的自觉追求过程，往往伴随着对自己鲜活肉身生命的扼杀和镇压。五魁为了扮演一个彻头彻尾的"救美"英雄，不但强压自己的欲望，还强迫与他有着同样肉身欲望的少奶奶做"活菩萨"。迫使不能丢弃自己沉重肉身的少奶奶做了四眼（公狗名）娘，当卑微的四眼忍受不住现实的渴求，与少奶奶行夫妻之礼，就被崇高的五魁害死，少奶奶也没有变成"活菩萨"，而是爬向了深涧。《晚雨》中的天鉴，为了扮演一个合格"父母官"的角色，为了对得起群众送给他的"正大光明"牌匾，悔恨自己是一位长有尘根，会生出尘世欲望的男人。为了挺拔超我的形象，做一个人们希望的"父母官"，他狠心断了自己的尘根，节了自己的欲望，把和自己相好的王娘送进了棺材，彻底了断了自己的本我念想。五魁和天鉴都把好名声变成砍向自己的屠刀，把自己和情人的肉身变成了好名声的刀下鬼。

烂头坚决反对一切肉身压抑和阉割行为，认为这是人跟自己过不去，公然施于自身的犯罪行为，这种罪行无法宽恕和原谅。他用行动呼唤人们捍卫自己的肉身权利，鼓动人们把自己的肉身变成自身生命的快乐之源。感召人们用行动爱肉身，悦肉身，善待自己的肉身，把自己的肉身看作生命之根来呵护。

傅山坚决奉行超我追求理想的人生观。他一举一动都严肃认真，庄重高尚。他的眼睛因为发现狼而敏锐，他的心脏因为追求崇高而跳动。他所践行的大丈夫宁死战场不死炕头的精神，能使一切怯懦者鼓起战斗的勇气，给软骨病患者输入巨能钙。他那追求荣名苛苦自己的精神，能使放纵者自敛，越轨者自省。他那种为给他人除害，不惜自己置身险境的精神，让自私者羞愧，让自利者脸红。傅山就这样用追求理想的实际行动，有力地弹奏着每个人生命中那最纯洁、崇高的琴弦，让其发出嘹亮震耳的共鸣。然而，一个纯粹追求精神，无视肉身生存的人，往往也会因为生命得不到滋润，留下人生幸福被遮蔽的遗憾。

烂头关注肉身活力的实现，极力给肉身创造快乐体验，极力让自身的当下生活轻松，让生命过程愉快的人生观，使精神生存者感到自己发达的大脑与萎缩的肉身之间的严重失调，感到自己快乐体验的缺失，感到自己生命过程太紧张、压抑。烂头以他诙谐欢快的双手，有力弹奏着人们肉身中那些最灵敏的琴弦，使其发生强烈的共鸣。

《怀念狼》就这样以崇高却阳痿的傅山和快乐却头疼的烂头组成一对最佳拍档。他俩各显其能地演奏着各自所承担的灵魂和肉身的声部，一方竭力使灵魂声部华美雄壮，一方尽力使肉身声部婉转动人。每一个声部既唱响着自身的独立特征，又补充和完善着另一声部的欠缺，因而使和声更加协调完美。的确，作品中两个声部各自的特点是如此鲜明，单声部交替轮奏时给人的感觉是张弛有致，双声合奏时给人的感觉是庄谐得体。这部作品的有意味形式足以改变贾平凹在鉴赏者心中不善营构长篇的不良印象。

一些挑剔的读者看了《怀念狼》之后，指责它依然没能达到作家本人在《白夜》后记中所期许的审美水准。贾平凹在那篇后记中强调：小说就是说话，说一段故事。古今中外的许多作家都在追求着新的说法，追求新的说话技巧，新的故事结构。这使小说太像小说，反而不是个小说。小说应该追求一种自自然然、平平常常的说话方式。如果用这个标准来衡量《怀念狼》，那么，这部作品的说话方式就显得有些新奇陌生，人物搭配也具有某种程度的偶然性或人为性。

用一颗平常心来看，任何真正的小说家都不是因为选择了讲故事这一活动而成为小说家的，而是因为选择了用独特有趣的方式讲故事才成为小说家的。因为会讲故事的人很多，但因讲故事而成为小说家的人却很少。人常说，话有三说，巧说为妙，小说家就属于那种能把故事讲得巧妙的人。能把故事讲得让人从故事中听出巧和妙，突出地表现了故事讲述者的独特的诗性智慧。这种诗性智慧赋予他所讲的故事以鲜明的特征、独特的韵味，能召唤读者在紧张入迷的状态中体会出多重人生意味。艺术中的生活与现实生活相比较，往往显得偶然，然而这种偶然却给生活赋予了让读者的精神卧游其间的诗意。这正是贾平凹自觉追求的艺术境界。贾平凹在《怀念狼》后记中说："我热衷于意象，总想使小说有多义性，或者说使现实进入诗意……"《怀念狼》就是他这一追求的成功尝试。他的目的确实达到了。作品用复调形式给人们讲述寻狼故事的方式是新的，故事中两个猎狼队员中只有一个真正的猎狼者，另一个则专猎女人，前者只活上半身，后者只活下半身，二人的这种搭配结构是奇特的。作者用一种迥异于日常自然的方式讲故事，标志着作家与生活之间形成了一种自由关系，他对生活采取超以象外，得其环中的创作态度，所以，对人物进行自由组合的方式是诗意的。

《怀念狼》通过新的说话方式和故事结构，达到了作者预期的要使生活进入诗意，使作品具有多义性的审美效果。只要读者对其进行认真阅读和反思，不同的审美意蕴和人生意味就会撞击鉴赏者的灵与肉。作品首先向人袭来的是，它在怀念刚刚过去的几十年的那个壮怀激烈的英雄年代，怀念那时人们所具有的无私无畏的生存精神和智慧风貌，渴望以那种生存精神和智慧风貌医治当下失落于茶楼、酒店、咖啡馆、卡拉OK厅、桑拿中心的人类精神。这些地方给人的肉身以快感，却使人的精神日益柔弱，日益丧失了须眉气概，它是人给自己酿造的甜美的慢性毒药。其次，它用独特的双声告诉人们，任何人生都具有两重性，既有它明显的优长，又具有它突出的不足。正如追求崇高的傅山失去了肉身的快乐，享有肉身快乐的烂头，精神却失落于他乡。这种不完美也许是极富诗意的，却也是现实人生的一个诗意的坑。它把现实中人一方面遭受生存境遇的制约，另一方面又受自身条件的制约的状况，做了让人感伤的诗意描画。每个人在这两方面都不完善的条件下，执着自己的有限人生，实现自身有限的潜能，把有限人生的实现过程当作一次完美的生命历程来体验，也许是不得已而为之的一种境遇。每个人都在这种境遇中做着艰难的选择，为自己描画着不同的人生。不管你做了怎样的选择，都要经历傅山和烂头所遭遇的灵与肉的冲突，都要在灵与肉的交锋和交响中完成自己的人生。虽然每个人面对着不同于傅山和烂头的现实境遇，但谁也无法获得一种优于他俩的最佳的人生实现途径和方式。每个人都在既定社会的角落里进行人生选择，发出灵与肉的相互碰撞的呐喊。每个灵与肉的声部，都有自己特殊的悲伤和欢乐。这些忧伤与欢乐，既相互区别，又相互补充，自然地形成了社会人生的大合奏，避免了千人一声、千歌一曲的单调景象。我们要感谢贾平凹的《怀念狼》，他用一部复调小说描绘了每个社会、每个人生的复调情景，让我们每个人都站在自己的位置上，按自身条件放声高歌，为这诗意的世界和声，献上自己独特的声部，让世界产生美妙的交响。让我们在这部灵与肉的交响乐中，思考自己周遭的天地自然，思考自己经历的社会人生。

原载《小说评论》2001年第1期

一个新人类的典型

——评《怀念狼》中的烂头形象

《怀念狼》为我们讲述了一个生动的灵与肉相互冲突、相互补充、相互成就的故事。作品塑造了一个让人过目不忘的按照快乐原则行动的烂头形象。烂头是一位大脑生病、身体活跃的肉身生存者。他把所有的心思放在追求当下的肉身快乐，张扬自我肉身愉悦，反对任何严肃和沉重，贬低一切心灵和精神，是一个值得我们玩味和深思的新人类的典型。

传统哲学认为，人有三我：肉身我，社会我，精神我。肉身我是指人从头到脚七尺肉体之躯，其生老病死都是一个自然生理过程，不由我做主，人的生理决定了人必然要经历这样一个过程。既然肉身我不由我做主，这个我便是一个空我，或者无我。社会我是指社会关系中的我，比如，我在21世纪的中国从事基层某种工作，特定的时代和社会关系在一定程度上决定了我一生的命运。精神我，是指心理上的我，他虽然受到肉身以及社会关系的诸种束缚，却有内心的自觉，能对肉身行为社会关系的远近亲疏做主。"严格言之，有身体，不是未必即算有一我。如动物个个有体，但不能说动物个个有我。故必待有了社会我与精神我，始算有了我。但此二我相比，社会我是客我，是假我，精神我才是主我，是真我。"[①]

---

① 钱穆：《人生十论》，生活·读书·新知三联书店，2012年，第109—110页。

精神我能够自由地为自己做主，能摆脱肉身及各种社会关系的束缚，为自己的理想和做人的尊严而奋斗。

新人类是有别于传统人的一种类型。传统人按我们的理解无非有这么两种类型：一是古典型，一是浪漫型。古典型的人最推崇头脑。因为头脑是理性的机关，其中充满了智慧。他们的人生观如果要用一句话来表述，那就是：我思故我在。浪漫主义者最推崇人心。因为心是情感的源泉，里面沸腾着热血。他们的人生观若用一句话概括，那就是：我想象故我在。这两种人，都在社会中做人，都有精神和心灵的自由，自觉追求自己的理想。新人类最大的特点是，他们上身患病，头疼不已，因此没有自己的思想；理性精神流亡，心脏功能不全，冷血、缺乏激情与想象。他们只是一堆没头没心的肉，或者一心只追求眼前轻松和快乐的肉身生存者。他们的人生观若用一句话来总结，那就是：我快乐故我在。而这个快乐的我，是不关心历史，也不操心未来的我。这个我，不承担当下的任何责任，也不想为人生尽任何义务，只愿享受当下的快乐。《怀念狼》中的烂头，就是这样一个新人类的艺术典型。

烂头的新人类生存观是无狼境遇的产物。他心中没有狼，世间的狼都与他的生存没有关系。狼只是传统人类的对立面，既是传统人类恐惧的对象，更是传统人类力量与胆识的陪练。在传统的有头有心的人类意识中，狼既是无时无刻不存在，又是时时刻刻都需要的存在。传统的有头有心的人类认为，与狼共在的人生实践，可以把自己锻炼得日益强大有力，并且催生出他们心中英雄般的坚强信念；强力威压，即各种困苦忧患的逼迫，只会使人迎接各种挑战的生存能力得到提升。增强人的胆识，使人更适合干顶天立地的大事业，做顶天立地的大丈夫。亚圣孟子说，人必须经过一番苦其心志，劳其筋骨，饿其体肤，空乏其身的磨炼，才会改进自身所不能，强化自身之所能，才适合担当社会大任，干人生大事。相反，平静安乐的生活，给人们提供了各种快乐与享受，也软化了人的筋骨，麻醉了人的精神，削弱了人的斗志。为了使人永葆强者的风采，必须在人的意识里撒下这样一粒种子：即使在和平时期，国与国之间也会进行没有硝烟的战斗，人与人之间也会进行激烈的生存竞争。而人在直面自身的时候，我们每个人都是自身的敌人，要与自我身上的各种惰性、惯性进行永不停息的搏斗。只有经过各种战斗，人才会"何意百炼钢，化为绕指柔"。战斗对人既是锻炼又是考验。所以，古典的人赞成柏拉图的这种观点：应该像把小马带到喧哗的地方去检验它的胆识一样，"我们也把年青人放到贫穷忧患中去，然后再把他们放到锦衣玉食的环境中去，同时比人们用烈火炼金，制造金器还要细心得多地去考察他们，看他们受不受外界引诱，是不是能泰然无动于衷，守身如玉，做一个人自己的好的护卫者。是不是能护卫自己受的文化教养，维护那些心灵状态在他身上的和谐与真正的节奏（这样的人对自己对国家都是有用的）。人们从童年、青年以至老年经过考验，无懈可击。我们必须把这种人定为国家的统治者和护卫者。当他生的时候应该给予荣誉，死了以后给他举行公葬和其他纪念活动，那些不合格的人应予以排斥"[①]。古典的人们之所以要让那些经过贫穷忧患和锦衣玉食双重考验的人，让那些在艰难困苦的环境中呵护自己的纯洁生命，捍卫自己的文化教养的人，历尽艰辛之后再给予他们以生前死后的荣名，是因为只有这些经过双重磨炼的人，才能成为既有德行又有节制的主体，只有这样的人，才真正关怀人的主体，呵护人的主体。之所以排斥那些未通过身体和灵魂双重磨炼的人，是因为这种未通过或者经受不起身体和灵魂严格磨炼的人，既不能完成身体的健康功能，又不能完成灵魂的健全功能。这种人既没能力去做该做的事，也没能力避免不该做的事。他们没有经过严格训练者所应有的那种勇敢精神，那种坚定信念，那种追求崇高荣名的动力及克服小我的自制力。

新人类视心灵和精神为暴君：它寄生于人的肉身之中，却独揽大权，以主宰者的身份，在人生不同的年龄阶段，不同的生存境遇中指挥肉身应该做什么，应该怎样做。它把肉身当作心灵精神实现自己既定目标的工具

[①] 柏拉图：《理想国》，郭斌和、张竹明译，商务印书馆，1987年，第177页。

和祭品。它以驯服肉身为目的,肉身因它的专制而退化:"人一整个儿退化了,个头再也没有秦兵马俑的个头高,腰也没有秦兵马俑的腰粗。可是现在还要苗条,街上还要出售束腰裤、束腰带,而且减肥霜呀,减肥茶呀的。人退化得只剩下个机灵的脑袋,正是这个脑袋使人越来越退化。"① 新人类排斥脑袋,限制心灵精神。他认为心灵精神所塑造的顶天立地的大丈夫,不过是一个不断受虐的苦行僧。心灵精神所树立的顶天立地的大事业,不过是约束肉体的一副枷锁。他把人置于强力压迫的环境中,实质上是给人的肉身上酷刑。至于那悬在人身之外,驱使人追求的浮名,不过是分文不值的诱饵,根本没有任何值得人们追求的价值。

新人类认为,人的本质就是百来斤肉身。这个肉身的上部只有一张活跃的嘴。它最健全的品质,应该味觉敏锐、健全,最完善的功能,应该是善吃各种美味,对各类滋补品更是视之若命。一次烂头与几位同人进入"英雄砭牛肉店",他为自己点了牛鞭,并且叮嘱店家要从根部割。他的理论是吃啥补啥,吃牛鞭一定能够增补自身的阳性生命力。又一次与人在山沟捉了只黄鼠狼,放了半碗血,他一口喝完,并且对身旁的记者说:"这血对肾好哩,害肾病的喝过五只黄鼠狼的血,不吃药也就好了。"前贤认为:"人生若只为求食求衣,倦了睡,病了躺,死便完,这只是为生存而生存,便和其他生物一切草木禽兽一般,只求生存,更无其他目的可言了。这样的人生,并没有意义,不好叫它是人生,更不好叫它有文化。"②这样的人生,只能算是肉身化的自然人生,还没有进入社会化人生阶段,更没有进入精神化的人生境界。精神化的人生是文化的人生。文化的人生是要在人类自然人生的目的以外,追求一些更加高级的东西,把人类从自然中解放出来。人要真正认识和呵护的,正是这种从自然中解放出来的,摆脱肉身束缚的只属于人自己的东西,即在道德律引导下的人性的尊严。在烂头看来,人要认识和呵护的这个自己,除过自己的肉身之外

---

① 贾平凹:《废都》,北京出版社,1993年,第254页。
② 钱穆:《人生十论》,生活·读书·新知三联书店,2012年,第25页。

无它。他非常重视以吃来补身强身，也非常重视用各种酸故事取悦肉身，放松肉身。他让自己永远活在肉身化的自然人生之中。而对人类心灵和精神所敬重的，只属于精神追求的荣名和理想，则不断进行戏谑，进行降格，一直降到与肉身相等同甚至更低的地步。在一次寻狼途中，遇见一位道士为生疮的狼治病，记者感叹这位老道是山里了不起的郎中。烂头却用一个诙谐的故事为道士脱冕：我说个郎中的故事吧。有一个人娶了三个老婆，临终时，三个老婆围着哭。大老婆抱住男人的头，哭道：郎的头呀！郎的头呀！二老婆抱住男人的脚，哭着叫：郎的脚呀，郎的脚呀！小老婆是男人最疼爱的，见两个姐姐分别抱了男人的头和脚，她就抱了男人的尘根。哭着说：郎的中呀！郎的中呀！这老道士就是这样的郎中！烂头就这样每时每刻，利用一切机会，在人群中大肆张扬下半身，贬低上半身。你若指责他丢失了精神和灵魂，他会理直气壮地说，我常患头疼冷血症，无处安顿精神和灵魂，所以只活这百来斤的肉身，我也只想活这百来斤的肉身，我人生的价值就是这百来斤肉身的价值。

新人类坚决反对传统尊重精神和灵魂引领作用的做人原则。认为一切原则都无异于囚禁人的围墙、枷锁和镣铐，哪怕这种原则出自人的精神和灵魂，它一样限制人的自由，束缚人的行动。讲究原则意味着要求自己在社会中对他人承担一定的责任，对社会尽一定的义务，这就把本来轻松的人生变得压抑和沉重，而与人类追求轻松快乐生活的根本目的相违背。新人类认为，轻松快乐既是幸福生活的开始，又是幸福生活的目的。创造轻松快乐的幸福生活，是人类最大的善行，给生活增添沉重的负担，则是人类最大的恶德。人生中一切聪明的取舍都应从快乐出发，一切愚蠢行为都在为自己增添苦恼。

传统认为，人不可能孤立地生存在人世间。人只能在社会中，在人群中与人共同存在。用乡土哲人的话来说，人总是在人伦中生存，也只能在人伦中成就"我"。因此，"我"就有承担人伦责任的义务，为父而慈，为子而孝。尽己之心，成全他人，不是迁就他人，牺牲自己，而是在人伦中完成自我。个体只有在生活中对他人主动承担一些责任或义务，生活才会变得更加充实，才会贴近坚实的大地，真切和实在地实现自我。新人类则认为，把生活的沉重与生活的实在联系起来，这是某些头脑发达、心灵迷狂者所臆想出来的一种生活幻影。生活是否真切和实在，只能靠自己的肉身去感受和体验，不能靠头脑和心灵去思考和幻想。在这个事情上相信思考和幻想，而不相信感受与体验，无异于相信外在流言而怀疑自己的眼睛和耳朵一样荒唐可笑。如此荒唐可笑的东西，千百年来之所以被大家奉为准则，最主要的原因是古代的儒学权威把人心置于人生最高的位置：我心即宇宙，宇宙即我心。道学的鼻祖又把人的肉身贬低为人生的赘疣：我所以有大患，是因为我有肉身。我若无此肉身，我有何患？起初的乡贤屈从这些儒道权威，后起的庸众又盲目屈从所谓的乡贤，于是，就形成了一种恶劣习俗，要求所有人顺从。不顺从这种习俗的人就是另类，就会受到习俗的规训和惩罚，逼迫另类存在顺从习俗。习俗用现实的规训和惩罚削弱了具体生存者的个性，剥夺了具体生存者的感觉，阉割了人的肉身存在。它阉割了人的肉身之后，让大脑和心灵去玄想人类幸福生活的真实性，这简直就是对幸福这个人类感受开了一个恶毒的玩笑。幸不幸福，从来就是人的肉身体验，不可能是大脑的思考和心灵的想象。心灵和大脑根本不配谈什么人类幸福生活的真实性问题，因为它没有感觉，所以它没有那个资格。

我的肉身是我幸福生活的基础，幸福生活总是我的肉身当下的真切享受。没有我的肉身就不会有我人生幸不幸福的体验，剥夺了我的肉身存在的当下快感与轻松，也就等于剥夺了我真实的人生幸福。

新人类坚决反对传统人在两性问题上的从众态度和行为，把人从社会我和精神我中剥离出来，只做一个肉身我。他们执着于猎获当下能愉悦自己肉身的两性关系，坚信不但男人追求当下的肉身快乐，女人也同样追求这种肉身快乐，快乐是所有人的共同追求。快乐只管自己，不需要向社会中的他人，也不需要向精神自我负责。烂头曾经一本正经地向记者传授自己猎色的经验说:"你要硬下手,女人经不起硬下手,可你还得有真本事,她一舒服,非但不会恨你,倒会谢你哩。"他的人生就是快乐原则指导下的人生。他为快乐而快乐,旧的快乐一过去,即刻忘掉它,马上又去追求新的快乐。也许因为常害头疼,心中又缺乏沸腾的热血,他对过去的快乐缺乏记忆,对相好过的异性都不专一。有一天,记者告诉他:刚才见王生的老婆,再三打问你哩。烂头却说:哪个王生的老婆?记者说:昨天还谋算着住在人家屋里不走,今天就忘了?烂头直言:"我是猴子掰苞谷,掰一个撂一个,都记着累死我呀!"他的快乐是摆脱一切关系牵绊的洒脱,是扔掉一切负担的轻松;累是负责所导致的负担,是负担加到肩上的沉重,沉重是负担加到肉身上的苦役,这一切都与快乐原则相违背。烂头人生的每一时刻都在寻找轻松、舒适与快乐,不愿让自身有任何负担或辛苦。活着的时候他把在异性身上找寻快乐当作自身的一项重大使命,随身带着一件最得意的珍宝就是一块染有处女经血的棉花套子。死后他还要找一个恰似女阴的美穴地安置自身。一次几个人在山梁上漫步,烂头告诉大家,他发现这山势是块好穴地。身旁的傅山说他看不出这山梁的奇特美好之处。烂头点拨道:"你看它像不像女人的阴部?……看风水就是把山川河流当人的身子来看的。形状像女人阴部的在风水上是最讲究的好穴。"他告诉同行的记者和傅山:"你俩听着,我死了就把我埋在这儿!"总之,异性的身体是他生前死后获得轻松快乐的源泉,而他对此源泉却不愿付出一丝一毫的代价,也不愿承担一斤一两的责任和义务。

新人类用肉身快乐的大旗张扬自我,表面看来仿佛与欧洲文艺复兴时期的人文主义相似,其实二者在骨子里是大为不同的。首先人文主义者所张扬的快乐肉身,是一个具有宇宙性和包罗万象性的肉身。其中有宇宙的普遍元素如地、水、火、空气,且与星球和太阳直接相关,又与各类自然现象如山岳、河流、海洋、岛屿及大陆融合在一起。它身上有黄道带的标志,又反映着世间的等级秩序,它简直可以称得上一个小宇宙。文艺复兴的人在与自己肉身周旋时，从某种意义上可以说，是与包罗万象的宇宙周旋。而快乐的新人类则只有一张味觉灵敏的嘴，一个永远难以填满的空虚匮乏的肚子，一具永远寻求快活的尘根。他每一次与自身的周旋，都意味着与自己肉身的饥饿（包括食色两方面）感在交往，意味着肉身匮乏的增加，意味着新一轮的向外索取满足肉身需要的行动的发端。当然，人文主义者也强调嘴与男根在肉身中的重要地位和功用。但人文主义者的嘴具有双重的性质和功用：它一方面在吞食着世界，另一方面又在用它所吸收的精华孕育新的种子，以便通过男根将其喷撒播种进合适的土壤，生育出与自身相似的后代。人文主义者的男根也具有双重功用：一方面是创造肉体快乐体验，另一方面则是创造与自身同样的小宇宙。他们把食色这类肉身消费行为，与人类自身的再生产联系起来，把生命当作一个生生不息的链环来对待，其中就包含着历史关怀与未来关怀，从而把肉身我与社会我以及精神我联系起来，让肉身具有了社会生存和精神生存的文化意味。拉伯雷笔下的巴奴日甚至说出这样一种极端化的理论："我提议今后在萨尔米贡丹全区，处死任何人时，都要在一两天之内，叫他尽量享受性生活，一直到精囊里剩的东西连希腊字母Y也写不出来为止，这样珍贵的东西可不能随便浪费啊！万一能生出一个男孩，然后去死，也总算一个抵一个，死而无憾了。"人文主义对貌似自然的生殖现象重视到如此程度，以致要借自然的生殖来实现肉身的绵延与不朽，这就把肉身化的自然人生提升到了社会化和精神化的文化人生的高度。这是纯粹沦陷于肉身生存不能自拔且自得其乐的新人类绝对无法理解的。在新人类的眼中，人既要对社会负责，又要追求精神的崇高，这绝对是牵挂太多，负担太重，人一旦活到这个份上，未免活得太沉重太累人太不值了。新人类给自己制定了一个洒脱的不朽观，他认定的不朽，不是一个时间上的长度概念，更不是一个空间上的广度概念，而是一种切身的瞬间感觉。他们认为，瞬间感觉即永恒：人所有瞬间亲身感受到的轻松与快乐就是不朽。他们只想轻轻松松活自己当下的人生，不想借历史给自己的人生增加重量，也不想借未来给自己的人生制造空幻的光环，更不想拉住时间的衣襟沾永生的光辉。因为，任何身外的利益，必然都带来相应的拖累和制约，造成不必要的执着和沉重。然而，任何人都存在于一定的历史时空中，任何人都有自己的历史与未来。虽然突出当下人生的轻松快乐固然没错，张扬洒脱的活法也有一定道理，但是，新人类把自我突出到上无父母、下无子孙的地步，把洒脱张扬到了摆脱人心中道德律束缚的程度，大有自绝于社会，自绝于人类的趋势，这是所有传统人类所绝对不敢苟同的一种危险人生观。

新人类人生观的危险性，不仅表现在他要脱离父母和子孙的人生羁绊，更表现在将人彻底物化为一种固定不变的肉身。本来，人不论在心灵和精神方面，还是在赤裸裸的肉身方面，都不仅要求存在，更要求成长。人从来都不会为现实的生存状况和等级所决定和磁化，不会把自己变成僵化和固定不变的存在，而要让自己不断地自由生成，不断对自身进行新的模铸和创造，不断增强自己生命的弹性，强化自身的未完成性。人的自我永远向着可能的世界敞开着，任何自我的封闭化和完成化都是对人性自我的物化。对这种物化自我的张扬，其实就是对具有生成能力的人性自我的否定乃至毁灭。我们坚信，人的自我性的特点在于，他总与自己所是的东西分离，总向着广阔遥远的自己所不是的境界迈进。这个改变我的所是，实现我所不是的过程，是一个艰难的自我更新的过程。这一过程是人从肉身自我建立社会关系，把肉身我提升为社会我，进而，从社会关系中发扬道德精神，让社会我进一步提升为精神我的过程，这是人一生于穆不已的奋进过程。新人类所张扬的那个不负责任的永远追求眼前快乐，永远不变的肉身我，只能是人类生存中新晋产生的一个危险的分支。它虽然在当下只是多数人中的个别异类，但由于打着快乐自我的诱人旗帜，具有极强的吸引力和危害性，谁又能保证他今后不会在历史的长河中永恒回归呢？因此，我们必须对其进行足够的重视。

原载《人文杂志》2001年第2期

后　记

　　人是一种不完整的存在，他在某一方面有所长，必在另一方面有所短。为了取长补短，完善自己的人生，就需要和别人交流自己所长，交换自己所短。为了方便这种交流交换，人们就建构了各种各样的交流交换空间。乡间的农贸市场，是乡民建构的一个交流交换农产品的空间；城镇的超市，是市民建构的一个交流交换日常用品的空间。人类不光需要进行物质产品的交流交换，更需要进行精神和情感方面的交流交换。哲学文本是哲人建构的一个交流交换人们思想认识的哲思空间。文学作品是作家建构的一个交流交换人类思想情感的艺术空间。艺术空间交流的主要是人类爱和怕之类的情感。通过这种交流，作家和读者建构了一个共同体，在这个共同体中，读写双方找到了自己精神的家园，并且诗意地栖居在这个家园里。

　　人是特定时空环境的产物。他在特定的时空环境中爱着，怕着，追求着，向往着。爱和怕的细节，对爱和怕进行了肉身化，使爱和怕有了体温；追求和向往的情节，把追求和向往生活化了，使追求向往有了烟火气。文学作品正是通过这种爱和怕的肉身描写，追求向往的烟火气息渲染，召唤读者进入艺术空间，与作者和作品进行思想情感的交流交换，共同建构有意思的审美家园。假如作家的艺术召唤符合读者的审美趣味，唤醒了读者的审美需要，就会得到读者强烈的审美呼应，激发他们交流交换思想感情的动力，诱导他们共建审美家园的豪情。

柳青、路遥、陈忠实、贾平凹，都是农裔城籍作家。他们对中国的乡村生活和城市生活，对城乡差别有着深刻的体验和认知。他们对几千年来中国的农耕社会，城市在上是中心，乡村在下是边缘，农民进城是上城，市民出城是下乡，这种由身体位置造成的尊卑贵贱的现实，有着刻骨铭心的感知。他们都自觉地把自己的笔触伸到中国社会的底层，进行底层写作，写底层农民的爱和怕，以底层农民的爱和怕反映大社会、大时代的爱和怕。柳青的《创业史》写底层人创业的艰难，是底层人尊严生存的艰难；路遥的《人生》写底层人进城之不易，是底层人尊严生存的不易；陈忠实的《白鹿原》写底层人在社会变革期遭受的磨难，是底层人争取"脸面"的磨难；贾平凹的《怀念狼》写底层人追求的英雄梦想，是以感性生活缺失为代价的梦想。这些作家的作品，以城市人的眼光看乡村和乡民的生活，以乡下人的眼光看城市和市民的生活。最重要的是，站在市民和乡民的视差点上，观察城市和乡村、市民和乡民，发现他们双方无意觉察的人生和艺术盲点，在这个人生和艺术盲点上，构建有意思的艺术空间，邀请读者进行审美交流和分享。

我也属于农裔城籍的生存者，与上述作者有着大致相同的生存感知和体验，和他们作品中的主人公们，有过相近相似的人生追求和向往。他们的爱和怕，唤醒了我曾经的爱和怕；他们的追求和向往，也是我一直以来的追求向往。因此，读他们的作品，我很容易受到感召，进入其内对主人公的生存进行肉身的感知和体验；也很容易超出其外，对其生存进行灵魂的反思和认识。《创业史》中梁生宝买稻种时心疼口袋里钱的不容易，舍不得用它满足自己的口腹之欲，反复挑选了一张又破又旧的五分钱纸币，买了一碗面汤泡馍吃。这一细节肉身化了农民过日子的"细致"，这一"细致"表现了农民生活的艰难，农村生活的困苦。它曾经深深地震撼了我，现在依然对我具有强烈的震撼作用。《人生》中高加林傍晚在庄稼地里，一边享受着巧珍的浓情蜜意，一边在心里骂自己简直在堕落。这一细节肉身化了进城心切的农村青年的矛盾心理：一方面，生活受挫，他需要巧珍那颗金子般的心温暖自己；另一方面，他又怕爱情的温柔软化了自己进城做公家人的决心。生活就是这么荒诞，它让一颗进取的心既需要温柔，又必须拒绝温柔；生活就是这么残酷，它让一个缺爱者在得到爱时，真诚地诅咒自己对爱的陶醉。它以一种残酷的力量，强烈地打击我的肉身，深深地震撼我的灵魂。陈忠实《白鹿原》中黑娃吃冰糖、扔冰糖、尿冰糖的肉身化展示，贾平凹《怀念狼》中下半身失能的傅山上半身追求英雄梦想的疯狂行为，上半身生病的烂头下半身追求快乐和享受的任性作为，表现了底层人在社会转型期灵与肉的分裂，呼唤着底层人灵与肉的交融与交响，呼唤着与读者灵与肉的交流、呼应和分享。毫不夸张地说，我被作家这种肉身化的描写点燃了，融化了。

陕西作家的这些优秀小说讲述的都是主人公寻找或建设失去的家园的故事。主人公与自己生存的环境有裂隙，不协调，否认这是适合自己成长的祖宅。他不畏艰难，不怕险阻，去追寻自己的祖宅——能让自己诗意栖居的地方。在追寻的过程中，他也许会迷途，他也许会犯错，但是，他始终没有改变自己追寻的决心，没有放慢自己追寻的步伐。在追寻中，他经历了自己的爱和怕，他在爱和怕的追寻中，通过交流交换的艺术空间，寻找着自己志同道合的亲人和朋友，自己忠实的对话交流者。这个对话交流者的人生追求和艺术需要被主人公的人生追求，被作品的艺术魅力唤醒了，他以自己对艺术的认知，对作品原有的肉身化创造进行审美的解构和重构，进行肉身化的再创造，并在其中融入了自己的肉身活力与精神意趣，让艺术空间更具有生香活意。

我喜欢巴特的名言：创作者和阐释者都是结构的游戏者。创作者因为自己灵与肉的驱动，解构生活，重新建构一个适合自己灵肉生存的诗意空间，召唤读者进入其间，进行情感的交流和交换。阐释者、评论者按照自己的审美情趣，进入作品建构的小径分叉的花园，按照自己的兴趣选择行走的路线，然后以自己印象深刻的景致作材料，重新建构一个自己灵肉满意的诗意家园。创作是作家灵与肉交响的结晶，他以震撼他灵与肉的爱和怕为动力，建构诗意交流的空间，这种爱和怕唤醒了麻木的读者（阐释者、评论者）交流交往的需要和欲望。阐释和评论是读者被作品肉身化的爱与怕震撼了，对文本进行的一个灵肉交流交换的呼应，是一次对文本注入灵肉活力的生命活动。作品建构的交流交往空间，因为阐释者和评论者这种灵与肉的交流交往，有了生命的体温，有了人间烟火的气息，奏出了具有生香活意的生命交响曲。基于这种理解，我自己的这本小集子起名《灵与肉的交响》。

在此，我要感谢陕西省作协提供这次出版机会，感谢陕西师范大学出版总社编辑马凤霞女士对本书的编辑和校对，感谢陕西文学界的诸位前辈大家，教我以目前的方式认识中国当代的人生和艺术，感谢一路指导我成长的导师刘建军先生，感谢一直陪伴我成长的诸位师长和朋友。

段建军

2024年9月30日